W0312243

NARBENSOHN

NARBENSOHN

ROMANTISCHER THRILLER

MIKA D. MON

1. Auflage

Einstrom Verlag, Weststraße 48, 09212 Limbach-Oberfrohna

Prolog

Ich werde ihn töten.

Dunkelheit umhüllt ihn wie ein Mantel, lässt ihn mit den Schatten an der kalten, nassen Wand nahezu verschmelzen. Ungesehen. Lauernd. Die frühe Nacht beginnt, die Stadt zu verschlingen. Autos und Regen vereinen sich zu einem lauten, trommelnden Konzert. Angelockt von diesen trostlosen Klängen kriecht das Gesindel aus dem Untergrund wie das Ungeziefer aus dem Erdboden. Die Nässe bahnt sich unbarmherzig ihren Weg durch seinen schwarzen Pullover und hinterlässt eine unangenehme Kälte auf seiner Haut. Tropfen rinnen über seine Stirn, fallen von seinen Brauen auf seine Wimpern und er blinzelt sie fort. Ein Rinnsal fließt zwischen seinen Schulterblättern entlang, malt eine feuchte Spur.

„Hast du sie? Sind sie gut geworden?“ Er beobachtet den schlanken Mann, der sein Telefon zwischen Schulter und Ohr geklemmt hat, weil er in der einen Hand eine braune Aktentasche und in der anderen einen schwarzen Regenschirm hält. Er kneift die Augen leicht zusammen, bildet sich ein, ihn so noch schärfer sehen zu können.

„Ja, es gibt bereits Interessenten.“ Der Mann versucht, den Regen zu übertönen und spricht dennoch gedämpft, in dem vergeblichen Versuch, das Gespräch vor den Ohren Dritter zu verbergen. Dann lauscht er der Stimme am anderen Ende der Leitung, ehe er weiterspricht:

„Ach übrigens, rate mal, wer wieder aufgetaucht ist?“

Der Mann kommt näher, ist nur noch wenige Schritte von ihm entfernt. Er kann ihn klar und deutlich erkennen. Den schwarzen Filzmantel, in den er sich hüllt, die Lackschuhe an seinen Füßen. Dieses Gesicht mit den zurückgekämmten, dunkelblonden Haaren über der hohen Stirn und das schiefe Grinsen auf den schmalen Lippen. Er wird es niemals vergessen.

Er tritt aus der Dunkelheit in das flackernde Licht einer Straßenlaterne. Der Mann bleibt erschrocken stehen, die Augen sind geweitet, der Mund klappt auf und die Stimme versagt.

„Du?", krächzt der Mann und er weiß, dass der Mann auf ihn einreden will, doch dazu lässt er es nicht kommen. Das Smartphone rutscht von der Schulter des Mannes und fällt scheppernd zu Boden. Er streckt seine Hände nach dem Mann aus. Dieser zuckt zurück, doch er ist schneller. Seine Finger legen sich um den Hals und er schiebt ihn vor sich her. Im Vorbeigehen tritt er das Handy ein paar Meter in die Gasse hinein. Schließlich drückt er den Mann gegen die heruntergekommene Hauswand der alten Schlachterei. Das panisch verzerrte Gesicht des Mannes liegt in dem Schatten, den er auf ihn wirft. Er ist kleiner. Schwächer. Unterlegen.

„Bitte", fleht der Mann, ehe er noch fester zufasst, sodass die Worte ersterben. Der Mann strampelt, greift nach seinen Handgelenken, versucht seine Finger zu lösen. Zwecklos. Er lässt nicht los. Die Muskeln an seinen Armen und Schultern spannen sich an. Die Wut erfüllt ihn wie Magma einen brodelnden Vulkan, lässt ihn stärker werden.

Ich werde ihn töten. Endlich.

Die Adern in den hervorquellenden Augen des Mannes beginnen zu platzen. Die Wangen blähen sich auf. Die Lippen öffnen sich zu stummen Schreien.

„Hör auf, bitte", presst er mit letzter Kraft hervor.

Ein weiteres Geräusch gesellt sich plötzlich zu dem Prasseln des Regens, dem Dröhnen der Autos und dem erstickenden Röcheln des Mannes. Es sind schnelle Schritte, die sich ihnen nähern. Er presst seine Zähne aufeinander, drückt den Hals in seinen Händen zusammen, als könnte er ihn einfach zerquetschen. Die Schritte bleiben stehen. Hinter sich hört er heftiges Atmen. Das Zappeln seines Opfers wird schwächer. Es erstirbt. Ein kurzes Zucken umspielt seine Mundwinkel. Er lässt ihn einfach fallen und dreht sich gemächlich um. Das ist sein Moment, er beabsichtigt nicht, ihn mit jemandem zu teilen. So lange hat er bereits auf diesen Augenblick gewartet. Er spürt die Anspannung in seinem ganzen Körper, wie sie ihn fast zerreißt. Langsam führt er seine Hände zueinander, drückt seine Finger hinab, bis er das erlösende Knacken nicht nur hört, sondern auch spürt. Es lindert seine Erregung ein wenig. Wie ein Ventil.

Die Person vor ihm schlägt die Hände vor den Mund, als er mit ruhigen, schweren Schritten auf sie zugeht. Die blaugrünen Augen sind weit aufgerissen und ihr Gesicht ist bleich wie der abgeplatzte Putz der Wand.

Sie hat zu viel gesehen.

1

Ich stand im Innenhof des viergeschossigen, an einigen Stellen schon mit Moos bewachsenen Backsteingebäudes, das von zwei Stacheldrahtzäunen umschlossen war. Die kleinen Fenster waren mit Metallgittern gesichert und ab und an lugte eine Satellitenschüssel aus ihnen hervor. Obwohl es bereits Anfang Juni war, standen dicke Quellwolken am Himmel. Sie tauchten die Umgebung in ein erdrückendes Grau und nur vereinzelt ließen sie Sonnenstrahlen durchdringen. Ich schloss meine Arme fester um meine Unterlagen. Die letzten Wochen war ich so oft hier gewesen, doch noch immer hatte ich mich nicht an den Anblick gewöhnt. Trotz der Tatsache, dass ich hier ein- und ausgehen konnte, wie ich wollte, überkam mich ein beklemmendes Gefühl, wenn ich dieses Gebäude betrat. Doch was führte mich eigentlich an solch einen Ort?

Da ich schon immer meine Freizeit damit verbracht hatte, in die Fantasiewelten von Büchern einzutauchen, war für mich früh klar, dass ich Autorin werden wollte. Neben meinem Germanistikstudium hatte ich mit den Recherchen zu meinem ersten Manuskript begonnen. Ich hätte zwar genug Geschichten aus meinem eigenen Leben zu Papier bringen können, doch mein Debüt sollte etwas ganz anderes werden: Ich wollte die Menschen zu Wort kommen lassen, denen man sonst kein Gehör schenkte. Jene, die von allen verachtet und aufgegeben worden waren. Zu dem Zweck war es mir gestattet worden, einige Gefangene dieser Justizvollzugsanstalt zu interviewen.

Bisher hatte ich Gespräche vor allem mit Kleinkriminellen geführt, die jedoch bald wieder zurück in ihr Leben gehen und weiterhin Teil der Gesellschaft sein würden, ganz gleich, was sie getan hatten. Doch heute würde ich einen Schritt weitergehen und die Welt von jemandem kennenlernen, der viel mehr Schuld auf sich geladen hatte als den lokalen Supermarkt zu bestehlen oder Steuern zu hinterziehen. Der Mann, den ich heute treffen würde, hatte mit seinen eigenen Händen ein Leben beendet. Er war ein Mörder.

Gleich würde ich einer Person gegenübersitzen, die eine kaltblütige, unmenschliche Tat begangen hatte. Diese Vorstellung jagte mir einen kalten Schauer den Rücken hinunter. „Uah!", entfuhr es mir.

Doch ich hatte mir dieses Thema nicht ausgesucht, um jetzt wie ein zitterndes Häufchen Elend vor ihm zu sitzen. Ich hatte mich dazu entschieden, weil ich die Gedanken und Empfindungen solcher Menschen nachvollziehen wollte, weil ich sie verstehen wollte. Ihnen ein Gesicht geben. Eine Stimme.

Ich atmete die frische Luft ein, ehe ich mit gestrafften Schultern auf die, im Vergleich zu dem Rest des Gebäudes, winzig wirkende Eingangstür zuging.

„Na, Kleines", begrüßte mich die vertraute Stimme des Justizvollzugsbeamten, der mich bisher jedes Mal in Empfang genommen hatte.

„Hallo, Daniel", grüßte ich ihn und boxte ihm gegen den Bauch. Ich hatte ihm schon tausendmal gesagt, dass er mich nicht so nennen sollte. „Bestsellerautorin heißt das", verbesserte ich ihn. Er lachte.

„Möglicherweise bald. Du kannst zur Leibesvisite bei Tanja durchgehen."

„Ja, Sir!", rief ich und salutierte.

Daniel konnte nicht viel älter sein als ich, denn obwohl er groß und kräftig gebaut war, hatte sein Gesicht noch sehr weiche Züge, die selbst von seinem dunkelblonden Stoppelbart nicht vertuscht werden konnten. Wir hatten uns auf Anhieb gut verstanden und ein lockeres

Verhältnis zueinander. Vielleicht musste man in einer Einrichtung wie dieser aber auch etwas Humor haben, um nicht auf Dauer durchzudrehen.

Tanja war eine Frau mittleren Alters und eher von schweigsamem Gemüt. Mit fachmännischen Griffen durchforstete sie meinen Körper nach spitzen Gegenständen, Waffen und anderen verbotenen Dingen. Manchmal musste ich blöd kichern, weil ich so kitzlig war. Letztendlich konnte ich wie immer passieren.

Nun kam die normale Prozedur: vorne auf, hinten zu, vorne auf, hinten zu. Am Ende hatte ich so zusammen mit Daniel unzählige Sicherheitsschleusen und Türen passiert. Er brachte mich in das Besucherzimmer, in dem ich bisher alle meine Gespräche geführt hatte. Es war alles wie immer. Also kein Grund, nervös zu sein.

Scheiße, doch, ich war verdammt nervös! Um ehrlich zu sein, ging mir der Arsch ganz schön auf Grundeis. Als ich mich auf den Stuhl setzte und meine Unterlagen vor mich auf den Tisch legte, bemerkte ich erst, dass meine Hände schon ganz feucht waren. Ich wischte die Handflächen an meiner Jeans ab und strich mir die Haare hinters Ohr. Ich hätte mir doch lieber einen Haargummi mitnehmen sollen.

Wieso war ich überhaupt so aufgeregt? Es war ja nicht das erste Mal, dass ich hier saß und mit einem Gefangenen reden würde. Abgesehen davon: Er war ein Mensch und kein Monster. Um das zu zeigen, war ich hier! Meine Gedanken wurden von Geraune auf dem Flur unterbrochen. Was ging da draußen vor? Ich sah Daniel fragend an. Dieser zuckte nur mit den Schultern. „Ich schaue mal nach!“, sagte er und verließ den Raum.

Meine anfängliche Angst wich brennender Neugierde. Ich lauschte angestrengt und vergaß meine Aufregung. Plötzlich wurde die Tür wieder aufgeschlossen und Daniel betrat das Zimmer. Er hielt einen Mann fest am Arm gepackt, der seinen Kopf gesenkt hatte und dunkelblaue Sträflingskleidung trug. Der Kragen war durch frische Blutflecken dunkel verfärbt. Daniel ließ den Insassen auf den Stuhl mir gegenüber Platz nehmen, ließ in jedoch noch nicht los.

„Reiß dich zusammen, Liam. Du willst doch nicht auf den letzten Metern noch alles aufs Spiel setzen!“, ermahnte er ihn verzweifelt, seufzte und warf mir einen kurzen Blick zu. Als ein weiterer Beamter mit leichten Schweißtropfen auf der Stirn und einem gestressten Gesichtsausdruck zu uns stieß, verabschiedete sich Daniel mit einem Nicken.

Für einen Moment herrschte eine bedrückende Stille in dem Raum, in der ich nur vernahm, wie der Sträfling angestrengt die Luft in seine Lungen sog. Es dauerte eine Weile, bis ich meinen Mut zusammengenommen hatte und ihn ansprach.

„Herr ...“, ich machte einen absichernden Blick auf meine Notizen, „... Winterfeld? Ist alles in Ordnung?“

Als er endlich seinen Kopf hob und ich sein Gesicht sehen konnte, stockte mir der Atem. Ich hatte mir einen Mörder ganz anders vorgestellt!

2

„Sieht es so aus, als wäre alles in Ordnung?", fragte er mit vollkommen ruhiger Stimme, obwohl sein Atem nach wie vor sehr schnell ging, „nenn mich Liam."

„Okay, Liam. Ich bin Helena", antwortete ich und hielt ihm, ohne nachzudenken, meine Hand entgegen. Er hob seinen Kopf und sah mich strafend an.

Verwirrt zog ich eine Augenbraue hoch, während ich immer noch darauf wartete, dass er die Geste endlich erwiderte. Meine Augen begannen nach seinen Händen zu suchen. Er bewegte seine Arme hinter seinem Rücken und ich vernahm ein metallisches Rasseln. Da wurde mir bewusst, dass er im Gegensatz zu den Leuten, mit denen ich bisher hier geredet hatte, Handschellen trug.

„Ups", sagte ich und zog meine Geste unverrichteter Dinge wieder zurück. Plötzlich wusste ich überhaupt nicht, was ich mit meinen Händen machen oder wo ich sie wie hinlegen sollte. Verzweifelt begann ich, an meinen Haaren zu spielen und kleine Löckchen zu drehen und das, obwohl mein Kopf ohnehin voll von ihnen war. Sein Blick wich keine Sekunde von mir ab und machte mich immer nervöser. Seine Augen waren so blau und stechend wie gefrorenes Wasser in den Bergen. Trotz seines jungen, ebenmäßigen Gesichtes schienen sie bereits viel zu viel gesehen zu haben und dunkle Schatten lagen unter ihnen. Seine dunkelbraunen Haare waren kurz geschnitten und sein Dreitagebart unter der Lippe blutverklebt. Die gerade Nase und die hohen Wangenknochen ließen ihn wie eine Statue wirken. Niemals hätte ich mir einen Mörder so vorgestellt, auch wenn es natürlich ein Klischee war zu glauben, alle Verbrecher seien hässlich. Das blaue Hemd spannte sich um seine breiten Schultern. Er musste viel Zeit mit Sport verbringen.

Wenn er mich weiterhin so ansah, würde ich gleich mit einem Herzinfarkt umfallen. „Starr mich nicht so an", knurrte er und unterbrach meine Gedanken. „Was?! Du starrst mich doch an!", konterte ich prompt und völlig überrumpelt. „Dann haben wir uns wohl gegenseitig angestarrt." Er zuckte die Schultern und entspannte sich. Jetzt sah er hinab auf meine Notizen. „Fangen wir endlich an."

„Äh, ja, natürlich." Ich räusperte mich und fummelte an meinen Unterlagen herum, weil ich nach wie vor nicht wusste, was ich mit meinen Händen machen sollte. „Aber bevor ich jetzt meine Checkliste abarbeite, würde ich gerne wissen, was da draußen los war. Du bist verletzt."

„Das hat Helena Holmes gut festgestellt", wandte er trocken ein. Ich grinste, doch da er mich ansah, ohne dass auch nur ein Zucken in seiner Mimik erkennbar war und er auch keine Anstalten machte, mein Lächeln zu erwidern, fielen meine Mundwinkel wieder nach unten.

„Und was hat Liam Watson zur Aufklärung dieses Falles beizutragen?", erwiderte ich und glaubte, nun doch kurz ein amüsiertes Funkeln in seinen Augen zu erkennen.

„Damit hätten wir wohl auch unsere Positionen klargestellt." Er lehnte sich auf dem Stuhl zurück und zuckte erneut mit den Schultern. „Leute wie ich sind hier halt nicht gerne gesehen."

„Leute wie du?", hakte ich nach, „du meinst Mörder?"

„Ich bin kein Mörder", korrigierte er mich ruhig, „ich habe niemanden ermordet. Es war Körperverletzung mit Todesfolge. Das ist ein juristischer Unterschied und sicherlich auch ein menschlicher."

Irritiert warf ich meine Stirn in Falten. Er hatte jemanden umgebracht, also war er doch ein Mörder. Als er meinen fragenden Blick sah, seufzte er resigniert und lehnte sich wieder zu mir vor.

„Ein Mord ist ein komplexes Thema, es gibt viele Faktoren, die darauf Einfluss nehmen, ob eine Tötung ein Mord ist oder nicht. Das hängt von der Art, aber vor allem auch von dem Motiv ab, mit dem der Täter handelt. In der Regel ist es Mord, wenn es heimtückisch und aus niederen Beweggründen passiert. Bei einem Totschlag dagegen sieht das Opfer, was passiert und hat theoretisch die Möglichkeit, sich zu wehren. Zum Beispiel kann ein Mann, wenn er seine Frau schlägt und damit tötet, nur wegen Totschlags verurteilt werden. Die Frau, die ihren Mann vergiftet, weil sie nicht die Kraft dazu hat, ihn frontal mit physischer Gewalt zu töten, jedoch wegen Mordes. Die Frau wird für ihre Tat viel länger einsitzen als der Mann, obwohl das Ergebnis das gleiche ist: Ein Mensch ist tot. Das klingt unfair, aber so ist die Gesetzeslage eben. Und das ist auch nur die Spitze des Eisberges. Wenn du es genau wissen willst, studier Jura."

Es verschlug mir im ersten Moment die Sprache. Woher wusste er so etwas? Ich hatte mich wohl nicht gut genug vorbereitet. Blauäugig war ich in dieses Gespräch gegangen und hatte geglaubt, dass die Bildung, die ich aus Fernsehsendungen bekam, der Realität entsprach. Im Nachhinein hätte ich mich mehr mit dem Thema auseinandersetzen sollen, um jetzt nicht als inkompetentes Naivchen vor ihm zu sitzen.

„Ähm", begann ich und biss mir verärgert auf die Unterlippe.

„Denkst du, ich sitze hier den ganzen Tag nur herum und drehe Däumchen?", fragte er gereizt und obwohl mich seine Präsenz und sein starrender Blick irgendwie einschüchterten, beschloss ich, dass es Zeit war, aus meinem Schneckenhaus herauszukommen. Egal, was in seiner Vergangenheit passiert war, jetzt saß er mir als Häftling gegenüber. Mir konnte nichts passieren und es gab keinen Grund, mich so von ihm einschüchtern zu lassen. Ich durfte nicht erlauben, dass er mich aus dem Konzept brachte.

„Du bist ein ziemlicher Klugscheißer", warf ich ihm an den Kopf, auch wenn diese Beleidigung nicht gerade für meine Kompetenz sprach. „Du könntest etwas höflicher zu mir sein. Ich habe dir nichts getan und ich bin nur hier, um mit dir zu sprechen. Es tut mir leid, wenn ich mich vorab nicht genug informiert habe, aber das gibt dir nicht die Erlaubnis, so herablassend zu sein." Ich schnaufte und war erstaunt über meinen Mut.

„Entschuldigt, Mylady, ich würde ja Eure Hand küssen, aber mir sind die meinen leider gebunden", höhnte er und klapperte abermals mit seinen Handschellen. Ich warf ihm einen strafenden Blick zu. Frechheit gegen Sarkasmus zu tauschen machte es nicht gerade besser.

„Die letzten sieben Jahre hier haben wohl ihre Spuren hinterlassen. Hier wird nicht so viel Wert auf Freundlichkeit gelegt", erklärte er etwas freundlicher und leckte sich das trocknende Blut von der Lippe. Als ich auf die Wunde in seinem Gesicht sah, erinnerte ich mich an meine Frage, deren Antwort er mir noch schuldig war.

„Was macht dich denn nun zu jemandem, der hier ungern gesehen ist, wenn es nicht die Art deiner Straftat war, die dir hier das Leben schwer macht?"

„Die meisten Insassen kommen eher aus ärmlichen Verhältnissen und sind deswegen überhaupt erst straffällig geworden. Da ich aus der Oberschicht komme, empfinden sie mich als Außenseiter. Oder sie können einfach keine ‚Klugscheißer' leiden." Bei dem letzten Satz hob er einen Mundwinkel, ohne dass dieses Lächeln seine Augen erreichte.

Ich war mir nicht sicher, ob er mich jetzt absichtlich aufs Korn nahm. Offenbar verstand er unser Gespräch nicht als professionelles Interview, sondern als Spaß. Ich hatte ihm allerdings auch noch nicht viel Anlass gegeben, unser Gespräch ernst zu nehmen. Aber vielleicht war auf diese lockere Weise mehr aus ihm herauszukriegen. Vielleicht würde ich so das wahre Gesicht dieses Mannes kennenlernen können.

„Sei froh, dass du wehrlos bist, sonst hätte ich meinen Kuli nach dir geworfen", sagte ich mit einem leichten Grinsen.

„Ah, ein Ninja bist du auch noch, Prinzessin", provozierte er mich.

„Eine Ninja–Prinzessin–Autorin", korrigierte ich ihn und er hob mit einem „Oh" die Augenbrauen.

„Und worüber schreibst du? Heiße Typen im Knast?"

„Na ja, bisher ja nur ein heißer Typ", das war so ehrlich, dass ich selbst kurz schockiert über meine eigenen Worte war. Ich schlug mir die Hände vor den Mund und erwartete den schlimmsten Konter des Jahrhunderts, doch Liam sah mich einen Moment einfach nur schweigend an, dann wandte er tatsächlich seinen Blick von mir ab und sah nach unten auf meine Notizen, wo noch kein Wort auf dem karierten Block stand. Ich musste lächeln. War er schüchtern?

„Also, worüber schreibst du?", wich er aus. Vielleicht war es jetzt an der Zeit zu dem eigentlichen Grund meines Besuches zu kommen. Wir hatten genug belanglose Neckereien ausgetauscht, auch wenn ich tatsächlich Gefallen daran gefunden hatte und sogar die Tatsache verdrängt hatte, dass ich einem gefährlichen Mann gegenübersaß.

„Ich bin der Ansicht, dass viele Straftäter zu Unrecht und viel zu schnell von der Gesellschaft abgeschoben und fallen gelassen werden. Wie du eben schon angedeutet hast, haben manche einfach Hunger oder wissen es nicht besser. Ich will zeigen, dass hier nicht nur schlechte Menschen sitzen, dass nicht jeder Gefangene ‚böse' ist, sondern jeder seine Geschichte, seinen Hintergrund hat. Und dass sie sich ändern können. Es wird ein Buch, das helfen soll, euch Ausdruck zu verleihen. Also auch dir, es ist quasi auch dein Buch. Gibt es etwas, dass du gerne sagen möchtest, was jeder wissen soll?"

Ich hob meine Brauen und sah ihn fragend an. Meine eigenen Worte erfüllten mich mit Stolz und ich fühlte mich gut.

„Tut mir leid, dafür bin ich der Falsche", antwortete Liam ausweichend. Er wirkte angespannt. Hinter seinem Rücken knackste etwas. Seine Finger?

„Wi...", begann ich, als die Tür aufgedrückt wurde und Daniel mich prompt unterbrach.

„Tut mir leid, Kleines. Wir müssen die Sitzung heute etwas früher beenden. Wegen des Vorfalls eben herrscht hier etwas Unruhe und wir müssen den Affenzirkus erst mal in den Griff kriegen. Du kommst besser an einem anderen Tag wieder", sagte er mit fester, aber entschuldigender Stimme. Ohne eine weitere Aufforderung stand

Liam auf und ging auf den Beamten zu. Dieser nahm den Insassen schweigend und mit dankbarem Blick für die Kooperation entgegen, indem er ihm eine Hand auf die Schulter legte. Die beiden Männer gingen vor mir, während ich eilig meine leeren Notizen zusammensuchte und zurück in die Ledermappe legte. Wir verließen das Besucherzimmer und Daniel drehte sich um, um die Tür hinter mir abzuschließen. Als wir schließlich den Korridor hinabgingen, kamen uns zwei Beamte entgegen, die gerade eine Gruppe Häftlinge zurück in ihre Zellen eskortierten. Ein mulmiges Gefühl beschlich mich, als die Blicke der Sträflinge an mir auf und ab wanderten, als wäre ich ein Stück Fleisch im Löwenkäfig. Als könnte ich damit irgendetwas verstecken, hielt ich meine Mappe schützend vor mich und versuchte, möglichst unauffällig wegzuschauen.

„Na Heidi, hattest du deinen Spaß mit der kleinen Fotze?", ertönte die kratzige Stimme eines der Insassen. Heidi? Stöhnend schloss ich meine Augen. Primitives Volk. Und eben hatte ich noch so gut über diese Menschen gesprochen.

Einer der anderen lachte und ich hörte ein klatschendes Geräusch. Welche Geste er machen musste, konnte ich mir – auch ohne es zu sehen – gut vorstellen.

„Ruhe!", herrschte Daniel die Gruppe an.

„Ist ja klar, dass die Reichen sich die teuersten Nutten leist..." Die Stimme des Mannes erstarb, als Liams Körper plötzlich vorschnellte.

3

„Liam!!!“, rief ich erschrocken.

In letzter Sekunde bekam Daniel Liams Handschellen zu fassen und hielt ihn fest. Die Ketten rasselten. Ein tiefes Raunen ging durch die Schar der Männer.

Liam stand nun bedrohlich nah vor dem Mann, der uns die Beleidigungen zugerufen hatte. Dieser Widerling trug einen schwarzen Oberlippenbart und tiefe Falten zogen wie Krater durch sein Gesicht. Die schmalen Lippen hatte er verzogen und die Nase gerümpft, während er verächtlich dem zwei Köpfe größeren Liam in die Augen blickte.

Ich hörte nicht, was die beiden Männer sprachen. Alles, was ich vernahm, war ein leises Zischen. Was sagte Liam zu ihm?

„Beherrsch dich, Liam! Bist du verrückt, deine Freilassung wegen so etwas aufs Spiel zu setzen?“, bellte Daniel aufgebracht.

Angestrengt zog er ihn wieder zurück und stieß ihn dann vor uns her, den Gang entlang, während die anderen Beamten damit beschäftigt waren, die nun wild fluchende Schar von Insassen unter Kontrolle zu bringen. Mein Puls raste immer noch. Es waren zwar noch zahlreiche weitere Wächter anwesend, doch die Stimmung im Trakt war aufgeladen. Für einen Moment hatte ich schon vor meinem geistigen Auge gesehen, dass hier ein Aufstand und eine Massenprügelei ausbrach und ich mit gebrochener Nase irgendwo in einer Ecke landete. Wenn es nur die Nase war und nicht viel schlimmer …

Meine Gedanken wurden unterbrochen, als wir an Liams Zelle ankamen und er diese mit einer solchen Ruhe betrat, als wäre nie etwas gewesen.

Kurz bevor Daniel die Tür schloss, kreuzten Liams eisblaue Augen meinen Blick und hielten ihn gefangen. Erst der schwere Stahl mit dem kleinen Sichtfenster durchbrach den Moment. Mit einem tiefen, dumpfen Hall fiel die Tür ins Schloss.

„Tut mir leid", entschuldigte Daniel sich heute zum vermutlich hundertsten Mal, „Liam hat bisher nie Probleme gemacht. Sonst hätten wir ihn nicht mit dir reden lassen. Alle psychologischen Gutachten sprechen absolut für ihn und ich verstehe nicht, wieso er jetzt solche Rückschritte macht." Verzweifelt schüttelte er seinen Kopf und hob kurz die Schultern. Auch wenn er streng mit den Insassen umging, war er im Herzen ein guter Kerl und daran interessiert, dass jeder Einzelne von ihnen ab hier den richtigen Weg beschritt.

Ich müsste ihn auf jeden Fall in den Danksagungen erwähnen!

„Ich weiß nicht. Beim Gespräch war er …", nett konnte man das ja nicht nennen. Ich überlegte, „… besonnen und ruhig. Und ich hab auch nichts Böses gesagt!" Ich hob die Hände, um meine Unschuld zu zeigen.

Daniel lachte auf. „Das hätte ich dir auch nicht unterstellt. Trotzdem müssen wir mal schauen, ob wir noch ein Gespräch zulassen können. Sein Verhalten gefährdet seine Freilassung."

Das wollte ich ganz sicher nicht. Dennoch missfiel mir der Gedanke, ihn nicht noch einmal sehen zu können. Ich hatte noch so viele Fragen. Nicht nur die, die auf meiner Liste standen. Um ehrlich zu sein, brannten mir die persönlichen sogar viel mehr auf der Zunge. Wer war Liam? Wieso hielt er sich für den Falschen, um ein Wort an die Menschen außerhalb der JVA zu richten? Wie konnte so ein kluger, attraktiver Mann im Gefängnis landen? Warum hatte er die Tat begangen? Es war mir ein Rätsel. Er war mir wirklich ein Rätsel. Ein aufregendes Rätsel.

„Oh nein, es gibt noch so viel, das ich wissen muss!“, warf ich ein, „das Ganze war doch wirklich nicht Liams Schuld. Klar, er hat sich provozieren lassen, aber eine Strafe bekommen sollten die Kerle, die ihren Mund nicht halten konnten. Er war wirklich offen im Gespräch und hat mich zu keiner Sekunde bedroht oder einen gefährlichen Eindruck gemacht.“

Daniel seufzte resigniert und legte mir die Hand auf die Schulter. „Ich schau, was ich für dich machen kann und schreibe dir dann, in Ordnung?“

Seine Geste und seine Worte beruhigten mich und ich atmete tief durch. „Danke“, nuschelte ich und ließ mich anschließend von ihm zum Ausgang begleiten. Zum Abschied boxte ich ihm freundschaftlich gegen den Oberarm und spürte noch beim Hinausgehen sein schelmisches Grinsen im Rücken.

Meine Schritte führten mich quer über den Parkplatz zu meinem bunten Polo. Und mit bunt meinte ich wirklich bunt. Ich hatte ihn von meinem Vater zum bestandenen Abitur geschenkt bekommen, damit ich zur Uni fahren konnte. Laut seiner Aussage hatte er absichtlich ein so auffälliges Auto gewählt, weil ich damit besser von anderen gesehen würde und er nicht jedes Mal, wenn er einen liegen gebliebenen Polo sähe, Angst haben müsste, dass ich es bin. Also fuhr ich nun eine mehrfarbige Schrottkarre, die ich trotz ihrer Zicken sehr liebte. Ich warf die Ledermappe durch die geöffnete, gelbe Tür auf den Beifahrersitz, bevor ich selbst umständlich hineinkletterte. Auf meinem zwanzigminütigen Weg nach Hause ging mir das Gespräch mit Liam immer noch durch den Kopf und ich beschloss, zu Hause dringend nach ihm zu googeln.

Ich lenkte den Wagen in die Einfahrt unseres Grundstücks und fuhr unter den Carport vor unserem kleinen Einfamilienhaus. Der graue Skoda meines Vaters stand auch bereits dort, also würde ich nicht allein daheim sein. Eilig nahm ich meine Unterlagen vom Beifahrersitz und stiefelte den schmalen, hell gepflasterten Weg zu der Eingangstür hinauf. Wir wohnten in einem ruhigen Viertel der Stadt, das wenige Fahrminuten vom Zentrum entfernt war. Die Nachbarschaft war klein und man kannte sich untereinander. Ich kramte meinen Hausschlüssel aus der Handtasche und balancierte ungelenk die Notizen in meinen Armen, während ich aufschloss.

„Bin zu Hause!“, rief ich in den engen Flur hinein und sah von hier aus, dass im Wohnzimmer der Fernseher lief. Mein Vater antwortete mir irgendetwas, was ich nicht verstand.

„Nee, ich esse später!“, erwiderte ich auf gut Glück und sprintete die gewendelte Holztreppe hinauf. Mit dem Rücken schloss ich die Tür hinter mir, warf mein Zeug auf mein Bett und klappte direkt den Laptop auf.

Ungeduldig trommelte ich mit meinen Fingern auf meinem uralten Eichenschreibtisch herum. Das Notebook brauchte wie immer viel zu lange, um hochzufahren. „Ein ... horn ... kotze“, murmelte ich konzentriert, während ich mein Passwort in den Anmeldebildschirm tippte und wartete, dass Windoof endlich startete. Ich öffnete den Browser und rieb mir gedanklich die Hände. „So Google, verrate mir alles über ‚Li... am Win... ter... feld‘.“ Zufrieden schlug ich auf die Entertaste und wartete gespannt darauf, was mir das Internet offenbaren würde.

4

Gleich beim ersten Eintrag sprang mir die Headline „21-Jähriger ermordet Zuhälter brutal in seiner Wohnung“ entgegen. Ich klickte auf den Link und überflog den Artikel nach Informationen über Liam.

„Am Abend des 23. Juni 2010 wurde der 28-jährige Sebastian C. in seiner Wohnung in Blabla kaltblütig ermordet. Bla, bla, bla ... die Polizei wurde von der Freundin des Opfers alarmiert, die die Leiche mit dem noch anwesenden Täter fand ... Bla, bla, bla ... geht derzeit von einer Tat aus Eifersucht aus.“ Eifersucht? Ich legte meinen Zeigefinger an meine Lippen und rollte mit meinem Schreibtischstuhl einige Zentimeter zurück. Nachdenklich kniff ich meine Augen zusammen. 2010 war Liam also 21 gewesen, dann musste er jetzt ... streng dich an, Gehirn! „... 28 sein!“, presste ich angestrengt hervor, als wäre es eine Geburt und keine einfache Rechenaufgabe gewesen. Da der Artikel sonst nichts weiter hergab, scrollte ich hinab zu den Kommentaren:

– Hoffentlich bekommt er lebenslänglich und wird nie wieder freigelassen.

– Was für eine sinnlose Tat! RIP Sebastian.

– Wieso? War doch ein Zuhälter. Umso besser!

– Habt ihr die Bilder auf rotten.com gesehen?

– Eintrag von Redaktion gelöscht

Daraufhin folgte ich dem geposteten Link zu der erwähnten Website und schlug mir die Hand vor den Mund. Mit zusammengekniffenen Augen drehte ich den Kopf zur Seite und bereute es, jemals meiner Neugierde gefolgt zu sein. Obwohl ich sofort reagiert hatte, war das blutige Bild in mein Gedächtnis gebrannt. Von dem Gesicht des Toten war kaum noch etwas zu erkennen, Knochensplitter ragten aus dem eingedrückten Schädel, der nur noch als rote Masse aus Haut, Gehirn und Zähnen zu erkennen war. Mit einer ungeheuren Wut und Gewalt musste gnadenlos auf ihn eingeschlagen worden sein. Mit einem flauen Gefühl in der Magengegend und leichtem Schwindel klappte ich den Laptop wieder zu.

Fuck.

Ich stand von meinem Schreibtischstuhl auf und lief eine Runde durch mein Zimmer, um mich wieder zu beruhigen. Nachdem ich mir mehrfach mit den Händen über das Gesicht gestrichen hatte, ließ ich mich nach hinten auf mein Bett fallen und starrte unter die Holzdecke. Obwohl ich bereits zwanzig war, lebte ich noch in meinem alten Jugendzimmer. Das Geld, das mein Vater mit seiner Firma verdiente, reichte aus, um unser Haus und unsere beiden Autos zu finanzieren. Für Luxus blieb uns weder Geld noch Zeit und um ehrlich zu sein, fehlte mir auch das Interesse daran. Worauf ich wirklich stolz war, das war mein großes Bücherregal, das sich über die gesamte Längsseite des Zimmers erstreckte, vollgestopft mit diversen literarischen Werken. Von Fantasy über Drama bis Sachbuch fand sich hier alles, was mich interessierte oder irgendwann mal interessiert hatte. Besonders liebte ich die Bücher von H. P. Lovecraft. Auch wenn Horror sonst nicht mein Genre war, schaffte er es dennoch, mich in seinen Bann zu ziehen. Die Art, wie er schrieb, inspirierte mich unheimlich und war sicherlich einer der Gründe, warum ich selbst Autorin werden wollte.

„Helena!", riss mich das Gebrüll meines Vaters von unten aus meinen Tagträumen.

„Ja?", schrie ich zurück.

„Helena!", er hatte mich offenbar nicht gehört.

„JA?!"

„Helena!!!", augenrollend hievte ich mich aus meinem Bett und riss meine Zimmertüre auf.

„Was denn??“, brüllte ich das Treppenhaus hinab und sah ihn durch die Sprossen hindurch in der Küchentüre stehen.

„Schrei doch nicht so!“, maßregelte er mich und ich verkniff mir jeden Kommentar über Hörgeräte, „willst du nicht endlich mal was essen? Komm, wir warten!“ Eigentlich war das ungute Gefühl in meiner Magengegend immer noch nicht ganz verschwunden, doch wenn ich nachdachte, hatte ich seit heute Morgen nichts mehr gegessen und eigentlich ließ ich nie eine Mahlzeit ausfallen. Nie!

„Was gibt es denn?“, fragte ich neugierig, während ich langsam die knarzende Treppe hinabging. Dass mein alter Herr gekocht hatte, grenzte ohnehin an ein Wunder, denn normalerweise war ich diejenige, die das Essen auf den Tisch stellte und sich um den Haushalt kümmerte.

„Königsberger Klopse“, antwortete mein Vater und ich hob verwundert meine Brauen. „Hast du gekocht?“

„Nein, Bofrost, habe ich aufgewärmt“, verkündete er stolz und wir betraten zusammen die kleine Küche, in der mein jüngerer Bruder bereits wartete. Mürrisch hatte er seine Stirn in Falten gelegt und funkelte mich unter seinem schwarz gefärbten Schopf hervor an. Er war sechs Jahre jünger als ich und in der Blüte seiner Pubertät. So wie ich hatte er die blaugrünen Augen unserer Mutter geerbt, denn Vaters waren braun wie Schokolade. Das, was wir beide von ihm geerbt hatten, waren allerdings die haselnussbraunen, lockigen Haare.

„Na, lässt du dich auch endlich mal blicken?“, fuhr mich mein Bruder an und ich zerwühlte mit einer Hand kommentarlos seine Frisur, ehe ich mich auf meinen Stammplatz neben ihm niederließ.

„Warst du wieder bei den Knackis?“, fragte er dann, während er sich eine unglaubliche Portion Essen auf den Teller schaufelte.

„Jap“, antwortete ich knapp und schöpfte mir selbst Essen auf den Teller. Nachwürzen war nicht nötig, da mein Vater grundsätzlich alles versalzte. Aber trotzdem musste ich zugeben: Es war lecker. „Super aufgewärmt, Papa“, lobte ich ihn, woraufhin er mit einem Grinsen stolz auf seinen eigenen Teller blickte. Nachdem ich einen weiteren, großen Bissen heruntergeschluckt hatte, wandte ich mich wieder meinem Bruder zu.

„Wie läuft es in der Schule? Was hat es bei der Englischarbeit gegeben?“

„Schule ist wie immer.“

„Und?“, hakte ich nochmal nach.

„Was und?!“

„Na, die Englischarbeit!“

„Das geht dich gar nichts an!“ Sein Tonfall war genervt und wütend.

Ich legte mein Besteck auf den Tisch und drehte mich vollkommen zu ihm.

„Florian! Ich bin deine große Schwester!“

„Ja, aber nicht meine Mutter!“, rief er zornig und richtete sich auf. Dann verließ er mit stampfenden Schritten die Küche.

„Flo!“, ich warf einen hilfesuchenden Blick zu meinem Vater. Dieser schloss nur die Augen und schüttelte den Kopf. „Lass ihn einfach. Es ist nicht deine Schuld, Helena“, sagte er mit leiser Stimme. Er stocherte mir seiner Gabel abwesend auf dem Teller herum. Auch wenn ich selbst wusste, dass es nicht an mir lag, ging es mir schlagartig schlecht. Zu solchen Situationen kam es immer wieder und wir hatten alle Hände voll zu tun, um unsere kleine Familie zusammenzuhalten. Meistens gelang uns das auch recht gut, aber Rückschläge waren dennoch jedes Mal schwer zu verkraften. Für meinen alten Herrn allerdings noch schwerer als für mich. Er wirkte um Jahre gealtert, als er den Blick nach unten richtete und die Stirn plötzlich voller Sorgenfalten war. Ich hatte das Gefühl, dass sein kurzes, dunkles Haar in der letzten Zeit viele graue Stellen bekommen hatte. Er arbeitete sehr viel, um unser Leben zu finanzieren und die Selbstständigkeit mit seiner Firma forderte ihn sieben Tage die Woche. Das Vibrieren meines

Handys riss mich aus meinen trüben Gedanken. Wer schrieb mir um die Uhrzeit? Ich zog es aus der Hosentasche und warf einen neugierigen Blick darauf.

Es war eine Nachricht von Daniel: *Guten Abend, Kleines. Gute Nachrichten. Der Direktor gibt Liam noch eine Chance. Das ist aber die letzte! Sag ihm also, dass er sich benehmen soll. Wann kommst du vorbei?*

Ohne dass ich es beeinflussen konnte, breitete sich ein Grinsen auf meinen Lippen aus und Erleichterung erfüllte mich. „Na, was grinst du denn so?“, fragte mein Vater und ich musste selbst amüsiert über mich schmunzeln. „Ist es ein Junge?“

„Schon – aber nicht das, was du denkst. Es geht um die ‚Knackis‘“, antwortete ich und spürte, wie mein Appetit sich wieder regte.

5

Die nächsten Tage waren vollgestopft mit Vorlesungen, Erledigungen für den Haushalt und abendlichem Lernen für die bevorstehende Klausurphase. So verging die Zeit wie im Flug, bis ich meinen Polo abermals auf dem Parkplatz der JVA abstellte, die Ausweiskontrolle und die Leibesvisitation hinter mich brachte und zusammen mit Daniel in Richtung des Besucherzimmers ging.

„Wird es jetzt Konsequenzen für Herrn Winterfeld geben?", fragte ich ihn, während er hinter uns eine Flurtür schloss.

„Nein", antwortete er, „ich habe den Verantwortlichen erklärt, dass er nur Opfer der Provokation war, auch wenn er auf so etwas natürlich nicht anspringen sollte. Liam ist leider mit keinem sehr langen Geduldsfaden gesegnet. Daran wird er arbeiten müssen, wenn er wieder draußen ist. Sonst sehe ich ihn schneller wieder, als ihm lieb ist. Er bekommt schließlich den Rest seiner Strafe nur auf Bewährung ausgesetzt."

„Du setzt dich ganz schön für ihn ein, oder?", wollte ich wissen. Ein sanftes Lächeln legte sich auf die Lippen des Beamten. Er sah mich nicht an, sondern blickte einfach weiter geradeaus.

„Wir sind gleichzeitig hier angekommen. Vor sieben Jahren hatte ich meinen ersten Tag und er wurde hierhingebracht. Wir kennen uns schon sehr lange und verstehen uns auch ziemlich gut", erklärte er und ich stellte fest, dass er dann doch schon ein paar Jahre älter sein musste als er aussah. „Klar, er hat seine Aggressionsprobleme, aber selbst die hatte er zunehmend in den Griff bekommen. Ich würde behaupten, dass wir Freunde sind."

Ein dickes Grinsen stahl sich auf mein Gesicht und ich kniff ihn in die Seite. „So süß!“, quietschte ich und war erstaunt darüber, wie schrill meine Stimme sein konnte.

„Lass mich!“, murrte Daniel mit leicht geröteten Wangen und fuchtelte nach mir wie nach einer lästigen Fliege. Während ich noch dümmlich vor mich hinlachte, erreichten wir den Besucherraum.

Eben dieses Lachen blieb mir im Hals stecken, alsder Blick eines stechend blauen Augenpaars mich durchbohrte.

Liam saß bereits auf dem Stuhl vor dem Tisch. Der zugeteilte Wächter stand positioniert an seinem Fleck und ich wie ein Eichhörnchen im Scheinwerferlicht in der Tür, nicht sicher, ob ich mich tot stellen oder so tun sollte, als wäre nichts. Ich räusperte mich und entschied mich für Letzteres.

„Guten Tag, Liam“, grüßte ich ihn und meine Hand zuckte schon, weil ich sie ihm reichen wollte. Im letzten Moment besann ich mich jedoch eines Besseren und setzte mich einfach.

„Was gibt es denn so Witziges?“, fragte er mich forsch und zerstörte damit mein Vorhaben, meinen peinlichen Auftritt einfach zu übergehen. Aber da ich nicht auf den Kopf gefallen war, nutzte ich die Chance, den schwarzen Peter an Daniel weiterzureichen.

„Daniel hat mir nur gerade seine Liebe zu dir gestanden“, höhnte ich mit einem schelmischen Grinsen. Hinter mir hörte ich, wie sich der Beschuldigte, mit der Hand vor den Kopf fasste und vor mir sah ich, wie Liam interessiert und belustigt die Augenbrauen hob.

„Ich warte beim Eingang“, sagte Daniel und tat das einzig Sinnvolle: Flüchten.

„Ich liebe dich auch!“, rief Liam ihm zu, kurz bevor sich die Tür hinter ihm schloss, und lachte dann. Es klang unheimlich rein. Irgendwie unschuldig. Ein wunderschönes Lachen, welches mir im ersten Moment die Sprache raubte. Als sich sein Blick von der Tür löste und auf mich richtete, wurde er schlagartig wieder ernst. Was zur Hölle …?

„Du kannst mich nicht leiden, oder?“, fragte ich und spürte, wie durch diese Erkenntnis ein Stechen durch meine Brust zog. Liams Mimik lockerte sich wieder.

„Doch. Ich mag es bloß, wenn du verunsichert bist.“

„Psycho“, flüsterte ich mit dem Anflug eines Grinsens.

Liam lehnte sich auf seinem Stuhl zu mir vor, was mich dazu brachte, ein wenig zurückzuweichen. Wenn er so nah kam, fühlte ich mich durch seine starke Präsenz bedrängt.

„Was glaubst du, warum ich hier bin?“, raunte er leise und sah mich einige Momente intensiv an, in denen ich erstarrte. „Aber keine Sorge, alle Tests sprechen dagegen.“ Mit einem Augenzwinkern lehnte er sich wieder zurück und ich schnappte nach Luft wie ein Ertrinkender.

„Du bist hier, weil du einen Mann zu Brei geschlagen hast!“, brach der Schock von meinem Internetfund aus mir heraus und ich sah, wie Liam im ersten Moment schluckte. Dass ich so direkt war, hatte er sicherlich nicht erwartet.

„Du hast es also gesehen?“, wollte er wissen. Es war mehr eine Feststellung, als eine Frage, dennoch nickte ich.

„Was hast du dir dabei gedacht? Ich meine, noch brutaler und noch toter geht wohl nicht. Mit was hast du auf ihn eingeschlagen?“, sprudelten die Worte aus mir hervor, wie frisches Wasser aus einer Quelle. Ich wollte es einfach verstehen. Verstehen, was ihn zu dieser Tat getrieben hatte. Was in ihm vorgegangen war! Ich konnte mir einfach nicht vorstellen, dass jemand einen anderen Menschen zu Brei schlug, weil es ihm Spaß machte. Vielleicht war ich naiv. Vielleicht verleugnete ich die Grausamkeiten kranker Geister.

„In so einer Situation denkt man nicht sehr viel“, Liam legte seine Hände auf den Tisch und schob sie zu mir nach vorne. Moment mal, Hände?!

„Wieso bist du nicht ...“

„... gefesselt? Weil es dieses Mal keinen Aufstand auf dem Flur gab und es keinen Grund dazu gibt. Du bist mein Besuch, da werde ich doch nicht in Handschellen hergebracht.“

„Oh …“, sagte ich stirnrunzelnd. Mein Blick richtete sich wieder auf seine Handrücken. Was wollte er mir damit sagen? „Sieh hin“, wies er mich an, als er das Fragezeichen sah, das mir deutlich im Gesicht stehen musste, „siehst du die Narben?“

In der Tat befanden sich feine, weiße Linien auf seinen Knöcheln. Ich betrachtete eingehend seine Hände. Sie waren groß und äußerst kräftig. Wie Waffen. Als mir das bewusst wurde, stockte mir der Atem.

„Du hast ihn … mit deinen Händen …“, stotterte ich. Die Bilder der Website fanden ihren Weg zurück vor mein inneres Auge und mein Magen begann, Purzelbäume in meinem Bauch zu schlagen. All das Blut, diese gnadenlose, unmenschliche Zerstörungswut, die sich wie eine Explosion in dem Gesicht des Opfers ausgebreitet hatte. Dazu waren diese Hände in der Lage gewesen? Die Haare an meinen Armen und in meinem Nacken hatten sich bereits aufgestellt und mein Puls raste, als würde ich rennen. Meine Handinnenflächen wurden feucht vom Angstschweiß und ich umklammerte meinen Kugelschreiber fester, mit dem ich eigentlich Notizen machen wollte.

Warum? Warum hatte er so etwas Schreckliches getan?

6

„Nicht hyperventilieren“, hörte ich Liams Stimme weit entfernt und spürte, wie sich etwas Warmes um meine Hand schloss. Mein Atmen beruhigte sich wieder ein wenig und mein Verstand kehrte in die Realität zurück, fort von den schrecklichen Bildern, die sich in mein Gedächtnis gebrannt hatten. Als ich hinab zu der Wärmequelle sah, erkannte ich, dass Liam meine Hand umschlossen hielt und ein Blick in seine Augen verriet mir, dass er sich sorgte. Auch der Wachmann hatte sich von seiner Position gelöst und war einen Schritt näher gekommen.„Keine Berührungen“, rügte er Liam, der daraufhin direkt wieder von meiner Hand abließ. Als mir bewusst wurde, dass ich ausgesehen haben musste, als stünde ich kurz vor der Ohnmacht, lachte ich peinlich berührt und zog schnell meine Hand fort.

„Alles gut, alles gut!“, beruhigte ich die beiden Männer, „ich bin einfach zart besaitet.“ Verdammt! Jetzt wurde es aber Zeit, dass ich mich zusammenriss und das tat, weswegen ich hier war. Die ganze Sache ging mir näher als sie sollte. Ich setzte mich aufrechter hin, ordnete meine Notizen vor mir und die Gedanken in meinem Kopf. Ich reckte mein Kinn, straffte die Schultern und festigte meinen Blick auf den Insassen mir gegenüber.

„Wieso musste dieser Mann sterben, Liam?“

„Ich habe ihn gehasst“, antwortete er erstaunlich zügig, doch das war offenbar noch nicht alles, „er hat etwas Unverzeihliches getan.“

„Was kann so schlimm sein, dass man dafür sterben muss?", fragte ich ihn und drückte die Spitze des Kulis angespannt auf das Papier. Doch er lehnte sich schweigend auf seinem Stuhl zurück und löste seinen sonst starren Blick von mir, um sich im Zimmer umzusehen.

„War es aus Eifersucht?" Das war zumindest das, was das Internet mir gestern ausgespuckt hatte.

Meine Aufmerksamkeit wurde nun wieder auf seine Hände gelenkt, als ich sah, wie er diese zu kneten begann und schließlich mit seinen Daumen die Mittelfinger herabdrückte, bis ein fürchterliches Knacken zu hören war.

„Ich möchte nicht darüber reden, Helena." Die Art, wie er meinen Namen aussprach, ließ mir einen Schauer über den Rücken jagen und ich beschloss, dieses Thema vorerst auf sich beruhen zu lassen. Immerhin sollte das hier kein Verhör werden, sondern ein Interview.

„O. K., dann zu einem anderen Punkt." Ich war froh, die Situation entschärfen zu können, „Was hast du vor deiner Haft gemacht? Warst du schon fertig mit der Schule? Hast du gearbeitet?" Auch Liam schien sich bei diesen banalen Fragen etwas zu entspannen, denn sein Blick richtete sich wieder auf mich.

„Na ja, um ehrlich zu sein, bin ich recht früh auf ‚die schiefe Bahn' geraten. Ich habe gestohlen, gedealt, verbotene Substanzen zu mir genommen und mit Prostituierten geschlafen", erzählte er mir mit einem Schulterzucken und ruhiger Stimme, als wäre es das Normalste auf der Welt, „ich habe auch keinen wirklichen Schulabschluss gemacht, muss ich gestehen. Es regnete Vorladungen für meine Eltern und Verweise. Generell hatte ich ein Problem mit Autoritäten. Ich prügelte mich auf dem Schulhof, klaute Geld und geriet schließlich an die falschen Leute. So nahm das Schicksal seinen Lauf. Meine Abschlüsse konnte ich ja zum Glück hier, während ich meine Strafe absaß, nachholen."

Ich notierte mir alles und sah ihn dann dennoch fragend an.

„Wieso hast du Geld gestohlen? Ich dachte, du kommst aus besseren Verhältnissen?"

„Das hatte verschiedene Gründe. Mal war es der Kick, mal hatte es derjenige verdient, mal brauchte ich es einfach. Nur weil ich aus gutem Haus komme, bedeutet das nicht, dass mir meine Eltern ein viel höheres Taschengeld gegeben hätten. Mein Vater war geizig und meine Mutter lebte im Luxus und hätte für mich auf nichts verzichtet."

Ich legte meine Stirn in Falten, als ich versuchte, die Emotionen hinter seinen Worten zu erkennen. Vergeblich. Er schien dabei vollkommen ruhig und distanziert zu sein.

„Kommen sie dich besuchen?"

Er schüttelte den Kopf. „Nein, gar nicht. Wir haben nicht das beste Verhältnis zueinander."

„Wer kommt dich denn dann besuchen?" Mitgefühl schlich sich ungewollt in meine Stimme.

„Du", antwortete er und auf seinen Lippen bildete sich ein mildes Lächeln, das zum ersten Mal auch seine Augen erreichte, denn seine Lider mit den langen, dunklen Wimpern schlossen sich minimal und ein leichter Glanz war in ihnen zu erkennen.

Verdutzt blinzelte ich einige Male. War ich denn die Einzige? Und im Endeffekt war ich sogar nur wegen meines Buches hier und nicht als eine Freundin. Bei dem Gedanken an den Hintergrund meines Besuches fiel mir meine Frage und seine ausweichende Antwort von unserem letzten Gespräch wieder ein: „Warum bist du nicht der Richtige?", fragte ich wie aus dem Nichts und Liam schien überhaupt nicht zu wissen, was ich meinte und kräuselte seine Brauen.

„Du meinst, weil ich einsitze?", fragte er, „aber bald bin ich ja frei. Vielleicht bin ich dann ja der Richtige, wenn es dich abschreckt, dass wir uns nur ab und an im Besucherraum sehen können."

Den Verwirrtheits-Ball hatte er mir wieder zurückgeworfen. Ich versuchte angestrengt zu verstehen, was er von mir wollte, doch am Ende kam nur ein nicht sehr intelligentes „Hä?" über meine Lippen.

Liam schmunzelte belustigt.

„Du hast gefragt, warum ich nicht der Richtige bin. Und abgesehen davon, dass ich im Gefängnis sitze und ein Menschenleben auf dem Gewissen habe, bin ich intelligent, gebildet und attraktiv. Also durchaus kein schlechter Fang."

Nun fiel sogar bei mir der Groschen und zwar so laut und scheppernd, als wäre er direkt auf einen Gong gefallen, sodass nun selbst jeder chinesische Mönch Bescheid wusste. Augenblicklich spürte ich, wie meine Wangen und Ohren heiß wurden. Mein Gesicht musste rot leuchten, wie eine Ampel.

Weil ich aber nicht wieder die arme Maus sein wollte, die sich von dem selbstbewussten Kerl überrumpeln ließ, antwortete ich: „Na ja, um einer Ninja–Prinzessin–Autorin das Wasser reichen zu können, muss man eben schon mehr sein als kein schlechter Fang." Ich zwinkerte ihm nun meinerseits zu, was ihn tatsächlich dazu veranlasste, nach rechts wegzublicken. „Bei unserem letzten Gespräch habe ich gesagt, dass das Buch, das ich schreibe, auch deines ist und dich gefragt, ob du etwas hast, was du der Öffentlichkeit gerne mitteilen möchtest. Daraufhin sagtest du, du seist nicht der Richtige dafür und unser Treffen wurde unterbrochen. Ich habe mir danach noch lange Gedanken gemacht, was du damit gemeint haben könntest. Was lässt dich glauben, dass du der Falsche bist, um die Stimme der Straftäter zu sein?"

Liams stechende Augen durchbohrten mich mit ihrem intensiven Blick. Seine Iris sprang kaum merklich von rechts nach links und zurück, während er mein Gesicht still musterte. „Weil ich kein guter Mensch bin, Helena. In mir wirst du nicht das finden, was du suchst", hauchte er dann.

7

„Ich suche auch nichts, ich will die Wahrheit zeigen und ich glaube, dass du dafür genau der Richtige bist“, erwiderte ich und konnte sein Unbehagen deutlich sehen. Sein Blick verlor schlagartig die Intensität, mit der er mich angesehen hatte und ich bemerkte, wie er die Schultern, beinahe schützend, etwas anhob. Er lehnte sich dabei zurück, fast als würde er sich mir so entziehen wollen. Doch dieser Verlust seiner sonst so coolen und abgeklärten Art hielt nicht lange an. Seine Körperhaltung änderte sich, als er sich wieder aufrichtete, dabei den Rücken kurz durchstreckte und sich wieder nach vorn zu mir lehnte. Unter dem Tisch knackste etwas und ich vermutete, dass es seine Finger waren, da ich dieses Verhalten an ihm schon mal bemerkt hatte und psychischer Stress vielleicht ein Auslöser dafür war.

„Gut Helena, ich bin sehr gespannt, was die Wahrheit ist. Doch viel Zeit, sie herauszufinden, hast du nicht mehr, da es unser letztes Gespräch sein wird.“ Sagte er und ließ die Schultern kurz kreisen, „in Kürze werde ich entlassen.“

„Schon?!“, entfuhr es mir und er entgegnete mir mit einem vorwurfsvollen Blick. „Also, ich freue mich für dich, aber ...“ Der Gedanke, dass wir uns nicht mehr unterhalten konnten, dass dieser kleine Schlagabtausch hier ein Ende haben sollte, versetzte mir einen Stich. „Wir können uns doch draußen treffen, in einem Café oder so“, schlug ich plötzlich vor, was nicht nur ihn, sondern auch mich selbst überraschte. Hatte ich gerade wirklich einem Mörder, Entschuldigung, Totschläger ein Date vorgeschlagen? Draußen, ohne Handschellen und Wachmänner?

„Willst du das wirklich?“, hakte er unsicher nach, als ob er diese Vorstellung unrealistisch fände. War es denn so abwegig? Sicher war ich zwar eigentlich nicht, aber das musste er ja nicht wissen, so nickte ich mit einem aufmunternden Lächeln.

„Ja. Das will ich sogar sehr gerne. Immerhin machst du ein ganz schönes Rätsel um dich und Helena Holmes will jeden Fall lösen.“ Wieder schwieg er einen Moment lang und sah mit einem Lächeln auf den Lippen herab auf seine großen, vernarbten Hände. Liam beugte sich schließlich herunter und hob etwas vom Boden auf. Es war so klein, dass er es mit beiden Händen umfassen und somit verstecken konnte. Verwirrt sah ich von diesen hinauf in sein Gesicht, in welchem noch immer ein Lächeln zu sehen war. „Ich wollte es dir eigentlich zum Abschied geben“, sagte er, ehe er eine aus Holz geschnitzte Figur offenbarte. Sie war gerade mal so groß wie ein Spatz, aber viel schmaler und zeugte von unglaublichem, handwerklichem Geschick. Dargestellt war eine Frau mit langen Haaren und einem altgriechisch anmutenden Gewand. Man konnte sogar ihre kleine, spitze Nase erkennen und ihren schmollenden Mund.

„Wer ist das?“, fragte ich, während ich noch voller Bewunderung das Kunstwerk betrachtete.

„Das ist Helena, die Tochter von Zeus und Leda. Sie war so schön, dass jeder Mann sie besitzen wollte und ein ganzer Krieg um sie ausbrach. Sie ist deine Namensgeberin.“ Vorsichtig schob er die kleine Figur zu mir hinüber und ich nahm sie behutsam in meine Hände, strich mit den Daumen über das teils sehr scharfkantige Holz, das herb und harzig roch.

„Woher weißt du das und woher kannst du so etwas?“

„Ich hatte viel Zeit“, sagte er schulterzuckend und als wäre es überhaupt keine Leistung, die große Anerkennung verdiente. Das sah ich allerdings ganz anders. Am liebsten hätte ich ihn für diese supersüße Geste umarmt, doch das verkniff ich mir lieber.

Stattdessen sah ich ihn mit funkelnden Augen an und brachte ein rührseliges „Danke!“ über meine Lippen. Liam lächelte zufrieden. Es kam mir vor, als hätten wir, obwohl es erst das zweite Mal war, dass wir uns sahen, Riesenschritte aufeinander zu gemacht. Dass dieser Mann mir mit so einem persönlichen Geschenk eine Freude bereiten würde, hätte ich mir am Ende unseres letzten Treffens niemals erträumt.

„Herr Winterfeld, es wird Zeit“, meldete sich eine unbekannte Stimme zu Wort und zerstörte diesen wirklich schönen Moment. Liam sah zu dem Wärter hinauf und nickte ihm zu, ehe er sich wieder an mich wandte.

„Du hast es gehört. Noch eine letzte Frage an mich, bevor ich bald in die Freiheit entlassen werde?“

„Guter Punkt! Was wirst du als Erstes tun, wenn du wieder draußen bist?“

„Ich such mir ‘ne Frau.“

„Wofür?“

„Zum Heiraten, Helena. Zum Heiraten.“ Plötzlich überkam mich das starke Bedürfnis, ihm den Mittelfinger zu zeigen, doch ich besann mich eines Besseren und bedachte diese Aussage nur mit einem giftigen Blick.

„Ich bin halt auch nur ein Mann und kann nicht darauf warten, dass eine Ninja–Prinzessin–Autorin bei mir vorbeigeritten kommt.“ Mit diesen Worten richtete er sich auf und ich tat es ihm gleich. Auch wenn ich noch nicht gehen wollte, wusste ich, dass es sich nicht länger vermeiden ließ. Er trat gemeinsam mit dem Beamten um den Tisch herum, sah diesen kurz an und wartete auf eine Bestätigung in Form von einem Nicken und dieses Mal war er es, der mir die Hand entgegenhielt. Mit einem Herzschlag bis zum Hals ergriff ich sie. Sie war angenehm warm und stark, aber hielt meine so behutsam, als wäre sie aus Porzellan und könnte unter seiner Berührung zerbrechen. Unsere Blicke kreuzten sich ein letztes Mal, ehe wir unseren Griff voneinander lösten und nur noch ein verblassender Hauch seiner Wärme auf meiner Haut zurückblieb. Ich sah ihm hinterher, wie er aufrecht und mit ruhigen Schritten dem Wärter aus dem Raum folgte.

„In dir steckt nichts Gutes, hm?", sagte ich zu mir selbst, während mein Blick hinab auf die kleine Holzfigur in meiner Hand wanderte und sich meine Mundwinkel unwillkürlich nach oben hoben.

Kurz darauf betrat Daniel den Raum, um mich in Empfang zu nehmen und zurück zum Ausgang zu begleiten.

„Diesmal ist es besser gelaufen", erzählte ich ihm, „schade, dass meine Interviews mit ihm ein Ende haben." Ich verstand, wieso sich Daniel mit Liam angefreundet hatte.

„Keine Sorge, Kleines. Wir finden einen neuen Straftäter für dich, den du mit deinen Fragen löchern kannst", grinste der Beamte und stieß mich mit seinem Ellbogen etwas zu kräftig an, sodass ich gegen die nächste Wand taumelte.

„Autsch! Pass doch auf", jammerte ich, während ich mir meinen Oberarm rieb, um die Schmerzen zu lindern. Einen kleinen, frechen Bruder war ich gewohnt, aber mit der brachialen Liebe eines Großen kam ich noch nicht ganz klar.

„Danke, Daniel, für alles, was du für mich und die Insassen tust", sagte ich, als wir beim Haupteingang ankamen, und schenkte ihm ein liebevolles Lächeln. „Es sollte viel mehr Leute wie dich in dieser Welt geben."

Verlegen kratzte er sich am Hinterkopf und schob mich zur Tür, bevor ich noch mehr rührseligen Kitsch quasseln konnte.

„Fahr vorsichtig, Helena."

„Mach ich, bis demnächst, Daniel!"

Während ich zu meinem Auto lief, verflog das Grinsen auf meinen Lippen langsam wieder. Nachdem ich die rote Fahrertür zugezogen hatte und die Stille des Cockpits mich umfasste, fühlte ich mich plötzlich einsam und niedergeschlagen. Es kam mir vor, als hielte eine unsichtbare Gestalt meine Brust fest umschlossen und versuchte, mir das Atmen zu erschweren. Um die negativen Gedanken abzuschütteln, drehte ich die Musik extra laut auf und fuhr kurz darauf mitgrölend vom Parkplatz. Zu Hause würde ich mir eine Tafel Schokolade zu Gemüte führen, danach wäre ich wieder die fröhliche Helena, so, wie es sein sollte!

Zwanzig Minuten später parkte ich wie immer unter unserem Carport, mit dem Unterschied, dass Papas Wagen heute fehlte. Sicher musste der arme Mann wieder Überstunden schieben. Ich beschloss, dass ich den beiden Herren heute eine extra leckere Mahlzeit kochen würde, um unseren Streit von letztens wieder gutzumachen. Seitdem hatten mein Bruder und ich nicht mehr wirklich miteinander gesprochen.

Obwohl ich gerade dabei war, meine gute Laune wiederzufinden, beschlich mich plötzlich ein ungutes Gefühl, als ich die zwei Stufen zu unserer Haustür hinaufging und diese öffnete.

„Flo?", rief ich in den Hausflur hinein, doch ich erhielt keine Antwort. Seine Schuhe lagen ungeordnet auf der Fußmatte und ich stellte sie fluchend zusammen. Hundertmal hatte ich ihm schon gesagt, dass irgendwann mal einer drüberfällt und sich etwas bricht. Zumindest bewiesen sie mir, dass er zu Hause sein musste.

„Florian!", versuchte ich es erneut und diesmal lauter, falls er wieder seine Kopfhörer anhatte. Als abermals keine Antwort die Stille im Haus durchbrach, stiefelte ich die Treppe hinauf. Es war Zeit, dass er aufhörte, mit mir zu schmollen wie ein Kleinkind. Konnten wir uns nicht endlich wieder vertragen?

„Florian, ich...", mir blieben die Worte im Halse stecken, als ich die Zimmertür öffnete und seinen regungslosen Körper auf dem Teppich liegen sah.

8

„Florian!“, rief ich, als der Schock gleichzeitig heiß und kalt durch meinen Körper fuhr und das Adrenalin mich zum Handeln brachte. Ohne nachzudenken warf ich alles, was ich in meinen Händen trug, alle Notizen und Unterlagen beiseite und rannte auf ihn zu. Mit über das Parkett schlitternden Knien kam ich neben meinem Bruder zum Halten und versuchte ihn aufzuwecken, indem ich ihn auf den Rücken drehte und an seinen Schultern rüttelte. Das Weiß in seinen verdrehten Augen verhieß jedoch nichts Gutes. Er rührte er sich nicht.

„Fuck“, keuchte ich und fuhr mir durch die Haare. Was sollte ich tun? Als ich mich umsah, um nach meinem Handy zu suchen, fiel mir die leere Wodkaflasche ins Auge, die eine Armlänge von ihm weggerollt war und sich nun in den Füßen seines Schreibtischstuhls verkeilt hatte. War das der Grund seiner Ohnmacht? Dabei hatte er doch mit eigenen Augen gesehen, wie so etwas enden konnte.

Ich fand mein Handy an der Tür neben meinen Unterlagen und wählte mit zitternden Händen den Notruf. Das Freizeichen erklang ein, zwei Mal, dann hörte ich eine kurze Bandansage, ehe sich eine männliche Stimme meldete:

„Notruf Leitzentrale.“

„Hier ist Helena Weiß, mein Bruder liegt bewusstlos in seinem Zimmer. Ich glaube, er hat zu viel Alkohol getrunken“, sprach ich deutlich, aber so schnell es ging.

„Wo wohnen Sie denn?“, fragte der Mann am anderen Ende der Leitung, und ich gab ihm die Adresse unseres Hauses durch.

„Gut", sagte er, „der Rettungsdienst ist auf dem Weg zu Ihnen. Haben Sie die Atmung kontrolliert?"

Ich lehnte mich über meinen Bruder und hielt mein Ohr an seinen Mund und die Nase. Erleichtert stellte ich fest, dass ein warmer, kaum merklicher Hauch über meine Haut streifte.

„Ja, er atmet noch", antwortete ich.

„Versuchen Sie ihn in die stabile Seitenlage zu legen. Dazu legen Sie ihn auf den Rücken."

„Habe ich schon!"

„Nehmen Sie seine Hand und legen Sie diese auf die andere Seite seines Kopfes, sodass sein Handrücken seine Wange berührt." Ich klemmte mir mein Telefon zwischen Ohr und Schulter und leistete der Anweisung folge. Allein wäre ich dazu niemals in der Lage gewesen. Natürlich hatte ich einen Erste-Hilfe-Kurs gemacht, bevor ich meinen Führerschein gemacht hatte, doch das lag nun auch schon drei Jahre zurück.

„Jetzt stellen Sie sein Bein auf und ziehen ihn daran auf die Seite. Halten Sie seine Hand dabei weiter fest!"

Just in dem Moment, indem ich Florian zu mir zog, entleerte sich sein Mageninhalt, der hauptsächlich aus Galle und Flüssigkeit bestand, über seine Hand und auf den Fußboden. Zum Glück konnte durch die Seitenlage nichts in seine Atemwege gelangen. Der beißende, saure Geruch stieg mir sofort in die Nase und löste bei mir ebenfalls Übelkeit aus, einzig das Adrenalin hielt mich vom Würgen ab. „Sind Sie allein? Ist irgendjemand da, der Ihnen helfen kann?", fragte der Mann vom Rettungsdienst mit seiner ruhigen, abgeklärten Stimme. Anrufe wie dieser lösten sicher längst keinen Stress mehr bei ihm aus – was gut war, denn es reichte ja, wenn ich selbst vollkommen überfordert war. Dass er keinerlei Anzeichen von Besorgnis zeigte, gab mir ein winziges Gefühl von Sicherheit. „Nein, ich bin allein. Unser Vater ist noch nicht zu Hause."

„Bleiben Sie ganz ruhig. Der Rettungswagen wird in wenigen Minuten bei Ihnen sein. Kontrollieren Sie weiterhin seine Atmung und warten Sie, bis der Notarzt eintrifft."

Damit war unser Telefonat beendet und ich verbrachte die nächste Zeit damit, zwischen dem Fenster und meinem Bruder hin und her zu laufen, um abwechselnd nach dem Krankenwagen Ausschau zu halten und seine vitalen Funktionen zu kontrollieren. Noch nie in meinem Leben wurde mir die Relativitätstheorie so bewusst wie in diesen wenigen Minuten, in denen ich so ausharren musste. Sie kamen mir vor wie Stunden. In der Zeit ging mir so viel durch den Kopf und vor allem die Frage nach dem Warum. Was hatte meinen Bruder dazu gebracht, sich bis zur Besinnungslosigkeit zu betrinken? Oder war es doch nur ein Unfall gewesen und er hatte sich überschätzt, wie es die Jugendlichen so gern tun?

Als ich endlich die Sirene hörte und das Blaulicht blinkend um die Straßenecke biegen sah, machte sich eine unglaubliche Erleichterung in mir breit. Mit schnellen Schritten rannte ich die Stufen hinab und riss die Haustür auf. Jede Matte und alle Schuhe, einfach jedes Hindernis, das die Sanitäter aufhalten konnte, schaffte ich natürlich fort. Nur wenige Augenblicke später erblickte ich die Männer in Rot-Weiß, denen ich sofort den Weg zum Zimmer meines Bruders wies.

„Warten Sie hier unten, wir kümmern uns um Ihren Bruder", sagte einer der Sanitäter zu mir, woraufhin ich im Eingangsbereich stehen blieb und die Treppe hinaufsah. Nach wenigen Sekunden begann ich schon wieder hin und her zu laufen, versuchte zu verstehen, was oben gesprochen wurde. Es ging hektisch zu und es fielen viele Fachausdrücke, mit denen ich nichts anfangen konnte. Zum Glück dauerte es nicht lange, bis sie mit meinem Bruder auf einer Trage die Treppe wieder herunterkamen. Ich trat schnell zur Seite und presste mich mit dem Rücken an die Garderobe im Flur, um sie durchzulassen. Der Anblick, der sich mir bot, rief mir den Ernst der Situation noch einmal mit Nachdruck ins Gedächtnis. Sein bleiches Gesicht war mit einer Atemmaske bedeckt und in seinem Arm steckten die Nadeln der Infusionen, die ihn sicher bis in die Klinik stabilisieren sollten. Er sah so fahl aus. So tot. Einer der Männer wandte sich noch einmal an mich.

„Wir bringen ihn ins städtische Krankenhaus, wollen Sie mit uns fahren, oder kommen Sie mit ihrem eigenen Auto nach? Wenn Sie selbst fahren, packen Sie Ihrem Bruder eine Tasche mit Kleidung und Zahnbürste, er wird sicher ein paar Tage bei uns bleiben müssen."

„Ich denke, ich fahre selbst, ich will noch unserem Vater Bescheid sagen", antwortete ich und wartete, bis sie das Haus verlassen hatten, um hinter ihnen die Tür zu schließen. Als ich das Schloss hinter mir zuschnappen hörte und einen Schritt zurück in den Flur gemacht hatte, wurde mir mit einem Mal schlecht und schwindelig, sodass ich mich auf die unterste Treppenstufe sinken ließ. Ich vergrub das Gesicht in meinen zitternden Händen, und als der Adrenalinspiegel in meinem Blut wieder abflachte, wurde mir das Geschehen erst richtig bewusst. Ich brach in Tränen aus und fühlte mich auf einmal so hilflos und schwach. Unkontrolliert schluchzte ich, meine Lunge flatterte und ich konnte mich gar nicht mehr beruhigen. Warum hatte er das getan? Warum tat er uns das an? Hatte er aus Mutters Fehlern nicht gelernt? Papa und ich taten doch alles, um unsere kleine Familie zusammenzuhalten. Hatte ihn der Streit mit mir dazu gebracht, so etwas zu tun? Konnte ich ihm vielleicht nicht genug Halt geben?

Das Geräusch der Tür, die aufgeschlossen wurde, riss mich aus meinen Gedanken. Wie lange ich hier gesessen hatte, konnte ich gar nicht mehr einschätzen. Mein Vater betrat den Flur und in dem Moment, als ich sein vertrautes Gesicht sah, sprang ich von der Treppe auf und rannte in seine Arme. Erneut musste ich mich den Tränen geschlagen geben, die unaufhörlich ihren Weg meine Wangen hinab fanden. Obwohl er im ersten Moment einfach nur verwirrt und schockiert war, umarmte er mich tröstend.

„Großer Gott, Kind, was ist denn los?“ Seine Stimme war belegt, ich konnte seine Angst regelrecht hören. Im Flur lag alles verstreut, dreckige Schuhe waren die Treppe hochgetrampelt und seine Tochter empfing ihn heulend wie ein Schlosshund. Er musste sich das Schlimmste ausmalen. Es dauerte einen Augenblick lang, bis ich die Kraft und den Mut dazu aufbringen konnte, zu ihm zu sprechen.

„Florian liegt im Krankenhaus.“

9

Ich erklärte meinem schockierten Vater, was passiert war und wie ich meinen Bruder vorgefunden hatte. Wir packten eine Tasche mit allem Notwendigen für ihn und machten uns dann sofort auf den Weg ins Krankenhaus. Es war ein fünfstöckiger, weißer Gebäudekomplex mit flachem Dach und einer liebevoll angelegten Parkanlage davor. Im Frühling blühten die Kirschbäume in einem wunderbaren Rosa und umsäumten die verschlungenen Pfade abwechselnd mit tief hängenden Weiden. Ein ebenmäßig gepflasterter Weg führte in einer minimalen Steigung zum Haupteingang hinauf. Wir durchquerten die zwei großen Glastüren, die sich automatisch öffneten und betraten die große Eingangshalle. Der sterile Geruch und das Hallen der Schritte auf dem alten Steinboden riefen in mir keine schönen Erinnerungen hervor. Wir folgten direkt der Beschilderung in Richtung Notaufnahme und durchquerten lange Korridore mit grauem Vinylboden und unzählbar vielen Türen. An unserem Ziel angekommen, erkundigten wir uns bei der freundlichen Dame am Schalter nach meinem Bruder und wurden gebeten, noch einen Augenblick Platz zu nehmen. Das war in Arztpraxen und Krankenhäusern stets eine Lüge, denn dieser *Augenblick* dauerte meist Stunden. Dafür konnte das Personal natürlich nichts, denn Grund war die mangelnde Anzahl an Ärzten für die große Bevölkerung und der Drang der Menschen, bei jedem Schnupfen zum Notarzt zu fahren. Überraschend schnell wurden wir jedoch in den Besprechungsraum gerufen, in dem der Arzt hinter seinem großen, leeren Schreibtisch saß und auf uns wartete. Er trug einen weißen Kittel, eine dezente Brille mit dünnem, silbernem Rand, hatte graue, kurze Haare und war vermutlich im Alter meines Vaters. Ein mildes Lächeln umspielte seine schmalen Lippen, als er aufstand, um zuerst mich und dann meinen Vater mit einem kräftigen Händedruck zu begrüßen.

„Herr Weiß, richtig?", fragte er und wartete auf das Nicken meines Vaters, ehe er weitersprach, „ihr Sohn Florian wurde mit einer schweren Alkoholvergiftung bei uns eingeliefert und ist jetzt in einem stabilen Zustand." Mit einer Handbewegung lud er uns ein, uns auf den beiden Stühlen vor seinem Schreibtisch Platz zu nehmen und ergriff dann die Akte. „Laut den Rettungskräften vor Ort muss er allein in seinem Zimmer getrunken haben, ist das korrekt?" In Einklang nickten wir stumm und beschämt. Was musste dieser Mann nun von uns denken? „Wir müssen davon ausgehen, dass er sich über die Konsequenzen bewusst gewesen sein muss und allein solch eine Menge Alkohol in seinem Zimmer zu konsumieren, lässt uns leider befürchten, dass es sich hierbei um einen Selbstmordversuch handelt."

Aus dem Augenwinkel sah ich, wie Vaters Gesicht alle Farbe verlor. Er sah aus wie eine Kalkwand und auch ich spürte, wie mein Kreislauf absackte. Selbstmordversuch. Dieses Wort schwebte wie das Schwert des Damokles über unseren Köpfen.

„Wenn er sich erholt hat und entlassen werden kann, werden wir ihn in eine jugendpsychiatrische Einrichtung übergeben. Dort wird man gut für ihn sorgen und bis dahin wird er hier von unserem Psychologen betreut werden. Herr Weiß, ich habe Ihnen bereits einen Termin bei ihm gemacht. Es ist wichtig, dass wir mehr über seine Lebenssituation erfahren, damit er die bestmögliche Hilfe erhalten kann."

Obwohl Florian sicher nicht der erste Jugendliche mit Alkoholvergiftung in einer Klinik war, konnten wir der Befürchtung des Arztes, dass es sich wahrscheinlich um einen Suizidversuch handelte, nichts entgegensetzen. Mein Bruder hatte in seinen jungen Jahren schon viel Schlimmes gesehen und erlebt und war in letzter Zeit zunehmend abweisender und zurückgezogener geworden. Er hatte sich verändert und ich vermisste den kleinen, lachenden Jungen, der sich über meine Spaghetti mit Tomatensoße freute und mit dem Badewasser planschte. Der Arzt erklärte uns, dass es noch etwas dauern würde, bis er wieder aufwachen würde. Mein Vater bestand darauf, dass ich nach Hause fuhr, weil ich morgen einen langen Unitag vor mir hatte und mich dringend etwas ausruhen sollte. Außerdem hatte ich noch nichts gegessen und war furchtbar erschöpft. Ich war mir zwar sicher, dass es Papa keinen Deut besser ging, doch er war eben genauso stur wie ich. Ich verabredete mit ihm, dass er bis morgen Abend bei Florian bleiben würde und ich ihn dann nach meinen Vorlesungen ablösen würde. Hätte ich zu diesem Zeitpunkt gewusst, was passieren würde, hätte ich die Chance nicht verstreichen lassen, noch einmal mit meinem Bruder sprechen zu können. Doch nichtsahnend fuhr ich wieder zurück zu unserem dunklen, leeren Haus, in dem noch alles so lag, wie wir es überstürzt verlassen hatten. Obwohl ich oft allein hier war, kam mir die Stille in der Küche diesmal bedrückend vor, während ich einen Putzeimer fertig machte, um Florians Zimmer zu reinigen. Ich schlurfte die Treppe hinauf und fand die Notizen von meinem letzten Gespräch mit Liam, verteilt über den Holzboden. Einige der Blätter waren zerknickt und dreckig, weil die Sanitäter wohl darübergelaufen waren. Mit schwerem Herzen zog ich eine der Seiten unter dem Türspalt hervor und betrachtete meine Stichpunkte.

Der letzte Stichpunkt war, dass er sich selbst für keinen guten Menschen hielt. Wenige Zentimenter entfernt entdeckte ich die kleine Holzhelena, die er für mich geschnitzt hatte und hob sie behutsam auf. Ich drückte sie gegen meine Brust und irgendwie schenkte sie mir Kraft und Trost. So begann ich schließlich, das Chaos zu beseitigen und fiel am Ende dieses Tages entkräftet in mein Bett. Es dauerte lange, bis ich die Bilder des heutigen Abends aus meinem Gedächtnis verbannen konnte und in einen unruhigen Schlaf fiel, der von den Geistern meiner Vergangenheit heimgesucht war.

10

Die Vorlesungen am nächsten Tag begannen viel zu früh und dauerten viel zu lange, zumindest für meinen übermüdeten Verstand, der sich einfach nicht auf das konzentrieren wollte, was der Professor unten an der Tafel erklärte. Die Bilder des Vortages kreisten immerzu vor meinem inneren Auge und vermischten sich mit der Frage, wie es meinem Bruder gerade ging und der Vorstellung, dass mein alter Herr selbst vollkommen fertig bei ihm ausharren musste. Dazu kam die Angst, dass man ihn uns wegnehmen, unsere kleine Familie auseinanderreißen würde. Der Tag zog sich wie Kaugummi, und dass ich alle drei Minuten auf mein Handy sah, machte das Gefühl nicht besser. Meine Freunde und Kommilitonen versuchten, mich aufzuheitern, mich abzulenken, doch selbst das konnte mich nicht aus meiner Blase aus Sorgen und Gedanken befreien. Als die Vorlesung endete und ich endlich den Klapptisch hochdrücken und aus der Bankreihe herausklettern konnte, schienen die letzten Sonnenstrahlen tief durch die Fenster. Die Universität war schon fast menschenleer und wir waren die Einzigen, die noch in Richtung der alten, zweiflügeligen Eichentür des Haupteingangs gingen. Das alte Gebäude hatte hohe Decken und dicke, kalte Steinwände, sodass es hier selbst im Sommer meist so frisch war, dass man sich ein Jäckchen überziehen musste. Es war eine der ältesten Universitäten Deutschlands und das Institut war stolz auf seine lange Geschichte und dass sie die Weltkriege überlebt hatte. Deswegen war an der Außenwand auch das blau-weiße Zeichen des Denkmalschutzes angebracht. Als ich nach draußen trat, war es noch warm, doch die Luft drückend und schwül und es war nahezu windstill. Mit zusammengekniffenen Augen sah ich zum Horizont, an dem sich dunkle Wolken auftürmten, die bald auch das letzte Tageslicht verschlingen würden. Ob ich dieses Unwetter mit meinem Trübsal hierhergelockt hatte? War das die Gewitterwolke über meinem Kopf? Mit einem unguten Gefühl eilte ich zu meinem Polo und hoffte, dass ich noch vor dem großen Regen im Krankenhaus ankommen würde. Der Innenraum des Wagens hatte sich über den Tag so aufgeheizt, dass mir schon nach kurzer Zeit der Schweiß auf der Stirn stand. Eine Klimaanlage hatte ich nicht und die heruntergekurbelten Fenster ließen nur Fliegen und warme Luft herein. Aber gerade war dieses Luxusproblem mein geringstes. Nach einer Weile auf der Landstraße war mir klar, dass ich nicht mehr trocken ankommen würde und sowie ich zu dieser Erkenntnis gelangt war, klatschte der erste dicke Tropfen auf meine Windschutzscheibe. Es dauerte keine zehn Sekunden, bis aus den vereinzelten Aufschlägen ein ganzes Trommelfeuer wurde, das in meinen Ohren dröhnte. Und meine Scheibenwischer versuchten verzweifelt, die Wassermassen beiseitezuschieben. Ein Wunder, dass ich mit meinen „Pizzaschneider-Reifen", wie mein Vater sie nannte, überhaupt noch auf der Fahrbahn blieb. Es war schlagartig dunkel geworden, als hätte das Unwetter alles Licht aus der Welt getilgt. Dafür blies nun ein Sturm wütend über die Straßen und ich war froh, als ich die Stadtgrenze passierte und keine Angst mehr haben musste, dass ein Baum auf mich stürzt.

Gott, wie ich so ein Wetter zum Autofahren hasste. Der nasse Asphalt spiegelte so sehr, dass ich die Fahrbahnmarkierungen kaum erkennen konnte und ich musste mich mit zusammengekniffenen Augen weit über das Lenkrad beugen, um mich irgendwie zu orientieren. Was würde ich in dem Moment für ein modernes Auto mit Xenonscheinwerfern geben? Zu allem Überfluss begann meine Frontscheibe zu beschlagen und stöhnend versuchte ich, sie mit meinem Ärmel freizuwischen. An der nächsten Ampel blieb ich stehen und suchte nach den Schildern, die mir den Weg zum Krankenhaus wiesen. Aber irgendwie war ich gar nicht da, wo ich hinwollte.

Vermutlich war ich falsch abgebogen. Scheiße hier aber auch! Mein Puls begann zu rasen, ob vor Stress oder Wut, keine Ahnung. Ich entschloss mich, einfach geradeaus weiterzufahren und erkannte dann, dass ich mich schon in der Nähe der Klinik befinden musste. Da hinten ist die Kirche mit der ...

Lautes Hupen riss mich aus meinen Gedanken und meinen Blick zurück auf die Straße. Ich sah, dass ein Auto mit Warnblinker wenige Meter vor mir stand. Mein Fuß trat augenblicklich auf die Bremse und vermutlich hatte ich unglaubliches Glück, dass ich nicht in den Kofferraum meines Vordermanns hineinfuhr. Mit rasendem Herzen und zitternden Händen sah ich in den Rückspiegel. Der Transporter hinter mir musste mich gewarnt haben und ich hob meine Hand entschuldigend, wohl wissend, dass mich in der Dunkelheit ohnehin niemand sah. Aber warum staute es sich jetzt plötzlich hier? Vergeblich versuchte ich, an den Autos vorbeizublicken und die Ursache zu finden, doch erst als ich die Sirenen näherkommen hörte und bald darauf die Feuerwehr an mir vorbeirauschte, war mir klar, dass es sich um einen Unfall handeln musste oder die Straße war abgesoffen. Das konnte ich jetzt wirklich nicht gebrauchen. Gerade so konnte ich dem Impuls widerstehen, meine Stirn auf die Hupe zu schlagen, stattdessen donnerte ich meinen Handballen auf das Lenkrad und begann genervt und nachdenklich auf meiner Lippe herumzukauen. Ich beschloss, dass ich den Rest auch zu Fuß gehen konnte, dann wäre ich zwar klatschnass, aber wer wusste schon, wie lang ich hier stehen würde. Mein Vater brauchte sicher dringend eine Pause und ich wollte wissen, wie es Florian ging. Vielleicht sollte ich Papa Bescheid sagen. Ich nahm mein Handy und wollte gerade lostippen, als ich feststellen musste, dass ich keinen Empfang hatte. Kack Unwetter. Heut ging aber auch echt alles schief. Zwischen Heulen und Ausrasten setzte ich den Blinker und kurbelte meinen Wagen aus der Reihe, wendete, um einfach in die nächste Straße reinzufahren und dort zu parken. Zumindest glaubte ich, dass es ein Parkplatz war, könnte auch ein Standstreifen oder eine Bushaltestelle gewesen sein. Weil ich nichts anderes hatte, schnappte ich mir die Ledertasche mit meinen Notizen und hielt sie mir über den Kopf. Zum Glück wurde der Regen in diesem Moment auch ein bisschen weniger und ich spurtete los, versuchte dabei, dem Parcours aus Pfützen, so gut es ging, auszuweichen. All meinen Bemühungen zum Trotz waren meine Sandalen kurz darauf klatschnass und schmatzten bei jedem Schritt eklig vor sich hin. „Bah, ey!“, fluchte ich und flüchtete mich unter einen Dachvorsprung. Diesem folgend bog ich um die nächste Ecke in eine kleine Gasse, von der ich mir erhoffte, dass sie eine Abkürzung war. Zumindest musste es in etwa die Richtung sein, in der die Klinik lag. In diesem Stadtteil war ich bisher wirklich selten gewesen und kannte mich deshalb auch nicht gut aus. Da ich die einzige Irre war, die bei dem Wetter zu Fuß unterwegs war, gab es auch niemanden weit und breit, den ich hätte fragen können. Ich erreichte eine Art Hof, der von Gebäuden umringt war. Eines davon schien eine alte Schlachterei zu sein und das andere ein Elektronikladen, welcher um die Zeit jedoch geschlossen hatte. Gitterrollläden vor den Schaufenstern bestätigten dies. Rechts von mir standen einige überfüllte Müllcontainer und ich bekam einen halben Herzinfarkt, als plötzlich eine Katze heraussprang und miauend in einer Einfahrt verschwand. Wo zum Henker war ich hier gelandet? Plötzlich gesellte sich ein weiteres Geräusch zu dem Prasseln des schwächer werdenden Regens, dem entfernten Rauschen von Autos und des Windes. Dumpfes Stimmengemurmel drang an mein Ohr, doch ich konnte nicht verstehen, was sie sagten, bloß, dass eine irgendwie aufgelöst klang. Ich hielt kurz inne, versuchte zu lauschen.

„Bitte“, dieses flehende Wort hörte ich nun ganz deutlich, obwohl die Stimme schon fast gebrochen klang, erstickt. Mein Puls beschleunigte sich abermals und ich weiß nicht, welches Pferd mich geritten hat, dass ich nun loslief und zwar genau auf die Geräuschquelle zu. Das war der Moment, an dem mein Verstand „Stopp, kehr um, du Idiotin“, hätte rufen müssen, doch das tat er nicht. Er schwieg, als wäre er mal eben einen Kaffee holen und würde von nichts etwas mitbekommen. Und so war es mein Körper, der die

Kontrolle übernahm und meine Beine dazu veranlasste, weiterzulaufen und erst zu stoppen, als ich plötzlich eine Gestalt erkannte, die mit dem Rücken zu mir stand. Der schwarze Pullover war durchnässt und klebte glänzend an ihr oder eher ihm – denn die Person war eindeutig männlich, so groß und breit gebaut, wie sie war. Er stand vor einer kahlen Hauswand, an der der Putz schon an einigen Stellen abgeplatzt war, sodass man das darunterliegende Mauerwerk erkennen konnte. Dagegen gedrückt wurde eine zweite Person, deren Beine in der Luft baumelten, strampelten und die versuchte, irgendwie die Hände, welche um ihren Hals lagen, zu lösen.

„Hör auf, bitte", presste das Opfer abermals hervor und, obwohl es dunkel und verregnet war, konnte ich das Weiß in den panisch aufgerissenen Augen erkennen. Wie angewurzelt war ich stehen geblieben und nur langsam wurde mir bewusst, was ich hier gerade erblickte. Mit heftigem Atmen, brennenden Lungen und benebeltem Geist stand ich da und starrte schockiert auf die Situation, als der Fremde den strampelnden Mann langsam niederließ, unbarmherzig weiter zudrückend, bis sein Widerstand immer weniger wurde und letztlich gänzlich erstarb. Achtlos wurde der Körper zu Boden fallen gelassen und der Mann drehte sich in einer vollkommenen Ruhe zu mir um, führte die Hände zueinander, woraufhin ein Knacken erklang und kam dann mit großen, schweren Schritten auf mich zu. Ich schlug mir die Hand auf den Mund und riss meine Augen auf. Das, was ich dort gesehen hatte, war so schrecklich, so surreal, als wäre es der Feder von Lovecraft entsprungen. Doch es war keine Fantasie, es war kein Traum und keine Einbildung – es war die blutige Realität.

Mein Puls raste und ich tat das Einzige, was mir in meinen vor Schreck benebelten Verstand kam: Ich drehte um und rannte. So schnell ich konnte, rannte ich.

II

Ich kam nur wenige Schritte weit, als mein Kopf an den Haaren nach hinten gerissen wurde, ich dadurch zurücktaumelte und gegen einen Körper prallte. Wie ein Schraubstock legte sich ein Unterarm um meinen Hals und hielt mich mit gnadenloser Gewalt gefangen. Ich begann zu strampeln, hinter mich zu schlagen, zu kratzen, zu beißen und versuchte vergeblich, mich aus diesem Griff zu befreien, doch alle meine Anstrengungen waren vergebens. Ich war vollkommen panisch und hatte schreckliche Angst um mein Leben, ich konnte nicht atmen und die Gewissheit, dass ich mich aus dieser Klemme nicht selbst befreien konnte, ließ mir das Blut in den Adern gefrieren. Das hier war mein Ende, es war mein Scheiß Ende! In meinen Lungen begann es schmerzhaft zu brennen und ein starkes Druckgefühl breitete sich in meinem ganzen Schädel aus. Mein Gesicht wurde glühend heiß und vor meinen Augen breitete sich langsam ein schwarzer Schleier aus, der die Welt um mich zu verhüllen begann. Papa, Flo, es tut mir so leid. Es tut mir leid, dass ich euch alleinlasse. Meine Gedanken begannen unsinnig zu werden. Wer würde den Müll rausbringen? Wer würde die Handyverträge rechtzeitig kündigen? Hatte ich überhaupt die Fenster geschlossen? Es hatte doch so stark geregnet, was, wenn das Laminat aufquoll? Meine Finger krallten sich mit letzter Kraft in den starken Arm um meinen Hals, bis mich die taube Dunkelheit vollkommen umfing.

Als ich wider Erwarten zu mir kam, schnellten meine Hände sofort zu meinem Hals, doch dort war nichts mehr, was mir die Luft abdrückte. Tief Luft holend setzte ich mich auf und sah mich hektisch um. Ich befand mich in einem Raum, der gerade so groß war, dass das kleine Bett, auf dem ich saß, der Länge nach hineinpasste. Ein altes Holzpult, das etwa die Größe einer Fußmatte hatte und ein schmaler, aber hoher Schrank nahmen den restlichen Platz ein. Übrig blieb nur eine kleine Gasse zu der einzigen Tür, die sich am Raumende befand. Die Wände waren aus hartem Laubholz, dessen regelmäßiger Braunton ab und an durch ein Astloch unterbrochen wurde und sonst nur wenig Maserung aufwies. Auch der Boden war aus Dielen gefertigt und die staubige Luft roch trocken und harzig. Eine einzelne Glühbirne baumelte an einem schwarzen Kabel von der Decke und spendete spärliches, gelbes Licht, das kaum ausreichte, jede Ecke der Kammer zu erreichen. Die Schleifspuren auf dem Boden verrieten mir auch, dass es noch nicht lange her sein konnte, dass dieser Raum mit den vollkommen unpassenden Möbeln bestückt worden war. Als mein Blick die blau-weiße Blümchenbettdecke entlangwanderte und schließlich meine Füße erreichte, bemerkte ich erst, dass mein Fuß mit einem Stück Wäscheleine an dem unteren Pfosten des Bettes festgebunden war. „Was zur ...“, entfuhr es mir, als ich versuchte, ihn aus der Schlinge zu befreien. Sie war so fest um mein Gelenk gebunden, dass es in meine Haut schnitt und ich nicht einmal mit den Fingern dazwischenkam, um es irgendwie zu lockern. Ich zog kräftig daran und versuchte, es einfach abzustreifen, doch es ließ sich nur schwer bewegen und bald wurde mir klar, dass ich es niemals über meinen Knöchel schieben konnte. Also versuchte ich mein Glück an dem Pfosten, dort lag die Schnur nicht ganz so eng an und ließ sich auf und ab ziehen. Wo zur Hölle war ich hier? Wie war ich hierhingekommen und vor allem, was würde mit mir passieren? Während ich verzweifelt versuchte, den Knoten der Wäscheleine zu lösen, kamen mir die vergangenen Szenen wieder in den Kopf. Ich hatte gesehen, wie ein Mensch getötet wurde, ich hatte gesehen, wie seine Bewegungen endeten, seinen Todeskampf. Einen Kampf, den auch ich gekämpft hatte und dennoch war ich nun hier! Eingesperrt, angebunden wie ein Tier, ohne zu wissen, was mein Entführer mit mir vorhatte. Heiße Tränen stiegen in meine Augen und die Verzweiflung streckte ihre kalten Finger nach mir aus.

„Scheiße!“, schrie ich fluchend, als ich all meine Kräfte mobilisierte und mit dem freien Fuß zornig gegen den Pfosten trat. Krachend löste sich das Holz aus dem Leim und spreizte sich ein Stück von dem Bettgestell ab. Weit genug, dass ich die Leine heraushebeln könnte! „Oh!“, entfuhr es mir überrascht. Wo rohe Kräfte sinnlos walten ...

Plötzlich horchte ich auf. Schwere Schritte näherten sich der Tür und ich rutschte, die Wäscheleine noch in den Händen, auf dem Bett zurück, bis ich gegen das Kopfteil stieß. Ich hörte, wie ein Schlüssel in das Schloss geschoben und umgedreht wurde. Dann wurde die Klinke herabgedrückt und die Tür mit einem Ruck geöffnet. Eine große Gestalt mit breiten Schultern warf einen bedrohlichen Schatten in den kleinen Raum. Sie trug eine verwaschene Jeans und einen schwarzen Rollkragenpulli, durch den sich die Muskeln abzeichneten. Stechend blaue Augen blickten zuerst auf den demolierten Pfosten und fixierten dann mich.

„Liam“, hauchte ich leise und Erleichterung machte sich in mir breit.

12

„Wie geht es dir, Helena?“, fragte Liam ruhig, ehe er die Tür hinter sich zuzog und sie dann von innen abschloss. Den Schlüssel ließ er anschließend in die Tasche seiner Jeans wandern. Als ich beobachtete, dass ich wieder eingeschlossen wurde und mir bewusst wurde, dass Liam nicht mein Retter in finsterer Stunde war, sondern viel mehr die Ursache meiner Situation, rutschte mir mein Herz in die Hose und ein flaues Gefühl breitete sich in meiner Magengegend aus. Enttäuschung, Angst und Verständnislosigkeit mischten sich zu einem beklemmenden Cocktail. Durch seine Frage an mein Befinden erinnert, hob ich eine Hand und tastete mit ihr nach meinem lädierten Hals. Mein Kehlkopf drückte und alles fühlte sich rau und gereizt an. Als er einen Schritt auf mich zukam, erkannte ich einen Funken Sorge in seinem Blick und vielleicht auch so etwas wie Reue, aber das mochte auch einfach nur mein Wunschdenken sein. Er trat unsicher von einem Bein auf das andere und wirkte, als wolle er zu mir und mich näher betrachten, vielleicht sogar nach meinem Hals sehen, doch als ich verängstigt noch weiter zurückwich, blieb er stehen.

„Wie soll es mir gehen, nachdem du mich fast erwürgt hast?“, blaffte ich ihn an und wusste selbst nicht, woher ich den Mut oder die Naivität hernahm, meinen Entführer so anzugehen. Vermutlich war es das Adrenalin oder die Verzweiflung. Vielleicht auch die menschliche Enttäuschung, nachdem ich im Gefängnis eigentlich dachte, wir hätten irgendeine Art Bindung zueinander aufgebaut.

Liam stutzte, doch dann schloss er die Augen und senkte den Kopf, während er ihn leicht schüttelte, als würde er diesen Vorwurf einfach verneinen.

„Ich hatte keine andere Wahl", behauptete er, was in mir die Wut nur noch mehr aufbrodeln ließ, sogar so weit, dass ich es nun fertigbrachte, auf die Bettkante zu rutschen und aufzustehen. Ich wollte nicht, dass er so weit auf mich herabblickte und ich wie ein Hase in der Grube saß.

„Es geht immer anders, Liam!", warf ich ihm vor, „du bist gerade erst auf Bewährung freigekommen, solltest dein neues Leben genießen und was machst du? Du hast nichts Besseres zu tun, als deinen nächsten Mord zu begehen und mich zu verschleppen!" Liam begann seine Hände zu kneten und mit den Fingern zu knacken, während er den Kopf angespannt kreiste. Doch in Rage geredet ließ ich mich nicht davon einschüchtern. „Was glaubst du, wie lange es dauert, bis die Polizei mich sucht und findet? Was dann? Willst du zurück in den Knast? Hat es dir dort so gut gefallen?"

„Halt den Mund!", brach es aus Liam hervor, der diese Worte wütend durch seine Zähne presste. Er ballte die Hände zu Fäusten und seine Nackenmuskeln spannten sich so an, dass ich vereinzelt die Sehnen und Adern erkennen konnte. Mit einem großen Schritt war er plötzlich ganz nah bei mir und seine Rechte ergriff meinen Oberarm, während er die Linke zum Schlag anhob. Er würde mir mit seinem Handrücken ins Gesicht schlagen und als wäre ein Hebel in meinem Kopf umgelegt worden, erstarrte ich. Mit vor Schreck geweiteten Augen und bebendem Leib starrte ich meinem Schicksal entgegen, hob die Schultern schützend an und wartete auf den Schmerz. Ich fühlte mich plötzlich in die Vergangenheit zurückkatapultiert, spürte diese altbekannte Angst, die Pein, die Dämonen meiner Kindheit, die mich paralysierten und von denen ich dachte, dass ich ihnen inzwischen entflohen war.

Doch kein Schlag traf mein Gesicht, kein Schmerz fuhr durch meinen Körper, kein Leid wurde mir zugefügt, denn Liam starrte mich ebenso an, wie ich ihn, durchbohrte meinen Blick mit seinen klaren Augen. Er ließ meinen Arm unverrichteter Dinge wieder los. Schweigend drehte er sich um und verließ eilig und immer noch angespannt die Kammer. Als die Tür ins Schloss fiel und ich hörte, wie sich von außen der Schlüssel drehte, sackte ich schluchzend zu Boden. Mit einem Mal überkamen mich meine Emotionen wie eine Sturzflut und drohten mich zu ertränken. Ich wusste nicht mal, ob ich wegen meiner Lage weinte, ob ich weinte, weil ich dem Tod nur um Haaresbreite entkommen war, ob ich weinte, weil ich Angst hatte oder weil die Bilder aus meiner Vergangenheit wieder so real geworden waren. Ich vergrub das Gesicht in meinen Händen und wartete, bis die Tränen langsam wieder versiegten und nur ein Brennen in meinen Augen und meinem Herzen zurückblieb.

Wieso hatte er mich hierher gebracht? Wieso setzte er seine Freiheit aufs Spiel – nein, warum warf er sie so leichtfertig weg? Früher oder später würde man mich finden, ob tot oder lebendig, das wusste ich nicht, doch er würde zurück ins Gefängnis müssen. Nachdem er bereits einen weiteren Mord begangen hatte und das keinen Tag nach seiner Entlassung, was hielt ihn davon ab, mich zu töten? Vielleicht hatte er auch noch ganz andere Dinge mit mir vor. Schreckliche Bilder fanden den Weg in meine Vorstellung. Ich wurde gehalten wie ein Haustier, was, wenn er mich genau zu einem solchen machen wollte? Folter, Vergewaltigung und andere schlimme Dinge, die ich bisher nur in Horrorfilmen gesehen oder Büchern gelesen hatte. Ich hatte keine Ahnung, wozu Liam in der Lage war oder was in seinem Kopf vorging. Hatte ich im Gefängnis eine rosarote Brille aufgehabt und mich menschlich so in ihm getäuscht? War die kleine Holzhelena einfach eine Lüge gewesen?

13

Wie lange ich auf dem Boden verharrt hatte, konnte ich nicht einschätzen, doch nach einiger Zeit hievte ich mich zurück auf das Bett mit dem kaputten Pfosten und diesem widerlich bunten Bezug, der in meiner Situation etwas Surreales an sich hatte. Als würde ich Urlaub auf dem Land machen und sei keine Gefangene eines Psychopathen. Ich lag einfach dort, starrte unter die Holzdecke und um mich von den vielen Fragen in meinem Kopf abzulenken, hatte ich begonnen, die Astlöcher zu zählen.

Plötzlich wurde ich von Geräuschen an der Tür aufgeschreckt und kurz darauf wurde sie aufgedrückt. Ängstlich kroch ich zurück an das Kopfende, zog die Beine an meinen Oberkörper und kniff die Augen etwas zusammen, um trotz meiner kauernden Haltung einen drohenden Blick zu haben. Was mir der bringen sollte – keine Ahnung. Liam betrat die Kammer, und als ich sah, was er in seiner Hand hielt, weiteten sich meine Augen sofort vor Panik und ich drängte noch weiter in meine unsinnige Ecke.

„Oh Gott", stieß ich hervor. Liams Finger umschlossen den Griff eines langen Küchenmessers, das sonst zum Filetieren von Fleisch benutzt wurde. „Bitte tu das nicht! Es tut mir leid, was ich gesagt habe, wirklich!", flehte ich, doch er kam einfach auf mich zu, streckte seine freie Hand nach mir aus und ich begann zu treten und zu strampeln. Er bekam mein Fußgelenk zu fassen und sein Griff legte sich um es wie eine Schraubzange. „Nein! Bitte!", schrie ich und trat aus Leibeskräften nach dem Arm, der mich festhielt. Gnadenlos wurde ich über das Bett weiter nach vorne gezogen. Wie eine Dampfmaschine donnerte mein

Herz in meiner Brust und ich schnappte nach der Luft, die einfach nicht ausreichend in meine Lungen dringen wollte. Liam hob das Messer an und führte es zu meinem Bein, das er trotz meiner Tritte gefangen hielt und ich kniff meine Augen zu, in denen sich brennende Tränen sammelten. Als ich schon den Druck der Klinge an meiner Haut spürte, spannte sich mein ganzer Körper an, verkrampfte sich bis in die letzte Faser, als könne er so den Schnitt abwehren. Ich wollte nicht gefoltert werden, ich wollte keine Schmerzen, kein Leid ertragen. Ich wollte nicht sterben!

Doch nichts geschah. Ich spürte keinen Schmerz. Der Druck löste sich und er ließ mich einfach wieder los. Sofort ergriff ich die Chance, zog meine Beine zurück und kroch wieder nach hinten, so weit wie möglich von ihm weg. Als ich meine Augen öffnete, um zu verstehen, was passiert war, stand er einfach dort, in der einen Hand noch immer das Messer und in der anderen Hand ein Stück gelbe Nylonschnur. Als mein Blick weiter zu meinem Bein wanderte, war die Wäscheleine von diesem verschwunden, nur der rote Abdruck auf meiner Haut war noch zu erkennen. Gähnend langsam begann mein Verstand zu realisieren, was er getan hatte. Noch immer atmete ich heftig und war wieder kurz davor, einfach loszuheulen. Das wurde jedoch sogleich im Keim erstickt, als er abermals den Arm anhob und mit der Spitze der Klinge auf mich zeigte. Sein Gesicht war angespannt, die Lippen leicht zusammengepresst und auch die Augenbrauen bildeten eine kleine Furche auf seiner Stirn.

„Rühr dich nicht vom Fleck“, drohte er und ich hätte beinahe hysterisch gelacht. Wohin hätte ich auch laufen sollen? Liam drehte sich von mir weg und holte etwas aus dem Flur.

Es war ein großes Paket, das in Handtücher eingewickelt war. Liam legte es auf dem Pult ab und schlug die Tücher auf. Zum Vorschein kam meine Umhängetasche, deren hellbraunes Leder sich an einigen Teilen durch die Nässe dunkel verfärbt hatte. In ihr hatte ich nicht nur die Notizen für die Uni, sondern auch alles, was ich bei den Gesprächen im Gefängnis mit den Straftätern aufgezeichnet hatte. Und meine

Holzhelena. „Das braucht die Bestsellerautorin sicher. Ich weiß nicht, ob ich alles vor dem Regen retten konnte, aber immerhin“, sagte er daher, als hätte er mich nicht fast erwürgt, nicht entführt und nicht eben mit einem Messer bedroht. Trotz meiner Wut und Verzweiflung empfand ich nun auch ein unglaubliches Glück, dieses kleine persönliche Etwas bei mir zu haben. Es war paradox, aber ich musste ihn mit einem unglaublich dankbaren Blick anstrahlen, denn sein Mundwinkel zuckte kurz, ehe er die Augen von mir abwandte und sich räusperte.

„Ich habe auch zwei Handtücher im Bad für dich bereitgelegt. Du bist immer noch klamm. Such dir etwas aus dem Schrank aus. Es ist nicht die neueste Mode, die Sachen haben mal meiner Mutter gehört, aber es ist besser als nichts.“ Unter dem beobachtenden Blick meines Entführers schlich ich zu dem Kleiderschrank, zog die Tür auf und betrachtete die vielen Blumenkleider und T-Shirts, die sich darin befanden und die allesamt ein paar Nummern zu groß waren. „Ein Kleid, wirklich?“, fragte ich stöhnend.

„Willst du jetzt wählerisch sein?“, konterte Liam, „du kannst auch nackt rumlaufen, wenn dir das lieber ist. Evas Kleid steht dir sicher fantastisch.“

Kaum zu glauben, aber die kleinen Neckereien lockerten mich ein wenig auf und erinnerten mich an den Liam aus dem Gefängnis, mit dem ich mich so gut verstanden hatte. „Das hättest du wohl gerne“, mit diesen Worten suchte ich mit Absicht das grässlichste Kleid aus, das ich finden konnte. Es hatte einen braunen Grundton und war von gelben und orangefarbenen Blumen überzogen, sah bestenfalls aus wie Omas Tapete aus den Sechzigern. Oder wie ein Topflappen. Ich hielt es mir an und drehte mich wimpernklimpernd zu ihm um. „Schön?“

„Todschick“, raunte er und ich war mir sicher, dass er den makaberen Touch an diesem Wort mit Absicht gewählt hatte. Ich holte eine der ebenfalls zu großen Unterhosen aus der Schublade und ließ jeden BH unbeachtet, da sie ohnehin nicht passen würden. Liam griff nach meinem Handgelenk und zog mich daran hinter sich her aus dem

Raum heraus, während er in der anderen Hand immer noch das Messer hielt. Wir betraten einen schmalen Flur. Auch hier war alles aus Holz, und als ich den Gang hinabsah, erblickte ich ein großes Fenster. Dahinter sah ich unzählige dicke und dünne Stämme in verschiedensten Brauntönen, Äste, Büsche und dichte Blätterdächer.

„Hier", sagte Liam und betrat mit mir das beigegeflieste Badezimmer, in dem sich abgesehen von einer kleinen Duschwanne noch eine Toilette mit einem grauenhaften, roten Fellüberzug und ein Waschbecken befanden, auf dessen Ablage zwei Zahnputzbecher standen. Darin waren eine Zahnbürste in Blau und eine in Rosa, noch welche von der alten Sorte ohne lange X-Borsten oder Gummidings zum Zungenputzen. Gedämpftes, kühles Tageslicht drang durch ein schmales, hohes Fenster über dem Waschbecken und ein kühler Hauch streifte meine Haut durch den geöffneten Spalt. Ein winziger Funke Freiheit. „Benutz das hier", sagte Liam, der die fürchterliche Angewohnheit hatte, im Imperativ mit mir zu sprechen, als er mir eine kleine Tube Reiseshampoo gab. Dann schloss er die Tür. Allerdings von innen und stellte sich mit verschränkten Armen und mir zugewandtem Rücken davor.

Ich legte meine total modische Kleidung auf einen Schemel unter dem Waschbecken, auf dem auch ein paar alte Frotteehandtücher bereitlagen und starrte Liams Rückseite an. „Ist das dein Ernst?", fragte ich empört. Wollte er jetzt tatsächlich da stehen bleiben?

„Da ist ein Fenster. Du könntest versuchen zu fliehen", war seine schlichte Antwort, die von einem Schulterzucken untermalt wurde, „ich guck doch weg."

„Ich muss aber mal auf die Toilette", presste ich zwischen den Zähnen hervor und stierte ihn an, als könnte ihn das dazu bewegen, den Raum zu verlassen, „ich weiß nicht, wo ich bin und so sportlich, die hohe Fensterbrüstung hochzuspringen, bin ich auch nicht."

„Geh einfach aufs Klo oder mach dir in die Hose, aber finde dich damit ab, dass ich hier stehen bleibe.“ Liams Stimme war gereizt und etwas in mir riet mir, den Bogen nicht zu überspannen. Trotz des furchtbaren Schamgefühls klappte ich den Klodeckel hoch, zog meine Hose herab und setzte mich hin. Es dauerte, bis ich es endlich schaffte, mein Geschäft zu verrichten und am liebsten wäre ich einfach im Erdboden versunken – oder mit die Toilette runtergespült worden. So etwas Intimes und Beschämendes hatte ich noch nicht erlebt. Es war eine Sache, aufs Klo zu gehen, während mein Bruder sich die Zähne putzte, wobei das auch mit seiner Pubertät geendet hatte, aber eine andere, wenn der Mann, der dich gewaltsam entführt hat, wenige Schritte entfernt steht und lauscht. Mit einem Kloß im Hals und einem Knoten im Magen schielte ich zur Dusche.

Schließlich zog ich auch meine Socken aus und fasste mir an den Saum meines Pullovers um ihn langsam über den Kopf zu ziehen. Zuletzt fiel auch mein BH zu Boden und ich stand nun vollkommen nackt und schutzlos hinter dem Mann, der mein Leben in seinen großen, mörderischen Händen hielt.

14

Frierend schlang ich meine Arme um meinen Körper, kontrollierte noch einmal, dass Liam sich wirklich nicht umdrehte und ging dann zu der Duschwanne. Ich zog den weißen Vorhang auf, der trotz seines Alters noch künstlich nach Plastik stank und kletterte hinein. Dann drehte ich die zwei Regler der Duscharmatur auf und versuchte Warm- und Kaltwasser aufeinander abzustimmen. Ein dumpfer Schlag ertönte und ließ mich zusammenzucken, ehe ich verstand, dass es sich um den Durchlauferhitzer handeln musste, der über der Toilette an der Wand hing.

„Die Temperatur lässt sich nur schwer einstellen", hörte ich Liams Stimme vom anderen Ende des Raumes, „entweder du erfrierst oder du wirst gekocht wie eine Krabbe." Ich war mir sicher, dass er bei den Worten schmunzelte. In der Tat brauchte ich einige Zeit, bis ich eine halbwegs erträgliche, eigentlich etwas zu warme, Temperatur gemixt hatte. Dennoch tat das heiße Wasser meinen verkrampften Muskeln gut, als es mir über die Schultern und den Rücken hinunterlief, meinen ganzen Körper in eine wohlige Ummantelung schloss. Ich legte meinen Kopf in den Nacken, versuchte auszublenden, dass ich nicht allein war und in welcher Situation ich mich befand.

Noch immer wusste ich nicht, was Liam mit mir vorhatte, wenn er denn überhaupt etwas plante. Eben hatte er behauptet, keine Wahl gehabt zu haben. Vermutlich hatte ich ihn in der Gasse genauso überrascht wie er mich und er hatte einfach im Affekt gehandelt. Immerhin hatte ich ihn bei einem Mord beobachtet. Natürlich musste er Angst haben, dass ich ihn verriet oder die Polizei rief. Sicher hatte er gedacht, dass ich ihn bei der Tat schon erkannt hatte und wollte nun verhindern, dass ich irgendwem etwas erzählen könnte. Seitdem ich hier aufgewacht war, hatte er mir nichts angetan, mich nicht verletzt, auch wenn ich ständig davon ausging, dass er mir etwas tun wollte. Ich hatte ihn gereizt, beinahe hätte er mich geschlagen, doch letztendlich hatte er es nicht getan, genauso wenig, wie er mich in der Gasse umgebracht hatte, obwohl es ein Leichtes für ihn gewesen wäre. Vielleicht war ich verrückt oder von dem Sauerstoffmangel noch benebelt, aber irgendwie versuchte ich das Gute hinter allem zu sehen. Das war schon seit jeher meine Einstellung gewesen, denn selbst unserer Mutter hatte ich nie Vorhaltungen für ihr Verhalten gemacht. Liam war sehr intelligent, doch seine impulsive Art konnte er nicht immer kontrollieren und sie schaltete regelmäßig seinen Verstand aus. Zumindest passte das zu dem, wie ich ihn bisher kennengelernt hatte und auch, was Daniel mir über ihn verraten hatte.

Warum Liam direkt nach seiner Entlassung einen weiteren Mord oder Totschlag begangen hatte, war mir nach wie vor ein Rätsel. Hatte er sich wirklich so aufgegeben, dass es ihm egal war, wenn er wieder ins Gefängnis musste? Hatte er wirklich so wenig Respekt vor dem Leben und vor sich selbst? Was waren seine Beweggründe, so etwas Schlimmes zu tun? Ich konnte mir einfach nicht vorstellen, dass er von Grund auf böse war, dass er als kleiner Säugling schreiend und strampelnd auf die Welt gekommen war, um Schlechtes zu vollbringen. Irgendetwas hatte ihn zu dem gemacht, der er war und ich war mir sicher, dass dort trotzdem noch viel Gutes war, das hervorgelockt werden musste, sodass er selbst wieder daran zu glauben begann. War es verrückt, mir in dieser Situation über ihn Gedanken zu machen und nicht über mich selbst? Vielleicht hatte ich irgendeine krankhafte Art von Helfersyndrom und meine naive Gutherzigkeit würde mir noch zum Verhängnis werden. Großer Gott, wie ging es meinem Vater und meinem Bruder gerade, die vergebens auf mich warten mussten, sich die schlimmsten Dinge ausmalen mussten? Als ob unsere kleine

Familie gerade nicht genug Sorgen hatte. Was würden sie denken und fühlen, wenn man mein Auto fand und die Leiche, die irgendwo in der Gasse lag, wenn Liam sie nicht beseitigt hatte?

„Kennst du die Duschszene aus Psycho?“, durchbrach Liams Stimme mein Gedankenkarussell und ich blinzelte das Wasser fort, das über meine Augen gelaufen war. „Ja, wieso?“, fragte ich misstrauisch.

„Der weiße Duschvorhang, eine hübsche, nackte Frau und ein Psycho mit Küchenmesser“, erklärte er, „erkennst du die Parallele?“

Ich konnte mich nicht entscheiden, ob mir das Angst machen sollte, oder ob ich es tatsächlich witzig fand, also brachte ich nur ein zögerliches „Hehe ... he ...“ heraus.

„Willst du warten, bis ich mit dem Messer komme, oder willst du so langsam auch mal wieder rauskommen?“, fragte Liam und ich drückte mir eilig Shampoo auf die Hand. „Ja, Moment, nur noch Haare waschen“, sagte ich und verteilte das rote, nach Kirsch riechende Gel in meinen Händen, um es in meinen lockigen, braunen Haaren zu verteilen, die mich im nassen Zustand zwischen den Schulterblättern kitzelten, und den Schaum anschließend wieder auszuwaschen.

Ich hörte, wie Liam die typische, schrille Psychomusik nachahmte, um mir etwas Feuer unterm Hintern zu machen. Selbst schuld, wenn er sich eine Frau ins Haus holte und stur mit dem Rücken zu mir im Bad warten wollte. „Ich mach ja schon!“, rief ich, als ich so schnell es ging das Wasser wieder abdrehte und nach dem Vorhang griff, um ihn wieder aufzuziehen. Dabei wartete ich nicht mehr, bis der Schaum den Weg in den Abfluss gefunden hatte und rutschte ab, als ich gerade ein Bein aus der Dusche hinaussetzen wollte. Mit einem lauten Aufschrei krallte ich mich an dem Vorhang fest, riss ihn samt der Plastikstange, die zwischen die Wände geklemmt war, ab und fiel rücklings zurück in die Wanne. Obwohl ich noch versuchte, mich mit den Händen abzufangen, prallten mein Kopf und meine Ellbogen gegen die Wand und sofort breitete sich ein dumpfer Schmerz in meinem Schädel aus.

Eingewickelt in den Duschvorhang lag ich wie ein Käfer auf dem Rücken, halb betäubt durch den Schlag, halb in Panik. Ich wollte nur schnell wieder hochkommen.

„Helena!“ Ich hörte, wie etwas Metallisches über den Boden geworfen wurde und wenige Augenblicke später beugten sich Liams Kopf und sein Oberkörper über den Wannenrand. „Hast du dir weh getan?“ Ohne auf eine Antwort zu warten, griff er nach mir und hob mich samt dem Vorhang hoch. Wie eine durchnässte Braut in einem stinkenden Plastikkleid wurde ich zur Toilette hinübergetragen, nicht in der Lage mich zu wehren und vermutlich mit vor Scham hochroten Wangen. Er setzte mich sanft auf dem flauschigen, roten Deckel ab und umschloss mein Gesicht mit beiden Händen, um es nach links und rechts zu drehen, tastete meinen Hinterkopf ab und seufzte erleichtert, als er kein Blut fand. Vor meinen Augen tanzten bunte Lichter und ich fühlte mich fast wie betrunken. Liam hob etwas vom Boden auf und hielt mir dann das Küchenmesser senkrecht vor die Nase.

„Wie viele Messer siehst du?“, fragte er und sah mir dabei direkt in die Augen. So nah hatte ich seine noch nie betrachten können. Sie waren wie ein Ozean aus wildem Wasser und tödlichem Eis. Hatte der Schlag auf den Hinterkopf mich poetisch gemacht?

„Zwei“, antwortete ich, woraufhin er eine Braue anhob, „zumindest eins und einen messerscharfen Typen.“ Mein darauffolgendes, blödes Lachen gab ihm den Rest und er stand auf. Vom Schemel nahm er zwei Handtücher, warf sie mir zu, ohne mich anzusehen und stellte sich dann wieder an die Tür.

„Zieh dich an, es scheint dir gut genug zu gehen“, brummelte er vor sich hin, doch ich nahm es ihm nicht übel. Dass er schüchtern reagierte, wenn ich auf Flirtkurs ging, hatte ich ja bereits im Gefängnis herausgefunden. Es amüsierte mich und ich kräuselte meine Lippen zu einem benebelten Lächeln.

Ich rappelte mich auf, wühlte mich aus dem Vorhang und rieb meinen Körper mit einem kratzigen, ausgewaschenem Handtuch ab. Das andere wickelte ich mir wie einen Turban um meine Haare. Gerade hob ich das Kleid an, um es mir über den Kopf zu ziehen, als sich die Welt um mich zu drehen begann. Mir wurde schlecht, meine Hände eiskalt und meine Zunge begann zu kribbeln.

„Liam?", fragte ich hilflos, als es sich plötzlich anfühlte, als wäre der Boden unter meinen Füßen verschwunden.

15

Mit einem tiefen Atemzug schlug ich meine Augen auf und sah mich verwirrt in meiner Umgebung um. Es dauerte einen Moment, bis ich erkannte, dass ich in der kleinen Kammer lag und mich erinnern konnte, was passiert war. Ich musste in Ohnmacht gefallen sein und noch immer drehte sich alles, während es sich in meinem Schädel anfühlte, als würden kleine Zwerge versuchen, Erz abzubauen. Es hämmerte und klopfte, dröhnte und donnerte. Neben dem Bett saß Liam auf dem Schreibtischstuhl, den er zu mir gedreht hatte. Sein Gesicht war sorgenvoll angespannt und sein Blick eine Mischung aus erleichtert und vorwurfsvoll.

„Ist die Prinzessin endlich erwacht?“, neckte er mich und half mir, mich aufzusetzen. Ächzend lehnte ich mich an die Holzwand und musste warten, bis die kleinen Zwerge aufhörten, so emsig zu arbeiten. Ich massierte mir meine Schläfen und die Nasenwurzel in der Hoffnung, dass es Erleichterung schaffen würde.

„Trink das!“ Ich leistete Liams Anweisung Folge und trank ein paar vorsichtige Schlucke aus dem Glas, das er mir reichte. Anschließend hielt er mir einen Schokoriegel unter die Nase.

„Iss das!“

„Ja, Meister Winterfeld. Das Wort ‚Bitte‘ haben sie dir im Knast wohl nicht beigebracht?“, murrte ich, nahm ihm den Riegel ab, pulte ihn aus der braunweißen Plastikverpackung und begann an der kalorienschweren Nuss- und Zuckerbombe zu nagen. Ohne auf meinen bissigen Kommentar einzugehen, fuhr Liam fort: „Du hast ewig nichts zu dir genommen, zu heiß geduscht und dir vermutlich eine leichte Gehirnerschütterung zugezogen. Dein Kreislauf ist im Keller."

„Ich selbst bin immerhin in der Besenkammer", kommentierte ich nebensächlich und wurde abermals ignoriert.

„Ich werde gleich für einige Zeit wegfahren. Wir brauchen dringend ein paar Dinge, um uns hier zu versorgen. Immerhin hatte ich das alles so nicht geplant."

„Was hattest du denn geplant?", bohrte ich nach und verengte meine Augen zu schmalen Schlitzen.

„Zumindest nicht, dich zu entführen. Unser erstes Date hatte ich mir auch anders vorgestellt. Nicht, dass ich jetzt dein Kindermädchen spielen muss."

„Krankenpfleger", verbesserte ich ihn, „oder Arzt."

„Du denkst also an Doktorspiele?", ein süffisantes Grinsen erschien in seinem Gesicht und ich sah ihn empört an.

„Nein?!"

„Schade."

Liam erhob sich von dem Stuhl und ging zur Tür. Im Rahmen blieb er noch einmal stehen und sah mich drohend an. Im Gegensatz zu den Momenten unserer Neckereien oder seiner Sorge um meinen Zustand war sein Ausdruck nun wieder hart, seine Haltung angespannt und seine Miene kalt. Er zeigte mir eindeutig, dass der Spaß nun wieder ein Ende hatte.

„Du kannst hier drinnen machen, was du willst, aber du gehst nicht an die Tür oder versuchst, von hier auszubrechen. Egal, wohin du läufst, ich finde dich." Mit diesen drohenden Worten verließ er den Raum und ich hörte, dass er wieder abschloss. Sobald seine Schritte verhallt waren, traute ich mich aus dem Bett heraus. Als ich an mir herabsah, erblickte ich das grässliche Kleid. Ich war in Ohnmacht gefallen, bevor ich es überhaupt richtig über meinen Kopf gezogen hatte, Liam musste mein Werk also vollendet haben. Das hieß, er hatte mich nackt gesehen und mich angezogen! Ich spürte, wie das Blut in meine Ohren schoss und sie heiß wurden. Gott, war mir das peinlich. Außerdem trug ich noch keine Unterhose, was zumindest hieß, dass er entweder so anständig gewesen war, mir das zu überlassen, oder er war ein Perversling, der die Vorstellung mochte, dass ich untenrum nichts anhatte. Aus dem Schrank nahm ich mir einen frischen Slip und zog ihn an. Er saß etwas locker und immer wieder musste ich ihn hochziehen, aber es war besser als nichts. Mit noch nassen Haaren und leicht fröstelnd stand ich nun verloren in der Kammer, die mir inzwischen vorkam wie eine nett eingerichtete Gefängniszelle, und blickte mich um.

„Was jetzt, Helena?", murmelte ich zu mir selbst und musterte die verschlossene Tür. Liam war sicher bereits fort und ich kannte die Zeitspanne nicht, die mir blieb, bis er zurück war. Ich könnte mich an dem Schloss versuchen, doch was hatte ich dann davon? Sollte ich versuchen, hier auszubrechen und ihm zu entkommen, oder würde ich auf seine Vernunft setzen und ihn davon überzeugen, dass er mich freilassen sollte? Wir wussten beide nicht, wie es jetzt weitergehen sollte. Ich beschloss, dass es besser war, ihn nicht weiter zu reizen oder wütend zu machen, denn nach wie vor wusste ich nicht, wozu er fähig war und der Gedanke, ihm aus seiner verschobenen Welt zu helfen, manifestierte sich immer mehr in meinem Kopf. Ich erblickte die Ledertasche mit meinen Notizen und mein Herz machte einen freudigen Hüpfer. Die gezwungenermaßen freie Zeit konnte ich natürlich nutzen, um an meinem Buch zu arbeiten und endlich mit dem Schreiben zu beginnen. Ich ging an das Schreibpult, öffnete die zwei Metallschnallen, klappte die Tasche auf und zog die Unterlagen, meinen Spiralblock und mein Mäppchen hervor. Anschließend breitete ich alles auf dem Tisch aus und begann zu sortieren. Bei einigen Blättern war die blaue Tinte durch den Regen bis zur Unkenntlichkeit verlaufen und ich konnte nur noch Bruchstücke verwerten oder musste sie aus meiner Erinnerung ergänzen. Als ich wieder Ordnung in meine Unterlagen gebracht hatte, setzte ich mich auf den Stuhl, nahm meinen blauen Lieblingskuli zur Hand und setzte die Spitze auf das Blatt. Eine ganze Weile starrte ich es nur an, während sich Leere in meinem Kopf ausbreitete. Ich hatte mir so viele Gedanken gemacht, was ich schreiben wollte, hatte so viele Interviews geführt. Doch jetzt, wo ich hier saß, wurde mir bewusst, dass mein Buch ganz anders werden würde als vorher geplant. Ursprünglich wollte ich Gefängnisinsassen eine Stimme verleihen, doch nun war ich selbst zur Gefangenen geworden.

Es würde meine Geschichte werden.

16

Die Spitze des Kugelschreibers sauste über das Papier und hinterließ Buchstaben in meiner feinen, geschwungen Schrift, wie sie nur ein Mädchen haben konnte. In Windeseile entstanden Zeilen und Absätze und füllten Seite um Seite mit meinen Gedanken, in Form von unzähligen Wörtern. Ich war selbst erstaunt darüber, wie leicht mir alles von der Hand ging und ich mehr intuitiv schrieb, ohne viel darüber nachzudenken. Als ich mir damals vorgenommen hatte, ein Buch zu schreiben, hatte ich es mir genau so, mit solch einer Leichtigkeit vorgestellt. Doch während meiner Recherchen, und nachdem ich mich genauer damit befasst hatte, war mir klar geworden, dass ein Buch zu schreiben, nicht einfach war. Dass es mit schwerster Kopfarbeit und viel Fleiß verbunden war und nicht so leicht von der Hand ging wie gerade jetzt!

Plötzlich wurde die Tür hinter mir geöffnet und ich wollte Liam mit Freuden verkünden, wie gut es mit meinem Bestseller lief, als ich mich umdrehte und vor Schreck erstarrte.

„Mutter?", meine Stimme war dünner, als ich es beabsichtigt hatte.

„Was tust du hier?", herrschte sie mich an. In ihren blaugrünen Augen erkannte ich meine. Ihr Gesicht war alt geworden und die einst vollen Lippen waren nur noch schmale, blasse Striche, die zu einem wütenden Ausdruck zusammengepresst waren. Ihr Körper war noch ausgezehrter, als ich ihn in Erinnerung hatte und wurde von einem weißen, dünnen Stoff umhüllt, der sie gespenstisch erscheinen ließ. Ich konnte die blauen Adern an ihren knochigen Händen durch die fahle Haut schimmern sehen. Sie wirkte beinahe nicht lebendig, doch ihr zorniger Tonfall dafür umso mehr. „Wieso machst du mir nur Ärger? Hast du eine Ahnung, was für einen Stress du mir und deinem Vater machst? Sitzt hier und schreibst irgendeinen Mist.“ Als sie mit diesen Worten näher kam, konnte ich den Alkohol in ihrem Atem riechen. Ich rutschte mit meinem Stuhl etwas zurück, sodass ich gegen das Pult stieß und einmal mehr in die Ecke gedrängt war. Panik ergriff mich, als sie ihre Hände nach mir ausstreckte.

„Es tut mir so leid, Mutter!“, versuchte ich mich zu verteidigen und hob die Hände und Schultern schützend an. „Deine Entschuldigungen bringen mir mein Leben auch nicht mehr zurück, Helena!“, schrie sie, griff fest an meine Schultern und begann mich heftig zu schütteln. Ich kniff die Augen zusammen und hoffte, dass es schnell vorbei war.

„Bitte tu mir nicht weh!“

„Helena?“, riss mich eine raue Männerstimme aus meiner Paralyse und Umnachtung. Noch immer spürte ich eine Hand an meiner Schulter, doch sie war warm und groß und ihre Berührung sanft. Als ich die Augen wieder öffnete, lag mein Kopf auf meinen Unterlagen und mir wurde bewusst, dass ich beim Schreiben eingeschlafen sein musste. Wer hätte gedacht, dass ich bei dem Anblick meines Entführers solch eine Erleichterung spüren konnte? Unversehens richtete ich mich auf und warf mich gegen seine Brust. Ich vergrub mein Gesicht und meine Finger in dem Stoff seines schwarzen Oberteils und betete, dass er mich in diesem Moment nicht fortstieß. Seine Muskeln spannten sich unter meiner plötzlichen Berührung an und ich hörte, wie er die Luft einsog. Wenige Sekunden verharrte ich so, und als ich den Mut gerade aufgebaut hatte, mich wieder von ihm zu lösen, spürte ich, wie sich seine schweren Arme langsam und behutsam um meinen Körper legten. Wieder berührte er mich, als sei ich eine Porzellanpuppe, die zerbrechen könnte. Wer hätte gedacht, dass er so sanft sein konnte? So hielt er mich einen Augenblick lang fest und auch sein Atem beruhigte sich wieder, was mich dazu veranlasste, mich auch etwas zu entspannen. Ich konnte sein Herz regelmäßig, aber schnell schlagen hören. War es verrückt, das ich mich in diesem

Moment beschützt und geborgen fühlte? Dass es sich schön anfühlte, die Hände dieses Verbrechers auf meinem Rücken zu spüren, von denen ich gesehen hatte, wie sie nur Stunden zuvor gnadenlos die Kehle eines Mannes zerdrückt hatten?

„Nudeln oder Reis?“, mit dem Ohr direkt an seinem Brustkorb, hörten sich seine Worte ungewöhnlich laut an. „Was?“, fragte ich verwirrt. „Ob du lieber Nudeln oder Reis zu Mittag möchtest. Ich habe uns etwas vom Chinesen mitgebracht. Bei den Nudeln ist Hühnchen dabei, bei dem Reis nur Gemüse“, klärte er mich auf und langsam lösten wir uns voneinander. Zurück blieb eine kalte Leere.

„Dann nehme ich den Reis“, entschied ich. Liam nahm eine Imbissschale mit Aludeckel aus einer Plastiktüte am Boden und reichte sie mir.

„Gabel oder Stäbchen?“, fragte er mich, und da ich ihm offenbar zu lange überlegte, gab er mir einfach beides zu meinem Essen. Ich ließ mich mit der Schale auf dem Bett nieder, und als ich den Deckel öffnete, und mir der herrlich herzhafte Duft des gebratenen Reises in die Nase stieg, bemerkte ich erst, wie viel Hunger ich hatte. So entschied ich mich, gierig, wie ich war, für die Gabel, um mir die asiatische Speise so schnell wie möglich einzuverleiben. Liam setzte sich mir gegenüber auf den Stuhl und begann selbst zu essen. Äußerst geschickt führte er die widerspenstigen Nudeln mit den Stäbchen in seinen Mund.

„Warum essen wir nicht in der Küche?“, fragte ich zwischen zwei Bissen und er zuckte mit den Schultern.

„Ach darum!“, sagte ich zynisch und schob mir die nächste Gabel Reis zwischen die Zähne. Liam hielt inne und sah mich strafend an.

„Ist es erlaubt, erst zu Ende zu kauen, um nicht mit vollem Mund zu sprechen, Eure Hoheit?“, giftete er zurück.

„Nun denn, wenn ihr ihn nun geleert habt, so fahret fort!“, sagte ich mit erhabenen Handkreisen und nasaler Stimme. Ein kleines Schmunzeln schlich sich auf seine Züge, als er den Blick nach unten auf die Tüte des Chinesen richtete, sich hinabbeugte, eine vor Kälte beschlagene Coladose herauszog und mir reichte. „Vielleicht heute Abend, wenn du dich benimmst. Ich bin noch nicht ganz fertig mit ein paar Vorbereitungen." Gerade setzte ich an, um etwas zu erwidern, doch da sprach er auch schon weiter:

„Helena, eben ... das ...", stotterte er vor sich hin und ich sah ihn stirnrunzelnd aber abwartend an, „hast du von mir geträumt? Dass ich dir etwas antue?", fragte er unsicher und sah dabei auf sein Essen, in dem er mit den Stäbchen herumstocherte. Er machte sich offenbar Sorgen, dass ich etwas Schlechtes ihm gegenüber empfand. Genau genommen hatte er mir Grund genug gegeben, vor ihm Angst zu haben. Allein, dass er mich hier gegen meinen Willen festhielt, reichte aus. War ihm denn gar nicht bewusst, was das in mir auslöste? Ganz zu schweigen von seinen Ausrastern? Hatte er denn so wenig Ahnung vom Umgang mit anderen Menschen?

„Nein, von meiner Mutter", antwortete ich etwas verspätet und zwang mich zu einem Lächeln.

„Warum lächelst du, wenn es offenbar nichts Angenehmes ist?"

„Tun wir das nicht alle? Den Schmerz mit einem Lächeln überdecken?", stellte ich einfach die Gegenfrage und hoffte, dass er das Thema auf sich beruhen lassen würde.

„Lebt deine Mutter noch?", fragte er und diese Worte durchstachen mein Herz wie ein in Salz getränkter Dolch.

17

„Ich denke schon“, antwortete ich wahrheitsgemäß und blickte nun selbst betrübt auf meine Gabel, „wir haben schon lange keinen Kontakt mehr und das ist auch gut so.“

„Was hat sie dir angetan?“, wollte er wissen und mein Lächeln wurde immer gequälter.

„Ich möchte nicht darüber reden, Liam. Bisher bin ich ganz gut damit gefahren, die Dinge zu verdrängen und diese Taktik will ich eigentlich nicht ändern. Also belassen wir es einfach dabei und genießen unser Essen, okay?“

Ohne ein weiteres Wort darüber zu verlieren, begann er wieder Nudeln aus dem Schälchen zu fischen und akzeptierte so still meine Bitte, wofür ich ihm sehr dankbar war. Von „genießen“ konnte jetzt allerdings keine Rede mehr sein, und obwohl das eigentlich nicht meine Art war, ließ ich die Hälfte unberührt. Normalerweise war ich nämlich mit einem gesunden Appetit gesegnet und hatte eher ein paar Pfunde zu viel als zu wenig auf den Hüften. Das störte mich allerdings nicht. Essen, speziell Schokolade, war mir einfach wichtiger als mein Traumgewicht.

Als auch Liam fertig war, stand er auf und nahm sich eine zweite Cola aus der Tüte. Mit einem Klacken und Zischen öffnete er das Getränk, setzte es an seine Lippen und ich beobachtete, wie sein Kopf immer etwas weiter zurücksank, je leerer die Dose wurde. Ich sah, wie sich die Sehnen und Muskeln an seinem Hals abzeichneten und sich der Adamsapfel bei jedem Schluck auf und ab bewegte. Das dreckige Grinsen konnte ich mir einfach nicht verkneifen, als er mir diesen

Anblick bot. Ob Entführer, Mörder oder nicht, Liam sah einfach heiß aus. „Was?“, fragte er, als er fertig war und meinen Blick bemerkte. „Kennst du die Coca-Cola-Werbung aus den 90er–Jahren?“, fragte ich und schaffte es einfach nicht, meine Mundwinkel unter Kontrolle zu kriegen. „Die hatten aber weniger an als ich“, erinnerte er mich, stellte die Dose ab und griff an den Saum seines Pullovers, um ihn langsam etwas hoch zu ziehen. Zum Vorschein kam der Bund seiner schwarzen Boxershorts und sein flach trainierter Bauch, an dem sich seine definierten Muskeln als Wölbungen abzeichneten. Doch das war nicht alles, schwarze Linien, Flächen und Texte verliefen zu Kunstwerken zusammen und lenkten meinen Blick über seine Haut. Durch die hochgeschlossene Kleidung, die er bisher immer trug, hatte ich noch überhaupt nicht bemerkt, dass er tätowiert war. Abgesehen von dem gezeichneten Griff einer Pistole, der aus dem Bund hervorlugte, konnte ich auf die Schnelle jedoch nichts Genaueres erkennen, da er seinen Pulli leider schon wieder herunterzog. „Du bist tätowiert?“, fragte ich erstaunt und um mich von der Hitze abzulenken, die in meinen Körper gestiegen war.

„Ja, aber es ist noch lange nicht fertig. Ein siebenjähriger Gefängnisaufenthalt kam spontan dazwischen“, antwortete er mit einem angehobenen Mundwinkel. Anschließend räumte er die Reste unseres Essens zusammen und packte alles in die Tüte.

„Ich habe draußen noch viel zu erledigen. Deshalb wirst du dich nun wieder eine Weile allein beschäftigen müssen“, kündigte er an und zögerte kurz, als er Richtung Tür ging. „Wenn du auf die Toilette musst, ruf einfach nach mir“, er leckte sich über die Lippen und begann die Finger seiner freien Hand zu kneten, „oder ... wenn etwas anderes ist.“

Mit diesen Worten wurde ich abermals in meinem Zimmer allein gelassen und die Tür verschlossen. Was nun, Helena?, fragte ich mich. Schlafen kam nicht mehr infrage, zu groß war meine Angst, von weiteren Geistern meiner Vergangenheit heimgesucht zu werden. Eine Weile schrieb ich an meinem Buch, doch sobald mich Müdigkeit überkam, lief ich in dem winzigen Spalt zwischen Tür und Tisch hin und her, um meinen Kreislauf wieder in Schwung zu bringen. Das Dröhnen in meinem Schädel hatte zwar abgenommen, war aber nach wie vor da. Ich versuchte mich nochmals daran, die Astlöcher zu zählen, doch dies schien genauso ermüdend zu sein wie Schäfchenzählen. Immer wieder rieb ich mir die Augen, begann sogar Sit–ups und Kniebeugen zu machen, doch die Zeit tropfte langsam und träge vor sich hin wie ein undichter Wasserhahn. Ich hielt das einfach nicht mehr aus. Mit der Zeit begann ich sogar, mir einzubilden, dass die Kammer immer kleiner würde und die Wände auf mich zukämen. So langsam wurde ich verrückt. Ich musste was unternehmen.

„Liam!", rief ich und klopfte gegen die Tür, „Liam!!"

Es dauerte nur wenige Augenblicke, bis sich seine schnellen Schritte näherten, ehe er mein Zimmer mit den strengen Worten „Weg von der Tür" betrat.

„Was ist passiert?", fragte er aufgeregt, fasste mich an meinen Schultern, sah erst an mir herunter und sich dann in der Kammer um.

„Nichts", antwortete ich, „also nichts Schlimmes. Mir ist so unheimlich langweilig und ich bin so müde. Das Zimmer ist so klein und beengend, dass ich bald einen Lagerkoller bekomme."

Schwer und genervt seufzend ließ er von mir ab, bedachte mich mit einem mahnenden Blick und rollte mit den Augen.

„Ich dachte schon, es sei sonst etwas passiert!", tadelte er mich und seine angespannte Haltung zeigte, wie aufgeregt er gewesen sein musste. „Du sollst mich rufen, wenn etwas Wichtiges ist und nicht, wenn du dich langweilst."

„Das ist wichtig!", betonte ich verzweifelt, „mir fällt hier wirklich die Decke auf den Kopf. Bitte lass mich einfach ein paar Schritte gehen oder dir zusehen, bei was auch immer du machst", flehte ich und versuchte, ihn mit dem herzerweichendsten Hundeblick, den ich aufbringen konnte, zu überreden. Liam gab sich mit einem weiteren, tiefen Seufzen geschlagen. „Warte hier", mit diesen Worten verließ er nur für ein paar Sekunden das Zimmer, um dann mit einem langen Stück der gelben Wäscheleine wieder hereinzukommen. „Gib mir deine Hand“, forderte er mich auf und ich bedachte ihn mit einem misstrauischen Blick, kniff die Augen zusammen und schüttelte den Kopf.

„Was hast du vor?“, fragte ich, obwohl ich glaubte, die Antwort bereits zu kennen.

„Ich stelle sicher, dass du mir nicht davonläufst. Selbst wenn du entkommen würdest, hättest du keine Chance. Aber ich habe keine Lust, dich durch den Wald zu jagen. Also her mit deinem Handgelenk oder ich binde es dir um den Hals.“ Seine Worte waren harsch und ohne Geduld. Mein gesunder Menschenverstand sagte mir, dass ich mich in meine Situation fügen und mitspielen sollte, doch in meinem Magen keimte eine Wut auf und schürte die Rebellin in mir. „Was bin ich denn? Dein Haustier oder was?“, platzte es aus mir heraus, ohne dass ich es eigentlich wollte. Ich war übermüdet, fast erwürgt, hatte eine Gehirnerschütterung, machte mir Sorgen um meinen Bruder und vermutlich war ich nicht mehr im Vollbesitz meiner geistigen Kräfte. „Du kannst mich doch nicht anleinen wie einen Hund! Mich einzusperren ist eine Sache, aber mir auch noch meine Menschenwürde zu nehmen eine andere!“ Ja, das war der Grund für meine Rage. Es kränkte mich einfach unheimlich in meinem Stolz. „Du sperrst mich hier ein, du bedrohst mich und lässt mir nicht einmal im Bad meine Privatsphäre und jetzt soll ich auch noch an einer Leine hinter dir herlaufen? Das ist krank, Liam, krank!!“

Mit einem Mal holte er aus, ballte seine Hand zur Faust und mein Herz blieb stehen.

18

Während ich mit weit aufgerissenen Augen versteinerte, donnerte sein Schlag neben meinem Kopf gegen die Wand, zu der ich mich mit dem Rücken gedreht hatte, um dem Türflügel Platz zu machen. Ich spürte noch den Lufthauch auf meiner Wange und als meine Knie zu zittern begannen, bohrte sich sein eisiger Blick direkt in meine Augen. Einen Moment lang herrschte eine bedrohliche Stille zwischen uns und ich wagte es nicht, mich zu bewegen, selbst die Luft hielt ich vor Angst in meinen Lungen gefangen. Liam war so angespannt, dass die Muskeln in seinem Arm, direkt neben meinem Gesicht bebten und ich nur erahnen konnte, wie viel Selbstbeherrschung es ihn gekostet haben musste, den Schlag neben mich gelenkt zu haben. Ich atmete erst wieder aus, als er seinen Arm sinken ließ. Liam ließ die gelbe Schnur achtlos zu Boden fallen, ehe er sich abwandte, den Raum schnell aber schweigend verließ und von außen zuschloss.

Just in diesem Moment gaben meine Knie nach und ich sackte wie ein fallengelassenes Tuch zu Boden. Mir war schwindlig, die Zwerge hämmerten wieder und wie in Trance führte ich meine Hand zu meiner Wange, wo ich immer noch ein leichtes Kribbeln spürte. Er musste mich nur um wenige Zentimeter verfehlt haben. Ich schluckte. Diesmal hatte ich den Bogen wirklich überspannt, war gemein und dumm gewesen. Meine Absicht war es doch, ihm zu helfen und nicht ihm Vorwürfe zu machen. Vermutlich wusste er einfach nicht besser, wie er mit anderen Menschen umgehen sollte.

„Reiß dich zusammen, Helena“, feuerte ich mich selbst an und als ich glaubte, dass meine Beine wieder aus Knochen und Muskeln bestanden und nicht mehr aus Wackelpudding, erhob ich mich. „Liam!“, rief ich abermals und trat an die Tür heran. Mein Blick wanderte an dem Holz auf und ab. „Es tut mir leid. Ich wollte nicht so fies zu dir sein. Die Situation ist nicht leicht für mich, da ist wohl eine Sicherung durchgebrannt!“ Ob er mich hören konnte, wusste ich nicht. Aber so weit konnte er ja nicht weg sein.

„Entschuldigung, vertragen wir uns wieder, okay? Ich will mich nicht streiten“, und das sagte ich nicht einmal, weil ich mich nicht mit meinem Entführer anlegen wollte oder Angst vor ihm hatte, denn die hatte ich wahrlich, sondern, weil mir der Gedanke, dass er mich jetzt nicht mehr mochte, tatsächlich irgendwie einen Stich versetzte. Eine Antwort bekam ich nicht, doch dafür hörte ich seine aufgebrachten Schritte draußen, wie er auf und ab lief. Mein Blick wanderte im Zimmer umher, weil ich nicht wusste, was ich tun sollte, als er plötzlich an der Stelle hängen blieb, die Liam eben mit seiner Faust getroffen hatte. Das Holz der Wand war an dieser Stelle ein wenig eingedrückt, sodass man die Abdrücke seiner Knöchel sah. Mit so einer Wucht ungebremst gegen die Wand zu schlagen; er musste sich verletzt haben, wenn nicht gar etwas geprellt oder gebrochen. Ich wollte gar nicht darüber nachdenken, was dieser Schlag mit meinem Gesicht gemacht hätte, wenn er mich getroffen hätte. Die Bilder, die ich im Internet von der Leiche des Zuhälters gefunden hatte, kamen mir wieder in den Sinn und so langsam verstand ich, wie Liam es geschafft hatte, ihn so zuzurichten. Gerade, als ich mir diese Gedanken machte, hörte ich von draußen weitere dumpfe Schläge. Ließ er seine Wut nun an weiteren Wänden aus?

„Liam!“, meine Stimme überschlug sich, als ich mit meinen Fäusten gegen die Tür hämmerte. Obwohl mir bewusst war, dass sie verschlossen war, rüttelte ich an dem Griff. Da war nichts zu machen, dennoch machte ich verzweifelt weiter, nahm letztlich sogar meine Füße zu Hilfe. Erst ein metallisches Klirren ließ mich in meiner Bewegung erstarren. War das der Schlüssel?

Noch immer hörte ich die Schläge. Ich ließ mich auf die Knie fallen und sah unter dem Türspalt durch. Dort lag tatsächlich das kleine, silberfarbene Etwas, das mich hier eingeschlossen hielt. Die Freiheit war zum Greifen nah und nur das hölzerne Türblatt trennte mich noch davon. Angestrengt überlegte ich, was schmal genug war, um es durch den Schlitz nach draußen zu schieben und den Schlüssel zu angeln. Mein Kuli? Zu kurz. Mein Ringblock? Ich lief zum Pult, als ich von dem Kleiderschrank abgelenkt wurde. Ein Kleiderhaken! Ich riss die Tür auf, zog eines der T-Shirts von einem der drahtigen Haken und eilte zurück zu dem Eingang. Ich legte mich flach auf den Boden, kniff ein Auge zu, um besser sehen zu können und schob den Haken vorsichtig durch den Spalt. Draußen war es inzwischen still geworden. Alles, was ich hörte, war mein rasender Puls und das Schleifen des Bügels über den Boden. Mit zitternden Fingern schaffte ich es tatsächlich den Schlüssel zu erwischen und zog ihn langsam zu mir. Wie bei Dr. Bibber oder dem heißen Draht versuchte ich, nichts zu berühren und ihn dadurch eventuell wieder zu verlieren.

Wenige Sekunden später hob ich den Schlüssel auf, konnte selbst nicht fassen, dass ich das hinbekommen hatte, steckte ihn in das Schloss und drehte ihn um. „Yes!“ Mit einem leisen Klicken entriegelte ich die Tür und konnte sie aufziehen.Ich stürzte nahezu aus der Kammer. Dass ich dabei nicht über meine eigenen Füße fiel, war reines Glück. „Liam!“, rief ich abermals, als ich mich umsah und dann den Flur entlanglief, auf das große Fenster zu, hinter dem ich zuletzt den Wald gesehen hatte. Ich erreichte ein Wohnzimmer mit einem offenen

Backsteinkamin und angrenzender Küche, in der allerhand Einkaufstüten kreuz und quer standen. Auch die Fenstertür nach draußen auf die Terrasse stand sperrangelweit offen.

19

Ich hatte nicht viel Zeit, weiter auf meine Umgebung zu achten, denn ich fand Liam wenige Meter von mir. Er saß auf dem Boden, mit dem Rücken an die Wand gelehnt, die Knie leicht angezogen und die Arme locker über diese gelegt. Seine Knöchel waren bis aufs Fleisch aufgeschürft und rot. Die Hände zitterten noch und sein Blick war abwesend ins Leere gerichtet, als würde er mich gar nicht bemerken. „Oh Kacke!", stieß ich hervor und eilte auf ihn zu, um mich dann zu ihm herabsinken zu lassen und die Arme um seinen Nacken zu schlingen. Ich zog ihn zu mir heran und strich ihm durch das Haar an seinem Hinterkopf. Regungslos ließ er es geschehen und so wiegte ich ihn und mich ein wenig hin und her, wie man das mit kleinen Kindern tat, um sie zu beruhigen. Ich wusste nicht mal, ob ich das für ihn oder für mich tat. So verharrte ich einige Momente, ehe Liams angenehme Stimme die Stille durchbrach.

„Die Tür steht auf", stellte er fest.

„Ja, es kommen schon lauter Mücken rein", antwortete ich irritiert, streichelte seinen Kopf noch immer wie in Trance. „Warum läufst du nicht weg?", fragte er und ich löste mich langsam wieder von ihm, um ihn anzusehen. Er schien aus seiner Paralyse aufgewacht zu sein, denn in seinem Gesicht war nun ein verwirrter Ausdruck zu erkennen. Mein Handeln musste für ihn gegen jede Logik sprechen. Vermutlich hatte er erwartet, dass ich die Gelegenheit ausnutzte. „Du hast mir so einen Schrecken eingejagt! Ich dachte, du tust dir sonst was an!", warf ich ihm vor, ignorierte seinen Frage einfach und spürte, wie sich ein Knoten in meinem Magen bildete und ein brennender Kloß in meinem Hals.

„Man ey! Du Arsch!", rief ich, als ich nicht länger verhindern konnte, dass dicke, heiße Tränen meine Wangen herabkullerten. Um ihn zu bestrafen, begann ich kraftlos gegen seine Brust zu schlagen. Für ihn musste sich das anfühlen wie Fliegenpupse. „Warum weinst du denn jetzt?", fragte Liam, der die Welt nicht mehr verstand und hielt sanft meine Handgelenke fest. Er suchte meinen Blick, doch ich sah lieber überallhin, nur nicht zu ihm. Mein Verhalten konnte ich ja selbst nicht wirklich erklären. „Ich bin einfach so. Ich bin unlogisch und emotional und nah am Wasser gebaut, okay? Also lass mich. Ich hab mir einfach Sorgen gemacht, deine Hände sind verletzt und das ist meine Schuld!", japste ich, „ich hätte das niemals sagen dürfen. Ich wollte dich nicht wütend machen."

Als würde er vom Glauben abfallen, starrte er mich mit weit geöffneten Augen an und begann, sacht den Kopf zu schütteln. „Helena, das ist ganz sicher nicht deine Schuld. Ich hätte dir sonst was antun können, hast du denn keine Angst vor mir?" Noch immer hielt er meine Hände fest und seine Daumen strichen wohl unbewusst über meine Fingerknöchel. „Doch. Aber ich habe auch Angst um dich", gab ich kleinlaut zu und schniefte.

Liam sah mich ein paar Wimpernschläge schweigend an, dann zuckten seine Mundwinkel belustigt.

„Du bist so eine Heulsuse", neckte er mich und zog mich in seine Arme. Es war verrückt. Obwohl er ein Verbrecher war und nun schon mehrfach kurz davor, mich ernsthaft zu verletzen, fühlte ich mich in diesem Moment nicht bedroht und von Furcht war auch nichts mehr zu spüren. Ich fühlte mich einfach beschützt und geborgen, als ich meine Stirn an seiner Halsbeuge legte und die letzten Tränen als dunkle Flecken in seinem Pullover versickerten. Ob das dieses

Stockholm-Syndrom war? War ich komisch? „Ich bin halt so, ich kann das nicht verhindern“, verteidigte ich mich erneut, „wenn du damit nicht klarkommst, hättest du mich nicht entführen sollen.“

„Hast du nicht daran gedacht zu fliehen? Wie bist du überhaupt aus dem Zimmer gekommen?“, wollte er wissen. Seine Arme lagen einfach still um mich und sein Brustkorb hob und senkte sich gleichmäßig, während er atmete. Am liebsten hätte ich einfach die Augen geschlossen und wäre so eingeschlafen, mit dem Gefühl, dass Liam mich vor allen Albträumen beschützen würde. Oh je, ob das der Schlafmangel war, der mich so rührselig werden ließ?

„Der Schlüssel ist runtergefallen, ich konnte ihn angeln. Und du hast doch gesagt, du hast keine Lust mich durch den Wald zu jagen. Hast du irgendwo einen Verbandskasten?“, wechselte ich das Thema, „wir sollten deine Hände behandeln. Wenigstens auswaschen, einschmieren und verbinden. Wenn es in den nächsten Tagen nicht besser wird, solltest du in ein Krankenhaus. Es könnte geprellt oder angebrochen sein, wenn nicht sogar ganz kaputt.“

„Quatsch, das ist nichts, nur ein bisschen aufgeschürft. Ich mache nachher ein Pflaster drauf“, wehrte er ab. Mein Verstand sagte mir, dass ich mich langsam von ihm lösen sollte, damit er nichts Falsches von mir dachte. Aber es ging nicht. Ich wollte nicht von ihm ablassen.

„Ach ja? Wie viele Quadratmeter Pflaster hast du denn?“, konterte ich und dachte, ich hätte es ihm damit gegeben.

„Genug, um dir damit den Mund zuzukleben“, belehrte er mich jedoch eines Besseren und ich schlug ihm dafür noch einmal gegen die Brust. „Sagst du mir jetzt, wo ich einen Verband finde oder muss ich das ganze Haus durchsuchen?“

„Im Bad“, murmelte er und nun hatte ich wirklich keine Ausrede mehr, länger in seinen Armen sitzen zu bleiben. Schweren Herzens regte ich mich. Doch gerade, als ich mich hochhievte, hielt er mich am Arm zurück. Mein Herz machte einen Satz und ich sah ihn verwundert an. Er zögerte.

„Schließ die Tür“, sagte er dann, „wegen der Mücken.“

Ich reagierte nicht sofort.

„Bitte“, fügte er an und erschlich sich so von mir ein Grinsen. Ich tätschelte ihm den Kopf. „Braver Verbrecher“, lobte ich und entfernte mich schnell von ihm, ehe er auf die Idee kommen konnte, mich für mein loses Mundwerk zu bestrafen.

Als ich auf die Terrassentür zuging, sah ich mich noch einmal genauer im Wohnzimmer um. Wie überall waren die Wände und der Boden aus Holz, ein altes, blau gemustertes Ecksofa stand in einiger Entfernung zum Kamin, vor dem ein typischer, roter Perserteppich lag, der seine besten Zeiten schon hinter sich hatte. An einigen Stellen waren schwarze Flecken durch heruntergefallene Kohle. An den Wänden hingen ein paar Regale, auf denen umgeklappte Bilderrahmen oder Bücher standen. Ansonsten gab es nicht viel, abgesehen von einem alten Riesentrümmer von Röhrenfernseher und einem VHS–Player.

Bei der Tür angekommen, warf ich einen Blick in die Freiheit und atmete die frische Waldluft tief ein. Es roch nach nasser Erde, Harz und Tanne. Ein unbefestigter, hügeliger Waldweg führte vom Haus fort in die Unendlichkeit der Bäume. Durch das dichte Blätterdach sah ich, wie der Himmel sich mit dunklen Wolken zuzog und gerade, als ich die Tür schloss, kam ein starker Wind auf, der mit Widerstand gegen die Scheibe drückte, sodass ich einige Kraft aufbringen musste.

Anschließend führte mich mein Weg ins Badezimmer, wo ich den Verbandskasten im Spiegelschrank fand. Außerdem befeuchtete ich noch einen Waschlappen. Bewaffnet mit dem weißen Kasten, kehrte ich zurück und stellte fest, dass Liam es inzwischen bis aufs Sofa geschafft hatte. Er hatte das Gesicht abgewendet und blickte aus dem Fenster, während ich mich neben ihn setzte und die Utensilien auspackte. Um die Wunde zu säubern, tupfte ich sie zunächst mit dem Lappen ab und nahm dann die Jodsalbe aus dem Kasten.

„Achtung, das könnte weh tun“, warnte ich ihn und trug die Salbe vorsichtig auf.

Liam zog die Luft scharf ein, „Ahh, verdammt!“, rief er und ich zuckte erschrocken zurück. „Oh Gott, tut mir leid!“

Ein freches Grinsen erschien auf seinen Lippen und in seinen blauen Augen blitzte der Schalk. „War ein Scherz.“

Ich stöhnte und hätte ihn am liebsten wieder geschlagen, drohte ihm in diesem Fall aber nur mit der Faust. „Irgendwann, Freundchen, irgendwann.“

„Was ist das denn?“, fragte er und legte seine Hand um meine Faust, „welcher Maus willst du denn damit weh tun?“

„Gib nicht an. Kann ja nicht jeder ein Totschläger sein wie du. Ruhe jetzt und gib deine Hand her“, bestimmend griff ich nach seinen Händen und Liam konnte sich meiner Herrschaft nur noch geschlagen ergeben. Ich trug das Jod fertig auf und verband seine Hände nach bestem Wissen. Ich war natürlich keine Krankenschwester, doch meinen Bruder musste ich auch schon das ein oder andere Mal verarzten. Als ich fertig war, betrachtete ich stolz mein Werk.

„Jetzt siehst du aus wie ein Boxer“, stellte ich fest.

„Rising up, back on the street, did my time, took my chances. Went the distance, now I'm back on my feet, just a man and his will to survive!“, sang er das Titellied von Rocky, und ich musste zugeben, dass er eine wirklich gute Stimme hatte.

„It's the eye of the tiger!“, stimmte ich mit ein und wir grölten so lange weiter, bis weder er noch ich wussten, wie der Text weiterging. Lachend stand Liam vom Sofa auf. „Ich war gerade dabei, das Abendessen vorzubereiten. Willst du dich dazu setzen?“ Da ich dem Braten misstraute, verengte ich meine Augen und sah ihn schweigend an. Wollte er mich wieder irgendwo festketten?

„Ohne Leine“, las er meine Gedanken und ein Lächeln schlich sich auf meine Lippen. „Klar“, mit diesem Wort erhob auch ich mich und folgte ihm hinüber zur Küche, wo ich mich auf einen Stuhl am Tisch setzte.

Just in diesem Moment kam der Gedanke an meinen Bruder zurück in meinen Kopf. Normal war ich diejenige, die am Herd stand und für die Familie sorgte. Wie ging es Florian gerade und wie verkraftete mein Vater das plötzliche Verschwinden seiner Tochter?

20

„Sag mal, Liam“, begann ich zögerlich, als er die Tüten ausräumte. Zum Vorschein kam unter anderem Toilettenpapier, Getränke, Milch, Cornflakes, Salz, Pfeffer und diverse andere Dinge, die man zum Überleben und zum Kochen benötigte, „kann ich vielleicht mal auf mein Handy schauen? Ich würde gerne wissen, wie es meiner Familie geht.“ Liam hielt in seiner Bewegung inne, schüttelte jedoch recht schnell den Kopf, ohne dabei zu mir zu sehen.

„Aber du verstehst, dass ich mir nur Sorgen mache?“, hakte ich noch mal vorsichtig nach.

„Natürlich“, antwortete er, „aber das geht nicht. Die Polizei hat inzwischen sicher deine Nummer und versucht, uns zu orten. Es muss ausgeschaltet bleiben.“ Nach überzeugenden Worten suchend rutschte ich unruhig auf dem Stuhl umher und begann nun selbst, meine Finger zu reiben. „Florian ist vor zwei Tagen ins Krankenhaus gekommen. Er hat unheimlich viel Alkohol getrunken und die Ärzte glauben, es sei ein Selbstmordversuch gewesen. Wenn er wach ist, wollen sie ihn in eine psychiatrische Klinik einweisen. Mein Vater ist dann ganz allein zu Hause und muss sich nebenbei noch um seine Firma kümmern.“ Liam stand immer noch still da und sah auf die Einkäufe herab, während er mir zuhörte. „Ich konnte nicht mal mit meinem Bruder sprechen, bevor du mich entführt hast. Da war ich gerade auf dem Weg ins Krankenhaus. Unser letztes Gespräch war ein Streit. Florian hat keine Mutter mehr, einen vollkommen überforderten, alleinerziehenden Vater und muss jetzt denken, dass seine Schwester ihn im Stich lässt. Ich habe eine Verantwortung zu tr...“

„Helena“, unterbrach er mich und richtete eine Stange Lauch auf mich, „ich habe einen Vorschlag. Du hast Zettel und Stift hier, schreib deiner Familie einen Brief. Schreib ihnen, dass alles zu viel für dich wurde und dass du eine Auszeit brauchst. Dass du einen netten Kerl kennengelernt hast, mit dem du ein paar ruhige Tage verbringen willst. Dass du ihm nichts übel nimmst, aber dass sie dir auch nicht böse sein sollen, weil du schon seit Jahren für sie stark bist und so viel Last auf deinen Schultern trägst. Du führst einen Haushalt, du studierst, du bist Schwester, Tochter und Mutter in einer Person, du willst ein Buch schreiben und kümmerst dich um jeden, nur nicht um dich“, zählte er auf und das verschlug mir für einen Moment die Sprache.„Stopp, es geht hier nicht um mich! Es geht um Florian!“ „Ja, es geht bei dir immer um andere, Helena. Hörst du mir nicht zu?“

„Doch, aber ...“

„Schreibst du jetzt den Brief, oder nicht?“, unterbrach er mich abermals. Ich überlegte einen Augenblick lang. Im Grunde war diese Idee gar nicht schlecht. Ich würde somit zwar meinen Vater nach wie vor mit der Situation allein lassen, aber er müsste sich keine Sorgen mehr um mich machen. Dass ich damit auch Liam in die Karten spielte, war mir natürlich bewusst, wenn ich dem zustimmte, war die Chance, von der Polizei gefunden zu werden, dahin. Zumindest für die nächste Zeit. Das heißt, ich konnte wirklich nur noch auf seine Vernunft setzten. Vertraute ich diesem Mann schon so sehr? Oder würde mich mein naiver Glaube an das Gute in Liam letztlich doch noch unter die nasse, dunkle Walderde bringen?

„Und woher weiß ich dann, wie es Florian geht?“, fragte ich, während ich misstrauisch meine Stirn in Falten legte. Ich hatte unheimlich Angst, dass ich mich von seinen schönen, blauen Augen reinlegen ließ, dass er mich am Ende um den Finger wickelte und meine Gutgläubigkeit ausnutzte. Ich hatte gesehen, was er mit dem Zuhälter gemacht hatte, ich hatte gesehen, was er mit dem Mann in der Gasse gemacht hatte. Warum lief ich nicht schreiend von ihm weg?

„Das werde ich für dich in Erfahrung bringen“, versprach er mir und ich nickte zögerlich. Liam schien zufrieden und stellte eine Packung Lasagneplatten auf den Tisch.

„Ich hätte sie ja selbst gemacht, aber dann würde es länger dauern“, erklärte er, legte ein Pfund Hackfleisch, Tomatenmark und andere Zutaten für Lasagne dazu, die wohl unser Abendessen werden sollte.

„Kannst du kochen?“, fragte ich verblüfft.

„Stell dir vor“, antwortete er, „ich mache es sogar sehr gerne.“

„Gib mir die Zwiebeln, die kann ich schon mal kleinschneiden“, forderte ich ihn auf, doch Liam schüttelte seinen Kopf.

„Lehn dich einfach zurück und lass doch jemand anderen mal etwas für dich machen“, sagte er und ich konnte mir ein Lächeln nicht verkneifen.

„Ohh“, machte ich.

„Außerdem heulst du so schon genug“, machte er seine netten Worte wieder zunichte und warf mir einen vielsagenden Blick zu, den ich giftig erwiderte.

„Du hast bloß Angst, mir ein Messer in die Hand zu geben, oder?“

Schulterzuckend drehte er sich von mir weg und begann die Zutaten vorzubereiten. Auch die Küche war schon etwas älter, bestand aus einer Eichenarbeitsplatte, rustikalen, cremefarbenen Schränken und einem alten Elektroherd, der aus Zeiten stammen musste, wo man Ceranfelder noch nicht kannte. Liam musste alles geputzt haben, denn es gab weder Staub noch Dreck. Mein Entführer entpuppte sich als vorzüglicher Hausmann.

„Warum hast du dir eben weh getan, Liam?“, fragte ich nach einiger Zeit vorsichtig und ich sah, wie er abermals in der Bewegung stockte.

„Ich brauchte ein Ventil für meine Wut“, erklärte er erstaunlich ruhig und sachlich, „und da ich dir nicht dein hübsches Köpfchen zertrümmern wollte, musste eben die Wand dran glauben.“

„Du meinst deine Hände“, korrigierte ich ihn und konnte quasi fühlen, wie er seine Augen rollen musste, „du hast echt ein Aggressionsproblem.“

„Ich weiß“, sagte er und begann, eine Zwiebel zu hacken. Ab und an rieb er sich mit dem Ärmel über die Augen und ich konnte die Gelegenheit, ihn weinen zu sehen, nicht ungenutzt lassen. Also stand ich auf und trat neben ihn an die Küchenzeile, um sein Profil zu mustern. In der Tat waren seine Augen gerötet und immer wieder bildete sich Flüssigkeit in ihnen, die er schniefend abtupfte. „An diesen Ausrastern solltest du arbeiten, wenn du nicht immer wieder im Gefängnis landen willst“, riet ich ihm und ging lieber wieder auf Abstand, als es auch in meinen Augen anfing zu brennen, „warum hast du den Mann in der Gasse getötet? Es sah nicht aus, als hättest du dort die Kontrolle verloren.“

„Ich wollte ihn leiden sehen“, antwortete Liam kalt und ich sah, wie sich sein Körper anspannte. Vermutlich würde er nun wieder anfangen, die Finger zu knacken, wenn er nicht gerade beschäftigt wäre. Ich fragte mich, wie weit ich gehen konnte, bis der Punkt überschritten war, an welchem er die Beherrschung verlor. Ich sollte ihn nicht wieder überreizen. Genug der Eskalationen für heute. Doch ich wollte auch nicht jedes unangenehme Gespräch deswegen vermeiden. Also trat ich wieder einen Schritt an ihn heran und legte meine Hand vorsichtig zwischen seine Schulterblätter, versuchte ihn mit dieser Berührung ein wenig zu beruhigen. Allerdings schien er sich nur noch mehr zu verkrampfen und meiner Hand ausweichen zu wollen. Dennoch war seine Anspannung nun eine andere – keine explosive mehr, eher eine unsichere. „Er ist nicht tot“, sagte er nach einiger Zeit der Stille. „Aber ich habe es doch gesehen“, erwiderte ich verwirrt und ungläubig.

„Bist du denn tot?“, fragte Liam, während er den Kopf leicht schief neigte und ich begann, meinen zu schütteln.

„Wer war er und warum sollte er leiden?“, fragte ich vorsichtig.

„Er war ein sehr schlechter Mensch, der es verdient hat“, erklärte er ausweichend, „und er wäre tot, wenn du nicht dazwischen gekommen wärst.“

Wow, hatte ich also einem schlechten Menschen das Leben gerettet und mit meiner Freiheit dafür bezahlt? Musste ich mich jetzt gut oder schuldig deswegen fühlen? „Liam, dafür gibt es Polizei und Gesetze. Du bist weder Richter noch Henker und auch nicht Gott, der über das Leben anderer Menschen entscheidet, ganz egal, was für böse Taten diese Person begangen hat. Ihnen dafür Leid zuzufügen oder sie umzubringen, macht dich nicht besser", versuchte ich ihm zu erklären und irgendwie machte mich seine Selbstjustiz wütend. Die Welt war nicht so einfach. Man konnte sich nicht einfach nehmen und tun, was man wollte. „Und du bist nicht meine Mutter", sagte er das Gleiche, was auch Florian mir bereits vorgeworfen hatte.

„Dann verhaltet euch nicht wie bockige Kinder!", platzte es wütend aus mir hervor und ich sah, wie sich Liams Augenbraue hob.

„Wer ist jetzt ohne Selbstbeherrschung?", fragte er und ich setzte mich zurück an den Tisch, stieß die Luft frustriert aus. „Warum hast du mich denn dann entführt, wenn ich nicht die Zeugin eines Mordes war, die du unschädlich machen musstest?", wollte ich wissen. „Du warst trotzdem Zeugin eines Verbrechens und ich musste verhindern, dass du die Polizei rufst. Selbst wenn ich dich nur niedergeschlagen hätte, hättest du ihnen hinter meinem Rücken von mir erzählt", erklärte Liam sachlich. „Was?", fragte ich irritiert, „wie denn? Ich wusste nicht, dass du das bist, wie hätte ich dich verraten können?" Er stockte wieder. Diese Nachricht schien neu für ihn zu sein. Offenbar hatte er wirklich gedacht, ich hätte ihn in der Gasse erkannt. Nun war ich hier, weil alles auf einem Missverständnis beruhte, und saß jetzt fest, weil Liam sich nun mit meiner Entführung ein weiteres Mal straffällig gemacht hatte.

„Hast du mal über ein Haustier nachgedacht?" Verdutzt über diesen Themenwechsel, drehte er sich mit gekräuselten Augenbrauen zu mir um. Das Fragezeichen in seinen Augen war kaum zu übersehen.

„Du könntest lernen, Mitleid zu empfinden, dich um ein Leben zu sorgen, anstatt es zu nehmen. Außerdem hättest du etwas, für das es sich lohnen würde, auf freiem Fuß zu bleiben, wenn deine Freiheit dir nicht genug ist“, erklärte ich meinen Gedankengang und Liams Mundwinkel hoben sich leicht nach oben.

„Ich hab doch dich.“

„Ich zieh aber kein Halsband an“, sagte ich fingerwedelnd.

„Nicht mal im Bett?“, sein Grinsen wurde schmutzig, und noch bevor ich überhaupt erröten konnte, zerriss ein heftiger Donnerschlag den Moment und draußen prasselten dicke Regentropfen auf das Blätterdach des Waldes und gegen die Fensterscheiben.

21

Draußen hatte es sich verfinstert und es wirkte dämmrig, obwohl es erst früh am Abend war. Der Wind heulte und rüttelte wütend an den Ästen, wirbelte Laub umher und ließ den Regen gegen die Scheiben peitschen. In der Holzhütte war es tatsächlich ziemlich gemütlich, doch es kühlte stark ab und ich trug nach wie vor nur dieses grässliche Kleid. Fröstelnd rieb ich mir die Arme, während Liam die fertige Lasagne in den Ofen schob und einen Moment stolz sein Werk betrachtete. „Ist dir kalt?", fragte er, als er sich zu mir wandte und mich einen Augenblick lang musterte. Ich nickte. „Auf dem Sofa liegen Decken und ich versuche mal, den Kamin anzumachen", erklärte er und deutete mit dem Kopf Richtung Feuerstelle. Zähneklappernd lief ich hinüber, zog die blaue Decke von der Couch, um mich darin einzuwickeln und mich hinzusetzen, während ich Liam beobachtete, wie er Feuerholz im Ofen stapelte und schließlich entzündete. „Ich haben Feuer gemacht!", sagte er mit primitiv verstellter Stimme und blödem Grinsen im Gesicht. „Ab jetzt nenne ich dich Liam, Herr der Flammen!", gab ich zurück und bemerkte, wie hinter ihm dicke Rauchschwaden aus dem Ofen drangen, „soll das so qualmen?", fragte ich also, während ich meine Augenbrauen krauszog. Liam drehte sich irritiert um.

„Oh fuck!", fluchte er, als er geistesgegenwärtig eine metallene Kehrschaufel nahm und die bereits brennenden Holzscheite darauf schob. „Mach die Tür auf!", wies er mich an, woraufhin ich aufsprang, um ihm aufzumachen, damit er die Stücke nach draußen in den Regen werfen konnte.

„Sicher ist der Schornstein noch vom Laub aus dem letzten Herbst verstopft", sagte er und ging nun durch den Flur in Richtung des Vordereingangs der Hütte, „ich brauche eine Leiter. In der Garage müsste eine stehen." Überfordert lief ich ihm hinterher. „Du willst doch bei dem Gewitter jetzt nicht aufs Dach!", empörte ich mich und versuchte, ihn am Handgelenk festzuhalten, doch davon ließ er sich nicht abhalten. Mit Leichtigkeit schüttelte er mich ab und ging zielstrebig weiter.

„Liam!", mahnte ich ihn, „wir lassen das Feuer einfach aus und machen es morgen an, wenn das Unwetter vorbei ist. Die Decken reichen doch auch aus."

Mich ignorierend bog er um die Ecke und betrat durch eine Metalltür die angrenzende Garage, in der ein schwarzer, älterer SUV stand. An der Rückseite war eine hölzerne Werkbank eingebaut, über der unzählige Werkzeuge hingen. An einer anderen Wand befanden sich alte Reifen und ein aufgewickelter Schlauch, welcher zu einem Kompressor am Boden gehörte.

Liam hatte sich die Leiter geschnappt und trug sie nun durch das Haus zur Terrasse. Dabei versuchte er, an so wenig Wänden und Türzargen anzuecken wie möglich.

„Du wartest hier drin!", befahl er mir mit einem Tonfall, der keine Widerrede zuließ und schloss hinter sich die Glastür. Er trat hinaus in den Regen und verschwand um die Hausecke und somit aus meinem Blickfeld. Aufgeregt begann ich hin und her zu laufen und lauschte, ob ich Geräusche vom Dach hören konnte. Doch der prasselnde Regen und die heulenden Sturmböen übertönten einfach alles. Immer wieder zuckten grelle Blitze über den Himmel, auf deren Donner ich keine Sekunde warten musste. Das Unwetter schien direkt über uns zu sein. Der perfekte Moment für Liam, um auf das Dach zu klettern. Typisch Mann. Ich vernahm ein Scharren im Kamin, und als ich hinsah, konnte ich etwas Ruß, kleine Äste und Laub hinabrieseln sehen. Offenbar hatte Liam es zumindest bis zum Schornstein geschafft. Die Hände wie zum Gebet gefaltet lauschte ich eine Weile angespannt. Der Sturm tobte nun und wehte nicht mehr nur den Regen, sondern auch Teile von Bäumen umher, als hätte das Gewitter seinen Höhepunkt erreicht. Ich trat wieder an die Scheibe heran und konnte nicht anders als vor Schreck laut aufzuschreien, als nicht weit von der Hütte ein Blitz in einen Baum einschlug und ein ohrenbetäubender Knall zu hören war. Doch das war nicht alles, sondern es war auch ein Poltern und Krachen vom Dach zu hören. „Oh Gott, Liam!“, sprach ich panisch zu mir selbst und schlug die Hände vor meinen Mund. War er vom Dach gefallen? Hatte er sich etwas getan? Ich lief erneut zum Kamin, um zu lauschen, doch von oben kam kein Geräusch mehr. Ich musste raus und nach ihm sehen. Was, wenn er verletzt war? Also entschied ich mich, seine drohenden Worte zu ignorieren und hinauszugehen.

„Aah!“, stieß ich vor Schreck aus.

„Aus dem Weg!“, rief Liam, der vor mir die Tür aufriss und mich beinahe umwarf. Eilig trat ich beiseite, schloss die Tür direkt hinter ihm wieder und drehte mich sofort zu ihm um. Ich sah an ihm herab, ob ich offensichtliche Verletzungen feststellen konnte, doch anscheinend war ihm nichts passiert. Er war nur vollkommen durchnässt, die Kleidung klebte an seinem Körper und einige nasse Strähnen hingen ihm in die Stirn. Vereinzelte Tropfen glitzerten überall auf seiner Haut.

„Ist mir kalt“, sagte er und begann sich seiner triefenden Kleidung zu entledigen. Zuerst warf er den schwarzen Pulli mitsamt des Shirts auf den Boden, dann öffnete er seinen Gürtel und strich mit Mühe die nasse Jeans von seinen Beinen. Als er dann die Finger an seine Shorts legte, japste ich nach Luft. Hatte er etwa vergessen, dass ich hier stand? „Liam!“, quiekte ich und streckte den Arm aus, sodass meine flache Hand die wichtigen Stellen bedecken würde.

„Was?“, fragte er, hielt dabei aber Gott sei Dank inne. „Hast du noch nie einen nackten Mann gesehen?“, zog er mich auf und es dauerte einen Augenblick, bis ich mich so weit gefangen hatte, um etwas zu erwidern.

„Doch, klar. Also nein, noch nicht so! Ich hab einen kleinen Bruder, aber der sieht nicht so … so … so …“

„Männlich aus?“, schlug er vor und schmunzelte dabei sogar ein bisschen.

„Ja, er sieht nicht so männlich aus. Genau!“, stimmte ich ihm zu und ließ vorsichtig meine Hand sinken. Ich traute mich nun, seinen Körper genauer unter die Lupe zu nehmen. Abgesehen von der Waffe bei seiner Leiste und einem Tribal auf der anderen Seite, schlängelte sich dunkler Stacheldraht seinen Arm hinauf und endete wohl irgendwo in seinem Nacken. An der Innenseite seines linken Unterarmes war ein verziertes Kreuz zu erkennen, das darauf schließen ließ, dass er entweder tatsächlich religiös war oder das Motiv einfach gut fand, wobei ich eher auf Erstes tippte, denn unter seinem Schlüsselbein war der Schriftzug „Vergib uns unsere Schuld“ tätowiert, was wohl ein Auszug aus dem Vaterunser war. Außerdem trug er eine filigrane, silberne Halskette mit einem kleinen, schlichen Kreuz als Anhänger.

Das leichte Grinsen war noch nicht von seinen Lippen verschwunden, als er von seinen Shorts abließ und langsam ein paar Schritte auf mich zumachte. Synchron wich ich zurück, bis ich gegen die Terrassenfenster stieß, deren kalte Oberfläche kaum die aufsteigende Hitze in meinem Körper bekämpfen konnte. Was hatte er denn jetzt vor? Er wollte mich doch sicher wieder ärgern und verunsichern, wie er es so gerne tat, befürchtete ich. Das hatte er im Gefängnis sogar zugegeben. Die Härchen in meinem Nacken stellten sich auf und die Gänsehaut breitete sich überall aus.

„Mache ich dich nervös?“, fragte er, während sich seine Augenbraue ein wenig anhob und den Kopf schief neigte. Er streckte einen Arm nach mir aus und platzierte seine Hand neben mir, sodass ich zwischen ihm und dem Glas gefangen war, „gefällt dir, was du siehst?“

„Ist ganz O. K.“, antwortete ich so selbstsicher, wie ich konnte, doch meine glühenden Wangen konnten diese Lüge wohl kaum verbergen und Liam wusste ganz genau, was für eine Ausstrahlung er hatte. Das Blut wurde durch meine Adern gejagt und meine Beine fühlten sich abermals an wie Pudding, während mein ganzer Körper zu kribbeln begann. In diesem Moment war ich einfach dankbar für den lauten Regen, der verhinderte, dass er meinen heftigen Herzschlag hören konnte. Als er sich dann auch noch langsam so weit zu mir herablehnte, dass ich schon seinen warmen Atem auf meinen Lippen spüren konnte, blieb mein Herz für einen Moment gänzlich stehen.

22

Mit offenem Mund starrte ich ihn an. Er war so nah, dass ich die Wärme auf meiner Haut spüren konnte, die sein nasser Körper ausstrahlte. Reflexartig hielt ich die Luft an, wagte nicht zu blinzeln oder mich in irgendeiner Weise zu rühren. Noch immer lag dieses anzügliche Lächeln auf seinen Lippen und seine blauen Augen funkelten verführerisch. Mein Herz hämmerte wie wild gegen meine Brust. Küss mich endlich, schoss es durch meinen Kopf und ich wusste nicht, was in mich gefahren war, dass ich so etwas dachte. Es war falsch, verdammt. Er war mein Entführer und kein Traumtyp aus einem der vielen Bücher, die ich bisher verschlungen hatte. Er war Liam Winterfeld, verurteilter Gewaltverbrecher und ich musste es noch mal betonen: mein Entführer! Und trotzdem zog er mich an, wie der Eisberg die Titanic. Ich konnte nur hoffen, dass ich nicht daran zerbrach und unterging. Liams Grinsen verschwand langsam, seine durchdringenden Augen wurden sanfter und sein Blick wanderte nun über mein Gesicht, bis hinab zu meinen Lippen. Warum tat er es nicht endlich? Ich sah, wie er zögerte, wie er mit sich selbst rang, die Hand neben meinem Kopf ballte sich verzweifelt zur Faust. Verflucht! Sollte ich selbst diesen Schritt wagen? Was ging durch seinen Kopf? Wo war seine Selbstsicherheit hin?

„Ich glaube, die Lasagne verbrennt“, sagte er und zog sich eilig von mir zurück. Fluchtartig lief er zum Ofen und zog ihn auf, während ich noch völlig perplex, überfordert und irgendwie auch enttäuscht stehen blieb. Er wedelte den weißen Wasserdampf beiseite und wie so häufig, schien er so tun zu wollen, als sei nichts gewesen. „Geht noch, ist noch kein Kohlebrikett", kommentierte er, während ich am liebsten mal wieder in Tränen ausgebrochen wäre oder irgendetwas nach ihm geworfen hätte. Ich war wütend, weil ich kein Spielball sein wollte, ich war wütend auf mich selbst, weil ich mich so leicht um den Finger wickeln ließ. Helena, verrenn dich nicht in einer Sackgasse! Sollte ich jetzt auch so tun, als wär nichts gewesen, alles mit Scherz und Humor überspielen, wie ich es mein ganzes Leben schon tat? Oder sollte ich ihm zeigen, dass er nicht so mit mir umgehen konnte?

„Deck den Tisch, ich mache noch mal das Feuer an", befahl er mir in seiner gewohnt liebevollen Art, wofür ich in diesem Moment sogar dankbar war, denn endlich rührte sich mein Körper. „Versuch aber bitte nicht, wieder Räucherwurst aus uns zu machen", mahnte ich ihn, ehe ich mich in Bewegung setzte und die Küchenschränke nach Geschirr durchsuchte. Was ich fand, waren alte, weiße Teller, deren gewellter Rand mit blauen Herzchen gesäumt war. „Ach du Schande", sagte ich, als ich diese weitere Kitschsünde in den Händen hielt und mit ihr den Tisch deckte. Besteck entdeckte ich in einer der Schubladen und sogar mit einem Untersetzer konnte ich dienen. Liam hatte es inzwischen tatsächlich geschafft, qualmfreies Feuer zu machen und seinem neuerrungenen Titel als Herr der Flammen gerecht zu werden. Noch immer nur mit nassen Shorts bekleidet, kehrte er zum Küchenbereich zurück und ich fragte mich, ob er das nun wieder extra machte.

„Willst du dir nicht mal was überziehen? Es wird dauern, bis der Kamin den Raum erwärmt hat", fragte ich zögerlich. Wie sollte ich mich denn aufs Essen konzentrieren, wenn er halbnackt vor mir saß? „Ja, die nasse Hose sollte ich vielleicht mal los werden", pflichtete er mir bei. Gerade wollte ich mit einem Küchentuch nach der Lasagne im Ofen greifen, als ich seine Präsenz dicht hinter mir spürte und er mich mit sanfter Gewalt beiseiteschob.

„Ich mache das, du verbrennst dich noch", sagte er und nahm mir das Geschirrtuch ab. Sollte ich das jetzt süß finden, oder beleidigend, weil er mich für so ungeschickt hielt?

Liam stellte den Auflauf auf dem Tisch ab und ging dann Richtung Flur. So konnte ich einen Blick auf seinen Rücken werfen, der ebenfalls mit Tätowierungen bedeckt war. Auf die Entfernung konnte ich jedoch lediglich eine verzierte Sense erkennen, die von seinem Steiß bis zu seinen Schultern reichte. Dann war er im Zimmer gegenüber meiner Kammer verschwunden.

„Von Wäschekorb hast du auch noch nichts gehört, oder?", rief ich ihm nach, als ich mich daran machte, seine fallen gelassenen Klamotten aufzuheben, über der Spüle auszuwringen und anschließend über zwei Stühle zu hängen, die ich vor den Kamin zog. „Sei still, sonst komm ich nackt wieder!", hörte ich seine Antwort aus dem Nebenzimmer. Unwillkürlich musste ich grinsen, während ich den Kopf schüttelte. Kurz darauf kam Liam wieder zurück.

„Ernsthaft? Andere Shorts und ein Tanktop?", fragte ich empört, als er so leicht bekleidet am Tisch platz nahm.

„Das ist mein Schlafanzug, außerdem bin ich nicht so eine Frostbeule wie du", entgegnete er schulterzuckend und deutete auf den Stuhl ihm gegenüber.

„Setz dich", forderte er mich freundlich auf und ich leistete seiner Anweisung augenrollend Folge. Liam lehnte sich etwas zur Seite, zog eine halb abgebrannte Kerze zwischen uns, die seit Jahren auf dem Tisch stehen musste, und entzündete sie mit einem Feuerzeug. „Da wir keine schicke Abendgarderobe tragen können, mache ich uns wenigstens etwas romantischen Kerzenschein", erklärte er und ich nickte verstehend. „Candlelight-Lasagne also?"

„Ist doch unser erstes Date außerhalb des Gefängnisses, oder?"

„Weiß nicht, jetzt bin doch ich die Gefangene, oder? Ist also noch genauso wie vorher, bloß umgekehrt", erwiderte ich und konnte es nicht lassen, ihm diesen Seitenhieb zu verpassen. Liam sagte nichts, sondern befüllte schweigend unsere Teller mit der dampfenden Lasagne. Es roch unglaublich gut nach Tomate, geschmolzenem Käse, Kräutern und den Röstaromen des Hackfleisches. Mir lief das Wasser im Mund zusammen, als ich sah, wie sich die Fäden des Goudas zwischen dem Auflauf und dem Pfannenwender spannten, mit dem er die Portionen aus der Glasform nahm. „Hast du Crème fraîche oder Béchamelsoße genommen?“, fragte ich und pikste mit der Gabel in meinem Stück herum, damit die Hitze schneller entfliehen konnte.

„Crème fraîche, ich mag die Säure, die sie einbringt“, antwortete er. „Lecker, lecker“, sagte ich und rieb mir vorfreudig die Hände, „guten Appetit!“

Wir begannen zu essen und genossen eine Weile lang schweigend unser Abendmahl. Apropos Abendmahl. „Sag mal, Liam“, begann ich und er sah mich über seine angehobene Gabel hinweg unsicher und abwartend an. Hatte er etwa Angst vor meinen Fragen? „Bist du gläubig? Oder warum hast du ein Kreuz tätowiert und eins um deinen Hals?“

„Ja, bin ich. Manche Lebenssituationen kannst du nicht überstehen, ohne an etwas zu glauben“, klärte er mich auf und ich nickte verstehend.

„Was für Situationen meinst du?“, fragte ich dennoch.

„Wenn man Hilfe braucht, aber seine Eltern nicht darum bitten kann. Glaubst du denn?“, stellte er die Gegenfrage und verhinderte so, dass ich weiter herumbohren konnte.

„Ich weiß nicht“, antwortete ich ehrlich und zuckte mit den Schultern, „ich habe mich irgendwie nie wirklich damit auseinandergesetzt. Ich bin zwar getauft und konfirmiert, aber glaube ich? Wäre ja schon ein deprimierender Gedanke, wenn nach dem Tod einfach Ende wäre. Sicher gibt es Gott, aber er wird mir bestimmt nicht übel nehmen, wenn ich nicht regelmäßig zu ihm bete oder in die Kirche gehe. Wenn du glaubst, denkst du nicht, dass du mal in die Hölle kommst?“

„Ich habe doch nichts anderes verdient“, hauchte er und blickte dabei mit einem bitteren Lächeln hinab auf seinen Teller. Er sagte diese Worte mit so einer verletzlichen Ehrlichkeit, dass es mir die Brust zuschnürte und mein ganzer Bauch sich schmerzhaft verkrampfte.

„Hast du keine Angst?“, fragte ich leise.

„Vor dem Tod? Doch."

„Warum handelst du dann in deinem Leben nicht anders? Warum tust du diese schrecklichen Dinge?"

„Weil ich nicht anders kann", offenbarte er mir, sprach jedoch mit einem traurigen Lächeln weiter. „Vielleicht habe ich einfach noch Hoffnung, dass mir meine Taten am Ende doch vergeben werden."

Ich erwiderte darauf nichts mehr, denn ich musste erst mal mit seinem trostlosen Selbstbild fertig werden. Schweigend aßen wir auf und räumten gemeinsam den Tisch ab. Keiner von uns wusste etwas zu sagen und hing den eigenen, trübseligen Gedanken nach. Obwohl sich das Gewitter inzwischen vergezogen hatte, wirkte es, als würde weiterhin eine dunkle Wolke über uns schweben. Ich für meinen Teil konnte diese Stimmung nicht mehr länger ertragen und dachte fieberhaft nach, wie ich sie wieder auflockern könnte. Ich war schuld daran, dass unser Candle-Light–Dinner nun eher einem Leichenschmaus geähnelt hatte.

„Verdammt", fluchte Liam, der gerade die Reste in den Müll werfen wollte.

„Was?", fragte ich verwundert.

„Kein Müllbeutel drin. Die liegen noch in der Garage", schnaufte er und wollte gerade losgehen, als ich eine Hand anhob, um ihn aufzuhalten.

„Warte. Ich gehe. In deinem Hemdchen bist du erfroren, bevor du überhaupt ankommst." Es war Zeit, mich durchzusetzen und ihn nicht alle Arbeit allein machen zu lassen. Also stapfte ich bereits entschlossen Richtung Flur, damit er gar nicht erst auf die Idee kam, mit mir zu diskutieren.

„Sprach die Frau im Sommerkleid", hörte ich ihn noch hinter mir murmeln, was ich gekonnt ignorierte. Ich passierte den Flur, in dem sich rechts und links jeweils zwei Türen befanden. Das Bad und meine Kammer kannte ich ja bereits, das andere musste Liams Schlafzimmer sein und die letzte Tür konnte ich nicht zuordnen. Ich bog vor der Eingangstür nach links ab, ging an der leeren Garderobe vorbei und durch die Metalltür in die Garage. Verflucht, hier war es wirklich kalt! Ich legte den Lichtschalter um, woraufhin spärliches Licht den Raum eher mäßig beleuchte.

„Bei den vollen Müllsäcken im Regal!“, hörte ich Liams gedämpfte Stimme aus dem Haus rufen, woraufhin ich auf die fünf grauen Säcke zusteuerte, die hinter dem Wagen unter der Werkbank gelagert waren. Auf dieser befand sich ein kleines Stahlregal, in dem diverse Haushaltssachen waren. Ich wühlte kurz darin herum und fand schließlich die leeren Müllbeutel.

„Shit“, zischte ich, als sie mir aus Versehen aus den Händen rutschten. Zu allem Überfluss rollten sie sich am Boden auf und kullerten zwischen die Säcke unter der Arbeitsplatte. Entnervt stöhnend ging ich auf die Knie, um zwischen dem Müll nach der verloren gegangenen Rolle zu suchen. „Kann doch nicht sein, dass das blöde Ding bis nach China gerollt ist“, schimpfte ich, während ich weiter kroch. Mit einer Hand tastete ich mich im Halbdunkeln voran, als meine Finger plötzlich etwas Kantiges ertasteten, das sich nach hohlem Plastik anfühlte. Verwirrt zog ich es hervor und erblickte eine alte, schwarze VHS–Kassette, die mit einem vergilbten, teilweise abblätternden Etikett beklebt war.

„Liam und Anna“, las ich laut vor.

23

„Wer ist Anna?“, fragte ich mich, während ich die Kassette in meinen Händen drehte. Vielleicht hatte man sie im Müll entsorgen wollen und sie war nun aus einem der Säcke gerutscht. Oder Liam hatte sie vor mir verstecken wollen, damit ich mir nicht die Turteleien zwischen ihm und seiner Ex anschaute? Oder dem privaten Sextape, das sie vielleicht gedreht hatten?! Bei der Vorstellung beider Sachen keimte eine unerklärliche Wut in mir auf. Ich wollte zurückgehen, ihm das Video vor die Füße werfen und ihn zur Rede stellen. Was für ein Blödsinn. Ich war weder seine Freundin noch standen wir in irgendeinem romantischen Verhältnis zueinander und ich konnte doch nicht einen auf eifersüchtige Ehefrau machen, nur weil ich mir einen Fast-Kuss einbildete.

Dennoch wollte ich jetzt wissen, was es mit dieser Kassette auf sich hatte. Eilig und zornig suchte ich nach der Rolle Müllbeutel und fand sie schließlich eine Armlänge von mir entfernt. Ich stand von dem kalten, dreckigen Boden auf und stapfte zurück ins Haus, wo Liam bereits die Küche in Ordnung gebracht hatte und gerade dabei war, den Tisch abzuwischen.

„Ich dachte schon, du hättest dich doch noch für die Flucht entschieden“, sagte er und anhand seines angespannten Gesichtsausdrucks konnte ich erkennen, dass er nicht glücklich darüber war, wie lange ich für die paar Müllbeutel gebraucht hatte.

Ohne auf seinen Kommentar einzugehen, legte ich die Videokassette auf den Tisch und sah ihn auffordernd an.

„Ist Anna deine Ex?“, fragte ich gerade heraus und kam mir im selben Moment dumm vor, mich so aufzuführen. Ich wollte nicht zickig sein. Ich wollte nicht eifersüchtig sein. Ich hatte überhaupt kein Recht dazu. Und trotzdem war ich es.

Liams Gesicht versteinerte und verlor schlagartig alle Farbe, sodass er einer Kalkwand Konkurrenz machte. Er schluckte.

„Woher hast du das?“, fragte er harsch und ohne auf meine Frage einzugehen.

„Es lag bei dem Müll in der Garage“, verteidigte ich mich, „das musst du doch wissen. Du hast es doch weggeworfen, oder? Wolltest du es vor mir verstecken?“, fuhr ich ihn an und als ich hörte, wie er mit der freien Hand die Finger knacken ließ, verstummte ich augenblicklich. Ich hatte bereits gelernt, dass das kein gutes Zeichen war und eiskalte Angst breitete sich in meiner Brust aus. Liam starrte das Fundstück einige Sekunden einfach nur an, ehe er sie mit einer wütenden Bewegung vom Tisch fegte, sodass sie klappernd über den Boden rutschte und erst bei der nächsten Wand zum Liegen kam. Erschrocken zuckte ich zusammen.

Als Liam um den Tisch herumging, wich ich intuitiv ein paar Schritte zurück, dennoch bekam er mich schmerzhaft an den Oberarmen zu fassen und drückte mich nach hinten, sodass ich mit dem Rücken gegen den Kühlschrank stieß. Hinter mir schepperte es, als das alte Kühlgerät kurz wankte. Obwohl es sich anfühlte, als würde er mir die Arme brechen, versteinerte ich und konnte nichts weiter tun, als ihn mit weit aufgerissenen Augen anzustarren. Daraufhin schlossen sich seine tödlichen Hände um meinen Kopf, als wolle er ihn jeden Moment nach hinten donnern oder mir das Genick brechen. Sein Gesicht war so kalt, so hart, von Wut und Hass gezeichnet, dass ich ihn überhaupt nicht wiedererkannte. Als trüge er eine Maske. Diesmal war es anders, als bei seinen Kontrollverlusten zuvor. Es war nicht, weil ich ihn gereizt hatte, ich war mir sogar sicher, dass dieser Zorn sich nicht gegen mich richtete, sondern gegen eine andere Person, die gerade gar nicht hier war. Und dies schaltete jeden klaren

Gedanken in ihm ab. Er war nicht nur kurz davor, mich zu verletzen, er tat es bereits. Sein Kiefer mahlte und ich spürte, dass seine Muskeln zum Bersten gespannt waren. Er war nicht hier. Er war nicht er. Er würde mich töten! Seine Hände drückten immer fester, wie ein Schraubstock um meinen Schädel. Ein dumpfer Schmerz breitete sich in mir aus, der mich fast betäubte. Ich wagte es nicht, mich zu wehren. „Liam", hauchte ich mit zitternder, gebrochener Stimme. Er blinzelte, als würde er langsam aus einem Traum erwachen und dann, ohne irgendeine Vorwarnung, zog er mich plötzlich in seine Arme. Seine bisher leidbringenden Hände streichelten vorsichtig durch meine Haare und ich spürte, wie er seinen Kopf auf meinen legte. „Es tut mir leid", flüsterte er, als wir zusammen auf den Boden sackten. Immer wieder wiederholte er diese Worte ganz leise, als würde er sich selbst verzeihen können, wenn er es nur oft genug sagte. Erleichterung durchströmte meinen Körper, der wie Espenlaub zu zittern begann. So viele Eskalationen an einem Tag vertrug ich einfach nicht. Vorsichtig hob ich meine Arme und legte sie um ihn, versuchte ihm irgendwie Halt und Trost zu spenden. „Was ist mit dir bloß passiert? Was hat dich so traumatisiert?", fragte ich verzweifelt. Ich löste mich ein wenig von ihm und griff nach seiner Hand, um sie vorsichtig zu meinem Gesicht zu führen und meine Wange in sie zu schmiegen. Der Verband kratzte rau über meine Haut. Irgendwie wollte ich ihm zeigen, dass seine Hände keine Mordwaffen waren, sondern dass sie sanft und beschützend sein konnten. „Es ist alles okay, Liam, du hast mir ja nichts getan!", log ich, meine schmerzenden Oberarme und Schläfen ignorierend. „Aber ich hätte beinah", erwiderte er und er suchte flehend meinen Blick, „bitte sag mir, dass du mir vergibst."

„Ich vergebe dir", versicherte ich ihm und schloss für einen Moment die Augen. Ich verrückte, dusselige Kuh. Ich musste lebensmüde sein. Mein Verhalten widersprach jeder Logik oder Vernunft. Dreimal hätte er mir allein heute fast etwas Schreckliches angetan. Wer weiß, ob es morgen noch bei einem „fast" bleiben würde?

Er war einfach unberechenbar. Ein explosives Fass mit zu kurzer Lunte. Ich kannte ihn ja kaum ein paar Stunden aus dem Gefängnis und nun den Tag heute. Was bildete ich mir überhaupt ein?

„Das Video liegt schon viele Jahre zurück und es ist etwas, das ich am liebsten für immer aus meiner Erinnerung streichen würde. Ich kann dir nicht sagen, was darauf zu sehen ist, denn weder will ich diese Bilder zurück in mein Gedächtnis rufen, noch deines mit ihnen belasten. Aber was ich dir sagen kann, ist, dass meine Kindheit alles andere als einfach und schön war. Mein Vater war kaum zu Hause, belog und betrog meine Mutter in so vielen Dingen. Er erzog mich in dem Gedanken, dass man sich nehmen soll, was man will. Dass es keine Grenzen gibt. Er war alles andere als ein guter Mann und meine Mutter ertränkte ihren Frust in Luxus und viel Alkohol. Weil sie nicht wusste, wohin mit all ihrer Wut, war ich häufig Opfer ihrer Ausbrüche." Er schob mit der freien Hand seine Haare zurück, sodass ich eine feine Narbe an seiner Stirn erkennen konnte. Nur allzu gut konnte ich nachempfinden, was er durchgemacht hatte. „Das war allerdings nur ein kleiner Ausschnitt von dem, was mich zu dem gemacht hat, der ich heute bin. Helena, ich will nichts gut reden. Nichts in der Welt kann meine Taten rechtfertigen oder entschuldigen. Sie sind unverzeihlich."

Liam seufzte tief und schloss für einen Moment seine Augen. Es musste ihm unheimlich schwerfallen, über diese Dinge zu reden und ich war ihm dankbar, dass er sich so öffnete.

„Schon gut", sagte ich und zog ihn an den Händen vom Boden herauf, „danke, dass du mir das alles erzählt hast. Ich weiß nicht, was noch alles passiert ist, aber ich werde dir zuhören, wenn du bereit bist, mit mir zu reden."

„Du weißt, ich habe mich nicht immer unter Kontrolle. Ich will dir nichts tun, das musst du mir glauben, aber es gibt Situationen, da weiß ich nicht, was ich tue. Ich bete zu Gott, dass das nie wieder vorkommt und ich schwöre dir, dass ich nie wieder meine Hand gegen dich erheben will. Aber wenn du noch einmal das Gefühl hast, dass ich nicht mehr ich selbst bin, lauf bitte weg“, er sah mich an und plötzlich zuckten seine Mundwinkel, „komm dann aber wieder.“

Ich lachte.

„Du willst mich wohl nicht gehen lassen“, stellte ich fest und sein Schmunzeln war Antwort genug.

„Hol dir was zum Schreiben und mach dich bettfertig“, fand Liam seinen Befehlston wieder und ich war dankbar, dass er wieder er selbst war. Selbst wenn das hieß, dass er mich herumscheuchte wie ein Feldwebel, „wir schlafen heute Nacht im Wohnzimmer vor dem Kamin.“

... Wir?

24

Nachdem ich mir die Zähne geputzt, die Haare gekämmt und mir ein langes T-Shirt als Nachthemd angezogen hatte, kehrte ich bewaffnet mit einem Blatt und meinem Lieblingskuli in das Wohnzimmer zurück. Liam hatte bereits die Couch ausgezogen, sodass eine große Liegefläche vor dem Kamin entstanden war und hatte diese mit zwei Wolldecken und Kissen ausgestattet. Das Ganze sah unheimlich gemütlich aus, vor allem mit dem knisternden Feuer im Hintergrund, das nicht nur Wärme spendete, sondern den ganzen Raum auch in ein rötliches, sanftes Licht tauchte. Die langen Schatten tanzten geheimnisvoll im Zimmer umher und draußen hörte ich immer noch das leise Plätschern des anhaltenden Regens. Die Stühle mit seiner trocknenden Kleidung hatte er etwas beiseite geschoben, sodass sie nicht direkt vor dem Feuer standen.

Liam selbst saß bereits auf dem Sofa und klopfte auffordernd mit der flachen Hand neben sich. Mit den Shorts, dem Muskelshirt und der nach wie vor verbundenen Hand sah er noch viel mehr aus wie ein Boxer. Ich zog mein „Nachthemd" noch etwas nach unten, da es mir gerade mal bis knapp unter den Po reichte, und ging zögerlich auf ihn zu. Seine Augen funkelten im Schein des Feuers und ich sah, wie sein Blick an meinem Körper entlangglitt und er mich eingehend betrachtete. Auf der einen Seite zierte ich mich und fühlte mich unwohl, auf der anderen Seite schmeichelte mir sein Interesse aber auch.

Liam pfiff durch seine Zähne, als würde er auf der Straße einem Mädchen hinterherschauen und ich streckte ihm naserümpfend die Zunge raus.

„Ach, halt doch den Mund“, kommentierte ich. Aus einem der Regale nahm ich mir noch ein Buch, das sich als große Enzyklopädie der Vogelkunde entpuppte, als Schreibunterlage und setzte mich dann neben meinen Entführer. Sogleich zog ich mir eine der Decken über den Schoß, um meine blanken Beine zu bedecken. Anschließend legte ich mir das Buch und das Blatt zurecht, damit ich den Brief an meine Familie schreiben konnte.

„Schreib: Herzallerliebster Bruder“, begann Liam mir zu diktieren, „ich habe den Mann meiner Träume kennengelernt und bin mit ihm durchgebrannt. Bitte sei mir nicht böse, deine Helena.“

Ich rollte mit den Augen, musste aber trotzdem über seine Worte grinsen. „Das halte ich für etwas unrealistisch“, sagte ich, „da steht die Polizei schneller auf der Matte, als dir lieb ist. Lass lieber mich schreiben.“

Ich setzte den Kugelschreiber an und unter Liams prüfenden Blicken begann ich zu schreiben:

Lieber Papa,

Lieber Flo,

es tut mir leid, dass ihr euch so Sorgen machen müsst. Ich hätte viel früher mit euch reden sollen. Das Studium und die Situation zu Hause, einfach alles, ist mir über den Kopf gewachsen. Ich brauche einfach etwas Zeit, um Kraft zu tanken und alles zu verarbeiten, damit ich dann wieder mit voller Kraft für euch da sein kann. Macht euch keine Gedanken, ich bin nicht allein. Ich habe vor einiger Zeit einen jungen Mann kennengelernt, der sich um mich kümmert, mich versteht und mir auf die Beine hilft.

Flo, ich möchte, dass du weißt, dass ich dir nicht böse bin und ich hoffe, du bist es auch nicht auf mich, weil ich in so einer schweren Lebenslage nicht bei dir bin. Es ist wichtig, dass du dich jetzt auf dich konzentrierst und dir helfen lässt. Das ist keine Schande und keine Schwäche und ich liebe dich, egal, was du tust oder sagst. Wenn ich zurück bin, lass uns unseren Streit einfach vergessen.

Papa, verzeih mir, dass ich dich mit all den Problemen und der Arbeit allein zurücklasse. Du musst dir entsetzliche Gedanken machen und das tut mir unendlich leid! Aber ich versichere dir – ich bin nicht wie Mutter, ich komme zurück, als die fröhliche und starke Helena, die ich immer war. Gib mir nur ein paar Tage oder Wochen Zeit, mich zu besinnen. Die Zeit kann ich außerdem nutzen, um endlich mein Buch zu schreiben. Auch das hilft mir, auf andere Gedanken zu kommen. Ich hab euch lieb. Haltet die Ohren steif und stellt nichts an, während ich weg bin.

Eure Helena

„Perfekt", lobte mich Liam, als ich fertig war und ihn abwartend ansah, ob es zu seiner Zufriedenheit war. „Prima", sagte ich, faltete das Blatt und wollte es ihm reichen, sodass er ihn nur noch in einen Umschlag stecken und wegbringen musste, doch Liam schüttelte den Kopf und deutete auf den Couchtisch. „Leg ihn einfach da hin, ich kümmer mich später darum", wies er mich an und ich legte das gefaltete Blatt Papier so wie mir geheißen wurde, ab.

Nun war es besiegelt. Ich hatte keine Hoffnung mehr, dass die Polizei nach mir suchen und mich finden würde. Zumindest nicht in der nächsten Zeit. „Leg dich hin", befahl Liam. Dieser Ton missfiel mir zwar noch immer, doch langmachen war gar keine schlechte Idee. Ich rollte mich wie ein Burrito in die kuschelige Decke ein und bettete meine Wange auf das weiche Kopfkissen, während mein Blick zu dem knisternden Feuer wanderte.

Liam legte sich in einem erstaunlich höflichen Abstand zu mir hin, zog die andere Decke halb über sich, ehe er die Arme hinter dem Kopf verschränkte und die Augen schloss. Ich nutzte den Moment, um ihn noch einmal eingehend zu betrachten. Sein Gesicht wirkte einfach unheimlich friedlich, als es so entspannt war. Ich musste zugeben, dass er ein äußerst attraktiver Mann war, wenn er mich nicht gerade herumkommandierte, stichelte oder kurz vorm Ausrasten war. Beim genaueren Hinsehen stellte ich fest, dass die Narben auf seiner Stirn und die an seinen Händen nicht die einzigen waren. Ich fand noch eine feine, weiße Linie an seiner Oberlippe und eine an seinem rechten Wangenknochen. Die Schatten warfen harte Kontraste auf seine Silhouette und die Position, in der er lag, betonte die Muskeln an seinen Oberarmen stark. Ich hätte am liebsten Mal drangefasst, konnte mich jedoch gerade noch zusammenreißen. Auch an ihnen fand ich Narben, die aussahen wie längst verheilte Schnittverletzungen.

„Zählst du meine Narben?“, fragte Liam plötzlich und ich fühlte mich ertappt. Sofort stieg die Hitze in meinen Kopf und ich ließ mich zurück in das Kissen sinken. Zum Glück sah er mich immer noch nicht an und selbst wenn, würde das warme Licht verhindern, dass er die Röte in meinem Gesicht sehen konnte. „Kannst du dich noch an jede einzelne erinnern?“, wollte ich wissen und er zuckte kurz mit den Schultern.

„Ist unwichtig. Viel wichtiger sind deine Narben“, er öffnete nun seine Augen und sah unter die Decke. Irritiert legte ich meine Stirn in Falten.

„Hab ich Narben?“

„Die auf deiner Seele“, antwortete er, „die dich nicht schlafen lassen. Warum hat deine Mutter euch verlassen?“

Diese Frage versetzte mir einen schmerzhaften Stich in der Brust. Noch nie hatte ich darüber geredet. Weder mit meinem Vater noch mit meinem Bruder. Selbst meinen Freunden hatte ich nie etwas davon erzählen wollen. Vor langer Zeit hatte ich mir diese Last auf die Schultern gebunden und versucht, ihr Gewicht zu vergessen. Doch Liam hatte sich mir anvertraut und unser Schicksal war so ähnlich. Vielleicht war es Zeit, dass auch ich mich öffnete und ihm einen Einblick in eines der dunkelsten Kapitel meines Lebens gewährte.

25

Liam sah mich abwartend von der Seite an, sein Blick war dabei sanft und geduldig. Es dauerte noch einen Moment, bis ich endlich den Mut hatte zu sprechen. Immerhin waren es keine schönen Kapitel aus meinem Leben und es hatte mich viel Kraft gekostet, sie überhaupt zu verdrängen. Das alles wieder an die Oberfläche gelangen zu lassen, fiel mir schwer und ich fühlte mich furchtbar verletzlich.

„Meine Mutter war noch sehr jung, als sie mit mir schwanger wurde. Es war ein Unfall, ich war eigentlich noch gar nicht gewollt. Dennoch entschieden sich meine Eltern gegen eine Abtreibung und gaben mir eine Chance. Die Firma meines Vaters vereinnahmte ihn jedoch mehr und mehr, da er ja nun auch noch ein Kind zu versorgen hatte. Großeltern habe ich nur väterlicherseits, doch sie leben weit entfernt und ich sehe sie nur an Feiertagen oder in den Ferien mal. Meine Mutter war die meiste Zeit allein mit mir und verfluchte mich dafür, das sie die Freiheiten ihrer Jugend so schnell hergeben musste. Ihr ist sehr oft die Hand ausgerutscht, bei den kleinsten Kleinigkeiten schon. Richtig schlimm wurde es allerdings, als sie auch noch zu trinken begann. Da war ich schon älter und sie konnte mich auch mal allein lassen. Mein Vater wusste um ihre Unzufriedenheit und versuchte alles, um es ihr recht zu machen. Er arbeitete so viel er konnte und da ich zu viel Angst davor hatte, ihm davon zu erzählen, dass meine Mutter mich schlug, lief einfach alles so weiter. Als sie zum zweiten Mal schwanger wurde und Vater auf sie einredete, Flo zu behalten, wurde alles nur noch schlimmer. Am Anfang war er noch zu klein dafür, dass sie ihre Wut an ihm ausließ und auch später bekam er zwar schon mal eine Backpfeife, aber wenn es eskalierte, ging ich immer dazwischen. Sie hat immer häufiger und exzessiver getrunken und bald konnte sie es auch vor unserem Vater nicht mehr verheimlichen." Liam sah mich einfach nur eindringlich an. Er hing förmlich an meinen Lippen und hatte dabei eine so ruhige und angenehme Ausstrahlung, dass ich mich etwas entspannte. Nach all der Zeit fiel es mir immer noch nicht leicht, darüber zu reden und ein schmerzhafter Kloß verengte meine Kehle. Ich holte tief Luft, sammelte mich und sprach weiter. „Eines Tages geriet es dann vollkommen außer Kontrolle. Florian war da gerade fünf und ich zehn Jahre alt, und nachdem ich eine harte Tracht Prügel bekommen hatte, betrank sie sich in unserem Haus, bis sie das Bewusstsein verlor." Die Bilder von damals vermischten sich vor meinem inneren Auge mit denen, die sich nur zwei Tage zuvor gnadenlos in meine Erinnerung gebrannt hatten. Ja, Florian hatte mich sehr an unsere Mutter erinnert, wie sie vor dem Wohnzimmertisch auf dem Boden gelegen hatte. Nicht mehr in der Lage, allein aufzustehen.

„Ich rief einen Krankenwagen, und obwohl der Mann vom Notruf die ganze Zeit durch das Telefon mit mir gesprochen und mich beruhigt hatte, war es mir wie Stunden vorgekommen, in denen ich warten und auf meine Mutter achten musste. Ich selbst war auch im Gesicht verletzt und da mein Bruder nicht allein zu Hause bleiben konnte, sind wir alle drei mit dem Krankenwagen in die Klinik gefahren. Kurz darauf kam auch unser Vater dazu. Er war am Ende, als er von alledem erfuhr und machte sich schreckliche Vorwürfe. Er stellte meine Mutter vor die Wahl. Entweder sie würde das mit seiner Hilfe wieder in den Griff bekommen und in eine Suchtklinik gehen, oder er würde sich von ihr trennen. Als sie aus dem Krankenhaus entlassen wurde, packte sie selbst ihre Sachen und verschwand, ohne ein Wort des Abschieds. Ich glaube, sie war froh, dass alles ans Licht gekommen war. Sie wollte weg von uns. Sie wollte ihr verpasstes Leben nachholen. Ich habe sie nur noch ein letztes Mal vor Gericht gesehen", endete ich und konnte ein trauriges Seufzen nicht unterdrücken. Es hatte mich viel Kraft und Mut gekostet, Liam meine verkorkste Jugend zu erzählen, und ich spürte, dass mich so langsam alles hinab in die Kissen zog. Er schwieg immer noch, sah mich einen Augenblick lang an, ehe er sich wieder auf den Rücken drehte und unter die Decke starrte. Was hatte ich jetzt erwartet, was er tun würde? Hatte ich überhaupt etwas erwartet? Auch ich legte mich nun auf den Rücken, zog dabei die Wolldecke bis zu meinem Kinn hinauf und faltete die Hände auf meinem Bauch.

Seit diesem Tag sorgte ich für den Zusammenhalt der Familie. Kümmerte mich um den Haushalt, half Florian in der Schule und stellte meine eigenen Interessen hinten an. Ich hatte den Platz eingenommen, den meine Mutter nie erfüllt und auch nicht gewollt hatte. Ich war nie zu einem Psychologen gegangen, um das Ganze zu verarbeiten, für mich war der beste Weg immer die Verdrängung gewesen. Doch jetzt, wo ich das alles erzählt hatte und die Bilder aus meiner Vergangenheit plötzlich wieder so real waren, holten mich meine Gefühle wieder ein, alles, was ich damals durchgemacht hatte. Der Schmerz, die Enttäuschung, die Angst, Wut und Trauer waren in diesem Moment wieder so real wie vor zehn Jahren. Als ich meine Augen schloss und sich heiße Tränen in ihnen sammelten, die ich diesmal jedoch mit aller Kraft zurückhalten wollte, schlossen sich warme, kräftige Finger um meine Hand und hielten diese einfach fest. Als ich die Augen öffnete und den Kopf zur Seite drehte, sah ich, dass Liam noch immer auf dem Rücken lag, die Augen mittlerweile wieder geschlossen hatte und mir seinen Beistand allein durch diese Geste zeigte. Er sagte nichts, aber das war auch nicht nötig. Es reichte, dass er für mich da war und seine Hand schenkte mir ein Gefühl von Halt und Sicherheit. Ich schaffte es, die Tränen zurückzuhalten und schloss meine Lider. Behutsam und tröstend strich sein Daumen über meine Fingerknöchel. Er wusste, was ich empfand. Er kannte dieses Leid, wenn nicht sogar noch mehr als ich. Und ich fühlte mich verstanden. Mit dem Knistern des Feuers sowie dem Prasseln des Regens im Hintergrund und dem Gefühl, dass das Päckchen auf meinen Schultern ein wenig leichter geworden war, fiel ich in einen tiefen, traumlosen Schlaf, den ich wohl dringend nötig hatte.

26

Warme Sonnenstrahlen kitzelten in meiner Nase und das Licht streichelte mich sanft aus dem Schlaf. Ich blinzelte, wusste im ersten Moment überhaupt nicht, wo ich war und musste mich erst mal aufsetzen. Verschlafen blickte ich mich um und stellte fest, dass ich noch immer in dem Ferienhaus im Wald war, im Kamin lagen einige Briketts, die noch leicht rot vor sich hin glimmten und etwas Wärme abgaben, der Platz neben mir auf dem Sofa war leer und die Decke bereits zusammengefaltet. Von meinem lieben Herrn Entführer gab es keine Spur. Langsam rutschte ich vom Sofa und starrte für einen Moment gedankenverloren aus dem Fenster in den Wald. In dem Lichtschein tanzten die Staubpartikel wie Tausende von Sternen und die einzigen Spuren, die das Unwetter gestern hinterlassen hatte, waren einige glitzernde Pfützen und herumliegende Äste. Der Geruch von frisch aufgebackenen Brötchen stieg mir in die Nase und lockte mich in den Küchenbereich. Auch meine Gefühlswelt fühlte sich an wie nach einem Sturm. Es war noch ein wenig chaotisch, doch der Regen hatte alles reingewaschen und der Himmel sich geklärt. Auf dem Tisch fand ich Butter, Aufschnitt, Käse, Nutella und einen Korb mit Brötchen. Gedeckt war nur für eine Person und auf dem Teller lag ein Zettel, auf dem in einer äußerst geradlinigen, kantigen Schrift geschrieben stand:

Guten Morgen Dornröschen,

du hast so friedlich geschlafen, dass ich dich nicht wecken wollte. Ich bin bereits in die Stadt gefahren, um einige Erledigungen zu machen. Iss etwas und schreib dein Buch, stell einfach nichts an und lauf nicht weg – ich finde dich. Bin bald zurück.

Liam

Typisch Liam, dass er selbst in einem „Liebesbrief" mit Befehlen um sich warf. Woher hatte er das nur? Schmunzelnd legte ich den Zettel beiseite und schnitt mir ein Brötchen auf, um es mit Nutella zu bestreichen. Den Käse und die Wurst hätte er meinetwegen gar nicht holen müssen. Wenn auf dem Tisch Schokolade stand, gab es keine Alternative für mich. Am liebsten hätte ich den Löffel einfach direkt in die Creme gesteckt und ... warum eigentlich nicht? War doch keiner hier. Ich tauchte mein Messer grinsend in das braune Gold und führte es genüsslich zum Mund. Während ich die Kalorien in mich schaufelte, kam mir der Gedanke, dass das die Chance wäre, nach der Videokassette zu suchen und herauszufinden, was Liam vor mir verbarg. Doch sollte ich in seiner Privatsphäre herumschnüffeln? Ich verdrängte diese Idee, räumte den Tisch ab, nachdem ich das Brötchen aufgegessen hatte und faltete meine Wolldecke auf dem Sofa zusammen. Ich machte mich im Bad für den Tag fertig und betrat anschließend meine Kammer, durch deren offene Tür inzwischen auch die Wärme aus dem Wohnzimmer angekommen war. Aus dem Kleiderschrank zog ich ein anderes Kleid, das nicht so fürchterlich aussah, sondern einfach aus schlichter, marineblauer Baumwolle bestand. Dann setzte ich mich an das Pult und begann die Ereignisse der letzten Stunden niederzuschreiben. Obwohl es eigentlich ganz flüssig lief, schweiften meine Gedanken immer wieder zu dem Video. Was war so schrecklich, dass Liam partout nichts davon erzählen wollte? Und wer verdammt noch mal war Anna? Frustriert legte ich den Kugelschreiber wieder hin und trommelte mit den Fingern auf der Holzplatte herum. Es ging nicht anders. Ich musste es einfach wissen.

Wie lange würde ich noch Zeit haben, bis Liam zurückkehrte? Ich hatte keine Ahnung, denn ich wusste ja auch nicht, wie lange er schon fort war, zumal es hier keine Uhr gab. Ich konnte also nur schätzen, dass wir späten Vormittag haben mussten.

Da im Wohnzimmer keine Kassette mehr gelegen hatte, führte mein Weg mich auf Zehenspitzen – keine Ahnung wieso, war ja niemand hier, der mich hören konnte – zu Liams Schlafzimmer. Vorsichtig drückte ich die Tür auf und fand dahinter ein Doppelbett, einen größtenteils leeren Schrank und eine schwarze Sporttasche, die vermutlich Liam gehörte. Auf einem der Nachttische lag ein umgeklapptes Bild und ich nutzte die Möglichkeit, einen Blick daraufzuwerfen. In dem silbernen Rahmen befand sich das Foto einer dreiköpfigen Familie. Die Frau hatte eine blond gefärbte Dauerwelle und so weit ich erkennen konnte, grünliche Augen. Sie trug einen bestimmt teuren Designerfummel und war stark geschminkt. Neben ihr stand ein groß gewachsener und breit gebauter Mann in dunklem Nadelstreifenanzug. Er hatte fast schwarzes Haar und besonders herausstechend waren die hellen, blauen Augen. Sein kantiges Kinn und die ausgeprägten Wangenknochen gaben ihm ein strenges und markantes Gesicht. Die Ähnlichkeit zu dem kleinen, vielleicht acht Jahre alten Jungen, mit den leuchtenden Augen und dem irgendwie versteinert wirkendem Gesichtsausdruck war nicht zu verkennen. Das waren also der kleine Liam und seine Eltern. Ein mulmiges Gefühl beschlich mich und machte sich wie eine zähe Masse in meiner Magengegend breit. Alle drei wirkten steif und sahen ernst in die Kamera. Selbst durch das Foto konnte ich spüren, wie viel Unglück hinter ihrer Geschichte steckte. Ein glückliches Familienbild war einfach etwas anderes. Um meine Spuren zu verwischen, legte ich das Bild wieder um und ließ meinen Blick anschließend suchend durch den Raum wandern. Vielleicht wurde ich ja in seiner Tasche fündig. Mein Puls beschleunigte sich immer mehr. Liam konnte jeden Moment wiederkommen und mich erwischen, wie ich in seiner Privatsphäre herumschnüffelte.

Ich zog den Reißverschluss der Sporttasche auf und fand in erster Linie haufenweise Kleidung. Hosen, T-Shirts, Pullis, Socken, Shorts, fast alles in Schwarz. Nachdem ich diese farbenfrohe Garderobe inspiziert hatte, fiel mir ein Zippbeutel auf, in dem weitere kleine Beutel waren, die weißes Pulver oder Tabletten enthielten. Drogen! Schoss es mir durch den Kopf. „Was zum ...“, flüsterte ich. Kaum war er aus dem Gefängnis, schon besaß er wieder solche illegalen Substanzen. Nahm er sie? Verkaufte er sie? Ich hatte keine Ahnung und wusste bloß, dass ich sie unberührt wieder hineinlegen sollte, auch wenn die Versuchung, sie in der Toilette hinunterzuspülen, riesengroß war. Meine Hände tasteten weiter, als ich draußen plötzlich ein Knacken vernahm. Mein Herz blieb stehen und Angstschweiß trat aus jeder Pore. Ich erstarrte in meiner Bewegung und lauschte angestrengt. Nichts. War wohl Einbildung. Also tastete ich weiter und erfühlte in einer der Seitentaschen schließlich etwas Kantiges. Bingo! Es war die Kassette.

Vorsichtig zog ich sie heraus und stellte erleichtert fest, dass sie abgesehen von ein paar Schrammen, keinen weiteren Schaden von Liams Schlag genommen hatte. Früher war eben alles einfach robuster gewesen. Damals konnte man ja auch noch mit einem Handy Backsteine zerschlagen.

Mit hämmerndem Herzen lief ich zum Wohnzimmer und versuchte den Fernseher und den VHS-Player zum Laufen zu bringen. Technisch versiert, wie ich nun mal bin, schaffte ich es nach einigem wirren Herumgedrücke auf den Tasten der Fernbedienung, beides zu starten und schob die Kassette in den dafür vorgesehenen Schlitz. Mit einem elektronischen Summen wurde sie eingezogen und als ich auf Play drückte, startete das Video an der Stelle, wo es wohl mal gestoppt wurde. Die Szenen, die sich mir dann boten, ließen mir das Blut in den Adern gefrieren ...

27

Ich sah direkt in die noch jungen, blauen Augen meines Entführers. Er sah geradeaus in die Kamera. Es war eine Großaufnahme seines kindlichen Gesichtes, dessen vollkommen leerer Blick Kälte und Resignation ausdrückte. Dieser Junge, der kleine Liam, der mich aus dem alten Bildschirm ansah, kannte keine Freude. Kannte keine Hoffnung. Kannte keine Liebe.

„Oh mein Gott", flüsterte ich leise und legte mir beide Hände auf die Lippen, während ich mit geweiteten Augen auf die Szene starrte, die sich mir offenbarte, als die Kamera wieder herauszoomte und man einen Kellerraum mit kahlen, grauen Wänden erkennen konnte. Außer einem schwarzem Gitterbett mit weißer Matratze befand sich nur noch ein Stuhl in dem Raum, auf dem ein kleines, verschüchtertes Mädchen saß und ihr Gesicht unter den blonden Haaren zu verstecken versuchte. Sie musste noch ein paar Jahre jünger sein als Liam, der nicht viel älter als acht Jahre sein konnte. „Anna, zieh dich aus", ertönte eine tiefe, befehlende Stimme laut und nah bei der Kamera. Das kleine Mädchen zögerte und blickte unsicher zu dem Jungen hinüber, der immer noch einfach dastand wie eine leblose Puppe. „Liam, hilf ihr", befahl die Männerstimme und ohne einen Wimpernschlag des Zögerns, setzte sich Liam in Bewegung.

Plötzlich hörte ich das Geräusch von Autoreifen, die über den Schotterweg fuhren und das Dröhnen eines Motors. Er war zurück! Scheiße! Eilig und so oft es ging drückte ich auf die Eject-Taste und drehte beinahe durch, als das Gerät die Kassette in aller Seelenruhe noch einmal durchkaute und dann erst langsam ausspuckte. Das

Quietschen des Garagentors erklang und mein Herz schlug mir bis zum Hals. Wenn Liam mich erwischte, war ich geliefert. Ich riss die Kassette aus dem VHS-Spieler und schaltete den Fernseher aus, ehe ich durch den Flur zu seinem Zimmer sprintete. Hätte jemand die Zeit gestoppt, hätte ich sicher Usain Bolt Konkurrenz gemacht und einen neuen Weltrekord aufgestellt. Aber hier ging es nicht um eine Medaille – sondern um mein Leben. So gut es ging stopfte ich die VHS zurück in das Seitenfach der Sporttasche, schloss alle Reißverschlüsse und betete, dass ich nichts vergessen und keine Spur hinterlassen hatte. Daraufhin hechtete ich zurück in meine Kammer und kaum hatte mein Hintern die Sitzfläche meines Schreibtischstuhls berührt, hörte ich die Metalltür zur Garage aufgehen. Der kalte Schweiß stand mir auf der Stirn und ich versuchte, meinen Atem zu beruhigen, meinen Puls herunterzufahren, mich bloß nicht auffällig zu verhalten.

Gefolgt von einem kratzigen, tapsigen Geräusch, das von wesentlich mehr Beinen herrührte, hörte ich Liams Schritte im Flur.

„Bleib", tönte seine Stimme von draußen und er klopfte höflich an meine Tür, „bist du hier, Helena? Kann ich reinkommen?", rief er und ich atmete noch einmal tief durch, bevor ich „Ja, bin da, komm rein!" antwortete. Kurz darauf wurde die Klinke heruntergedrückt und mein Entführer trat herein. Ich schloss meine Augen und wartete noch zwei Sekunden, bis ich mich mit einem aufgesetzten Lächeln zu ihm umdrehte.

„Hi", krächzte ich und hätte mich am liebsten selbst dafür geohrfeigt. Als Schauspielerin taugte ich wirklich nichts. „Ich habe jemanden mitgebracht", sagte Liam, der das vorfreudige Funkeln in seinen Augen kaum verbergen konnte. Der Unterschied war gewaltig. Die kindlichen, blauen Augen, in die ich wenige Sekunden vorher noch geblickt hatte, wirkten so tot. So unendlich traurig. Kein Vergleich zu dem hoffnungsvollen, ungeduldigen Glitzern, das ich jetzt in ihnen erkannte. Er trat an die Seite, schaute in den Flur und machte eine einladende Geste mit der Hand.

„Ja komm!", forderte er eine Oktave höher auf, woraufhin das Tapsen wieder einsetzte und ein Ungetüm von einem Hund in meine Kammer trottete. Ein riesiger Kopf, der halb aus Schnauze und halb aus Stirn bestand, legte sich auf meinen Schoß und eine schwarze, feuchte Nase schnupperte interessiert umher. Aus wunderschönen, braunen Augen wurde ich neugierig betrachtet und ich musste zugeben, dass ich es für einen Moment mit der Angst zu tun bekam, bevor mir bewusst wurde, dass dieser Pitbull mir nichts antun würde. Kaum hatte ich meine Scheu überwunden und wuschelte dem Tier zwischen den Ohren herum, hüpfte es ungelenk an mir herauf und glaubte offenbar, ein kleiner Schoßhund zu sein. Eine nasse Zunge hinterließ eine feuchte Spur auf meinem Unterarm und ich musste unwillkürlich kichern.

„Ja, wer bist du denn?", fragte ich viel zu quietschig und stachelte den Hund damit offenbar noch mehr an, sich zu freuen. Der Schwanz schlackerte wild umher und schlug immer wieder gegen die Holztüren des Schrankes.

„Das ist Butterfly", antwortete Liam stellvertretend für den Vierbeiner, „sie ist aus dem Tierheim."

Das hieß, Liam hatte sich meine Worte tatsächlich zu Herzen genommen. Für mich war das ein Lichtblick. Vielleicht wollte er sich doch ändern!

„Hieß sie schon so oder hast du ihr den Namen gegeben?", wollte ich wissen, als ich damit zugange war, die Hündin immer wieder von meinem Schoß zu schieben, auf den sie kontinuierlich kriechen wollte.

„Ich habe sie so getauft, nachdem ich sie vor 4 Wochen bei meiner Wiedereingliederung das erste Mal gesehen habe. Sie wurde von Tierschützern verletzt und ausgesetzt vorgefunden. Man wollte sie wohl abrichten. Jedenfalls war sie anfangs sehr bissig, als sie im Tierheim ankam, hatte jedes Vertrauen in die Menschen verloren. Man hat lange mit ihr geübt und schon überlegt, ob sie eingeschläfert werden müsste. Doch dann kamen die Fortschritte und sie ist zu einem richtigen Kuschelmonster geworden. Seitdem sitzt die Arme dort fest, weil Pitbulls schwierig zu vermitteln sind, vor allem mit einer bissigen Vergangenheit. Sie haben einfach einen schlechten Ruf. Aber als ich sie gesehen habe und sie mit ihren braunen Knopfaugen schwänzchenwedelnd aus dem Zwinger geguckt hat, war es um mich geschehen. Eigentlich hatte ich vorgehabt, einen kleinen Pudel zu holen, damit er die Hütte nicht vollhaart. Tja. Jetzt haben wir ein Kalb."

Wir. Dieses Wort hallte in meinem Kopf nach und hatte irgendwie einen utopischen Klang.

„Sie wollten dir einen Job im Tierheim besorgen? Und wieso dann Butterfly? Sie sieht ja nun nicht grade aus wie ein Schmetterling", merkte ich an und die Hündin ließ nun wieder von mir ab, um sich Liam zuzuwenden, der sich zu ihr auf den Boden hockte und mit ihr zu schmusen begann.

„Ja, es war Daniels Idee. Vielleicht wollte er genau wie du mir damit einen Sinn im Leben geben. Sie heißt so, weil sie süß ist, aber auch gefährlich. Wie ein Butterfly eben", erklärte er, während er versuchte, ihren Schleckattacken auszuweichen. Jetzt wurde mir bewusst, dass er nicht nur das Insekt, sondern auch das Messer gemeint hatte. „Sie ist jetzt gut erzogen, kennt alle grundlegenden Befehle", schwärmte Liam und gab mir eine Gratisvorführung von Sitz, Platz, Bleib, Männchen und Pfötchen. Beeindruckt klatschte ich in die Hände und Butterfly wedelte aufgeregt noch schneller mit ihrem Schwanz.

„Ich habe noch etwas für dich", sagte Liam und holte aus dem Flur eine Einkaufstüte, die er auf mein Bett stellte. Neugierig erhob ich mich von meinem Stuhl und ging zu ihm hinüber. Abgesehen von meiner frischgewaschenen und getrockneten Kleidung, die ich anhatte, als ich auf dem Weg zum Krankenhaus war, fand ich einen grauen Jogginganzug in meiner Größe, Unterhosen und ein wunderschönes, rotes Kleid, das viel zu chic war, um es in einer Ferienwohnung zu tragen. Als ich zuletzt noch einen Spitzen-BH aus der Tüte zog, konnte ich nicht vermeiden, dass mir die Röte in die Wangen schoss. „Ich war so frei und habe nach deinen Größen geschaut, bevor ich deine Kleidung zur Reinigung gegeben habe", beantwortete er die Frage, die auf meiner Zunge lag, als hätte er meine Gedanken gelesen.

„Wozu ist das Kleid, gehen wir zu einer Gala oder was?", fragte ich scherzhaft und blickte seitlich zu ihm hinauf. Liam kratzte sich überlegend am Kinn, ehe er antwortete.

„Nein, ich dachte einfach, es könnte dir stehen und vielleicht ziehst du es ja zum Abendessen an." Ich kräuselte meine Stirn und schüttelte schmunzelnd den Kopf. „Lass uns eine Runde mit Fly gehen", schlug Liam vor und nach meiner nervenaufreibenden Detektivmission war ich froh, wenn ich etwas Ablenkung bekommen würde. Das Wetter hatte sich gehalten und noch immer wurde die Erde sanft von der Sonne geküsst. Einwilligend nickte ich und stand auf. Angezogen war ich ja bereits und meine Sandalen waren inzwischen auch wieder getrocknet, sodass ich nur noch in sie hineinschlüpfen musste. Liam legte der Hündin die Leine an und während sie brav bei Fuß ging, lief ich auf seiner anderen Seite. Als wir das Wohnzimmer durchquerten, warf ich einen verstohlenen Blick zu dem Fernseher und dem Videorekorder und musste mit einem kleinen Schock feststellen, dass ich zwar den Bildschirm ausgeschaltet hatte, dass an dem Videogerät jedoch noch das rote Lämpchen leuchtete. Verdammt! Ich musste es irgendwie hinkriegen, ihn noch auszuschalten, bevor Liam drauf aufmerksam wurde. Oder ich würde ihm einfach erzählen, dass ich versucht hatte, fernzusehen und ihn dabei versehentlich eingeschaltet hatte. Wir verließen das Haus durch die Terrassentür und standen direkt im Wald. Fly freute sich ihres Lebens und begann, wild umherzuschnüffeln, während wir auf einen kleinen Trampelpfad zuhielten, der sich in vielen Windungen von der Hütte wegschlängelte. Draußen war es warm und die Luft so schwül, dass sich nach wenigen Metern schon ein nasser Film auf unsere Haut legte und die Kleidung an ihr klebte. Liam hatte die Leine an seiner Gürtelschlaufe festgemacht, um sie nicht die ganze Zeit halten zu müssen.

Schweigend schlenderten wir nebeneinander her, bis ich die Stille brach. „Hast du Informationen über Florian und meinen Vater?“, wollte ich wissen. Für einen Moment musste ich dem Impuls widerstehen, wie selbstverständlich nach seiner Hand zu greifen. Verdammt, wir waren doch kein Pärchen! Reiß dich zusammen!

„Ja“, antwortete Liam, ohne mich anzusehen. Sein Blick ging einfach weiter geradeaus und ich hatte das Gefühl, dass er mit den Gedanken ganz woanders war, „er ist in einer psychiatrischen Klinik und wird behandelt. Dein Vater darf ihn dort ohnehin nicht besuchen und geht seiner Arbeit nach.“

Auf der einen Seite war ich erleichtert, dass es zu Hause keine Katastrophen gab, auf der anderen Seite war ich aber auch ein wenig gekränkt, dass es auch ohne mich lief. Hatten sie sich überhaupt an die Polizei gewandt? Hatte bisher irgendjemand nach mir gesucht? „Sonst nichts?“

„Nein.“

„Hast du den Brief abgegeben?“

„Ja, habe ich.“

Liam schien gerade nicht sehr gesprächig zu sein und so gab ich es auch auf, ihn in ein Gespräch verwickeln zu wollen. Stattdessen genoss ich es, draußen zu sein, etwas anderes zu sehen als die Hütte, den weichen Waldboden zu spüren. Es war wie ein winziges Stück Freiheit. So hüllten wir uns abermals in den unangenehmen Mantel aus Schweigen. Doch nach einiger Zeit war es diesmal Liam, der mit seinen ruhigen Worten nicht nur die Stille brach, sondern auch mein Herz aussetzen ließ.

„Du hast es dir angesehen, oder?“

28

Mein Herz rutschte in die Hose und mein Körper konnte sich nicht entscheiden, ob ihm heiß oder kalt werden sollte. Am besten würde ich jetzt einfach in Ohnmacht fallen, dann würde ich den Rest nicht mehr mitbekommen. Vermutlich würde Liams Verstand sich nun wieder in eine rote, betäubende Wolke aus Zorn hüllen, die ihn fernsteuerte und zu den Taten trieb, für die er sich selbst zu verabscheuen schien. Möglicherweise konnte ich jedoch sogar entkommen, wenn ich schnell genug war. Immerhin hatte er mich gebeten zu fliehen, wenn er noch mal drauf und dran war, mir etwas anzutun. Mein Blick huschte zu Butterfly. Sie war als junger Hund abgerichtet worden. Auch wenn man wohl viel mit ihr trainiert hatte, vielleicht war irgendwo in ihr noch der Instinkt, mich zu schützen, wenn Liam mich anging. Die Hündin schnüffelte unbekümmert weiter und hatte keine Ahnung von der Klemme, in der ich mich befand. Vorsorglich wollte ich bereits einen Schritt Abstand zwischen mich und Liam bringen, als sich seine Finger plötzlich um mein Handgelenk legten. Unerwarteterweise war diese Berührung jedoch nicht schmerzhaft oder zwingend, sondern es wirkte, als wolle er sich festhalten und nicht mich. Dennoch zuckte ich im ersten Moment zusammen und erwartete das Schlimmste.

„Ekelst du dich jetzt vor mir?", fragte Liam mit belegter Stimme, nachdem ich ihm über meinen Schock keine Antwort auf seine Frage gegeben hatte, ob ich das Video gesehen hatte. Das war jetzt seine Angst? Er rastete nicht aus, wollte mir nichts antun? Irritiert hob ich meine Brauen und den Kopf, sah ihn mit offenem Mund an und war so überfordert, dass mir noch immer die Worte fehlten.

„Bitte sag etwas", flehte Liam, der mit gesenktem Kopf stehen blieb und anscheinend nicht mehr den Mut hatte, mir in die Augen zu starren, wie er es sonst immer tat. „Ich kann verstehen, wenn du mich jetzt hasst."

Diese Worte rissen mich aus meiner verwirrten Paralyse.

„Ich hasse dich nicht!", platzte es sofort aus mir heraus. Der Gedanke, dass er das dachte, erschreckte mich. „Ich empfinde auch keinen Ekel! Warum sollte ich auch?" Ich löste meine Hand aus seinem Griff und fasste nun nach seinen, umschloss sie, so weit es ging, mit meinen Fingern und suchte nach seinem Blick.

„Sieh mich an, Liam", forderte ich ihn auf und nach kurzem Zögern gab er sich einen Ruck. Unsicher hoben sich seine Lider und ich sah so viel Angst und Schmerz in seinen Augen.

„Was dir angetan wurde, ist einfach fürchterlich. An dem, was passiert ist, trägst du keine Schuld! Du warst nur ein Kind, ein hilfloser Junge!", versuchte ich ihm klarzumachen, doch Liam zog ärgerlich die Brauen zusammen und schüttelte den Kopf.

„Ich bin nicht derjenige, der missbraucht wurde, ich bin nicht derjenige, der wirklich gelitten hat. Ich bin derjenige, der das Leid zufügen musste!"

„Und das ist weniger schlimm?", fragte ich entrüstet, „du bist kein böser Mensch, da bin ich mir sicher."

Liam lachte trocken und freudlos auf, als wären meine Worte ein unglaubhafter, schlechter Scherz. Wieso konnte er sich nicht einfach für einen Moment durch meine Augen sehen? Ärgerlich blickte ich ihn an. „Wer war der Mann hinter der Kamera? Wer hat euch zu so etwas gezwungen?", fragte ich.

„Mein Vater", antwortete Liam so emotionslos, dass es mir kalt den Rücken hinunterlief. Von der Mutter geschlagen und vom Vater missbraucht. Von diesem riesigen, streng dreinblickenden Mann, den ich auf dem Foto gesehen hatte und der ihm so unheimlich ähnlich sah. Und trotzdem stand er nun dort und suchte die Schuld bei sich.

Wie oft wurde er dazu gezwungen? Wie viele Jahre seines Lebens war er dieser leere, kalte Junge, den ich im Video gesehen hatte? Wann hatte er aufgehört, bittere Tränen darüber zu vergießen?

„Liam, das ...“, begann ich.

„Ist völlig egal“, unterbrach er mich, „die Zeiten sind vorbei und sie rechtfertigen mein Handeln nicht.“ Er wollte nicht. Er wollte sich nicht vergeben. Vermutlich war es ganz gleich, was ich ihm in diesem Moment sagte, er würde mein Denken nicht hören wollen. Ein verzweifeltes Seufzen entfloh mir und ich wollte ihm unbedingt erklären, wieso er in diesem Fall Opfer und nicht Täter war. Ich setzte an, um etwas zu erwidern, als Liam urplötzlich zur Seite gerissen wurde und wir gerade noch erkennen konnten, wie Fly sich aus dem Halsband wand und einem Hasen hinterherjagte. Vorbei war unser Gespräch.

„Fly! Bleib!“, rief Liam, doch der Jagdinstinkt (oder Spieltrieb?) war in diesem Moment einfach größer und die Hündin verschwand im Unterholz.

„Fuck!“, fluchten wir synchron und rannten ihr hinterher, querfeldein über Büsche, Sträucher und hochwachsende Gräser. Nach kurzer Zeit rannte Liam schon einige Meter vor mir und ein rasselndes Brennen breitete sich in meiner Lunge aus. Ich war vielleicht gut im Wettessen, aber ganz sicher nicht im Rennen. Wie ein Zwerg war ich gefährlich auf kurzen Strecken! Nicht gemacht für einen Hürdenlauf durch den Wald. Der Hase schlug einen Haken und Fly folgte, somit auch wir. Unsere Hetzjagd endete erst, als das Langohr unter einem Maschendrahtzaun hindurch verschwand und Fly bellend davor zum Stehen kam. Liam erreichte sie als Erster und baute sich vor ihr auf, was sie wohl aus dem Augenwinkel bemerkte und mit geducktem Kopf innehielt. Treudoof und völlig unschuldig schielte sie zu ihm hinauf und er rügte sie mit dem Zeigefinger und tadelnden Worten, die ich nicht verstehen konnte. Als ich schwer atmend ankam und mich auf meinen Knien abstützte, spürte ich Liams belustigten Blick regelrecht auf mir.

„Okay, ich muss tatsächlich keine Angst haben, dass du mir wegläufst. So was Unsportliches hab ich schon lange nicht mehr gesehen. Wenn du auf den Rücken fällst, bist du bestimmt wie ein Käfer, der nicht mehr aufstehen kann.“ Offenbar konnte er sich nicht mehr zurückhalten und begann über seine eigenen Worte zu lachen, während ich ihm, immer noch nach unten gebeugt und abgestützt, mit einer Hand den Mittelfinger zeigte. „Du bist doch scheiße“, sagte ich, während ich mich endlich wieder aufrichtete und mit gequältem Gesicht meinen Rücken durchstreckte, „ich bin ein normaler Mensch“, verteidigte ich mich, „kann ja nicht jeder eine Sportskanone sein wie du.“

„Sportskanone?“, fragte er und lachte wieder los, „wer sagt denn so was noch?“ Auf der einen Seite war ich froh, dass er wieder anfing, mich zu ärgern, denn das war der Beweis dafür, dass wieder alles okay zwischen uns war, auf der anderen Seite wollte ich ihn am liebsten dafür schlagen. Wütend funkelte ich ihn an, auch wenn mir gleichzeitig das Herz aufging bei diesem wunderschönen, ehrlichen Lachen. Hatte ich ihn jemals Lachen gehört oder gesehen? Es war so schön. So unendlich schön, dass der kleine Junge mit den leeren Augen noch Freude in sich hatte. „Freundchen, werd nicht frech“, warnte ich ihn, das warme Gefühl in meiner Brust ignorierend und er legte mir spielerisch einen Arm um die Schulter.

„Klar, du sitzt auch total am längeren Hebel“, zog er mich sarkastisch weiter auf, während er meinen Oberarm tätschelte. Ich entschied das Blatt noch einmal zu wenden, als ich mich gegen seine Brust schmiegte und mit dem liebreizendsten Augenklimpern zu ihm hinaufsah. „Stimmt, den langen Hebel hast ja du“, säuselte ich und genoss, wie sich seine Augen über diese Zweideutigkeit erschrocken weiteten. Damit hatte er ganz sicher nicht gerechnet. Doch dann wirbelte er mich mit einem Mal herum, sodass ich direkt vor ihm stand und er meinen Körper mit seiner Hand an meinem Rücken gegen sich drücken konnte.

„Du hast meinen Hebel doch noch gar nicht gesehen“, raunte er zurück und hob vielsagend eine Augenbraue. Seine Ausstrahlung hatte sich schlagartig geändert. Nun war es wieder der selbstsichere Liam, der ganz genau wusste, was für eine Wirkung er auf mich hatte. Diese plötzliche Nähe ließ mir den Atem stocken und einmal mehr hatte er es geschafft, mich aus dem Konzept zu bringen. Weil mir nichts Besseres einfiel und ich eine dumme Nudel war, sagte ich:

„Wo sind wir hier eigentlich?“, um damit das Thema zu wechseln und versuchte mich aus seinem Griff herauszuwinden und zu dem Zaun zu sehen, hinter dem eben der Hase verschwunden war. Liam ließ mich nach kurzem Hadern wohl widerwillig frei und folgte meinem Blick.

„Das ist das Waldschwimmbad“, sagte er und jetzt konnte ich auch hinter den vielen Bäumen eine große, grüne Liegewiese und einen angelegten See erkennen. Das Wasser schien still und sauber zu sein und war von großen, dunklen Gesteinsbrocken umrandet. „Hier sind gar keine Besucher“, stellte ich fest und legte meine Hände an die Maschen des Zaunes. „Das Schwimmbad öffnet erst in einer Woche, wenn die Sommerferien anfangen“, sagte Liam.

„Es muss toll sein hier so mitten in der Natur. In der Stadt kenne ich nur die gefliesten Becken mit chlorverseuchtem Wasser.“

Er trat neben mich und als ich zu seinem Profil hinaufsah, erkannte ich ein leichtes Lächeln auf seinen Lippen.

„Willst du rein?“, fragte er.

„Aber es hat doch geschlossen“, verdutzt sah ich ihn an.

„Komm mit“, mit diesen Worten griff er nach meiner Hand und zog mich einfach mit sich. Wir gingen einige Meter den Zaun entlang, bis wir schließlich an ein Tor kamen, das mit dicken Metallketten verschlossen war. Liam drückte das Gitter etwas auf, sodass ein Spalt entstand, der gerade so groß war, dass ich mich mit Fly hindurchzwängen konnte. Ich warf einen letzten, unsicheren Blick zu ihm und wartete auf ein aufforderndes Nicken. „Wirklich? Das ist

Hausfriedensbruch“, sagte ich. Und schon wurde ich von seiner Hand einfach hindurchgeschoben. Stolpernd kam ich auf der anderen Seite an und sah mit erschrockenen Augen zu ihm zurück.

„Liam!“, fauchte ich und sah ihn anklagend an, „und was ist mit dir?“

Kaum hatte ich das gefragt, sprang er an dem Zaun hoch, hielt sich an den obersten Maschen fest und schwang sich über die Absperrung, um dann mit einem Satz auf meiner Seite zu landen. Ich hob abfällig eine Augenbraue und zog die Luft tief durch meine Nase ein.

„Angeber“, kommentierte ich und Liam zuckte kurz mit den Schultern.

„Ich weiß doch, dass dir das gefällt“, gab er zurück. Verflucht. Er hatte recht.

Das Schwimmbad war bereits in die Jahre gekommen. Das kleine, weiße Häuschen, das wohl der Kiosk war, hatte seine besten Tage hinter sich und auch bei den Umkleidekabinen bröckelte der moosige Putz. Der See lag dunkel und still in der Einfassung aus naturbelassenem Stein. Ringsum wuchsen Laub– und Nadelbäume und eine Weide lehnte sich tief über das Wasser, tauchte ihre Äste hinein, als wollte sie fühlen, wie kalt es ist. Liam ging kurz zu dem Kassenhäuschen, zog etwas aus seiner Hosentasche und legte es auf die Ablage vor dem verschlossenen Fenster.

„Was machst du da?“, fragte ich verwundert und konnte auf die Entfernung nicht erkennen, was er abgelegt hatte.

„Eintritt bezahlen“, antwortete er und ich konnte nicht fassen, dass er in so einer Situation noch daran dachte. „Los, zieh dich aus. Lass uns ins Wasser gehen“, sagte Liam, während er bereits das schwarze T-Shirt über den Kopf zog und ein weiteres Mal seinen verzierten Körper offenbarte. „Was?!“, gluckste ich erschrocken und schüttelte eindringlich den Kopf. Hatte er vergessen, dass ich nach wie vor keinen BH trug? Niemals würde ich hier vor ihm blankziehen und insgeheim hoffte ich, dass Liam das auch nicht vorhatte. Bei ihm wusste man ja nie. Zu meinem Glück machte er jedoch bei seiner Unterhose halt und um mich nicht weiter auf Diskussionen mit ihm einzulassen, lief ich bereits zu dem Gewässer. Auf halben Wege überholte mich nicht nur eine wildgewordene Fly, sondern auch Liam, der ohne Rücksicht auf Verluste in den See lief. Das Wasser spritzte umher, verdrängt von seinem Körper, und flog wie Millionen Funken durch die Luft. Die Hündin konnte ihr Glück kaum fassen, als sie ihrem neuen Herrchen schwanzwedelnd und furchtlos in die Fluten folgte. Für einen Moment blieb ich stehen und sah melancholisch auf das Bild, das die beiden mir boten. Mit reinem Herzen auf die Welt gekommen, waren sie durch ihr Leben gezeichnet, in die falschen Hände geraten und abgerichtet worden. Fallengelassen und verurteilt, hatten beide einen großen Teil ihres jungen Lebens in Gefangenschaft verbracht und nun erfreuten sich beide so unbekümmert ihrer neugewonnenen Freiheit. Es war ein Bild, das mein Herz mit Wärme flutete und es öffnete, gleichzeitig stach es aber auch wie tausend Nadelstiche, sodass mir die Luft wegblieb. Ich war erfüllt von Zuneigung, Freude und unbeschreiblicher Traurigkeit.

29

„Helena, was ist los? Weniger starren, mehr ins Wasser kommen und schwimmen!“, riss mich Liam aus meinen Gedanken und ich setzte mich in Bewegung. Ich zog mir die Sandalen aus und trat, wohl oder übel noch mit meinem Kleid am Körper, zögerlich in das Wasser.

„Scheiße, ist das kalt“, brachte ich zwischen zusammengebissenen Zähnen hervor und schlang die Arme um meinen Körper, was Liam dazu brachte, mit einem beunruhigenden Lächeln auf mich zuzuschwimmen.

„Wenn du erst mal drin bist, ist es richtig angenehm“, versuchte er mich davon zu überzeugen, weiter ins Wasser zu gehen. Ich schüttelte den Kopf und trat vorsichtshalber schon wieder einen Schritt zurück. Liam hingegen erhob sich aus dem kalten Nass, während ich fasziniert damit beschäftigt war, die Wassertropfen auf seinem trainierten Körper zu betrachten. Sie tropften von seinen Haaren in sein Gesicht und bahnten sich ihren Weg über seine tätowierte Brust hinab über seine definierten Bauchmuskeln, um dann in den tiefsitzenden, schwarzen Shorts zu versickern. „Ich helfe dir“, mit diesen Worten hatte er auch schon mein Handgelenk ergriffen und zog mich zu sich. Ehe ich mich versah, hatte er seine Arme um mich geschlungen und hob mich von den Füßen.

„Nein! Ah! Liam, lass mich los! Wage es nicht!“, schrie ich und er trug mich gnadenlos zum Wasser, während ich in seinen Armen quietschte, strampelte und um mich schlug. Als uns die Kälte umfing und sich über jeden Zentimeter meiner Haut legte, hörte ich auf mich zu wehren und presste mich stattdessen gegen Liams warmen

Oberkörper. Sein Griff wurde daraufhin lockerer und ich drehte mich nun in seinen Armen zu ihm herum. Meine Hände ruhten knapp unter seinem Hals auf seinen Schlüsselbeinen und seine Hände glitten meinen Rücken hinab, strichen sachte über meinen Po und verweilten haltend unter diesem. Diese Berührung überraschte mich so, dass ich sie einfach geschehen ließ. Wie von selbst schlangen sich meine Beine um seine Hüfte und mit sanftem Druck zog er mich noch enger an sich heran. Ich öffnete den Mund, um etwas zu ihm zu sagen, doch mein Kopf war wie leergefegt und das Blau seiner Augen hielt mich gefangen. Die Wassertropfen an seinen langen, dunklen Wimpern reflektierten das Licht und glitzerten wie die Sterne über dem Meer. Ich war so fasziniert von seinem Gesicht, seinen markanten Wangenknochen, seinen geschwungenen Lippen, dass ich beinahe nicht mitbekommen hätte, wie sich diese meinen zögerlich näherten. Sein Blick wanderte an mir herab, blieb an meinem Mund hängen und ich konnte das Herz durch seine Brust wild schlagen hören. Endlich! Ein Glücksgefühl durchströmte mich und schien jeden Millimeter meines Körpers mit einem aufregenden Kribbeln zu füllen. Mein Puls setzte für einen Moment aus, mein Atem stockte. Alles in mir drängte zu ihm hin, und ich entgegnete ihm mit geschlossenen Augen.

„Hey, ihr da! Was macht ihr hier?“, wurde der Moment jäh von einer wütenden Männerstimme unterbrochen und wir stoben erwischt auseinander. Erschrocken blickten wir zu dem Ursprung der Störquelle und erblickten einen erbosten Wärter mit dunkelgrauer Montur und weißem Schnäuzer, der gerade aus einem Technikhäuschen gestapft kam. Seine buschigen Augenbrauen waren eng zusammengezogen, sodass sich seine Stirn wütend kräuselte. Aus seinen zusammengekniffenen Augen funkelte er uns böse an.

„Schnell weg“, rief ich und wir hechteten stolpernd über die Steine aus dem Wasser heraus. Ich schnappte mir meine Sandalen vom Boden, während Liam all seine Sachen aufsammelte.

„Fly, komm!“, rief ich zu der Pitbulldame, die aus dem See heraus bellend auf den Wärter zurannte, der schon zur Abwehr seine Taschenlampe erhoben hatte. Zum Glück machte sie kehrt und rannte zu mir. Am Metalltor angekommen, zwängte ich mich mit Butterfly wieder durch den Spalt und Liam nahm die Abkürzung über den Zaun.

„Hiergeblieben!“, hörte ich die zornige Stimme des Mannes hinter uns. Äste, Steine, Zweige stachen unter meinen bloßen Fußsohlen und erschwerten mir das Laufen ungemein und zu allem Überfluss verhedderte ich mich in einer hochstehenden Wurzel und fiel der Länge nach in das Gestrüpp. Wie ein kleines Kind wollte ich gerade nachsehen, ob ich mir die Handflächen aufgeschürft hatte, als sich zwei starke Hände um meine Taille legten und mich hochhoben. Ich wurde jedoch nicht wieder auf meine Füße gestellt, sondern über eine Schulter geworfen. Erschrocken quiekte ich auf und sah auf einen nassen Hintern, der zu Liam gehören musste. Ich beobachtete, wie der Wachmann das Tor aufschloss und uns einige Schritte nachsetzte, doch selbst mit mir als Ballast, entfernten wir uns so schnell, dass er die Verfolgung aufgab. Mir war kalt, es war unbequem und seine Schulter stach mir in den Bauch.

„Lass mich runter!“, flehte ich, aber er ließ keine Gnade walten und trug mich immer weiter. „Du bist langsam, unsportlich, hast keine Schuhe an und fällst doch nur wieder auf die Nase“, mobbte er mich und ich gab dem Drang nach, ihm dafür mit der flachen Hand auf den Hintern zu hauen. Diese Bestrafung ließ ihn allerdings nur kurz gehässig auflachen.

„Halt den Ball flach, dein Po ist schließlich direkt neben meinem Kopf und ich habe eine Hand frei“, warnte er und tätschelte unheilvoll meinen Hintern. „Du hast meinen Allerwertesten heute schon genug betatscht!“, konterte ich.

„Da bin ich anderer Meinung.“

Als Liam dann entschied, dass wir weit genug vom Schwimmbad entfernt waren, blieb er stehen und ließ mich endlich herunter. Stöhnend und ächzend kam ich wieder auf meine Füße, nur um mich gleich geschafft nach hinten an einen Baum zu lehnen. Als das Adrenalin langsam meinen Körper wieder verließ, begann ich über das Geschehene zu lachen. Es war aufregend und lustig gewesen. Ich hatte in meinem Leben noch nie etwas Verbotenes getan und auf eine seltsame Art fühlte ich mich frei. Bei dieser Erkenntnis verebbte mein Lachen langsam und ich blickte zu Liam hinauf, der noch dicht vor mir stand und mich lächelnd betrachtete. Ich fragte mich gerade, was dieses merkwürdige Glänzen in seinen Augen bedeutete, als er mich an den Schultern nach hinten gegen den Baum drückte. Plötzlich war er nur noch einen Herzschlag von mir entfernt, lehnte sich zu mir herab und ließ mir keine Möglichkeit mehr zu reagieren, ehe er leidenschaftlich mit seinen warmen, weichen Lippen meine bedeckte und mit einem Mal löste er ein regelrechtes Feuerwerk der Gefühle in mir aus. Mein ganzer Körper kribbelte und eine unglaubliche Hitze durchfuhr rasend schnell und alles verschlingend, wie ein Waldbrand, jede Faser meines Körpers, ließ mein Innerstes lichterloh in Flammen stehen. Meine Beine versagten ihren Dienst, knickten ein und ich hielt mich in seinem Nacken fest. Er presste mich mit seinem Körper gegen den Stamm und seine Hände wanderten zitternd und sehnsüchtig über meine Haut, an der das blaue Kleid nass und kalt klebte. Jede seiner Berührungen hinterließ einen angenehmen Schmerz, wie süßes Gift, gefährlich und verführerisch. Der Kuss war ungestüm, wild und verlangend. Voller Verzweiflung und Hingabe. Ich kam mir so gewollt und wichtig vor, als sei ich die einzige Hoffnung, an die er sich klammern konnte. Gleichzeitig waren seine Lippen so weich, sein Atem so warm und mein Herz schlug so schnell und schmerzhaft, dass ich befürchtete, es würde gleich einfach aus mir herausbrechen. Um mich herum entstand ein Meer aus tausend Lichtern. Funken sprühten. Meine Welt stand plötzlich Kopf. Drehte sich. Tanzte. In diesem Moment gab es keine Zweifel. Es gab keine Angst. Keine Trauer.

Es gab nur ihn und mich. So ergab ich mich wehrlos meinen Gefühlen und erwiderte den Kuss mit intensiver Leidenschaft, als ich ihn dicht an mich heranzog.

30

Die Wärme umfing mich wie ein weicher Mantel und ich konnte nicht sagen, ob sie von Liams Körper kam, der so dicht vor mir stand, von seinen Armen, die mich umfingen oder von dem Gefühl, das dieser Kuss wie ein Feuer in meinem Inneren lodern ließ. Ich hielt mich an ihm fest, zog ihn dicht an mich heran und meine Finger fuhren durch seine dunklen Haare. Ich wünschte mir, dass dieser Moment niemals enden würde. Dass die Zeit anhielte. Dass die Erde aufhören würde, sich zu drehen. Doch sie hielt nicht an, die Zeiger wanderten weiter und der Moment endete viel früher, als mir lieb war. Der stürmische Kuss wurde zaghafter, erfror langsam wie ein Bachlauf im Winter. Seine Lippen lösten sich von meinen, hinterließen eine sehnsüchtige Kälte. Als ich meine Augen aufschlug, blickte ich direkt in Liams blaue Spiegel seiner Seele, in denen eine verzweifelte Bitterkeit lag, und eine traurige Erkenntnis. Ich wusste nicht, was los war oder was er dachte, bloß, dass dieser Blick nichts Gutes verheißen konnte.

„Liam?“, fragte ich zögerlich und er schloss noch einmal für einige Sekunden seine Lider, ehe er einen Schritt zurücktrat und mich freigab. Noch immer waren meine Beine weich wie Brei und drohten nahezu wegzuknicken. Umso dankbarer war ich über den Baum in meinem Rücken, der mir ein wenig Halt gab.

„Wir sollten zurückgehen“, sagte Liam und zog sich sein T-Shirt über. Seine Lippen waren zu schmalen Strichen zusammengepresst und seine Stirn lag leicht in Falten. Er wirkte einfach mal wieder unheimlich angespannt. Was zur Hölle hatte ich falsch gemacht? Hatte nur ich diese Leidenschaft gespürt? Dieses Feuer?

„Was?“, fragte ich also empört. Wollte er jetzt nach diesem Kuss einfach wütend davonlaufen?

„Zieh deine Schuhe an“, herrschte er mich an, „ich habe keine Lust, dich auch noch bis nach Hause zu schleppen.“

Mir klappte der Mund auf. Ich konnte überhaupt nicht fassen, wie er sich jetzt verhielt. „Sag mal, welche Laus ist dir denn über die Leber gelaufen?“, blaffte ich ihn an, halb wütend, halb verletzt. Er hielt kurz inne und sah mich an, dann schüttelte er den Kopf.

„Keine, Helena. Es war einfach falsch, okay? Vergessen wir, was gerade passiert ist“, er deutete auf meine Sandalen und hob auffordernd und ungeduldig die Augenbrauen. Ich dachte jedoch im Traum nicht daran, sie jetzt anzuziehen. Stattdessen warf ich sie fluchend nach ihm und stierte ihn anklagend an. „Vergessen?!“, fragte ich entsetzt und mit belegter Stimme, kämpfte mit aller Macht gegen den Kloß an, der sich in meinem Hals bildete, „kannst DU das einfach vergessen?“

„Ich MUSS!“, auch seine Stimme wurde lauter und nun starrten wir uns gegenseitig zornig an, bis er die aufkommende, erdrückende Stille wieder durchbrach, „zieh jetzt deine verfluchten Sandalen an. Ich glaube, du hast vergessen, wer ich bin. Ich bin kein Traumprinz auf seinem scheiß Ross. Ich bin dein verdammter Entführer und wenn du nicht augenblicklich deine Schuhe anziehst, schwöre ich dir, binde ich deine Füße zusammen und hänge dich an einem der Bäume auf!“ Ich stutzte und schluckte. Waren wir jetzt also wieder da gelandet, ja? Bei dem Entführer und seiner Gefangenen? Liam spielte Russisch Roulette mit meinen Gefühlen. Nie konnte ich wissen, woran ich gerade war. Und gerade hatte er mir die Kugel mitten durch das Herz gejagt. Erst entführen, dann küssen und dann vergessen?

Ich setzte mich hin, kämpfte weiter gegen den Kloß und gegen die aufsteigenden Tränen in meinen Augen an und zog mir meine „verfluchten Sandalen“ wieder an. Als ich fertig war, sah ich Liam mit einem provozierenden Blick an, der nichts anderes ausdrückte als „Zufrieden?“.

Das war er anscheinend, denn er wandte sich ab und ging los, seine Hose trug er immer noch in den Händen, weil er sie nicht über seine nach wie vor nassen Shorts ziehen wollte. Während er vor mir lief, konnte ich beobachten, wie er seine Fäuste ballte und die Sehnen und Muskeln an seinem Unterarm hervortraten. Seine Schritte waren so schnell, dass ich das Gefühl hatte, er würde vor etwas flüchten. Vor mir?

Nach einiger Zeit konnte ich nicht mehr mithalten, mir ging die Puste aus und meine Frustration steigerte sich immer weiter, bis das Fass letztendlich überlief. Fly blickte mich mitfühlend an, als könnte sie das Gewitter, das in mir tobte, spüren. Wenigstens sie war hier auf meiner Seite.

„Warte!“, rief ich. Liam hielt an, drehte sich genervt zu mir um. „Was ist denn jetzt schon wieder, Prinzesschen?“

„Das frage ich DICH!“, gab ich zurück und blieb stehen, „wir haben uns geküsst!“

„Ich habe doch gesagt, dass wir das vergessen“, gab er zurück und angespannt kreiste er mit dem Kopf, hob leicht die Schultern an und knackte mit seinem Nacken.

„Sag mir wenigstens warum! Oder fandest du es nicht schön? Hat es dir nichts bedeutet?“, rief ich und suchte verzweifelt nach irgendeiner Reaktion, die mir sagte, dass es nicht so war. Und tatsächlich, mit geschlossenen Augen wandte er den Kopf von mir ab.

„Doch“, gab er langsam zu und eine unglaubliche Erleichterung durchflutete meinen Körper, puzzelte mein gebrochenes Herz wieder ein bisschen zusammen.

„Was ist dann das Problem?“, fragte ich nun sanfter, einfühlsamer und versöhnlicher, hoffte, dass er mir so ein wenig entgegenkommen würde, mir eine Erklärung liefern würde.

„Es ist sinnlos. Es ist einfach hoffnungslos. Eine Sackgasse, in der wir uns nicht verrennen dürfen. Für uns gibt es kein Happy End und lieber beenden wir es, bevor es am Ende zu schmerzhaft wird“, erklärte Liam auch etwas ruhiger. Nun wirkte er nicht mehr angespannt oder wütend, eher gebrochen. Er sah mich nicht an und es wirkte eher, als würde eine riesige Last auf seinen Schultern liegen.

„Aber warum? Wenn du dich der Polizei stellst, wirst du eine Weile zurück ins Gefängnis müssen. Aber ich werde niemandem sagen, dass du mich entführt hast. Ich komme dich besuchen, das verspreche ich dir, so oft man mich lässt. Und irgendwann bist du wieder frei und dann ...“, ich stoppte. Und dann heiraten wir? Ziehen wir in ein Häuschen und kriegen viele kleine Kinder? War es das, was ich sagen wollte? Selbst Liam sah mich mit einem mitleidigen Lächeln an, was mir zeigen sollte, wie unglaubwürdig meine Ausführung war. „Ich schwöre es dir“, wiederholte ich und legte mir eine Hand aufs Herz, „oder vertraust du mir nicht?“

„Darum geht es nicht, Helena“, sagte er dann und ich verstand die Welt so langsam nicht mehr. Was war dann sein verfluchtes Problem? „Ich werde nicht zurück ins Gefängnis gehen“, er betonte diese Worte, als seien sie ein unausweichlicher Fakt. Etwas, das feststand. Unumstößlich. Ich warf meine Stirn in Falten.

„Aber der Mann aus der Gasse ...“, erwiderte ich verwirrt.

„Er hatte es verdient“, presste er hervor, „aber ich werde nicht ins Gefängnis gehen.“

„Was dann?“, fragte ich irritiert. Liam fuhr sich mit einer Hand durch sein nasses, dunkles Haar, es blieb wie nach hinten gekämmt liegen und nur ein paar wilde Strähnen bäumten sich auf und fielen ihm wieder in die Stirn. „Vermutlich werde ich erschossen, wenn die Polizei mich früher oder später sucht, findet und verfolgt und da ich nicht kooperieren werde, bewaffnet und gefährlich bin, werden sie mich erschießen, wenn ich versuche zu fliehen“, er zuckte die Schultern und breitete die Arme kurz aus, „das ist zumindest der Plan.“

„Dann lass mich frei, dann wird niemand nach dir suchen!“, entgegnete ich mit aufkommender Verzweiflung.

„Oh, darum geht es gar nicht. Du verstehst das nicht“, er kam mit langsamen Schritten auf mich zu, seine Augen weiteten sich leicht und ein wahnsinniger Glanz war in ihnen zu erkennen, der mir einen eiskalten Schauer über den Rücken laufen ließ, sodass sich die Härchen in meinem Nacken aufstellten. Liams Körperhaltung hatte sich abermals geändert. Er war nicht mehr gebrochen, unsicher oder traurig. Stattdessen ging er aufrecht, das schwarze T-Shirt spannte sich um seine Brust, als er tief einatmete und den Kopf anhob, um von oben auf mich herabzusehen. „Ich werde ihn töten“, hauchte Liam, als sei es ein Versprechen.

31

Mein Mund klappte auf und zu wie bei einem Fisch und die Worte wollten einfach nicht über meine Lippen dringen. So sehr hatten mich sein letzter Satz aus der Bahn geworfen. Töten. Dieses Wort hallte wie ein unglückbringendes Echo in meinem Kopf nach. Wieder und wieder.

„Wen?", brachte ich schließlich nur heraus, doch ich vermutete, dass es um den Mann aus der Gasse ging. Immerhin hatte dieser nur überlebt, weil ich ihm dazwischengefunkt hatte. „Meinen Vater. Den Mann, der dieses Monster hier erschaffen hat", sagte er, während er mit einer Hand auf sich selbst deutete, „der mich zu dem eiskalten, mitleidlosen Mörder gemacht hat, der ich bin."

„Totschläger", verbesserte ich ihn kleinlaut und irgendwie hoffte ich, dass er mich gar nicht gehört hatte. Doch das hatte er, denn er schüttelte den Kopf.

„Ich werde aber einer sein. Ihn werde ich ermorden. Foltern. Und dann langsam zugrunderichten, genau so, wie er es verdient hat. Und dann wird man mich suchen und finden. Ich werde mich weigern zu kooperieren und sterben. Aber du, liebe, gute Helena, du wirst weiterleben, jemanden finden, der gut für dich ist und ein vorbildliches Leben führen. Eine tolle Mutter werden. Und hoffentlich Fly ein liebevolles, neues Zuhause schenken", sagte er mit einem sanften Blick zu dem Vierbeiner, der zu meinen Füßen saß und keine Ahnung von dem hatte, was wir hier redeten. „Und dann hat jeder das bekommen, was er verdient. Wenn du ab und an ein Gebet für mich sprichst, bevor du zu Bett gehst, dann wird vielleicht auch Gott irgendwann

Gnade mit mir walten lassen", Liam zwinkerte mir zu und lächelte. Mir hingegen war überhaupt nicht nach Lächeln zumute. Alles, was er mir erzählt hatte, lag schwer wie Wackersteine in meinem Magen. Warum wollte er sein Leben so wegwerfen? Wieso glaubte er, existierte er nur, um diesen Mann zu bestrafen und sich selbst dafür zu opfern? Natürlich. Was sein Vater ihm und anderen angetan hatte, war unverzeihlich, aber umso schlimmer war es, dass er nun auch noch sein höchstes Gut seinetwegen verlieren – nein, wegwerfen wollte. Sein Leben! Ich konnte doch nicht zulassen, dass er sich opferte wie ein gewalttätiger Märtyrer.

„Wir müssen das Video der Polizei zeigen. Auch wenn es jetzt schon lange her ist, werden sie gegen deinen Vater ermitteln und er kann verhaftet und bestraft werden!", sagte ich und schöpfte für einen Moment neue Hoffnung. Das war doch die Lösung, oder? Wir hatten das beste Beweisstück. Sein Vater würde bestraft werden und Liam blieb am Leben. Doch er lachte bei meinen Worten nur kalt und emotionslos auf. „Was glaubst du denn, wie lange er für diese Taten einsitzen muss? Bei schweren Fällen bekommt man dafür zwei bis fünfzehn Jahre. Und er hat selbst nicht mal was gemacht, er war doch nur der Kameramann und der Initiator. Die Dinge habe alle ICH getan."

„Aber er hat dich dazu gezwungen!", erwiderte ich verzweifelt. „Na und? Das interessiert doch niemanden. Wenn er sich einen guten Anwalt holt und echt Pech hat, bekommt er vielleicht fünf Jahre. Das ist nicht genug. Nicht für mich. Nicht für Anna. Nicht für eines der Kinder!", als wäre damit alles gesagt, wandte er sich wieder von mir ab und ging entschlossen los. Nach einem Moment des Zögerns und einem treuen Blick von Fly setzte auch ich mich wieder in Bewegung. Das konnte es doch nicht gewesen sein. Was erwartete Liam von mir? Dass ich es einfach so hinnähme, wenn er einen Menschen umbrachte, ganz gleich, was er getan hatte und dass er sein Leben dafür geben würde? Selbst wenn er für den Mord ins Gefängnis kam. Das war doch besser als sterben, oder? Ich verstand diese Todessehnsucht einfach nicht. Mein Leben war auch nie einfach gewesen. Und ja, es gab auch Punkte, an denen ich stehen geblieben war und einen Moment zu lange von der Brücke hinab in die Tiefe geblickt hatte. Doch letztendlich war es nie eine Option für mich. Der Gedanke an meinen Bruder und meinen Vater und welche Vorwürfe und Sorgen sie sich machen müssten, welchen Schmerz und Trauer sie empfinden müssten, war einfach viel größer. Dann hatte ich über mich selbst den Kopf geschüttelt. Wie ich überhaupt so respektlos meinem eigenen Leben gegenüber sein konnte. Es war ein Geschenk. Das einzige, das meine Mutter mir je gemacht hatte. Unsere Familie war auseinandergebrochen. Wegen mir. Wegen dieses Geschenks. Umso wichtiger war es, es zu hüten wie einen Schatz. Verbissen blickte ich Liams Rücken an, während wir endlich wieder auf einen Pfad kamen und nun nicht mehr über heruntergefallenes Laub und Wurzeln stolpern mussten. „Warum hast du deinen Vater nie der Polizei gemeldet?", wollte ich wissen. „Aus demselben Grund, warum so viele Vergewaltigungen nicht angezeigt werden. Anfangs war ich zu jung, verstand es nicht, dann hatte ich Angst und dann meine Schuldgefühle. Und am Ende war mein Hass einfach zu groß. Er soll sterben. Nicht einfach verurteilt werden. Zu diesem Entschluss bin ich gekommen, kurz nachdem ich ins Gefängnis kam."

„Macht er diese Dinge immer noch? Macht er das nun mit anderen Kindern?", hakte ich nach und Liam schnaubte verächtlich.

„Du glaubst ja wohl nicht, dass sein Verstand eine plötzliche Wunderheilung erfahren hat, oder? Weißt du, wie oft er uns hierher gebracht hat? Was für schreckliche Dinge er mich hier mit den Mädchen hat tun lassen?" Ich sah ihn verwirrt an.

„Hier?" fragte ich, als hätte ich mich verhört."

„Ja, hier, in dem gemütlichen Ferienhaus unserer Familie."

Ich schwieg einen Moment und sah auf den Waldboden. „Umso wichtiger ist es doch, dass ihm das Handwerk gelegt wird!"

„Das werde ich bald."

Ich seufzte. Dieses Gespräch führte zu nichts. Auch wenn ich mich fragte, wieso diese Anna auch nie jemanden angezeigt hatte. Lebte sie überhaupt noch? Ich schluckte die Fragen hinunter, die mir auf der Zunge brannten. Es war nicht ratsam, sie jetzt zu stellen, ich sollte sie mir aufheben für einen Moment, in dem Liam zugänglicher war.

Es dauerte auch nicht mehr lange, da konnte ich zwischen den Bäumen hindurch die kleine Holzhütte erkennen, die im Moment mein Zuhause war. Der Anblick erfüllte mich mit gemischten Gefühlen. Auf der einen Seite waren hier vermutlich schlimme Dinge passiert und auch ich hatte hier das ein oder andere traumatische Erlebnis gehabt, doch gleichzeitig gab es auch schöne Momente und die Erinnerung an das knisternde Feuer und Liams haltende Hand. Dies löste ein unerklärliches Kribbeln in mir aus.

Wir gingen hinein, Butterfly verfolgte nun Liam wie ein Schatten und ich zog mich zunächst in meine Kammer zurück. Ich brauchte einfach etwas Zeit für mich. Während mein Entführer sich in der Küche um das Essen kümmerte, ging ich duschen und zog mir endlich trockene Kleidung und passende Unterwäsche an. Ich kuschelte mich anschließend in meinem neuem Jogginganzug vor das Pult und versuchte, mich abzulenken, indem ich an meinem Buch arbeitete und das, was mir passiert war, in geschriebene Worte fasste.

Für mich war es eine Art Therapie. So konnte ich verarbeiten und meinen Gefühlen Ausdruck verleihen. Es war mein Ventil. Auch beim Abendessen war Liam nicht sehr gesprächig und so ließ ich ihn in Ruhe. Es gab Ofenkartoffeln mit Kräuterquark und Lachs. Dass er diesen so wunderbar rosa und noch leicht glasig hinbekam, zeugte einfach davon, dass er tatsächlich kochen konnte. Nach dem Essen kehrte ich in meine Kammer zurück und verlor mich abermals in meiner eigenen Welt. Einige Zeit später klopfte es an meiner Tür und ich hörte Liams Stimme hinter ihr.

„Willst du nicht bei mir im Wohnzimmer schreiben?“, fragte er. Ich hob meine Brauen. Mal kein Befehl. „Nein“, antwortete ich und wartete, ob er versuchen würde, mich zu überreden. Doch er akzeptierte meine Antwort und ich hörte, wie sich seine Schritte entfernten. Obwohl ich kein Recht dazu hatte, war ich für einen Moment enttäuscht, dass er es nicht mal versucht hatte. Vermutlich war es schon eine Riesenüberwindung gewesen, mich überhaupt zu fragen und so plagte mich mein schlechtes Gewissen. Dennoch blieb ich stur. Ich tat es ja nicht, um ihn zu bestrafen! Na gut, vielleicht ein bisschen. Vielleicht wollte ich ihm zeigen, dass ich wütend war, dass er sich ans Messer liefern wollte. Dass ich traurig war, dass ich hier offensichtlich die Einzige war, die so dumm war und sich eine gemeinsame Zukunft vorgestellt hatte! Auf der anderen Seite brauchte ich aber auch Zeit, um damit klarzukommen. Mit dem Gedanken, dass er diese rosarote Brille nicht trug, dass er um jeden Preis zum Mörder werden wollte und dass er lieber sterben wollte als zurück ins Gefängnis zu gehen. Wenn ich Glück hatte, würde er die Zeit allein nutzen, um darüber nachzudenken, was er mir gesagt hatte und was ich empfinden musste, nachdem ich ihm quasi gestanden hatte, dass ich eine gemeinsame Zukunft sah. Was völlig hirnrissig war. Er war mein Entführer! Und wir kannten uns nur ein paar Tage. Das Mysterium Liam öffnete sich mir immer mehr und ich hatte eine furchtbar traurige, aber auch hasserfüllte Geschichte entdeckt. Hass gegenüber seinen Eltern, aber vor allem Hass gegenüber sich selbst.

Ich wollte einfach nicht, dass dieser kleine Junge mit den leblosen Augen als solcher im Grab landen würde und ich die Einzige wäre, die Tränen vergoss. Ich wollte nicht, dass das warme, wunderschöne Lachen verging, dass ich heute zum ersten Mal gehört hatte. Ich wollte es behalten. Für immer um mich haben. Verflucht!

Ich stand auf, raufte mir die Haare und warf beinahe meinen Stuhl nach hinten um. Dumme, naive Helena! Egal, wie sehr ich auf ihn einreden würde. Allein mit Worten wäre er wohl nicht von seinem Vorhaben abzubringen. Meine einzige Chance war es, ihm zu zeigen, wie schön das Leben sein konnte. Dass es mehr für ihn gab als all das Leid, den Zorn und die Ungerechtigkeit. Ich beschloss, dass ich um ihn kämpfen musste. Für ihn. Für sein Leben! Und irgendwie auch für das Leben seines Vaters, der eine Strafe verdient hatte – aber eine gerechte, die gesetzeskonform war.

Ich hatte keine Ahnung, wie viel Uhr es war, als ich in mein kleines Bett mit kaputtem Pfosten und Blümchenbezug kroch. Schlaflos wälzte ich mich umher, schaffte es nicht, die kleinen Rädchen in meinem Kopf auszuschalten, die kontinuierlich vor sich hinarbeiteten. Ich hörte, wie Liam ins Bad und dann wohl ins Bett ging, immer verfolgt von Flys ungelenkem Tapsen. Seine Tür ging zu und Stille breitete sich in der Hütte aus. Inzwischen kreisten meinen Gedanken in erster Linie um die Frage, wie es Liam gerade ging, was er dachte, was er fühlte. Wie war es, auf seinen eigenen Tod hinzuarbeiten? Einmal war ich kurz davor einzuschlafen, dann hatte ich plötzlich das Gefühl, irgendwo herunterzufallen, zuckte so stark zusammen, dass das Bett wackelte und weil mein Puls jetzt Marathon lief, war ich wieder wach. Vermutlich war es schon nach Mitternacht, als ich einen Entschluss fasste, mich aus dem Bett wühlte und auf Zehenspitzen aus meinem Zimmer in den Flur schlich. Ich ging zu Liams Schlafzimmer und ohne zu klopfen, öffnete ich leise die Tür.

32

Zunächst hörte ich, wie Fly auf mich zukam, spürte ihre feuchte Nase an meinem Bein, wie sie mich abschnüffelte und wohl sicherstellte, dass ich es war. Durch das Fenster drang kühles Mondlicht, das sich wie ein sanfter, weißer Schleier um Liams schlafendes Gesicht legte. Er atmete gleichmäßig, und als ich näher an ihn herantrat, stellte ich mit blutendem Herzen fest, wie jung und friedlich er aussah. Vorsichtig, um ihn nicht zu wecken, hob ich die Decke an und kroch über die große Doppelbettmatratze zu ihm. Es knarzte leise unter meinem Gewicht und ich unterdrückte ein Fluchen. Mit pochendem Herzen starrte ich ihn in der Dunkelheit an, doch er rührte sich nicht. Ganz langsam und behutsam rückte ich an ihn heran, legte mich neben ihn, platzierte meinen Kopf an seine Schulter und legte meine Hand auf seine Brust. Erst als ich gänzlich in die Matratze gesunken war, traute ich mich, wieder auszuatmen.

„Kannst du nicht schlafen?", das Herz rutschte mir in die Hose und mir wurde schwindelig, als ich seine Stimme so nah an meinem Ohr hörte. Ich biss mir auf die Lippe und kniff kurz die Augen zusammen. Fuck!

„Doch kein Ninja", setzte er nach, „eher ein Trampeltier."

Ich rollte die Augen, musste aber dennoch lächeln. Es tat gut, dass er wieder mit mir sprach, wie er es sonst auch getan hatte. Dass er mich stichelte und ärgerte. Das war der Liam, den ich kennengelernt hatte, mit dem ich gut auskam.

„Ich habe keine Ruhe gefunden", antwortete ich wahrheitsgemäß und konnte nicht verhindern, dass mein Körper sich ganz automatisch gegen seinen presste, seine Wärme und seine Nähe suchte wie ein Ertrinkender die Luft zum Atmen. Ich spürte, wie er den Arm um mich legte und mich leicht gegen sich drückte, was mein Herz dazu veranlasste, einen kleinen Hüpfer zu machen. „Ich habe doch gesagt, dass wir so etwas hier nicht tun dürfen", flüsterte er mahnend. „Dafür hältst du mich aber ziemlich fest", erwiderte ich und im Zwielicht konnte ich erkennen, wie sich ein leichtes Lächeln auf seine Lippen legte. „Ich tue doch immer das, was ich nicht sollte", antwortete er, drehte seinen Kopf zur Seite und ich spürte seine warmen, weichen Lippen, sanft wie ein Schmetterlingsflügel auf meiner Stirn. Mein ganzer Körper wurde von einer Wärme geflutet, die keinen Zentimeter ausließ. Ich spürte es in jeder Fingerspitze, jeder Faser von mir. Für einen Moment schloss ich meine Augen, atmete seinen Duft tief ein und griff in sein Shirt. „Gut", sagte ich schließlich, „ich hatte nämlich auch nicht vor, mich jetzt von dir fernzuhalten, nur weil du Angst hast, dass ich deine Pläne über den Haufen werfen könnte", verkündete ich stolz.

„Das kannst du auch nicht, denn sie stehen bereits fest." Abermals schaffte er es mit seinen Worten, mein Herz zu durchstoßen wie mit einem Dolch. Verstand er nicht, wie sehr mich das verletzte? Es dauerte einen Augenblick, bis ich mich von diesem Schlag erholt hatte. Doch ich hatte mir vorgenommen, mich nicht mehr von Liam emotional zermürben zu lassen. „Dann musst du eben auch damit klarkommen, dass ich alles versuchen werde, um mit dir einen Weg aus der Sackgasse zu finden. Ich werde nichts beenden, nur weil du dich sonst schuldig fühlst. Wenn du schon sterben musst, dann werde ich jede Sekunde genießen, die wir haben. Und du wirst das auch!" Bäm. Jetzt hatte ich es ihm gegeben.

Ich spürte, wie Liams Brust unter meinem Kopf leicht vibrierte, als er stumm zu lachen schien. Er streichelte meinen Arm und jeder Zentimeter, den er berührte, stand in Flammen. Ich begann seine Brust und seinen Arm zu kraulen, und wenn er nur ansatzweise dasselbe fühlte wie ich, würde er irgendwann an seinem Vorhaben zweifeln! Da war ich mir sicher. Er war ein Junge, der nicht wusste, was Liebe war. Ich musste es ihm beibringen. Vielleicht verstand er dann, was es bedeutete zu leben.

„Schlaf gut, Helena", sagte Liam schließlich leise.

„Du auch, Liam", antwortete ich.

Es dauerte nicht lange, da stoppte sein Streicheln und seine Atmung wurde flach und gleichmäßig. Umfangen von Wärme und seinen Armen, von seinem holzig-rauchigen Duft und mit Fly an meinen Füßen, fand auch ich endlich Ruhe und warf mich schließlich in Morpheus' sanfte Arme.

„Ich will nicht mehr", diese Worte rissen mich aus meinem Schlaf und als ich meine Augen aufschlug, stellte ich fest, dass sie von Liam kommen mussten. Sein Gesichtsausdruck hatte sich geändert, die Lippen waren schmerzlich verzogen, seine Augen fest zusammengekniffen und seine Atmung ging schnell und stoßartig. Er schwitzte und ich hörte sein Herz unter mir rasen. Mein schlaftrunkener Verstand begann langsam zu realisieren, dass er einen Alptraum haben musste.

„Papa, bitte, ... lass mich aufhören", er warf seinen Kopf zur anderen Seite, zuckte mit den Beinen. Kämpfte. Im Schlaf. Gegen seine Vergangenheit. Gegen seinen Vater. Ich hatte irgendwo mal gelesen, dass man Leute, die einen Alptraum hatten, nicht wecken sollte. Doch ich ertrug es nicht, ihn in dieser Welt zu lassen, auch, wenn sie nicht real war. Sie war es einmal gewesen.

Vorsichtig berührte ich seine Wange, flüsterte leise seinen Namen. „Liam, ... es ist alles gut, du bist in Sicherheit. Niemand zwingt dich zu etwas", versuchte ich ihm einzureden und tatsächlich begann er, sich ein wenig zu beruhigen, bevor er letztendlich seine Augen aufschlug.

Panisch sah er sich um, schien nicht direkt im Hier und Jetzt zu sein. Er musste sich orientieren, atmete immer noch schnell. „Helena“, hauchte er und schluckte, als sei sein Mund ausgetrocknet. Seine Iris huschte immer noch wild umher und seine Augenbrauen waren mittig nach oben gezogen, sodass seine Stirn in Falten lag. Alles an ihm war verkrampft. Seine Lippen, sein Blick, seine Hände, jeder Muskel. „Ich bin da, alles ist gut“, beteuerte ich abermals und legte beide Arme um ihn, zog ihn dicht an mich heran und er vergrub sein Gesicht an meiner Brust und starrte in die Dunkelheit hinein. Eine ganze Weile hielt ich ihn so fest, küsste sein weiches Haar und fuhr mit meinen Fingern kleine Kreise auf seinem Rücken. Ich spürte, wie er sich an mich schmiegte und inzwischen war es mir auch egal, dass er hören musste, wie mein Herz so schnell schlug. Immerhin lag sein Kopf direkt an meiner Brust. „Möchtest du mit mir darüber reden?“, fragte ich nach einiger Zeit vorsichtig.

„Es gibt nichts zu reden“, lehnte er ab und ich unterdrückte ein schweres Seufzen. Er war so ein harter Brocken! Typisch Liam Winterfeld. Der Mann, der nicht redete. Zumindest nicht über sich.

„Du hast es nicht verarbeitet. Hast du es jemals versucht?“, hakte ich nach und konnte quasi spüren, wie er fragend die Brauen kräuselte.

„Was soll ich da verarbeiten?“

„Zeig es mir“, forderte ich plötzlich.

„Was?“

„Wo die Videos gedreht wurden. Zeig mir den Raum!“

„Nein“, lehnte er abermals entschlossen ab.

„Hast du Angst?“

„Wovor sollte ich Angst haben?“, antwortete er eingeschnappt. An seinem Stolz konnte ich ihn immer kriegen. Ein süffisantes Lächeln erschien auf meinen Lippen, das er zum Glück ja nicht sehen konnte

„Dann zeig es mir“, forderte ich abermals und endlich begann er sich zu rühren. Liam löste sich von mir, setzte sich auf und rückte zu der Bettkante.

„Wie du willst“, sagte er und stand auf, während er in einer entschlossenen Bewegung einen Schlüsselbund von seinem Nachttisch nahm.

33

Liam gab mir Hausschuhe und schlüpfte selbst in seine, dann führte er mich durch die Hütte und die Terrassentür nach draußen in die Dunkelheit der milden Frühsommernacht. Er schaltete das Blitzlicht seines Handys als Taschenlampe an und im Wald war es so finster, dass wir gerade bis zum Rand des Lichtkegels sehen konnten, dahinter herrschte absolute Dunkelheit. Nur das leise Rauschen des Windes ging durch die Baumwipfel und ließ die Blätter verheißungsvoll rascheln. Hier und dort knackte ein Ast irgendwo in der Tiefe des Waldes und von weit her erklang der Ruf eines einsamen Kauzes. Nebelschwaden stiegen weiß aus den Schatten hervor, zeugten von dem Regen des Vortags und hüllten die Hütte in eine gespenstische Atmosphäre. Wie weit wohl die nächste Siedlung entfernt war? Wie weit würde ich laufen müssen? Als wir neben einem aufgesetzten Stapel Feuerholz zum Stehen kamen, erkannte ich eine alte Metalltür, an der der graue Lack bereits abgeplatzt war. Liam durchsuchte den Schlüsselbund und als er den richtigen gefunden hatte, schloss er sie auf. Mit einem Knarzen und Quietschen zog er sie auf und leuchtete mit seinem Handy eine lange, schmale Betontreppe hinab. Dann drehte er an einem Schalter an der Wand und mit einem Klacken ging eine einzelne, von der Decke herabhängende Glühbirne an. Wir stiegen die Stufen hinab und ich hielt mich dicht hinter Liam. Mit der Dunkelheit im Rücken und vor uns breitete sich einfach Angst und ein wenig Verfolgungswahn in mir aus. Das Herz schlug mir gegen die Brust und meine Handflächen waren feucht. Obwohl Liam wahrscheinlich das Gefährlichste weit und breit war, suchte ich ausgerechnet bei ihm

Schutz. Mit einem lauten Knall fiel die Metalltür oben zu und ich krallte mich quiekend in sein Shirt. „Keine Angst“, sagte Liam, „war nur der Wind.“

„Ja ja“, sagte ich keuchend, „oder der andere Psychokiller, der hier rumläuft. Oder die bösen Geister aus dem Wald. Oder die Blairwitch. Such dir was aus.“

„Dann nehme ich den Psychokiller, der hat gegen mich keine Chance“, sagte Liam und ich konnte sein Grinsen förmlich hören. Wenigstens hatte einer von uns keine Angst oder zeigte sie zumindest nicht.

Als wir unten ankamen, erreichten wir einen kleinen Flur, von dem eine Tür nach rechts führte und eine geradeaus. Wir steuerten die letztere an.

Vor ihr blieb er stehen und seine Körperhaltung veränderte sich. Er öffnete sie nicht sofort und schien mit sich zu ringen. Seine Nervosität äußerte sich nicht nur in seinem schnellen Atmen, sondern auch darin, dass er wieder begann, mit den Fingern zu knacken. Ich wartete, ließ ihm Zeit, diesen Kampf mit sich auszutragen. Dann hob er seine Hände und öffnete ein dickes Zahlenschloss, das die Tür verriegelt hielt. „Du kennst den Code?“, fragte ich zögerlich.

„Mein Geburtsdatum“, Liams Stimme war belegt und zitterte leicht. Hier zu sein musste ihn unglaublichem, psychischem Stress aussetzen und doch hielt ich es für absolut richtig, dass wir hierherkamen. Ich weiß, ich war nicht in der Position, das zu verlangen, mit meiner glorreichen Verdrängungstaktik. Auch diese Tür drückte er auf, blieb jedoch draußen stehen und ließ mir den Vortritt. Ich ging in den dunklen Raum hinein, konnte nur so weit sehen, wie das spärliche Licht des Flures drang. Erst als Liam die grellen, flackernden Neonröhren an der Decke einschaltete, konnte ich das Zimmer bis ins letzte Eck erkennen. Geblendet von der plötzlichen Helligkeit, musste ich einige Male blinzeln, ehe sich meine Augen an die neuen Lichtverhältnisse gewöhnt hatten. Als ich mich umsah, erkannte ich das Gitterbett, das ich auch in dem Video gesehen hatte.Es stand an der linken Wand, daneben befand sich ein Klappstuhl. Die Wände waren jedoch nicht mehr der rohe Beton, sondern mit einer hellblauen Vliestapete bekleidet, die mit kleinen Autos bedruckt war. Der Boden war mit grauem, grobmaschigem Teppich ausgelegt. Die eine oder andere Stelle des Teppichs sah aus, als hätte man versucht, dunkle Flecken mit starker Chemie zu beseitigen und der Geruch von Chlor, Bleiche und feuchtem Stein lag in der abgestandenen Luft. Als ich mich einmal um meine eigene Achse gedreht hatte, blieb mein Blick an Liam hängen, der immer noch in der Tür stand und mit abwesenden, leblosen Augen in den Raum hineinstarrte. Es waren dieselben freudlosen Augen, die ich in dem Video gesehen hatte. Die Augen des kleinen Jungen, der zu so schrecklichen Taten gezwungen wurde.

Ich ging zu ihm hinüber, sagte nichts, sondern griff vorsichtig nach seiner Hand, um ihn sachte in das Zimmer hineinzuziehen. Nach kurzem Widerstand gab er meiner Führung nach und trat ein. Ich legte meine Finger um seine.

„Liam?", fragte ich nun, wollte wissen, ob er überhaupt ansprechbar war.

Er hob den Kopf ein wenig und blickte teilnahmslos in die Ferne, dennoch spürte ich, dass er etwas sagen wollte. Es wirkte, als würde er etwas vor seinem inneren Auge sehen, was gar nicht mehr existierte.

„Wenn ich diese Dinge tat, war er stolz auf mich", begann er nach einigem Zögern. Er leckte sich über die Lippen, als würde es ihm Zeit verschaffen, „er wollte mich zu einem Mann machen. Einem richtigen Mann, der sich nahm, was er wollte. Der keine Skrupel hatte. Genau wie er." Das war so unheimlich krank. Inzwischen war ich sogar der Meinung, dass sein Vater nicht in das Gefängnis, sondern für den Rest seines Lebens in eine geschlossene, psychiatrische Einrichtung musste. Liams Blick wanderte gen Boden.

„Manchmal haben sie geblutet. Das hat ihm besonders gefallen", seine Stimme war monoton, emotionslos und kalt.

„Als Belohnung sind wir danach einkaufen gegangen. Ich konnte mir neues Spielzeug aussuchen, alles, was ich mir wünschte." Er schwieg kurz, atmete tief ein und wieder aus. In seinen Augen blitzte für einen Moment ein Funken Zorn auf. „Und ich freute mich. Ich verstand nicht, was ich tat, oder dass es eigentlich falsch war, ich wollte die Belohnungen verdienen, wollte, dass er stolz auf mich war, aber je älter ich wurde, desto weniger wünschte ich es mir und desto mehr kam der Zweifel auf, ob das alles seine Richtigkeit hatte."

Ich kniff kurz die Augen zusammen, als ich das hörte, stellte mich dann aber ihm gegenüber, nahm nun seine beiden Hände in meine und streichelte mit den Daumen über seine Fingerknöchel. Es war einfach so furchtbar, so schrecklich, dass ich glaubte, dass es so etwas nur in Horrorfilmen oder Büchern gab, aber bisher hatte ich nicht glauben wollen, dass es Menschen gab, die so grausam sein konnten.

„Wann hat das alles geendet?", wollte ich wissen. Liam starrte nun wieder über meinen Kopf hinweg, seine Hände zitterten, waren eiskalt und schweißnass. „In meiner Pubertät. Als ich sexuelle Erregung empfinden konnte und mein Vater von mir verlangte, diese an den Mädchen auszuleben, begann ich, mich zu wehren. Ich verstand immer mehr, was ich tat, und dass es falsch war, das zu tun, weil die Mädchen es nicht wollten, Angst hatten, flehten und mir bewusst wurde, dass sie viel jünger als ich waren und gar nicht verstanden, was man mit ihnen tun wollte. So wie ich noch wenige Zeit zuvor", erzählte er, „mein Vater wollte das so natürlich nicht akzeptieren, doch als ich anfing, schlechte Noten zu schreiben und mir einen Schulverweis nach dem anderen einzuhandeln, da war er zunehmend enttäuscht von mir und ließ mich das spüren. Ich umgab mich mit älteren, Kriminellen, die zwar nicht der beste Umgang waren, aber irgendwie auch in der Lage, mich zu schützen. Mein Vater konnte sich immerhin nicht mit so vielen Verbrechern anlegen, die selbst keine Skrupel hatten. Von da an ließ ich meinen Zorn an denen aus, die es in meinen Augen verdient hatten und nicht an den Schwächeren, wie es immer von mir verlangt wurde." Ich nickte, hörte ihm einfach nur zu, so wie er, als ich ihm meine dunkelsten Kapitel erzählt hatte. „So lernte ich auch Natascha kennen. Sie war eine Prostituierte und irgendwie suchte ich bei ihr Nähe. Ich bezahlte sie nicht nur für Sex, sondern auch dafür, einfach bei mir zu liegen, meinen Arm zu streicheln und meine Stirn zu küssen, wie es eine Mutter tun würde“, er lächelte, fuhr sich durch die Haare. Offenbar dachte er darüber nach, wie arm und verrückt das war. Ich verliebte mich in sie, sah etwas in ihr, was sie für mich nicht sein konnte. Aber sie hatte einen Freund, ihren Zuhälter. Es war okay für mich. Solange sie glücklich war, dachte ich“, er zuckte mit den Schultern, „aber dann fand ich heraus, dass er nicht nur erwachsene Frauen verkaufte, sondern auch junge Mädchen. Eines Abends kam ich zu ihr, doch sie hatte noch einen Freier und ich musste warten. Er fing mich ab, wollte mir etwas ‚Besonderes‘ anbieten und zeigte mir ein Bild von einem Mädchen, das kaum älter als neun sein konnte. Dann erinnere ich mich an nichts mehr. Als ich wieder zu mir kam, wurde ich von der Polizei abgeführt, meine Hände schmerzten und waren voller Blut und ich sah in Nataschas enttäuschtes und tränenüberströmtes Gesicht. Danach sah ich sie nur noch zur Aussage im Gerichtssaal. Den Rest kennst du ja.“

Mir fehlten die Worte und das war wirklich selten. Doch es lag wohl daran, dass es einfach nichts gab, was Trost genug gewesen wäre. Nichts in der Welt konnte dieses Elend ungeschehen machen. Niemand konnte ihm sein Leben wiedergeben und umso mehr war das ein Grund für mich, dass es von jetzt an anders laufen musste. Dass es nicht in seinem sinnlosen Tod enden sollte. Ich musterte sein Gesicht, das so angespannt und abwesend wirkte. Es kam mir vor, als wären die Schatten unter seinen Augen größer als je zuvor und obwohl er das alles noch mal durchleben musste, war in seinen Augen nicht mehr als ein trauriger Glanz zu erkennen. Ich hatte so sehr mit den Tränen ringen müssen, als ich ihm von meiner Mutter erzählt hatte, aber er schien das alles runterzuschlucken. Ich hob eine Hand, während die andere weiter seine festhielt, und legte sie sachte an seine kratzige Wange. Mit dem Daumen streichelte ich vorsichtig über seine markanten, hohen Wangenknochen und die dunklen Schatten unter seinen Augen. Mit schmerzlichem, sehnsüchtigem Gesichtsausdruck schmiegte er sich in meine warme Handfläche. Ich fragte mich, ob er solche Berührungen jemals von seinen Eltern erfahren hatte oder überhaupt von einem Menschen, den er nicht dafür bezahlt hatte. Dieser Gedanke tat mir so weh, ich hatte so viel Mitleid mit diesem Mann und ich fühlte mich nicht mal schlecht deswegen. Wahrscheinlich könnte der Teufel persönlich vor mir stehen und ich würde noch etwas Gutes in ihm finden. Ich seufzte tief und betrachtete seine geschlossenen Augen. „Warum weinst du nie?", fragte ich leise. Es war mir einfach unerklärlich, wie er all das ertragen konnte, ohne auch nur eine Träne zu verlieren.Liam öffnete seine Lider und blickte nun zu mir hinab, zuckte ahnungslos mit den Schultern und schüttelte seinen Kopf leicht. „Ich weiß es nicht. Ich kann es einfach nicht. Ich konnte es noch nie, seit ich mich erinnern kann."

„Ich glaube, ich weiß es", sagte ich und dachte an seine Mutter, von der er auch nur Wut und Ablehnung erfahren hatte. Ein bitterer Knoten machte sich in meinem Hals breit und nahm mir beinahe die Luft zum Atmen. „Als du gemerkt hast, dass niemand kommt, um dich zu trösten, hast du aufgehört zu weinen."

Meine eigenen Worte schnürten mir die Kehle zu und ließen mir die Tränen in die Augen schießen. Ich versuchte, sie wegzublinzeln, aber vergeblich. Was ihm passiert war, war einfach so schrecklich, dass ich mich nicht zurückhalten konnte. Ich zog ihn zu mir heran, sodass er nicht sehen konnte, wie die ersten Tropfen meine Wangen hinabkullerten. Ich fühlte mich so hilflos. Am liebsten hätte ich die Zeit zurückgedreht und diesen Jungen von hier gerettet und all die Mädchen auch. Doch das konnte ich nicht. Ich konnte weder die Zeit manipulieren noch ihm diese Erinnerungen nehmen. Im verzweifelten Versuch, ihm etwas Trost zu spenden, legte ich meine Arme um ihn und ich hörte sein belustigtes Schnauben über mir.

„Meine kleine Heulsuse", sagte er.

„Ich heule einfach für dich mit. Ich hab genug Tränen für uns beide“, sagte ich und musste nun selbst sogar ein bisschen über mich lachen. Wenigstens konnten wir dieses fürchterliche Gespräch mit einem Scherz beenden. Plötzlich spürte ich seine Arme um mich und ich wurde hochgehoben. „Hey!“, rief ich und schlang meine Beine um ihn, um mich etwas festzuhalten und nicht wie ein nasser Sack an ihm zu baumeln. „Was tust du?“, fragte ich irritiert. „Ich trage dich zurück ins Bett. Ich werde heute Nacht deine Wärmflasche sein und du mein Talisman gegen schlechte Träume“, erklärte Liam, der seine Hände unter meinem Po verschränkte und mit mir wieder den Raum verließ. Die Tür ließ er einfach offen und unabgeschlossen und das Licht an. Meine Tränen versiegten und zu dem Mitleid, das ich empfand, mischte sich noch ein weiteres Gefühl: Bewunderung. Er hatte all das durchgestanden, überlebt und das vollkommen allein. Es gab nie eine Hand, die seine gehalten hatte und ihm den Weg gewiesen hatte. Trotzdem war er noch hier, setzte sich für mich mit diesen Sachen auseinander und schaffte es letztendlich, mich zu trösten, weil ich es war, die allein bei der Vorstellung schon halb zusammenbrach. Liams Psyche hatte seine Kindheit definitiv nicht unbeschadet überstanden. Doch er war noch hier. Und obwohl es wirkte, als sei er sich selbst ganz egal und lebte nur noch für Rache, hatte ich das Gefühl, dass auch er sich tief im Inneren noch wünschte, irgendwo geliebt zu werden und endlich leben zu können.

34

Alle Stufen, die wir hinabgegangen waren, trug er mich wieder hinauf und stieß oben angekommen die Kellertür lediglich mit dem Fuß zu. Woher er die Kraft nahm, mich schweres Kamel so weit zu schleppen, war mir unbegreiflich. Ich legte meinen Kopf auf seiner Schulter ab und verschränkte die Arme hinter seinem Nacken. Wir schwiegen, genossen einfach nur die Nähe des anderen und waren in unseren Gedankenwelten versunken. Was ich gesehen und erfahren hatte, lag mir schwer im Magen und die Vorstellung von dem, was Liam passiert war, griff mit einer kalten Hand um mein Herz und drückte schmerzhaft zu. Mir war bewusst, dass es unmöglich war, doch ich wünschte mir nichts sehnlicher, als ihm etwas Last abzunehmen und ihm Trost zu spenden. Als er mit mir das Schlafzimmer betrat, hüpfte eine verzweifelte Fly an uns hoch und gab brummelnde und jammernde Laute von sich, als würde sie uns fragen: „Wo seid ihr gewesen und wieso habt ihr mich so lange allein gelassen?!“.

„Ja ja ja“, sagte Liam zu ihr und löste für einen Moment eine seiner Hände von mir, um ihr die Stirn zu tätscheln. Dann setzte er sich zusammen mit mir auf das Bett und wir ließen uns zur Seite umfallen, sodass wir in die weiche Matratze sanken. Die Schlappen strampelten wir einfach von unseren Füßen und sie fielen mit dumpfen Schlägen auf den Holzboden. Liam fischte nach der Bettdecke und hüllte uns beide in sie ein. Ich kuschelte mich an ihn und als ich in sein Gesicht blickte, konnte ich ein zufriedenes Lächeln auf seinen Lippen erkennen. Mir all das erzählt zu haben, sich mit den Dämonen seiner

Vergangenheit auseinandergesetzt zu haben und nun dennoch so glücklich auszusehen, war das schönste Geschenk, das er mir hätte machen können.

Ich spürte, wie die grauweiße Pitbull-Dame auf das Bett sprang, sich mit ihrem Kampfgewicht an meinen Füßen niederließ und dort einrollte. Es war schön. Alles so vertraut. Nicht mal Liams Nähe machte mich in diesem Moment nervös. Ganz im Gegenteil: Sie beruhigte mich und es fühlte sich an, als wäre es schon immer so gewesen. Es war, als wären wir eine kleine Familie. Bei dieser Vorstellung blitzten die Gesichter meines Vaters und meines Bruders vor meinem inneren Auge auf. Ich wusste zwar jetzt, dass es ihnen so weit gut ging, dass mein Bruder sich in psychologischer Betreuung befand und mein Vater seiner Arbeit nachging. Dennoch vermisste ich sie und ich wünschte, ich könnte ihnen von all dem erzählen, was mir passiert war. Aber das konnte ich nicht. Nicht jetzt. Nicht, wenn ich wieder freikam. Nie. Nicht, ohne dass Liam dafür bestraft werden würde. „Danke", Liams angenehme Stimme riss mich aus meinen Gedanken und ich sah ihn nun wieder an. „Danke, dass du bei mir bist", wiederholte er und diese Worte lösten einen Wirbelsturm an Gefühlen in mir aus. Ich war nicht freiwillig hierhergekommen, aber ich war aus freiem Willen geblieben und hatte eigenständig den Entschluss gefasst, für ihn da zu sein. Inzwischen war ich mir sogar sicher, dass er mich gehen lassen würde, sollte ich das wirklich wollen. Ich erwiderte nichts, sondern schenkte ihm stattdessen ein sanftes Lächeln, nahm all meinen Mut zusammen und lehnte mich zu ihm vor. Ich hatte keine Ahnung, wie er reagieren würde, ob er das wollte, ob er mich zurückweisen würde, doch mit rasendem Herzen legte ich meine Lippen sanft auf seine.

Liam erstarrte und ich spürte, wie er sich neben mir verkrampfte. Ich schickte ein Stoßgebet zum Himmel. Bitte weich nicht zurück! Inzwischen hatte ich das Gefühl, dass er sanften, liebevollen und vor allem gefühlvollen Berührungen auswich, wenn sie nicht gerade auf sexueller Ebene waren. In der Küche beim Kochen hatte er sich auch nicht von mir anfassen lassen wollen. Doch welchen Kampf auch immer er innerlich austrug, er schien ihn gewonnen zu haben. Denn nach kurzem Zögern erwiderte er meinen Kuss voller Sehnsucht und abermals glaubte ich, sein Grashalm zu sein, an dem er sich festhielt, um nicht die Klippe hinunterzufallen, die seine Vergangenheit war. Würde ich auch ausreichen, um der Grashalm zu sein, der ihn am Leben hielt?

Es fiel mir schwer, doch ich beließ es bei diesem sanften, unschuldigen Kuss und löste mich wieder von ihm. Ich blickte ihn an und wartete auf irgendwelche Kommentare oder bissigen Abweisungen. Als jedoch nichts dergleichen kam, schloss ich beruhigt meine Augen.

„Gewonnen", murmelte ich und hörte ihn daraufhin etwas grummeln. „Auch ein blindes Huhn findet mal ein Korn", erwiderte er.

„Ich bin also ein Huhn und du bist ein Korn und ich fresse dich?!", fragte ich verwirrt und er lachte nur leise. „Du bist ein verrücktes Huhn", gab er zurück, „deinen Entführer zu küssen."

Da konnte er recht haben. Meinen kaputten, todessehnsüchtigen Entführer. „Du hast doch angefangen", verteidigte ich mich, „es war Notwehr."

„Das macht überhaupt keinen Sinn", entgegnete Liam amüsiert und auch ich musste wieder grinsen.

„Ich mache keinen Sinn, habe ich dir doch schon mal gesagt. Also lass mich."

„Schlaf jetzt", befahl Liam anschließend und ich spürte, wie er seinen Kopf leicht über mich schüttelte. Ich drückte mich noch einmal enger an ihn und seufzte zufrieden. An diesem Tag war so viel passiert – ich hatte das Video gesehen, war mit Liam in das Schwimmbad eingebrochen, wir hatten uns unglaublich leidenschaftlich geküsst und danach gestritten. Ich war glücklich, wütend und verzweifelt gewesen. Bin zu ihm ins Bett gekrochen und wir hatten uns gemeinsam seiner Vergangenheit gestellt. Es kam mir vor, als wäre ich heute Achterbahn gefahren und jetzt endlich zu Hause angekommen. Liams Brustkorb begann sich gleichmäßig zu heben und zu senken. Sein leises, regelmäßiges Atmen machte mich schläfrig, seine Körperwärme und seine Arme hüllten mich wie in Watte ein. So dauerte es nicht mehr lange, bis ich ihm ins Land der Träume folgte. Diesmal jedoch erwarteten uns dort nur gute und keine schrecklichen Bilder mehr.

Ich hatte keine Ahnung, wie viel Uhr es war, als ich am nächsten Morgen die Augen aufschlug. Ich streckte mich ausgiebig und gähnte genüsslich. Trotz Schwierigkeiten einzuschlafen und nächtlichem Ausflug in den Keller fühlte ich mich erholt und fit. Ich tastete neben mich, doch alles, was ich fühlte, war eine leere Kälte auf der Matratze. Von Liam war auch an diesem Morgen keine Spur. Die Bettdecke war zurückgeschlagen und Fly saß mit dem Rücken zu mir vor der Tür und starrte diese an, als könne sie sich dadurch magisch öffnen. Auf dem Boden lagen nur seine Schlafsachen verstreut, und seine Tasche war zerwühlt und stand offen.

„Liam?", fragte ich, „Fly, hast du ihn gesehen?" Die Hündin drehte sich zu mir um und sah mich aus ihren braunen Augen flehend an. Sie begann zu winseln und ich wühlte mich aus den Laken. Ich schlüpfte in die Schlappen und schlurfte zur Tür hinaus, wo mich direkt ein kalter Durchzug empfing

„Liam, wo bist du?", rief ich abermals, doch alles, was mir antwortete, war das Quietschen der geöffneten Garagentür, die vom Wind auf– und zugedrückt wurde.

35

Als ich auf die Garagentür zuging, stellte ich fest, dass der schwarze SUV verschwunden war und auch das Tor noch offenstand. Liam musste die Hütte in Windeseile verlassen haben. Ohne mir eine Nachricht zu hinterlassen? Ich lief zurück und durchsuchte die Küche, das Wohnzimmer, meine Kammer nach irgendwelchen Zetteln oder Hinweisen von ihm, wo er hin war und warum. Hatte er doch kalte Füße bekommen und war geflohen? War die Polizei vielleicht auf dem Weg hierher? Oder gar seine Eltern? Doch würde er mich wirklich zurücklassen? Das alles ergab in meinen Augen wenig Sinn und ich konnte mir sein Verschwinden einfach nicht erklären. Jedoch war es auch der letzte Beweis für sein bedingungsloses Vertrauen mir gegenüber. Wenn ich fliehen wollte, dann jetzt. Lang konnte er noch nicht fort sein und ich wusste, wo im Wald das Schwimmbad lag. Es wäre ein Leichtes für mich dort hinzugehen und von da aus die Polizei anzurufen. Natürlich tat ich das alles nicht. Weil ich dumm und naiv war und eine rosarote Brille trug, von der ich nur hoffen konnte, dass sie nicht mein Verhängnis sein würde.

Nachdenklich setzte ich mich an den Küchentisch. Ein ungutes Gefühl machte sich in meiner Magengegend breit. Ich konnte mir einfach nicht vorstellen, dass Liam das Haus so überstürzt verlassen hatte, um einen Verlobungsring für mich zu kaufen oder dergleichen. Es konnte einfach keinen positiven Grund haben. Irgendetwas Schlimmes musste passiert sein und ich konnte nur hoffen, dass er nicht überstürzt losgegangen war, um seinen Vater zu töten.

So paradox es war, machte ich mir bei diesen Gedanken schließlich einen Toast und bestrich ihn dick mit Nutella, um meine Sorge ein wenig gegen die Glücksgefühle ankämpfen zu lassen, die die Nougatcreme in mir auslöste. Anschließend versuchte ich, mich unter der Dusche von meinen Ängsten und dem mulmigen Gefühl reinzuwaschen, kuschelte mich danach in meinen neuen Jogginganzug, und weil immer noch weit und breit keine Spur von Liam war, beschloss ich, die Zeit zu nutzen und noch einmal einen Blick in das Video zu werfen. Ich wusste ja jetzt, wo es war und nach Liams Erzählungen der letzten Nacht brannte mir die Frage auf den Nägeln, was genau er mit den Mädchen machen musste. Ich ging also ins Schlafzimmer und holte die Kassette aus seiner Sporttasche. Anna und Liam. Was war bloß aus dem Mädchen geworden?

Diesmal hatte ich keine Angst, von Liam erwischt zu werden. Es war doch nur natürlich, dass ich mehr herausfinden wollte. Und auch, wenn Liam sich inzwischen sehr geöffnet hatte, hatte ich noch keine wirkliche Vorstellung von dem, was tatsächlich passiert war. Nachdenklich ging ich ins Wohnzimmer, fütterte den VHS- Player mit dem Video und setzte mich auf das Sofa. Fly legte sich neben mich und hatte keine Ahnung von den schlimmen Dingen, die in diesem Haus passiert waren. Ich leckte über meine Lippen, die Fernbedienung bereits in meiner Hand und dennoch zögerte ich. Was würde ich alles sehen? Wollte ich es überhaupt sehen? Ich hatte Angst und trotzdem drückte ich schließlich auf Play. Kurz war nur schwarzweißer Schnee auf dem Bildschirm zu erkennen, ehe das Video wieder ansetzte, wo ich zuletzt gestoppt hatte.

Da war er wieder, der kleine Junge, mit den toten, blauen Augen, und er drehte sich zu Anna um, die verschüchtert auf dem Stuhl saß, die Schultern schützend angehoben. Unsicher schielte sie zu Liam. Dieser kam vor ihr zum Stehen und deutete auf ihr T-Shirt.

„Zieh das aus“, sagte der kleine Junge und als Anna sich nicht rührte, griff er einfach an den Stoff und zog ihn ihr über den Kopf. Die Kleine legte die Arme um ihren dünnen Kinderleib, fror offensichtlich, schämte sich und hatte unendliche Angst.

„Alles“, befahl die Stimme des Kameramanns, der also Liams Vater war. Der Junge griff nun auch nach der Hose von Anna und zog sie samt Slip herab. Das Mädchen wimmerte und versuchte zurückzuweichen, doch es gelang ihr nicht. „Ich möchte das nicht“, piepste sie mit zitternder, leiser Stimme, sodass ich es kaum verstehen konnte. Verzweifelt versucht sie, ihr Geschlecht mit einer Hand zu verdecken. Ich war mir nicht mal sicher, ob sie verstand, was hier los war, doch sie merkte, dass es falsch war und es schüchterte sie ein. Mein ganzer Brustkorb zog sich zusammen und meine weit aufgerissenen Augen begannen zu brennen, weil ich völlig vergaß zu blinzeln.

„Nimm die Hand da unten weg“, befahl der Vater in einem Ton, der keine Widerrede duldete und diesmal gehorchte das Mädchen, nachdem sie zusammengezuckt war. Liam fasste ihr an die Knie und drückte ihre Beine auseinander, als sei das eine routinierte Bewegung. Wie oft hatte er das schon machen müssen? Die Kamera zoomte etwas heran, zwischen die Beine des Kindes und ich wandte den Blick ab. Obwohl es nur eine Aufnahme war, hatte ich das Gefühl, ich müsste ihr diese Privatsphäre lassen, als würde es ihr helfen, wenn ich nicht hinsah. „Streichel sie ein bisschen“, forderte der Kameramann auf und Liam bewegte sich halb hinter den Stuhl, sodass sein eigener Körper nicht den von Anna bedeckte und man weiterhin alles sehen konnte. Seine kleinen Hände legten sich an ihren Oberkörper und strichen über ihre Brust, ihren Bauch, hinab zwischen ihre Beine.

Anna wimmerte. „Bitte aufhören.“

Liam blickte geradeaus emotionslos in das Bild und von seinem Vater hörte man ein tiefes „Mhh, ja.“ Es war krank. Es war so unendlich krank und falsch, dass mir übel wurde. Seinen eigenen Sohn zu so etwas zu missbrauchen. Pornos von ihm zu drehen und diese dann vermutlich auch noch zu verkaufen oder sich abends heimlich anzusehen, um sich dabei einen von der Palme zu wedeln. Das war das Letzte. Abschaum. Eine unglaubliche Wut kroch mir sauer den Magen und die Speiseröhre hinauf und ich hatte keine Ahnung, wie ich reagieren würde, wenn Liams Vater mir in diesem Moment gegenübertreten würde. Plötzlich konnte ich seinen Hass verstehen. Seine Wut. Seinen Wunsch nach Rache. Es war falsch, das wusste ich, doch wer würde nicht so empfinden, wenn er so etwas Fürchterliches sah? Liam war der Sohn eines pädophilen Psychopathen. Es wunderte mich nicht, dass er war, wie er war. Plötzlich kam ich mir lächerlich vor mit meinen kleinen Problemchen. Meine Mutter hatte mich geschlagen und die Familie verlassen. Seitdem habe ich die Mutterrolle übernommen. Was war das schon im Vergleich zu dem, was Liam durchstehen musste? Mir war klar, dass Probleme kein Gewicht haben, dass ich das eine nicht mit dem anderen vergleichen durfte und trotzdem kam ich mir miserabel vor. Ich konnte so froh sein, Helena zu sein und nicht Anna.

„Nimm das hier und steck es ihr rein", sagte Liams Vater und ich sah, wie er einen Schraubenzieher über den Boden warf. Dieser kullerte bis zu den Füßen des Jungen und ich schlug mir die Hände vor den Mund. Er hatte doch nicht etwa vor …? Doch genau das geschah. Liam nahm in roboterartigen Bewegungen das Werkzeug auf und Anna sprang nun von dem Stuhl. Ihre Augen waren vor Schreck geweitet. Diese Bilder brannten sich in meinen Kopf.

„Bitte nicht!", flehte sie.

„Bleib sitzen, sonst binde ich dich fest und ich gebe ihm ein Messer statt des Schraubenziehers. Wenn du brav bist, ist Liam auch ganz vorsichtig", knurrte der Mann hinter der Kamera und Anna fror ein. Mit dicken Tränen, die ihre Wangen hinabkullerten, ließ sie sich wieder auf den Stuhl fallen und Liam strich mit der Spitze des Schraubenziehers ihren Körper hinab. Es ging nicht mehr. Ich schaltete den Fernseher aus und wischte mir meine eigenen heißen Tränen aus dem Gesicht, die ich bisher gar nicht wirklich bemerkt hatte, so konzentriert war ich auf das Video gewesen. Es war so schrecklich. So unendlich grausam, schrecklich und falsch! Ich hatte keine Ahnung, wie lange ich auf den mittlerweile schwarzen Bildschirm des Fernsehers starrte. Es musste doch einen Weg geben, diesen Mann hinter Gitter zu bringen! So jemand durfte einfach nicht frei herumlaufen. Mit zitternden Händen nahm ich die Kassette wieder aus dem Gerät und brachte sie beinahe apathisch zurück ins Schlafzimmer. Gerade als ich sie in der Tasche verstaut hatte, hörte ich das Geräusch eines Motors und durch das Fenster sah ich den schwarzen Wagen über den Waldweg schaukeln. Liam! Er war zurück. Mit den Ärmeln strich ich noch mal meine Wangen trocken und lief bereits in den Flur, um ihn hier gleich in Empfang zu nehmen. Fly rannte bellend zu mir und begann bereits mit ihrem Schwanz zu wedeln. So wie ich Liam kannte, würde er sofort wittern, was hier in der Luft lag und mich darauf ansprechen. Er war immer so gut darin, mir die Wahrheit von der Nasenspitze abzulesen. Doch diesmal fürchtete ich nicht um mein Leben. Diesmal freute ich mich einfach darauf, ihn gleich in die Arme schließen zu können.

36

Ich war gespannt, wo er gewesen war und warum er so schnell aufbrechen musste. Ich hörte die Autotür zufallen und Liams schwere Schritte, wie er erstaunlich langsam durch die Garage ging.

„Liam?“, rief ich fragend und lief auf die Metalltür zu, als diese mit einem Ruck aufgedrückt wurde.

„Helena, geh zur Seite und lass mich durch“, befahl Liam und ich konnte kaum glauben, was ich sah. In seinen Armen hielt er eine dünne, zerbrechliche Frau mit schlimmen Verletzungen im Gesicht. Ihre Arme hingen regungslos um seinen Nacken. Es dauerte einen kurzen Moment, bis ich auf seine Worte reagierte und ihm Platz machte, damit er sie an mir vorbei durch den Flur ins Wohnzimmer tragen konnte. Ich packte Fly an ihrem Halsband und hielt sie bei mir, damit sie ihm nicht zwischen den Beinen herumsprang.

„Was ist passiert? Wer ist das?“, fragte ich verwirrt und folgte ihnen perplex. Liam antwortete mir nicht, sondern legte die Person vorsichtig auf dem Sofa ab. Sie trug einen weiten, dunklen Kapuzenpullover, in dem sie jedoch nur noch zerbrechlicher aussah. Schwarze Haare fielen über ihre Schultern, doch ein heller, blonder Ansatz war deutlich zu erkennen. Sie hatte ihre Augen geschlossen, schien vor Erschöpfung eingeschlafen zu sein. Die Hündin rollte sich vor dem Sofa ein, als wolle sie damit ihren Beistand ausdrücken.

„Helena, bring mir eine Wolldecke“, forderte mich Liam auf und ich setzte mich sofort in Bewegung. Ich nahm eine der blauen Decken und reichte sie ihm eilig. Er nahm sie mir ab, breitete sie aus und wickelte sie behutsam um den Körper der schlafenden Frau.

Anschließend setzte er sich selbst auf das Sofa, hob vorsichtig ihren Kopf an und bettete ihn auf seinen Schoß. Sein Blick ging hinab zu ihrem Gesicht und musterte sie mit schmerzlichem Ausdruck. Als ich seinen Augen folgte und sie nun selbst eingehender betrachtete, stellte ich fest, dass sie einmal eine wirkliche Schönheit gewesen sein musste. Sie hatte eine hübsche, gerade Nase, fein geschwungene Lippen und ein zierliches, elfenhaftes Gesicht. Doch nun waren ihre Wangen eingefallen, ihre Lippen rissig und aufgeplatzt und blaue Flecken übersäten ihr Gesicht und ihren Hals. Sie war so dünn, dass sich ihre Knochen deutlich abzeichneten und ich wurde das Gefühl nicht los, dass ich sie irgendwoher kannte. Ich sah, wie Liam ihr sanft eine Strähne aus dem Gesicht strich und plötzlich war es mir klar: Es war Anna. Es war das kleine Mädchen aus dem Video, das ich wenige Minuten vorher noch gesehen hatte. Sie lebte also noch, falls man das so nennen konnte und jetzt war sie hier. Schlief auf Liams Beinen und ich stand daneben und wusste nicht, was ich machen oder sagen sollte.

„Was ist passiert?", fragte ich erneut und Liam blickte mich nicht einmal an, als er antwortete. Seine Augen waren kontinuierlich auf sie gerichtet.

„Es ist Anna. Sie hat mir eine E-Mail geschrieben. Wie du siehst, war es ein Notfall."

Also hatte ich recht mit meiner Vermutung, wer diese Frau war.

„Soll ich etwas zu trinken holen und etwas zu essen für sie machen?", fragte ich. Anna rührte sich leicht und gab einen leisen, wimmernden Laut von sich. Liam war sofort alarmiert und machte eine abweisende Geste mit der Hand in meine Richtung.

„Nein, geh einfach in dein Zimmer", wies er mich an. Ich konnte nicht fassen, was ich hörte. Schickte er mich jetzt allen Ernstes weg?

„Helena!", ich zuckte zusammen und ohne noch etwas zu sagen, machte ich kehrt und lief in meine Kammer. Mit letzter Kraft unterdrückte ich den Drang, die Tür hinter mir zuzuknallen und warf mich auf das Bett. War meine Reaktion kindisch? War ich egoistisch, dass mich seine Art nun verletzte? Zu sehen, wie Anna auf seinem

Schoß lag, wie er so behutsam und liebevoll mit ihr umging, nur Augen für sie hatte, versetzte mir einen tiefen Stich in die Brust. Ich konnte dieses Gefühl nicht kontrollieren und ich hätte mir gewünscht, dass er mich wenigstens darin einweihte, was passiert war, dass er mir die Möglichkeit gab, zu helfen und mich nicht fortschickte wie ein nerviges Kind. Während ich noch dabei war, den bitteren Knoten in meinem Magen zu bekämpfen, hörte ich plötzlich draußen gedämpfte Stimmen.

Alarmiert stand ich von dem Bett auf, ging zur Tür und presste mein Ohr gegen das Holz, in der Hoffnung, dass ich dadurch irgendetwas verstehen konnte. Doch alles, was ich mit Sicherheit sagen konnte, war, dass Anna Liams Namen schluchzte und sie bitterlich weinen musste. Mein Herz wurde schwer und ich fühlte mich fürchterlich, dass ich in so einer Situation auch noch Eifersucht empfand. War ich ein schlechter Mensch deswegen? Die Zeit verstrich und alles, was ich hörte, war das dumpfe Murmeln von draußen. Als die Minuten vergingen und meine Lauscherei sinnlos war, legte ich mich zurück auf das Bett, war jedoch zu nichts anderem in der Lage, als unter die Decke zu starren.

Ich hatte keine Ahnung, wie viel Uhr es war, als sich Schritte meinem Zimmer näherten und die Tür aufgedrückt wurde. Hoffnungsvoll stand ich auf.

„Liam!“, sagte ich und er drückte mir einen Teller in die Hand, auf dem sich dampfende Spaghetti mit Tomatensoße und einer ordentlichen Portion Parmesan befanden. Doch dann ging er auch schon wieder, ohne ein Wort zu mir zu sagen oder mich eines Blickes zu würdigen und schloss die Tür hinter sich. Als ich zu allem Überfluss auch noch hörte, wie er von außen abschloss, rutschte mein Herz in die Hose. „Liam!!“, rief ich nun lauter, stellte den Teller ab, lief nach vorne und klopfte mit den Fäusten gegen das Türblatt. Das konnte nicht wahr sein! Hatten wir nach all der Annäherung nun wirklich wieder so viele Schritte zurück gemacht, dass ich erneut nicht mehr als seine Gefangene war, die er wie ein Tier in der Abstellkammer hielt? Und das nur, weil Anna plötzlich auftauchte und Liam ihr direkt sein Leben verschrieb?

Eine Antwort bekam ich nicht. Ich wurde einfach ignoriert – natürlich. Was hatte ich auch erwartet? Im Moment war ich einfach nur im Weg und Liam hatte Wichtigeres zu tun, als sich um eine quengelige Helena zu kümmern. Und das meinte ich vollkommen ohne Sarkasmus. Da war ein misshandeltes Mädchen bei ihm, das ihn schon seit seiner Kindheit kannte, mit der er schreckliche Sachen durchmachen musste und sie brauchte jetzt seine Hilfe. Die beiden verband so viel mehr als zwei Tage in einer Hütte und ein paar Interviews im Gefängnis. Ich rührte meinen Teller kaum an, stattdessen nahm ich die kleine Holzhelena aus meiner Tasche und setzte mich mit ihr auf mein Bett. Ich wusste noch genau, wie er sie mir vor gar nicht all zu langer Zeit gegeben hat. Die Helena aus Griechenland, die so begehrt war, dass ein ganzer Krieg um sie ausbrach. Eigentlich verband mich überhaupt nichts mit dieser Frau. Wie war Liam nur auf die Idee gekommen, sie für mich zu schnitzen?

Seufzend lehnte ich meinen Kopf nach hinten gegen die Wand. Ob er und Anna im Gefängnis in Kontakt standen, oder woher hatte sie seine Kontaktdaten? Ich wusste ja nicht mal, ob es stimmte, dass ihn niemand besuchen gekommen war. Vielleicht hatten die beiden immer Kontakt gehabt. Vielleicht waren sie sogar ein Paar! Großer Gott, nein, Helena. Was ein Unsinn. Ich vergrub meine Finger in meinen Haaren. Doch abschalten konnte ich diese irrationalen Gedanken einfach nicht.

Es musste später Nachmittag sein, als sich draußen abermals etwas rührte und kurze Zeit darauf meine Tür aufgeschlossen wurde. Liam trat ein und sah mich mit einem auffordernden Blick an.

„Pack deine Sachen."

37

„Bitte?!", fragte ich empört, als Liam mir befahl, meine Sachen zu packen. „Warum?" Mussten wir die Hütte verlassen? Sollte ich jetzt nach Hause gehen?

„Anna wird dieses Zimmer bekommen. Du kommst mit mir rüber, also pack deine Sachen", er machte eine auffordernde Geste mit der Hand und hob die Brauen. Wieder einmal klappte mir mein Mund auf und ich konnte nicht fassen, wie er mit mir redete und mich behandelte.

„Und wo soll ich hin? Nach Hause gehen, oder was?", giftete ich ihn an und versuchte zu verstecken, dass ich die kleine Holzhelena in meinen Händen hielt, wie ein kleines Kind seine Lieblingspuppe.

„Das hättest du wohl gerne", entgegnete Liam und schüttelte den Kopf. Er hielt mir seine Hand entgegen, um mir vom Bett aufzuhelfen, doch ich ignorierte sie einfach. Ich schob mich an ihm vorbei und räumte mein Manuskript und meine Notizen zurück in meine Umhängetasche. Auch „Helena" legte ich vorsichtig hinein. Mehr besaß ich hier ja nicht. Liam wollte mir meine Sachen abnehmen, doch ich warf ihm nur einen vernichtenden Blick zu und zwängte mich an ihm vorbei in den Flur. Von Fly war weit und breit keine Spur. Es mochte Quatsch sein, doch irgendwie kam ich mir auch von ihr verraten vor.

„Und wohin jetzt?", fragte ich, als ich ratlos stehen blieb, „schlaf ich jetzt auf dem Sofa?"

„Wenn dir das lieber ist", hörte ich Liams Stimme hinter mir und ich drehte mich fragend zu ihm um. „Lieber als was?"

„Bei mir“, antwortete er mit einem Kopfnicken in Richtung seines Schlafzimmers. Was zum …? War das sein Ernst? Da ich nicht reagierte und ihn nur wütend anstarrte, fasste er mich am Handgelenk und zog mich in sein Zimmer. Die Tür flog hinter mir ins Schloss, und ehe ich mich versah, landete ich mit dem Rücken gegen diese. Liam stützte einen Arm neben meinem Kopf ab und sah mich mit seinen durchdringenden, stechenden Augen an. Mir rutschte die Tasche von der Schulter und fiel mit einem dumpfen Knall zu Boden, während ich nichts anderes machen konnte, als Liam erschrocken anzusehen.

„Was ist los mit dir?“, fragte er und stemmte auch die zweite Hand neben meinen Kopf, als ich versuchte, an ihm vorbeizukommen, um mich nicht durch seine Präsenz einschüchtern oder weichkochen zu lassen. Schließlich wusste er ganz genau, was er tun konnte, um mich aus der Fassung zu bringen. Doch nun war jeder Fluchtweg versperrt und so blieb mir nur der Angriff.

„Was mit mir los ist?!“, fuhr ich ihn an, „du schickst mich in die Kammer, als wäre ich ein kleines Kind, dem man Stubenarrest geben kann, du schließt mich wieder ein, wie eine Gefangene. Sagst mir nichts, schließt mich aus und dann kommst du plötzlich an und willst, dass ich bei dir schlafe, als wären wir ein Pärchen oder was? Keine Ahnung, was mit Anna passiert ist, es muss schlimm gewesen sein und sie tut mir leid, aber das ist noch lange kein Grund, mich so zu behandeln. Ich wollte nur helfen! Stattdessen gibst du mir das Gefühl, dass ich besser gar nicht hier wäre!“ Ich hasste mich selbst dafür, dass mir nun auch noch die Tränen in die Augen stiegen. Mit Gewalt hielt ich sie zurück, wollte ihm nicht zeigen, wie verletzt ich war. Ich presste die Lippen zusammen und entgegnete seinen durchbohrenden Blick mit all meiner Kraft und Standhaftigkeit. Diesmal war er es, der zuerst aufgab und sein Augenmerk wanderte musternd über mein Gesicht, meine schwer atmende Brust und meine zitternden Lippen. Dann plötzlich zuckte sein rechter Mundwinkel begleitet von einem anzüglichen Augenaufschlag leicht nach oben.

„Du bist eifersüchtig“, stellte er fest und ich schluckte ertappt. „Ich? Nein, warum sollte ich?“, versuchte ich mich zu verteidigen, und sowie diese Worte meinen Mund verlassen hatten, glaubte ich ihnen selbst nicht. Schwachsinn. Natürlich war ich eifersüchtig. Was glaubte er denn? Als sich unsere Blicke wieder kreuzten, lag plötzlich ein Feuer in dem Blau seiner Augen, das mich verunsicherte und gleichzeitig ein Kribbeln wie kleine Stromstöße durch meinen Körper jagte. Ohne Vorwarnung drückte er mich mit seinem Körper gegen die Tür und bedeckte meine Lippen stürmisch mit seinen. Erschrocken riss ich meine Augen auf, wusste überhaupt nicht, wie mir geschah, als mir heiß und kalt zugleich wurde und Liam meine Gefühlswelt einfach auf den Kopf stellte. Trotz meines Zorns legte ich meine Arme um seinen Nacken und verfluchte meinen Körper für seine Schwäche. Liam war einfach wie Kryptonit für mich. Als ich meine Schockstarre überwunden hatte, konnte ich nicht anders, als den Kuss zu erwidern. Abermals entfachte er ein Feuer in mir, das sich lodernd in meinem Leib ausbreitete, bis ich das Gefühl hatte, lichterloh in Flammen zu stehen. Der Kuss war leidenschaftlich, wild und fordernd. Kaum hatte ich meine Lippen einen Spalt breit für ihn geöffnet, drang seine Zunge in meinen Mund und ich empfing sie mit der meinen. Seine Hände wanderten über meinen Körper, meine Taille, meinen Rücken, meine Hüfte und meinen Po, während ich meine Hände in seinem Haar vergrub und ihn verlangend an mich zog. Schließlich legte er seine Arme um mich und hob mich hoch. Ich legte meine Beine um ihn und mein Herz setzte für einen Moment erschrocken aus, als ich spürte, dass sich etwas Hartes in seinem Lendenbereich gegen meinen Schritt drückte.

„Liam?“, fragte ich, als ich den Kuss kurz unterbrach, doch er ignorierte mich und trug mich hinüber zu seinem Bett. Als mein Rücken die Matratze berührte und sich sein schwerer Körper auf mich legte, keuchte ich leise in unseren Kuss hinein, den er nun löste, um mit seinen Lippen sanft meinen Hals hinabzuwandern. Liams warme Hände schoben sich unter das Oberteil meines Jogginganzugs und seine rauen Finger strichen unter den Bügeln meines BHs entlang. Schließlich schob er ihn einfach nach oben über meine Brüste und begann diese zu streicheln und schließlich auch mit sanften Küssen zu übersäen. Es war mir klar, dass ich jetzt die Reißleine ziehen musste, die Notbremse betätigen, bevor es kein Zurück mehr gab. Ich griff nach seiner Hand, um sie festzuhalten, vielleicht sogar abzuhalten. Liam hielt inne und sah mit fragendem Blick zu mir hinauf. Verflucht, seine blauen Augen waren so schön, so voller Leidenschaft und Feuer, dass ich kein Wort herausbekam.

„Ist das dein erstes Mal?“, fragte Liam geistesgegenwärtig und ich begann nur ganz leicht und langsam zu nicken. Ich hatte Angst, war aufgeregt und die ganze Situation kam mir so falsch und so richtig zugleich vor. Eben war ich noch wütend und enttäuscht, er hatte mich behandelt wie Dreck und jetzt wollte er mit mir schlafen? Woran war ich hier? Liams rechter Mundwinkel hob sich leicht und sein Blick wurde sanfter. Er rückte wieder etwas zu mir herauf, sodass sein Gesicht direkt über meinem war und sein warmer Atem über meine Wange streifte.

„Du brauchst keine Angst haben. Ich bin ganz vorsichtig“, hauchte er, auch wenn sein Brustkorb, der sich schnell und schwer hob und senkte, verriet, dass er sich mühsam unter Kontrolle halten musste. Immerhin war er lange im Gefängnis gewesen und ...

„Seit dem Gefängnis ... hattest du da ...“

„Nein“, unterbrach er mich, „hatte ich nicht. Du bist die Erste.“

Irgendwie beruhigte mich das ein wenig und ich nickte verstehend. Liam setzte sich auf, griff an den Saum seines schwarzen Shirts und zog es sich über den Kopf, sodass ich nun wieder eine Aussicht auf seinen trainierten, mit Tattoos beschmückten Körper hatte. Wie von allein hoben sich meine Hände und legten sich an seinen Bauch, strichen sanft über seine Muskeln und bis hinab zum Bund seiner Hose. Mit zitternden Fingern begann ich an dem Knopf herumzufummeln, der jedoch einfach nicht aufgehen wollte. Mit einem Lächeln im Gesicht nahm Liam mir die Arbeit ab und öffnete seine Hose. Ich zog sie vorsichtig herab und schluckte, als ich sah, dass sich etwas unter seinen Shorts deutlich abzeichnete. Ich musste ihn wohl so auffällig und mit großen Augen angestarrt haben, dass Liam kurz lachte und mich an den Schultern zurück nach hinten in die Matratze drückte. „Lass mich einfach machen", sagte er und wieder wanderten seine Hände über meinen Körper. Nachdem er mein Oberteil über meinen Kopf gezogen und mich auch von meinem BH befreit hatte, hakte er seine Finger in den Bund meiner Jogginghose und zog sie langsam herab. Peinlich berührt versuchte ich irgendwie etwas wegzukriechen, doch er hielt mich an meiner Hüfte fest und warf mir einen warnenden Blick zu.

„Hier bleiben", raunte er und mir lief ein Schauer den Rücken hinunter. Ob aus Angst oder Lust – vielleicht ein bisschen von beidem.

„Entspann dich, Helena. Du musst dich für nichts schämen. Du bist wunderschön." Bei diesen Worten sah er mich so aufrichtig an und ich musste meinen Blick mit glühenden Wangen von ihm abwenden. „Du auch", murmelte ich, als ich mich geschlagen gab und mich endlich einfach fallen ließ. Ich hatte ihm mein Leben in die Hände gelegt, warum hatte ich dann ein Problem damit, das gleiche mit meinem Körper zu tun?

Er zog meinen Slip herab, über meine Beine, sodass ich nun vollkommen nackt, so wie Gott mich geschaffen hatte, vor ihm lag. Liam kroch zu mir herauf und begann erneut meinen Hals und meine Brüste mit federsanften Küssen zu bedecken. Ich spürte seinen Atem und seinen Mund an meinem Bauchnabel und wie er weiter, immer weiter herabwanderte, bis er schließlich zwischen meinen Beinen sein Ziel fand. Seine Lippen glitten vorsichtig über diese empfindliche Stelle, bevor sie diese warm und weich umschlossen. Ein tiefes Stöhnen entfloh seiner Kehle, als er mit seiner Zunge von mir kostete. Ich griff in die Bettdecke neben mir und schloss meine Augen. Seine Hände wanderten unter meinen Hintern, hoben ihn sanft an und die Erregung sammelte sich wie heiße Glut in meinem Unterleib. Ganz automatisch schob ich ihm meine Hüfte entgegen und zeigte ihm, dass ich ihn wollte. Eine Hand ließ von meinem Po ab, streichelte über die Innenseite meines Oberschenkels und fand schließlich den Weg zwischen meine Beine. Während seine Zunge und seine Lippen mich weiter liebkosten, ließ er einen Finger vorsichtig in mich eindringen, wartete erst einen Moment, bis ich mich daran gewöhnt hatte. Jedes leise Keuchen und Stöhnen, das ich ihm schenkte, schien ihn nur noch wilder zu machen und zufrieden zu stellen. Meine Hand löste sich von der Bettdecke und zerwühlte nun seine Haare, fasste in sie herein, hielt sich an ihnen fest.

„Oh Gott, Liam!“, stöhnte ich, als ich glaubte, fast wahnsinnig zu werden. Mit einem Mal löste er sich von mir, zog seinen Finger aus mir zurück und richtete sich auf, um seine Shorts auszuziehen. Mit lustverhangenem Blick sah er zu mir herab und schüttelte den Kopf. „Es geht nicht mehr, ich halte es nicht mehr aus“, sagte er und spreizte meine Beine, um sich zwischen ihnen schwer auf mich niederzulegen.

„Vorsichtig“, flehte ich, als ich bereits spürte, wie er gegen meine Öffnung drückte und Liams Körper mal wieder zum Bersten gespannt war. Ich konnte nur erahnen, wie sehr er sich zurückhalten musste. Was für eine Kraft ihm das rauben musste. Seine Finger krallten sich neben meinem Kopf in das Bett und ich konnte jeden Muskel, jede Sehne an seinen Armen und seinem Hals erkennen. Es machte mir Angst. Er machte mir Angst! Dennoch wollte ich ihn jetzt, hielt das Feuer in meinem Unterleib selbst kaum mehr aus und so war ich es, die sich ihm ein wenig entgegendrückte, sodass er einige Zentimeter in mich eindrang. „Oh man, Helena“, stöhnte Liam und konnte sich nun nicht weiter zurückhalten. Er drückte sich in mich und bereitete mir Schmerz und Lust gleichermaßen. Es fühlte sich gut an, wie er mich ausfüllte, sich gänzlich in mir vergrub und als er seine Arme um mich schloss, ich seine Haut auf meiner spürte und ich das Gefühl hatte, dass unsere Herzen im selben Rhythmus schlugen, fühlte ich mich plötzlich, als wäre ich zu Hause angekommen. Wir teilten so viel Nähe, so viel Gefühl, so viel Liebe, dass es mir die Tränen in die Augen trieb. Einen Moment verharrten wir so, ehe er sich langsam in mir zu bewegen begann. Auch ich schlang meine Arme um seinen Brustkorb, hielt mich an ihm fest und genoss die Gefühle, die er in mir auslöste. Die Wellen der Lust, die er durch meinen Körper schickte. Doch lange behielt er dieses vorsichtige Tempo nicht bei. Je mehr ich mich entspannte, je mehr ich mich auf ihn einließ, desto schneller wurde er, bis er schließlich zu harten Stößen überging, die leidenschaftlich, verlangend und unbeherrscht waren. Ich konnte nichts mehr tun, als zu stöhnen, mich ihm hinzugeben und mich von ihm immer weiter in Richtung Höhepunkt treiben zu lassen. Die Wollust empfing mich wie eine stürmische See, sie verschlang mich, umhüllte mich und ich fühlte mich wie unter Wasser. Nicht in der Lage zu denken, zu handeln, völlig ausgeliefert ergab ich mich ihrer Übermacht und heiße Wellen durchströmten meinen Körper, als ich kam und mein Innerstes sich eng und zuckend um Liams Männlichkeit schloss.

„Oh Gott“, stöhnte er, vergrub sein Gesicht in meinem Haar und stieß noch einmal tief in mich, ehe er sich auch seinem Höhepunkt hingab und lustvoll in mir ergoss. Schwer atmend sackte er auf mich herab und sein Gewicht presste die Luft aus meinen Lungen. Ich keuchte und gab ihm einen Moment Zeit, ehe ich auf seine Schultern klopfte, um ihm deutlich zu machen, dass ich am Ersticken war.

Liam zog sich aus mir zurück und rollte sich von mir herunter. Mit glasigem Blick sah er unter die Decke und schob seinen Arm unter meinem Nacken hindurch. Seine Hand legte sich an meinen Oberarm und zog mich zu sich heran, sodass ich mich an seine Brust kuscheln konnte und sein Gesicht von der Seite betrachtete. Die Sonne stand tief am Horizont und tauchte das Zimmer in ein sanftes, rotes Licht. Ich konnte es nicht fassen. Mein erstes Mal. Mit Liam. Meinem Entführer.

Plötzlich vibrierte seine Brust unter mir und Liam begann tief und dreckig zu lachen. Ich kräuselte meine Brauen, setzte mich etwas auf und sah ihn verwirrt an. „Was?!“, fragte ich gereizt, weil ich schon ahnte, dass jetzt nichts Gutes kommen konnte.

„Stockholm lässt grüßen“, prustete er, halb am Lachen, halb in dem Versuch, sich zu beherrschen. „Was?“, fragte ich noch mal, weil ich nicht verstand, was er meinte.

„Du bist doch keine Griechin, sondern eine Schwedin und du wohnst mitten in Stockholm, ey“, lachte er weiter, und als mir bewusst wurde, dass er das Stockholmsyndrom meinte, bei dem die Geisel eine romantische Beziehung zu ihrem Entführer entwickelte, begann ich halbherzig auf ihn einzuschlagen. „Blödarsch“, schimpfte ich und legte mich schnaufend wieder hin.

„Es war sehr schön“, sagte ich schließlich leise und spürte seine Lippen auf meiner Stirn und wie er leicht nickte.

„Ist die Prinzessin also zufrieden mit ihrem Prinzen, ja?“, fragte er.

„Ich dachte, du seist kein Prinz“, erwiderte ich und hob eine Augenbraue.

„Dann eben mit dem schwarzen Ritter, seiner Rüstung aus Tinte, seiner Holzhütte und seinem Pitbull, statt weißem Gaul?“ Ich lachte und nickte.

„Ja, der ist mir sogar lieber als der blonde Typ in goldener Rüstung“, sagte ich und lehnte mich über ihn, um ihm einen sanften Kuss auf die Lippen zu hauchen. Als ich mich von ihm löste, sah ich ihn jedoch vorwurfsvoll an.

„Ich bin trotzdem sauer auf dich, wie du mich behandelt hast“, sagte ich.

„Die Situation hat mich überfordert und ich musste einen Moment mit ihr allein sein, bitte, versteh das“, erklärte sich Liam und ich ließ meinen Kopf grummelnd wieder ins Kissen sinken.

38

Ich konnte es nicht fassen. Dass ich gerade mein erstes Mal mit Liam gehabt hatte, Liam Winterfeld, der Mann, den ich als Insasse im Gefängnis kennengelernt und der mich entführt hatte. Wenn ich an unser erstes Treffen zurückdachte, wie er mir gegenüber so selbstbewusst und überlegen gewesen war und das, obwohl er sogar die Hände hinter dem Rücken gefesselt hatte. Ich konnte seine blauen Augen noch genau vor mir sehen, wie sie mich durchdringend fixierten und ich um jedes Zucken seiner Mundwinkel kämpfen musste. Doch nun, da ich ihn näher kannte, musste ich feststellen, dass es wahrscheinlich nur Show gewesen war. Der wirkliche Liam war unsicher und hatte trotz seiner Wutanfälle eine sehr sanfte, liebevolle und verzweifelte Seite. Er war nicht überlegen. Ganz im Gegenteil. Er sehnte sich so sehr nach einer Hand, die seine hielt. Es war nur wenige Tage her und trotzdem kam es mir vor, als hätte ich diesen Mann unglaublich gut kennengelernt. Mit einem Lächeln blickte ich zu ihm hinüber. Sein Gesicht war in diesen Sekunden entspannt und glücklich – kein Wunder. Wir hatten ja auch gerade Sex gehabt. Oh. Mein. Gott.

Plötzlich hörte ich von draußen ein Bellen. Fly! Sie musste noch bei Anna sein. Ich setzte mich auf und blickte zur Tür, während Liam quasi wie von der Tarantel gestochen aufsprang und sich eilig anzog.

„Wo ist denn Anna?“, fragte ich und suchte nach meinem Shirt.

„Sie war auf dem Sofa noch mal eingeschlafen. Ich schätze, sie ist jetzt wach geworden", erklärte Liam und ich kräuselte meine Stirn. Klar, wenn Anna wach ist, springst du direkt auf, dachte ich mir giftig und kam mir für den Gedanken direkt wieder schäbig vor. Woher kam bloß diese schreckliche Eifersucht? Ich rieb mir mit den Händen über das Gesicht und als ich meinen BH am Boden fand, fischte ich danach und zog ihn wieder an. Liam stürzte schon aus dem Zimmer und ich blieb augenrollend zurück. Draußen hörte ich nun Flys Gejaule, als sie sicherlich an ihrem neuen Herrchen hochsprang und ihn dafür rügte, sie abermals zurückgelassen zu haben.

Ich zog mich langsam an, nachdem ich all meine Klamotten wiedergefunden hatte und verließ nach einigem Zögern auch Liams – nein unser! – Schlafzimmer. Als ich das Wohnzimmer betrat, rannte die Pitbulldame auch auf mich zu, schnüffelte um meine Beine herum und warf sich mir schließlich vor die Füße, in der Hoffnung, gekrault zu werden. Jedoch konnte ich ihr nicht viel Aufmerksamkeit schenken, denn Anna war wach, saß mit ihren viel zu groß erscheinenden, dunkel unterlaufenen Augen auf dem Sofa und sah mich an, während Liam ihr fürsorglich die heruntergerutschte Decke um die Schultern legte.

Ich blieb stehen und rang mir ein unsicheres Lächeln ab. Wusste Anna überhaupt von mir?

„Hi", sagte ich leise und räusperte mich, weil meine Stimme nur ein undeutliches Piepsen hervorbrachte. Ich wusste nicht warum, aber irgendwie hatte ich Angst vor Annas Reaktion auf mich. Doch entgegen meiner Sorge erschien tatsächlich ein zaghaftes und so liebenswürdiges Lächeln auf ihren Lippen, dass ich mir direkt noch schlechter vorkam. „Hi", entgegnete sie und ergriffen von neuem Mut ging ich auf sie zu, um ihr die Hand zu reichen. Sie ergriff sie vorsichtig und der Druck ihrer eiskalten, dürren Finger war schwach.

„Ich bin Helena", stellte ich mich vor und mein Lächeln wurde ehrlicher.

„Ich weiß“, sagte Anna, mit einem Seitenblick zu Liam, der unschuldig und als hätte er nichts gehört, an der Fernbedienung herumdrückte, wohl mit dem Versuch, das TV–Gerät anzuschalten. „Ich bin Anna. Aber das wirst du sicher auch wissen“, fuhr sie fort und ich nickte. Wusste sie, dass ich das Video gesehen hatte? Was hatte Liam über mich erzählt? Wusste sie, dass ich seine Gefangene war, dass er mich entführt hatte?

Liams Fluchen zog unsere Aufmerksamkeit auf sich. Auf dem Bildschirm war nur weißer Schnee zu erkennen und egal, auf welchen Sender er zappte, es änderte sich nicht.

„Scheint, als wäre bei dem Unwetter was kaputtgegangen. Ich geh mal aufs Dach und schaue nach. Ihr bleibt hier und ruft, sobald das Bild da ist“, wies er uns an und verschwand im nächsten Moment im Flur, um aus der Garage die Leiter zu holen. Als er letztlich durch die Terrassentür nach draußen entschwunden war und alsbald Schritte auf dem Dach zu hören waren, setzte ich mich neben Anna auf das Sofa.

„Ich möchte dir nicht zu nah treten, also sag mir, wenn dir etwas unangenehm ist und du nicht darüber reden magst, aber was ist denn passiert, dass Liam so überstürzt aufgebrochen ist? Wo kommst du her?“, fragte ich vorsichtig und musterte ihr blasses Puppengesicht in der Hoffnung, darin ablesen zu können, ob ich sie mit meinen Fragen in Bedrängnis brachte. Doch so zerbrechlich Anna aussah, so stark musste ihr Wille sein, denn sie wirkte keineswegs eingeschüchtert oder als wäre es ihr unangenehm, darüber zu sprechen.

„Das Wiedersehen mit meinem Vater ist nicht ganz so glücklich gelaufen, wie ich mir gewünscht hätte“, sagt sie und lächelt bitter, „ich habe Dinge herausgefunden, die ihn nicht sehr erfreut haben. Zudem hatte er noch eine unangenehme Begegnung mit Liam vor ein paar Tagen und wollte seine Wut darüber an mir auslassen.“

„Dein Vater hatte eine Begegnung mit Liam?“, fragte ich irritiert, „was heißt denn, dass es nicht so glücklich gelaufen ist? Ich verstehe nicht ganz ...“

„Ich habe gehört, du bist bei dem Treffen der beiden ein ungebetener Gast gewesen", erklärt Anna und meine Augen weiteten sich. Annas Vater war der Mann aus der Gasse? War ihre Beziehung zu ihren Eltern also genauso zerrüttet wie das von Liam zu seinen? Wusste ihr Vater etwa von den Dingen, die in diesem Keller hier mit ihr gemacht wurden? So viele Fragen schossen mir durch den Kopf und Anna musste es mir regelrecht ansehen können, denn sie antwortete, ohne dass ich etwas fragen musste:

„Balthasar und mein Vater kennen sich gut. Sie sind Freunde, könnte man sagen. Oder Geschäftspartner", sie zuckte mit ihren knochigen Schultern. Balthasar. Das war also der Name von Liams Vater, von dem Mann hinter der Kamera. Balthasar Winterfeld, allein der Name klang für mich schon bösartig. „Hat dein Vater von den Sachen gewusst, die ...", ich wollte es nicht aussprechen und nach wie vor wusste ich nicht, wie viel Anna wusste, dass ich wusste. Doch sie schien nicht erschrocken oder erstaunt. „... die Liam mit mir machen musste? Die Balthasar in diesem Keller hier gemacht hat? Ja, er wusste davon. Er hat mich sogar selbst hierhin gefahren." Ihr Lächeln war müde und ich war mir sicher, dass sie im Laufe der Zeit gelernt hatte, immer zu lächeln, selbst wenn ihr gar nicht danach zumute war. So wie wir alle. „Und du und Liam, ihr versteht euch gut?", wechselte sie das Thema und ich nahm diese Wendung dankend entgegen. Dass Liams Vater einen Verbündeten hatte, der seine Tochter für solche Zwecke missbrauchte und dass dieser Mann der Kerl aus der Gasse war, das musste erst mal in meinem Verstand absacken. Aber wen wunderte es schon – diese kranken Geister hatten sicher ein ganzes Netzwerk und waren alle miteinander verbunden wie eine Sekte. „Ja, meistens", antwortete ich, „wenn er nicht gerade seine verrückten fünf Minuten hat." Unser Gespräch wurde jäh von Tönen aus dem Fernseher unterbrochen, wo uns nun ein Nachrichtensprecher aus dem Ersten entgegenblickte. Anna und ich sahen uns kurz an und riefen dann im Chor „Liam!!!"

„Funktionierts?", hörten wir seine Stimme von oben.

„Ja! Gestochen scharf!", rief ich zurück.

„Was?", kam es von oben und ich musste lächeln. Fast wie zu Hause.

„JA!", schrie ich.

„Ist das Bild gut?", fragte Liam und ich stöhnte genervt. Konnte der Mann nicht einfach vom Dach klettern?

„JA!"

Das schien zu reichen, denn nun waren wieder knirschende Schritte über uns zu hören. Kurz darauf kam Liam mit stolzem Glanz in den Augen durch die Terrassentür zurück. Die Leiter lehnte er einfach gegen die Wand im Wohnzimmer und stemmte die Hände in die Seiten, während er zum Fernseher sah, in dem gerade die 18-Uhr-Nachrichten liefen. Nach diesen Tagen vollkommen abgeschottet in dieser Hütte war ich regelrecht aufgeregt zu erfahren, was dort draußen in der Welt los war.

Dass ich dort allerdings plötzlich das Gesicht meines Vaters sah, kam so überraschend, dass ich nichts weiter tun konnte, als mit offenem Mund auf den Bildschirm zu blicken. Dort war er und seine Haare wirkten noch grauer als vor ein paar Tagen. Seine Augen waren müde, seine Haut erschreckend fahl und sein Kinn unrasiert. Trotzdem hätte ich ihn unter Tausenden erkannt.

„Was würden Sie Ihrer Tochter jetzt sagen, wenn sie Sie hören könnte?", fragte die Reporterin und hielt meinem Vater das blaue Mikrofon entgegen.

„Dass ich sie liebe", antwortete mein Vater, „und dass sie nicht aufgeben soll, egal, in welcher Lage sie sich befindet. Wir werden sie finden. Ich habe die Hoffnung nicht aufgegeben." Nun las ich auch den Titel der Nachrichten:

„Ist die 20-jährige Helena W. noch am Leben?"

39

Ich starrte auf den Fernseher. Liam und Anna starrten auf den Fernseher.

„Sie haben also Hoffnung, dass ihre Tochter noch lebt?", fragte die Reporterin und man sah den Schmerz im Gesicht meines Vaters, dessen Augen auf diese Frage hin feucht zu glänzen begannen. Oh nein, Papa! Bitte nicht weinen, das kann ich nicht sehen!

„Natürlich. Sie lebt. Das spüre ich. Sonst hätte sie den Brief für den Entführer nicht schreiben können. Ich würde mir nur wünschen, dass er sich endlich meldet und uns sagt, was er haben will."

„Ist das dein Papa?", fragte Anna und riss ihren Blick von den Nachrichten los. Ohne sie anzusehen, nickte ich. Ein Stechen zog durch meine Brust und ich sprang regelrecht von dem Sofa auf.

„Ich muss nach Hause", hauchte ich tonlos. Liam schaltete den Fernseher aus, obwohl die Berichterstattung noch nicht zu Ende war, und drehte sich zu mir. „Du gehst nirgendwo hin." Seine Stimme war tief, ruhig und bedrohlich und die Art, wie er einen Schritt auf mich zu machte, ließ mich zurückzucken.

„Du hast ihnen also eine versteckte Nachricht übermittelt, ja? Nachts den Brief ausgetauscht?" Ich wich vor ihm zurück, doch er griff nach meinen Schultern. Seine Augen fixierten mich. Durchbohrten mich. Vor mir stand nicht mehr der liebevolle, sanfte und unsichere Liam – in diesem Moment sah ich den großgewachsenen, einschüchternden Mann auf dem Foto vor mir stehen. Balthasar. Irritiert zog ich meine Brauen zusammen, blinzelte die Tränen fort, die die Bilder von meinem Vater in meine Augen hatten schießen lassen.

„Was? Nein!“, verteidigte ich mich, „warum sollte ich so was machen?!“

„Liam …“, Anna war vom Sofa aufgestanden, doch er ignorierte sie. Seine Augen hielten mich gefangen. „Wenn ich hätte entkommen wollen, hätte ich tausend Chancen dazu gehabt. Du hast mich oft genug allein gelassen! Ich hätte dem Wärter aus dem Schwimmbad Bescheid geben können!“, entgegnete ich verzweifelt und schüttelte den Kopf. Verstand er denn nicht, dass ich freiwillig bei ihm geblieben war? Dass ich ihm helfen wollte?

Liam lachte trocken, was mir einen kalten Schauer über den Rücken jagte. Wo war der Mann von eben, in dessen Armen ich mich so geborgen und wohl fühlte?

„Du willst nicht entkommen, du willst, dass die Polizei mich findet und verhindern, dass ich meinen Vater umbringe.“ Der Druck seiner Hände auf meinen Schultern verstärkte sich schmerzhaft, „das hast du doch von Anfang an vorgehabt! Aber ich habe dir bereits gesagt: Ich. Werde. Nicht. Zurück. Ins. Gefängnis. Gehen.“

„Lass sie los, Liam! Du hast mir doch gesagt, dass du ihr vertraust!“ Anna kam zu uns heran, legte ihre Hand auf Liams Unterarm und versuchte, ihn von mir fortzuziehen. Doch sie war viel zu schwach und er schenkte ihr immer noch keine Beachtung.

„Wenn du nicht in der Gasse dazwischengefunkt hättest, wäre Anna überhaupt nicht in dieser Situation! Markus wäre längst tot und ich müsste diese ganze Scheiße hier gar nicht machen!“, warf Liam mir vor. Es war nicht zu fassen. Wie konnte er nur so sprunghaft sein? Seine Launen waren wie das Wetter im April. Mal war er die Sonne und mal der tosende, tödliche Sturm. Mir klappte der Mund auf, ich wusste überhaupt nichts zu erwidern. Nun war ich schuld an Annas Lage?

„Liam! Es ist doch nicht ihre Schuld!“, die Stimme von Anna überschlug sich und Liams Geduldsfaden riss. Er stieß die zerbrechliche Frau mit dem Unterarm von sich weg, sodass sie nach hinten vor das Sofa taumelte. Fly sprang auf und lief bellend auf Liam zu. Sie musste seine Aggression spüren, seine Wut und seinen Willen, uns zu verletzen.

„Denkst du wirklich, ich hätte das so geplant? Denkst du, ich will dich ans Messer liefern?“ Ich hatte keine Lust mehr, mich von ihm einschüchtern zu lassen. Mich von seinen schwankenden Launen umherschubsen zu lassen. Sein Spielball zu sein!

„Was hattest du denn sonst vor? Meine Therapeutin sein? Meine Freundin? Heiraten?“

Ein schallendes Klatschen donnerte durch das Wohnzimmer. Meine Hand brannte wie Feuer und Liams Wange glühte rot. Ich hatte ihm eine Ohrfeige verpasst und starrte ihn wütend und mit tränengefüllten Augen an. Die Wut saß wie ein heißer Klumpen Säure in meinem Magen und ein schmerzhafter Kloß steckte in meiner Kehle. „Ich wollte dir helfen, Liam. Ich wollte für dich da sein. Dir deine Last von den Schultern nehmen“, hauchte ich mit zitternder Stimme. Seine blauen Augen starrten mich erschrocken an.

„Denkst du wirklich, ich hätte mit dir geschlafen, wenn du mir nichts bedeuten würdest? Um dich ins Gefängnis zu bringen?“, fauchte ich ihn an. Eine Antwort erwartete ich nicht und er gab mir auch keine. Meiner Rage war jedoch noch nicht genug Platz verschafft. „Für so eine Frau hältst du mich? Ich dachte eigentlich, dass du ähnlich fühlen würdest wie ich. Dass da was zwischen uns ist. Aber da habe ich mich wohl getäuscht. Offenbar gefällt dir die Vorstellung, ein Mörder zu sein besser als endlich Liebe zu erfahren!“ Meine Unterlippe bebte und mein Atem ging stockend. „Meine Liebe …“, hauchte ich noch, als ich seine Hände von mir schüttelte, die inzwischen nur noch regungslos auf meinen Schultern lagen. Ich drehte mich um und rannte einfach los, Butterfly hinter mir her. Welchen Grund hatte ich noch, hierzubleiben? Ich hatte geglaubt, ihm helfen zu können. Ihn zu retten.

Doch Liam wollte nicht gerettet werden. Meine rosarote Brille war zerbrochen und die Splitter drangen schmerzhaft in mein Herz. Die Realität holte mich ein, schlug in mein Gesicht wie eiskalter Wind. Ich fühlte mich so naiv. So dumm. Was hatte ich mir nur dabei gedacht, mich in diesen Mann zu verlieben, der von Anfang an geplant hatte, sein eigenes Leben mit einem Mord zu beenden? Der das Gesicht eines Menschen mit den bloßen Fäusten zertrümmert hatte, der mich entführt und angebunden hatte wie ein Tier? Ich wollte einfach nur noch nach Hause, mich in die Arme meines Vaters werfen und seine beruhigende Stimme hören, die mir sagte, dass alles gut werden würde. Ich hatte die Hütte durch die Eingangstür verlassen, war auf den Waldweg gelaufen und bog irgendwo in das Gebüsch ab, damit Liam mich nicht fand, wenn er mit dem Wagen nach mir suchte. Ich stolperte über das Gestrüpp, Äste peitschten in mein Gesicht, hinterließen rote, brennende Striemen. Doch das war mir alles egal. Ich hatte keine Ahnung, wie weit ich gelaufen war, als meine stechende Lunge mich endgültig bremste. Schluchzend lehnte ich mich an einen Baumstamm und rutschte daran herab, schlang meine Arme um die Knie und weinte bitterlich in diese hinein. Ich fühlte mich einsam und fallen gelassen. Ich fühlte mich von Liam hintergangen und angelogen. Dieser Mann wechselte seine Gesichter wie Masken und ich war mir nicht sicher, ob ich jemals den wirklichen Liam gesehen hatte. Jedes Mal, wenn ich ihm Vertrauen schenkte, wenn ich mich ihm öffnete und wir einen Schritt aufeinander zu machten, musste er es verbocken und zwei Schritte zurück machen. Er war einfach sozial total abgestumpft. Beziehungsinkompatibel. Aber er wusste es eben auch nicht besser. Wie sollte er Liebe schenken, ohne zu wissen, was das war oder wie man damit umging?

Der Einbruch der Nacht stand kurz bevor, doch darum wollte ich mir jetzt keine Gedanken machen. In diesem Moment war ich einfach wütend, unendlich traurig und enttäuscht. Mein Leben stand auf dem Kopf. Meine Gefühle waren in den letzten Tagen Achterbahn gefahren und ich fühlte mich plötzlich unheimlich ausgelaugt. Mein Schluchzen versiegte und ich sah so langsam wieder auf, als ein beunruhigendes Geräusch meine Aufmerksamkeit auf sich zog.

Schritte im Unterholz.

40

„Helena?“, eine sanfte, hohe Frauenstimme drang zu mir durch.. Annas zierliche Gestalt trat durch das Gebüsch, sie hatte Schwierigkeiten, Fly an der Leine zu bändigen, weil sie zielstrebig in meine Richtung zog. In Annas dunkel gefärbten Haaren hatten sich einige Ästchen und Blätter verheddert und an ihrer gekrümmten Haltung konnte ich erkennen, dass sie fror. Obwohl es tagsüber bereits warm werden konnte, so kühlte es doch stark ab, sobald die Sonne verschwand. Vor allem im Wald war der Temperaturunterschied spürbar.

„Anna“, sagte ich erstaunt und sie ließ sich neben mich auf den Waldboden sinken. Fly begrüßte mich mit wedelndem Schwanz. „Es tut mir leid“, sagte sie leise und legte einen Arm um mich, was mir sofort wieder Tränen in die Augen trieb, „Liam kann so ein Trottel sein.“

Es war unfassbar, was für eine Stärke sie hatte, nach allem, was ihr passiert war, nun hier zu sitzen und für mich da zu sein. Und das, obwohl wir uns kaum kannten. Obwohl sie so geschwächt aussah. Ihre Art rührte mich einfach so sehr, dass ich schon wieder flennen musste. Großer Gott, warum war ich nur so eine Heulsuse?

„Wo ist Liam jetzt?“, wollte ich wissen, „sucht er mich und will mich wieder einsperren oder umbringen?“ Ich musste lachen. Keine Ahnung warum, aber das auszusprechen, klang so surreal. Anna lächelte und schüttelte den Kopf.

„Ich habe ihm gesagt, dass er in der Hütte bleiben und eine kalte Dusche nehmen soll, um runterzukommen und seine Gedanken zu sortieren. Er ist ziemlich impulsiv und ich wollte nicht, dass er sich irgendetwas antut. Es wirkt zwar so, als hasse er die ganze Welt, doch am meisten hasst er sich selbst", sagte sie sanft und seufzte. Ich nickte leicht und blickte sie von der Seite her an. Langsam ließ ich meinen Kopf auf ihre Schulter sinken und spürte durch ihren Pulli, wie spitz ihre Knochen waren. Wenn sie Liams Lasagne essen würde, wäre sicher schnell mehr an ihr dran.

„Das heißt, er ließe mich nach Hause gehen?", fragte ich vorsichtig.

„Wenn du wirklich gehen willst, dann wäre das jetzt deine Chance, ja", sagte Anna und streichelte mir über den Oberarm. Auf irgendeine Weise fühlte auch sie sich vertraut an. Wie eine Mutter oder große Schwester, „aber ich würde dich bitten, zu bleiben."

Ich hob meinen Kopf. Sah sie verwirrt an.

„Wenn ihn jemand von seinem Vorhaben abhalten und ihm sein Leben retten kann, dann du", sagte sie leise.

„Warum nicht du?", fragte ich.

„Liam und ich, wir kennen uns, seit wir Kinder sind. Wir haben viel zusammen durchgestanden. Aber er sieht mich nicht an wie dich. Wenn er dich sieht, sieht er seine Zukunft, wenn er mich ansieht, nur seine Vergangenheit. Als wir klein waren, hat er mir geschworen, mich irgendwann zu retten, mich aus diesem Schrecken herauszuholen. Unsere Väter sind befreundet und Liam und ich haben auch außerhalb des Kellers ab und zu zusammen gespielt. Wenn man das denn so nennen konnte. Er war als Kind sehr ernst und in sich gekehrt und ich hatte einfach nur Angst. Als er dreizehn Jahre alt war und in die Pubertät kam, war ich gerade elf. Ich hatte diese Tortur bereits Jahre hinter mir und ich flehte ihn heimlich in seinem Zimmer an, mir nicht mehr weh zu tun. Das war der Moment, an dem er sich gegen das Spiel unserer Väter zu wehren begann. Liam entkam seinem Vater, ich meinem jedoch nicht."

„Warum bist du nicht geflohen?“, fragte ich und schluckte. Annas Schicksal war so grausam, es tat so unheimlich weh, ihre Geschichte zu hören, doch es lenkte mich auch von meinem eigenen Schmerz ab, den ich im Vergleich dazu als lächerlich empfand.

„Meine Mutter hatte früh einen Schlaganfall und brauchte unheimlich viel Pflege. Sie lag im Wachkoma und ich konnte sie nicht einfach zurücklassen. Mein Vater nutzte sie als Druckmittel, drohte mir an, Mama weh zu tun, wenn ich nicht auf ihn hörte oder gar jemandem etwas erzählte. Also blieb ich und ertrug die Qualen. Ich klammerte mich an den Gedanken, dass Liam mich eines Tages retten würde. Je älter er wurde, desto mehr setzte er sich für mich ein, wir trafen uns heimlich, er stand sogar in Kontakt mit dem Sohn eines Polizisten. Doch bevor er alldem ein Ende setzen konnte, eskalierte die Situation und er kam ins Gefängnis. Ich war also wieder allein mit meinem tyrannischen, kranken Vater. Kurze Zeit später verstarb meine Mutter an den Folgen einer Lungenentzündung. Es gab nichts mehr, was mich aufhielt und ich tauchte unter, um meinem Vater zu entkommen. Doch ich konnte mich kaum bei Liam melden, ohne dass ich auffallen würde. Erst als ich mitbekommen habe, dass er wieder entlassen wurde, setzte ich mich erneut mit ihm in Verbindung. Ich hatte keine Telefonnummer, aber ich versuchte es über seine alte E-Mail und erreichte ihn. In all der Zeit habe ich Dinge über unsere Väter herausgefunden, die noch weit über das hinausgehen, was du auf dem Video gesehen hast. Doch ich war unvorsichtig und mein Vater kam mir auf die Schliche. Wütend über meine Schnüffelei, mein Verschwinden und Liams Angriff in der Nacht, bekam er mich fast zu fassen. In letzter Sekunde konnte ich Liam schreiben und er holte mich aus meinem Versteck. Ich vertraue ihm. Auf meine eigene Weise liebe ich ihn sogar. Aber ich will, dass er glücklich ist, dass er lebt und ein normales Leben führen kann. Dass er sich ein Häuschen baut und Kinder kriegt.“ Sie lachte, als wäre es irrwitzig, sich das zu wünschen,

„aber das soll er mit einer tollen Frau wie dir haben. Die ihn rettet, die ihm zeigt, wie es sich anfühlt, geliebt zu werden und nicht mit einem verkorksten Ding wie mir."

„Du bist doch nicht verkorkst!", sagte ich erschrocken, „ich kenne dich erst ein paar Minuten, aber du wirkst auf mich wie die stärkste Frau der Welt. Ich bewundere dich, wie du mit alldem umgehst und nicht aufgibst und mehr an mich und Liam denkst, als an dein eigenes Wohl." Schade, dass wir uns unter solchen Umständen kennenlernen mussten, dass wir keine Freundinnen in der Schule waren, die durch dick und dünn gingen. Schade, dass ich sie nicht viel früher getroffen hatte und ihr irgendwie hätte helfen können. Anna betrachtete mich mit mildem, aber ungläubigen Blick. Vermutlich empfand sie sich selbst nicht so, wie ich sie sah. Jetzt konnte ich Liams fürsorgliche, liebevolle Art ihr gegenüber besser verstehen. Anna war wie eine zerbrechliche Puppe aus Glas mit einem Herz aus Gold. Man musste sie behüten und schützen, weil sie selbst gar nicht verstand, wie wertvoll sie war.

„Du denkst also, dass ich bleiben sollte?", fragte ich vorsichtig und Anna nickte.

„Wird Liam nicht furchtbar wütend auf mich sein?"

„Ich glaube nicht, dass sich Liam so schnell noch einmal einer Frau öffnet. Ich wette mit dir, dass er sich gerade in seinen eigenen Arsch beißt, so zu dir gewesen zu sein. Bitte gib ihm wenigstens noch eine Chance. Wenn er es noch einmal so versemmelt, dann kannst du immer noch gehen. Er wird dich nicht weiter gefangen halten, dafür bist du ihm viel zu wichtig."

„Aber meine Familie ...", sagte ich und das Bild meines Vaters tauchte vor meinem inneren Auge auf. Wie er so fertig war, so verzweifelt. Er musste gerade mit der Angst leben, dass seine Tochter in Lebensgefahr war. Was ja gar nicht so weit hergeholt war.

„Dafür werden wir eine Lösung finden, versprochen. Und wenn ich persönlich zu ihm gehe und ihm alles erkläre“, versprach mir Anna und ihr weicher Blick beruhigte mich ein wenig und ich begann, langsam zu nicken.

„In Ordnung“, sagte ich und stieß die Luft aus. Einmal mehr hatte ich mich breitschlagen lassen, weil ich einfach zu gutmütig war. Doch wenn ich meinen Zorn für einen Moment ausblendete und mir sein Gesicht vor Augen rief, die kleine Furche zwischen seinen Brauen, wenn er verärgert war, das Zucken seiner Mundwinkel, wenn ich etwas Blödes sagte, über das er innerlich lachte und dieser sanfte Glanz in seinen Augen, der mir verriet, dass so viel mehr in ihm steckte als der Mörder, der er sein wollte. Ach verdammt, ich konnte diesen Mann einfach nicht sich selbst und seinem Schicksal überlassen.

„Dann gehen wir zurück, bevor er noch was Dummes anstellt, allein in der Hütte?“, fragte Anna und ich lachte. Ja, wer weiß, ob er nicht doch noch versuchte, eine Wand mit bloßen Fäusten zu zertrümmern. Ich erhob mich langsam und reichte ihr eine Hand, um ihr aufzuhelfen. Als wir standen, ließ sie meine Hand jedoch nicht los, sondern hielt sie weiter fest und ich fühlte mich, als wären wir zu zweit viel stärker als allein.

41

Als wir an der Hütte ankamen und der Kiesweg unter unseren Schuhsohlen knirschte, wurde die Haustür aufgerissen, noch bevor wir sie erreicht hatten. Liam blickte uns mit dunklen Schatten unter den Augen entgegen, seine Haare waren noch nass vom Duschen und hingen ihm in dunklen Strähnen teilweise in die Stirn. Er trug wieder diesen hautengen Rollkragenpullover, unter dem sich seine Muskeln deutlich abzeichneten. Je näher wir ihm kamen, desto schneller schlug mein Herz. Ich war mir sicher, klinisch tot zu sein, bevor wir ankamen. Wie würde er jetzt auf mich reagieren? Anna drückte meine Hand, als spürte sie meine Unsicherheit und warf mir einen aufmunternden Blick zu. Wir kamen auf der Treppenstufe unter ihm zum Stehen. Unsere Blicke trafen sich und ich holte Luft, um etwas zu sagen, als er mich ohne Vorwarnung an seine Brust zog. Er warf seine Arme um mich und ich weitete erschrocken meine Augen. Im ersten Moment spannte sich mein Körper an, als würde er Schmerz erwarten, doch als dieser nicht einsetzte und ich einfach nur festgehalten wurde, entspannte ich mich wieder. Liam vergrub sein Gesicht in meinem Haar und atmete tief ein.

„Verzeihst du mir?“, fragte er leise. Seine Wärme und seine Stimme an meinem Ohr lösten ein Kribbeln in mir aus, das meinen Körper von Kopf bis Fuß flutete.

„Wenn du dich mal entschuldigen würdest“, grätschte Anna ihm dazwischen und er grummelte leise.

„Es tut mir leid, Helena“, murmelte er und hob seinen Kopf ein wenig, um zu Anna zu sehen, „und es tut mir leid, dass ich dich so grob geschubst habe.“

Ich lächelte sachte und löste mich langsam von ihm.

„Unter zwei Bedingungen verzeihe ich dir“, sagte ich und er sah mich nickend an.

„Alles.“

„Kein Misstrauen mehr. Keine Launen. Ich möchte kein Spielball deiner Gefühle mehr sein. Ich bin hier als dein Gast, nicht mehr als deine Gefangene. Wenn ich gehen möchte, kann ich gehen“, sagte ich und hielt ihm meine Hand geschäftlich entgegen. Liam zögerte kurz, dann schlug er ein und hob einen Mundwinkel an.

„Und die zweite?“, fragte er.

„... ich möchte mit meinem Vater reden. Ihn sehen oder telefonieren, irgendetwas. Ich will ihm sagen, dass es mir gut geht und dass das alles einen Grund hat, den ich ihm irgendwann erklären werde. Er macht sich solche Sorgen. Er kennt mich, ich würde unsere Familie niemals im Stich lassen.“ Ich blickte Liam fest in die Augen, doch auch diese Bedingung bestätigte er mit einem Nicken.

„Sie kann von meinem Handy aus telefonieren“, lenkte Anna ein und ich sah dankend über meine Schulter zu ihr. „Dann kannst du später mit ihm sprechen. Jetzt wird er sicher noch von den Reportern umringt sein, in Ordnung?“ Diesmal war es an mir zu nicken. Hinter uns schickte die Sonne das letzte Licht über die Berge, ehe sie in wenigen Minuten gänzlich verschwinden würde.

Nachdem wir also die Fronten geklärt hatten, machte Liam einen Schritt zur Seite, sodass wir alle eintreten konnten. Wir waren kaum ein paar Schritte durch den Flur gegangen, da ging Anna an uns vorbei. „Ich geh auch mal duschen, dann habt ihr zwei etwas Zeit für euch allein“, sagte sie und zwinkerte mir im Vorbeigehen unauffällig zu. Mir schoss die Röte in die Wangen und ich fand das ein wenig peinlich. Am liebsten wäre ich im Erdboden versunken. Während Anna im Bad verschwand, setzten Liam und ich unseren Weg ins Wohnzimmer fort.

Liam ließ sich auf das Sofa sinken, fasste mein Handgelenk und zog mich auf seinen Schoß. Sofort schlossen sich wieder seine Arme um mich und ich wurde eingehüllt von seiner Wärme und seinem Duft. Fly machte es sich vor dem Kamin gemütlich, den Liam inzwischen wohl wieder angemacht hatte. Dort streckte sie alle viere von sich.

„Warum hast du nicht als Bedingung genommen, dass ich ihn nicht töten soll?“, fragte Liam.

„Weil ich hoffe, dass du zu diesem Entschluss selbst noch kommen wirst“, entgegnete ich, „vielleicht willst du ja doch noch heiraten und Kinder kriegen“, stichelte ich im Scherz und Liams Gesicht zierte plötzlich ein schmutziges Grinsen.

„Kinder kriegen vielleicht nicht, aber mit Kinder machen könnten wir anfangen.“

Ich sah ihn erschrocken an. Hatte er etwa wieder Lust? Plötzlich spürte ich seine Hände auf meinem Körper, wie sie sich langsam ihren Weg unter mein Shirt bahnen wollten. Doch ich hielt sie fest und sah ihn schockiert an.

„Liam! Kinder!“, rief ich.

Er sah sich verwirrt um.

„Wo?“

„Wir! Also, wir haben nicht verhütet! Wir haben kein Kondom benutzt und ich nehme die Pille nicht, selbst wenn, hätte ich keine hier gehabt!“, ich schlug mir die Hände vor den Mund, doch Liam klopfte mir beruhigend auf die Schulter.

„So schnell geht das schon nicht. Dazu müsstest du ja ausgerechnet jetzt in deinen fruchtbaren Tagen sein“, er unterstrich seine Worte mit einem Schulterzucken.

Ich begann, im Geiste nachzuzählen.

„... zwölf, dreizehn. Meine letzte Dingsbums ist jetzt knappe zwei Wochen her.“

Ich konnte nahezu sehen, wie sich die Rädchen in Liams Kopf zu drehen begannen und plötzlich schien er ein wenig blasser zu werden. Wir saßen da, starrten und schwiegen uns an. „Was ist mit der Pille danach?", warf ich schließlich ein. Immerhin war unser Sex noch nicht sehr lange her und ich hatte mal gehört, dass man sie rezeptfrei in der Apotheke bekommen konnte. Doch Liams Reaktion erstaunte mich. Er zog die Brauen zusammen und sah mich ungläubig an.

„Du würdest unser Kind töten?"

Ich fiel aus allen Wolken.

„Nein! Natürlich nicht! Ich wäre doch noch gar nicht befruchtet! Das Zeug verhindert doch den Eisprung!", verteidigte ich mich empört. Kind töten. So was konnte auch nur von Liam kommen.

„Sei ehrlich, würdest du Vater werden wollen?", stellte ich die Gegenfrage und fixierte ihn mit meinem Blick. „Ich würde vor der Verantwortung nicht davonlaufen. Ich würde für euch beide sorgen ...", seine Stimme war leiser, weicher geworden und ich blickte ihn erstaunt an. Ein Kind wäre also ein Grund für ihn, weiterzuleben? Seine Pläne über den Haufen zu werfen?

„Und wie würdest du für uns sorgen wollen? Indem du die Drogen vertickst, die in deiner Tasche sind?", mein Tonfall war zickiger, als ich geplant hatte. Im gleichen Moment tat es mir schon wieder leid, diese Worte gesagt zu haben.

„Von Privatsphäre hältst du wohl nicht so viel, oder?", fragte er, während er eine Augenbraue hob.

„Sagt der Mann, der mir beim Pinkeln zuguckt?"

„Ich habe nicht geguckt."

„Dann eben gehört! Ist doch auch egal! Sag mir lieber, was du mit den Drogen vorhast! Nimmst du sie? Verkaufst du sie?", ich sah ihn forschend an, um zu erkennen, wenn er mich anlog.

„Ich hatte vor, sie zu nehmen. Hab ich aber nicht, okay? Thema erledigt?" Liam lehnte sich genervt zurück und ich musste plötzlich schmunzeln.

„Du zweifelst gerade daran, ob es tatsächlich eine gute Idee war, dich auf mich einzulassen, oder?“ Er rollte die Augen, musste aber leicht lächeln.

„Du bist schon ganz schön nervig“, gab er zu und lehnte sich wieder zu mir vor, sodass sein Gesicht meinem ganz nahe war und ich seinen warmen Atem spüren konnte. „Aber du bist das Beste, was mir jemals passiert ist“, hauchte er und ich spürte, wie mein Herz aufgeregt gegen meine Brust schlug. Liam schaffte es immer wieder, plötzlich solch süßen Sachen zu sagen, die mich vollkommen aus der Bahn warfen. Ich legte meine Lippen sanft auf seine und drückte mich für einen Moment gegen ihn, fasste an seinen Hinterkopf und genoss, wie er sich kurz anspannte, sich dann aber viel schneller als bisher auf die Gefühle einließ und sich mit einem langsamen Ausatmen wieder entspannte. Ich löste mich von ihm und lehnte meine Stirn gegen seine.

„Und es könnte noch so viel besser sein“, flüsterte ich leise.

42

Die Tür zum Bad wurde aufgedrückt und Anna kam, mit einem der blauen Handtücher als Turban auf dem Kopf, heraus. Auch um ihren Körper war ein Handtuch geschlungen und nun konnte ich viele blaue Flecken und feine Narben an ihrer Haut, an den Armen und ihren Schultern erkennen. Als ich die Tür hörte, flüchtete ich schnell von Liams Schoß und setzte mich unschuldig neben ihn. Ihre blaugrauen Augen huschten zwischen Liam und mir hin und her, als sie das Wohnzimmer betrat und ein neugieriger Glanz war in ihnen zu erkennen.

„Und?“, fragte sie, „worüber habt ihr so geredet?“

Ich stand vom Sofa auf und zuckte ganz beiläufig die Schultern, während ich zur Küche hinüberging und nach Flys Futter suchte.

„Och, über unsere Zukunft. Liam will Drogen verkaufen und ich bin vielleicht schwanger.“ Ich grinste schelmisch und sah im Augenwinkel, wie Liam sich fassungslos mit einer Hand durchs Haar fuhr und dann den Kopf schüttelte.

Anna fielen fast die Augen aus dem Kopf, als sie das hörte, und sie starrte mich mit offenem Mund an.

„Was?!“, quiekte sie und warf dann einen fragenden Blick zu Liam, der nur die Augen rollte und die Schultern zuckte.

„Wir haben vergessen zu verhüten und sie ist sauer auf mich, weil ich Drogen besitze“, fasste Liam für Anna zusammen. Die Hündin hatte sich inzwischen von ihrer Stelle vor dem Kamin erhoben und rannte Hals über Kopf auf mich zu, als sie hörte, wie ich die Futterdose öffnete. Sie sprang an mir hoch, und als ich sie über meine Schulter hinweg mahnend ansah, setzte sie sich hin, lediglich ihr Schwanz wackelte weiter wie ein Propeller.

„Und was habt ihr jetzt vor?", fragte Anna verwirrt.

„Also Helena will unser Kind töten", stichelte Liam und ich warf ihm einen vernichtenden Blick zu,

„Will ich überhaupt nicht! Ich habe die Pille danach vorgeschlagen, weil ich dachte, du willst eh sterben und ich soll dann das Kind allein aufziehen oder was?", fauchte ich.

Anna sah zwischen uns hin und her. Dann begann sie zu kichern.

„Also Liam freundet sich gerade mit dem Gedanken an, Vater zu werden und Helena denkt, sie wird alleinerziehende Mutter. Wollt ihr jetzt die Pille holen?"

„Nein", antwortete Liam, während ich gleichzeitig „Ja" rief. Wir tauschten Blicke aus und ich seufzte.

„Nein ...", gab ich mich schließlich geschlagen, „es wird sicher nichts passiert sein. Wie groß wäre denn der Zufall, wenn ich von meinem ersten Mal schwanger werden würde?"

„Liam!", keuchte Anna und sah ihn mit großen Augen an, „du hast sie entjungfert?! Du Schuft!" Liams darauffolgendes Lachen war ziemlich dreckig und an seiner Körperhaltung konnte man erkennen, dass er sich jetzt ziemlich toll fand. Mit breiten Beinen nahm er die halbe Couch ein, während er die Arme locker auf die Lehne gelegt hatte.

„Können wir bitte das Thema wechseln?", stöhnte ich, als ich Fly ihr Fressen hinstellte und sie sich eifrig darüber hermachte.

„Liegt es an mir, oder willst du generell keine Kinder?", fragte Liam jedoch, der es einfach nicht gut sein lassen konnte, und ich sah ihn betrübt an.

„Natürlich liegt es nicht an dir. Aber abgesehen davon, dass du sterben willst und wenn nicht das, zumindest wegen Mordes im Gefängnis landen wirst, gehe ich studieren, bin gerade mal zwanzig und hab eigentlich noch andere Pläne als jetzt alleinerziehend zu sein", erklärte ich und legte mir eine Hand auf meinen Bauch, „aber sollte das Schicksal es wollen und da entsteht wirklich etwas, dann werde auch ich vor keiner Verantwortung davonlaufen. Das bin ich nie." Im Muttersein war ich quasi schon geübt, seitdem ich diese Rolle zu Hause übernommen hatte. Außerdem glaubte ich wirklich nicht, dass etwas passiert war.

Mit diesen Worten legte sich Schweigen über uns und Anna entschuldigte sich kurz, um sich anzuziehen. Als sie wieder zu uns stieß, legte sie ihr Handy auf den Küchentisch. Es war kein neumodisches Smartphone, sondern ein altes Nokia, mit dem man nicht mehr machen konnte als telefonieren und simsen und vielleicht Fenster einwerfen, wenn man zielsicher genug war.

„Wie wäre es, wenn du dich jetzt mal bei deinem Vater meldest", schlug sie vor und Liam erhob sich nervös vom Sofa. Er sah alles andere als glücklich aus, doch das war mir egal. Er war es mir schuldig.

„Aber nicht zu lange", mahnte er und setzte sich an den Küchentisch, vermutlich wollte er so viel von dem Gespräch mitbekommen wie möglich.

Ich nahm das Telefon in die Hand und starrte es einen Moment lang an, ehe ich unsere Festnetznummer wählte, weil es die Einzige war, die ich auswendig kannte. Hoffentlich war er überhaupt zu Hause und würde abnehmen!

Ich war noch nie so aufgeregt, zu Hause anzurufen. Nervös leckte ich über meine Lippen und lauschte gespannt auf das Tuten. Nach etwa fünfmaligem Läuten wurde der Hörrer tatsächlich abgenommen.

„Weiß?", meldete sich die tiefe, bassige Stimme meines Vaters und ich hätte beinahe wieder losgeweint, als ich sie hörte. Es tat so unheimlich gut.

„Papa! Hier ist Helena", sagte ich und hörte, wie er die Luft einzog.

„Oh Gott, Helena! Wo bist du? Geht es dir gut? Wurde dir etwas angetan?", vermutlich hätte er am liebsten noch tausend weitere Fragen gestellt, aber er hielt sich zurück.

„Hör mir zu, Papa, es geht mir gut und du darfst dir keine Sorgen machen!“, sagte ich, „ich bin in Sicherheit und mir wurde auch nichts angetan. Die Situation ist kompliziert. Ich habe euch den Brief geschrieben, damit ihr euch keine Sorgen um mich macht. Natürlich stimmen die Sachen nicht, die darin stehen. Aber es ist viel zu komplex, um das zu erklären. Bitte vertrau mir und sag der Polizei, dass sich alles geklärt hat. Das ist wirklich wichtig!“

„Zwingt dein Entführer dich, das zu sagen?“, fragte mein Vater und ich schüttelte den Kopf – als ob er das sehen konnte.

„Nein Paps, ehrlich nicht. Ich bin in etwas hereingeraten, was ich jetzt unbedingt beenden muss. Ich kann es dir jetzt wirklich nicht sagen. Aber ich bin freiwillig hier.“

„Aber dein Auto ...“, begann Vater.

„Ich war auf dem Weg ins Krankenhaus. Dann ist etwas passiert und ich musste meine Pläne kurzfristig ändern. Ich hätte dir viel früher Bescheid gegeben, aber es ist zu viel passiert. Glaub mir bitte. Mein Handy war leer und ich habe euch den Brief geschrieben, damit ihr euch keine Sorgen macht. Ich dachte, damit wäre die Sache erst mal abgehakt, aber dann habe ich dich im Fernsehen gesehen.“

Mein Vater seufzte und ich sah, wie Liam ungeduldig auf seine Armbanduhr tippte, um mir zu verstehen zu geben, dass ich mich mit meinem Gespräch ranhalten sollte.

„Wie geht es Florian?“, fragte ich eilig.

„Er macht sich Sorgen um dich. Er fühlt sich schuldig für dein Verschwinden.“

„Sag ihm, dass ich ihn lieb habe und dass er damit nichts zu tun hat. Ich verspreche, ich bin bald wieder für euch da. Gebt mir noch ein paar Tage.“

„Helena ...“

„Bitte Papa, versprich es mir. Ja? Keine Polizei mehr ...“

„In Ordnung.Geht es dir wirklich gut? Sag ‚keine Polizei‘ wenn du gerade bedroht wirst und Hilfe brauchst.“

„Wirklich Papa. Ich hab dich lieb.“

„Ich dich auch."

Mit einem tiefen Seufzen legte ich auf und ließ mich geschafft auf einen Stuhl sinken, das Handy noch immer in der Hand. Anna sah mich zufrieden an und Liam blickte weiter nervös auf seine Uhr. Sicher befürchtete er, dass wir geortet würden. Aber ich hatte nicht das Gefühl, dass mein Vater versucht hatte, Zeit zu schinden. Ich griff über den Tisch hinweg nach Liams Hand und drückte diese kurz. Er hob seinen Blick an und seine Mundwinkel zuckten leicht, als wollten sie lächeln, konnten sich aber nicht wirklich dazu durchringen. „Bist du froh?", fragte er und ich nickte.

„Ja, es tat gut, mit ihm zu sprechen. Ich denke, er hat es verstanden. „Sie waren wohl misstrauisch wegen meines Autos, das ja noch in der Nähe vom Krankenhaus stand", erklärte ich. Ich streichelte mit dem Daumen seinen Handrücken und Anna streckte sich zufrieden.

„Alles klar, ich weiß ja nicht, wie es euch geht, aber ich bin furchtbar müde und könnte wirklich eine Mütze voll Schlaf brauchen", sagte sie, „kann ich Fly mitnehmen? Dann hab ich auch jemanden zum Kuscheln", sie zwinkerte uns zu und während ich rot wurde, nickte Liam.

„Klar, ich lass sie noch kurz raus zum Pipi machen, dann bringe ich sie dir", sagte er und daraufhin hob Anna ihre Hand zum Abschied. Inzwischen war der Abend auch weiter vorangeschritten und Dunkelheit umfing die Hütte wie ein schwarzer Schleier.

„Gute Nacht, ihr zwei Turteltauben", grinste Anna, „schlaft gut!"

„Schlaf du auch gut", entgegnete ich und wäre am liebsten im Boden versunken. War es so offensichtlich, dass Liam und ich miteinander flirteten und sich irgendwie mehr zwischen uns anbahnte? Na gut, Anna hatte ja nun wirklich alles mitbekommen. Über Liebesgeständnisse bis hin zu ungeschütztem Sex, was das Allerschlimmste von allem war!

Anna verschwand in der Abstellkammer, die Liam ursprünglich für mich zu einem Zimmer umfunktioniert hatte und Liam ließ Fly kurz raus. Ich machte mich im Bad schon bettfertig und zog mir mein Schlafshirt an, dann kroch ich in das Bett. Bei dem Gedanken an mein erstes Mal wurde mir warm und mein Puls beschleunigte sich – aber das tat er fast immer, wenn ich an Liam dachte oder ihn sah. So auch, als er kurze Zeit nach mir das Schlafzimmer betrat und seinen Rollkragenpullover mit einer fließenden Bewegung über seinen Kopf zog. Ich hatte nur das Nachtlicht angeschaltet und das schummrige Licht warf intensive Schatten auf seinen Körper, betonte jeden Muskel, vor allem, wenn er sich bewegte und auch die feinen Linien der Sehnen hervortraten.

„Helena", hörte ich Liams Stimme und ich riss meinen Blick von seinem Körper los um in seine blaue Augen zu sehen, in denen ein warmer Schimmer lag.

„Ich liebe dich", hauchte er.

43

„Was?“, hauchte ich mit weit geöffneten Augen, die ihn ungläubig anstarrten. Hatte er das gerade wirklich gesagt? Fühlte er das auch tatsächlich? War Liam Winterfeld in der Lage, so etwas zu empfinden? Zu mir? Mir wurde heiß. Meine Ohren glühten und mein Herz schlug Purzelbäume. Ich musste mich zwingen, ruhig zu atmen, um nicht gleich zu hyperventilieren.

„Ich sag das nicht noch mal“, grummelte Liam, der sich nun auch die Hose auszog und zu mir ins Bett stieg. Ungewöhnlich für ihn, wich er meinem Blick aus, zog mich direkt so zu sich heran, dass mein Kopf an seiner Schulter ruhte und ich nicht mehr sein Gesicht sehen konnte.

„Gute Nacht!“, das klang nach einem Befehl. Offenbar wollte er jedem weiteren Gespräch darüber aus dem Weg gehen. „Willst du nicht, dass ich es auch sage?“, fragte ich, seine stumme Bitte ignorierend.

„Das hast du doch schon. Auf deine Weise“, hauchte er und ich hörte anschließend ein leises, belustigtes Schnauben von ihm, „außerdem warst du doch schon seit dem Gefängnis in mich verknallt.“

Typisch Liam! Obwohl er häufig von Selbstzweifeln geplagt war, glaubte er dennoch manchmal, er sei der heißeste Typ der Welt. Gut. Er war schon ziemlich heiß, das musste ich zugeben. Aber manchmal prahlte er eben gern damit. Nichtsdestotrotz hatte er mir gerade seine Liebe gestanden und das war so unfassbar für mich, dass ich überhaupt nicht damit umzugehen wusste.

„Wird sich jetzt etwas ändern?“, fragte ich.

„Was soll sich denn ändern?“, gab er zurück.

„Na ja. Du ... magst mich, ich mag dich. Wie geht es jetzt weiter?“

„Du willst wissen, ob wir ein Paar sind?“, sagte er mit einem belustigten Ton in der Stimme.

Ich nickte und sah ihn für seinen Tonfall böse an, auch wenn er das nicht sehen konnte. Vielleicht fühlte er ja das fiese Kribbeln meines Blickes auf seiner Haut. „Würdest du es denn ertragen, mich jahrelang nur im Gefängnis zu sehen?“, stellte er die Gegenfrage und ich wollte meinen Kopf heben, doch er drückte ihn mit seiner Hand schnell wieder runter. „Ich dachte, du gehst nicht mehr ins Gefängnis? Ich dachte, du willst lieber sterben als das?“, erwiderte ich überrascht, verwirrt und gleichzeitig von neuer Hoffnung ergriffen.

Als er darauf nichts mehr sagte, sondern so tat, als wäre das Gespräch damit beendet, flüsterte ich noch leise:

„Ja, das würde ich.“

Schweigen legte sich über uns und wir hingen beide unseren Gedanken nach, wobei meine eher aus rosa Konfettiregen und lauten, epischen Fanfaren bestand.

Plötzlich musste ich kichern.

Liams Kopf neigte sich etwas zu mir.

„Hm?“, machte er irritiert, „was ist jetzt schon wieder?“

„Du hast ein umgekehrtes Stockholmsyndrom. Ich nenne es das Winterfeldsyndrom. Klingt doch gut, oder? Der Entführer verliebt sich in sein Opfer.“ Ich gestikulierte theatralisch mit meiner freien Hand. Ich konnte regelrecht fühlen, wie Liam seine Augen rollte. „Vielleicht bist du ja die wiedergeborene Helena von Troja. Der kann einfach niemand wiederstehen“, antwortete er und nun war ich diejenige, die belustigt schnaubte.

„Wers glaubt, wird selig“, kommentierte ich nur und kuschelte mich an ihn, auf diese süßen, wenn auch nicht glaubwürdigen Worte hin. Obwohl Fly erst seit Kurzem bei uns war, vermisste ich ihren schweren Körper zu meinen Füßen schon. Aber dass die Hündin gerade mit Anna kuschelte und ihr etwas Schutz und Nähe schenkte, war ein sehr schöner Gedanke. Ich hatte es in meiner Kindheit dank meiner Mutter auch nicht gerade einfach, doch ich konnte unheimlich froh sein, nicht so einen Vater wie Liam oder Anna zu haben. Meiner saß wahrscheinlich gerade zu Hause und zerbrach sich noch den Kopf darüber, was mit seiner Tochter los war und wie er seinem Sohn das Leben lebenswerter machen konnte. Hoffentlich hatte Papa mir Glauben geschenkt. Hoffentlich hielten sich seine Sorgen nun in Grenzen und hoffentlich würde er die Suche mit der Polizei abbrechen. Mit dem Gedanken an meine Familie und mit der Frage, ob Liam tatsächlich einmal ein Teil von ihr sein würde, schlief ich ein.

Als ich am nächsten Morgen aufwachte, war das Bett neben mir bereits wieder leer. Mich beschlich ein ungutes Gefühl und ich hoffte, dass er nur schon Frühstück machte oder eine Runde mit Fly draußen war. Ich streckte mich kurz und rollte mich aus dem Bett. Anschließend zog ich mir meinen Jogginganzug über und lief durch den Flur Richtung Wohnzimmer. Doch die Einzige, die ich hier vorfand, war Anna. Sie stand an der Küchenzeile und ich hörte etwas in einer Pfanne brutzeln. Der Duft von gebackenen Eiern, Speck und frisch getoastetem Brot stieg mir in die Nase. Ich sog die Luft tief ein.

„Hmm, das riecht gut", sagte ich. Anna zuckte leicht zusammen. Ich hatte sie wohl erschreckt. Sie drehte sich mit einem strahlenden Lächeln zu mir um und ihre blaugrauen Augen funkelten mich an. Fly saß neben ihr am Boden, sah kurz über die Schulter zu mir, doch der Geruch des Essens war verlockender als mich zu begrüßen.

„Es gibt Rührei. Ich habe den Tisch schon gedeckt. Setz dich schon mal. Kommt Liam auch bald?", fragte sie und ich sah mich ratlos um.

„Ich dachte, er sei hier. Im Bett ist er nicht mehr. Das Bad ist auch frei", erklärte ich und wir zogen synchron unsere Augenbrauen kraus.

„Ich schau mal, ob sein Auto noch da ist", kündigte ich an und lief durch den Flur zur Garage. Tatsächlich stand mal wieder das Tor offen und von dem Auto war weit und breit keine Spur. „Oh man, hoffentlich ist er nur Brötchen holen", sagte ich zu mir selbst. Mich beschlich eine schlechte Vorahnung. Wenn Liam plötzlich verschwand, konnte das einfach nichts Gutes bedeuten. „Stell bloß nichts Dummes an“, sagte ich zu ihm, auch wenn er es gerade nicht hören konnte.

„Ist weg!“, rief ich schon, als ich mich wieder auf den Weg zu Anna machte, deren sorgenvoller Blick meine eigene Sorge auch nicht gerade minderte.

„Dann frühstücken wir jetzt einfach und irgendwann wird er schon wieder kommen“, sagte sie und deutete mit dem Pfannenwender auf den Küchentisch. Nachdem ich mich gesetzt hatte, stellte sie ein dampfendes Toastbrot mit Rührei vor mich. Noch einmal roch ich genüsslich daran, ehe ich mich darüber hermachte.

„Boah danke“, sagte ich mit vollem Mund und schob schon ein zweites Stück hinterher, obwohl das erste noch gar nicht unten war. Ich bemerkte erleichtert, dass auch Anna mit großem Appetit zu essen begann. Sie war ohnehin so dünn und kraftlos. Vielleicht kam so etwas an sie dran. Fly setzte sich neben uns vor den Tisch und wedelte so heftig mit ihrem Schwanz, dass ihr Po über den Boden rutschte. Ihr Brustkorb bebte, als stünde sie kurz vor dem Winseln und ich musste all meine Willensstärke aufbringen, um ihrem Hundeblick standzuhalten.

„Du bekommst gleich Frühstück, mein Schatz“, sagte ich zu ihr, als ob sie mich verstehen könnte. Dann wandte ich mich wieder zu Anna und sah sie nachdenklich an.

„Sag mal“, begann ich unsicher, „macht es dir eigentlich nichts aus, hier zu sein? Immerhin sind in diesem Haus schlimme Dinge passiert“, es war zwar nicht gerade das beste Thema für einen Gute-Morgen-Chat, aber diese Frage brannte mir schon seit einiger Zeit auf der Seele. Anna hielt inne und tupfte sich den Mund mit einem Stück Küchenrolle ab, ehe sie antwortete.

„Nein, es macht mir nichts aus. Natürlich ist es ein mulmiges Gefühl, hier zu sein. Aber Balthasar und Markus haben diese Hütte schon früh als Treffpunkt aufgegeben, nachdem sie einmal beinahe aufgeflogen wären. Seitdem steht diese Hütte leer und die meisten schlimmen Erinnerungen habe ich an den Keller, nicht an die Räume hier oben“, erklärte sie sachlich, als versuche sie, eine emotionale Distanz zu der Geschichte zu wahren.

„Also glaubst du auch nicht, dass Liams Eltern hier auftauchen könnten?“, hakte ich nach und Anna schüttelte lediglich den Kopf.

„Was war eigentlich mit seiner Mutter? Wusste sie davon?“

„Eva wusste, dass ihr Mann spezielle Neigungen und …“ – sie machte Anführungsstriche mit ihren Fingern in der Luft – „… ‚unorthodoxe Erziehungsmethoden‘ hatte. Doch ich glaube, das gesamte Ausmaß war ihr nie bewusst. Ich weiß auch nicht, wie viel sie von mir wusste.“

Anna zuckte leicht ihre Schultern und ich nickte bedächtig. Vielleicht hatte Liams Mutter dieses Wissen ja auch in Alkohol ertränkt?

Ich hatte meinen Toast kaum fertig gegessen, als Fly plötzlich aufsprang und bellend Richtung Flur lief. Kurz darauf war das Geräusch von Reifen auf dem Waldweg zu hören und als auch ich aufsprang und zum Fenster lief, sah ich, wie der schwarze SUV in einer mörderischen Geschwindigkeit über den Schotter bretterte. Liam musste es unheimlich eilig haben, oder er war wegen irgendetwas stinksauer. Anders konnte ich mir diese Fahrweise nicht erklären.

„Kommt er wieder?“, rief Anna und trat wenig später neben mich ans Fenster. Ich sagte nichts, da sie ihn ja nun selbst sah.

Der Wagen bremste erst kurz vor der Hütte ab und wurde anschließend in die Garage manövriert. Durch die getönte Scheibe konnte ich schon den angespannten Ausdruck auf Liams Gesicht erkennen. Was war nur passiert, dass er so aufgebracht zurückkam – und wo war er überhaupt gewesen? Anna, Fly und ich gingen in den Flur, um ihn hier zu empfangen.

44

Doch wider Erwarten kam er nicht alleine in den Flur der Hütte. „Aus dem Weg, macht mir die Terrassentür auf", wies er uns schroff an und schob jemanden vor sich her, dessen Kopf mit einer cremefarbenen Stoffeinkaufstüte bedeckt war. Mit einer Hand im Nacken, drückte er den Oberkörper der Person herab und mit der anderen Hand hielt er ihr eine Waffe seitlich gegen die Rippen. Ich wollte fragen, wer das war und was er mit demjenigen vorhatte, doch kannte ich Liam nun lange genug, um zu wissen, dass ich jetzt keine vernünftige Antwort erwarten konnte. Liams Gesichtsausdruck war hart, zornig und seine ganze Körperhaltung aggressiv und angespannt. Also gehorchten Anna und ich erst mal und liefen eilig vor zum Wohnzimmer, um ihm dort die Terrassentür zu öffnen. Die Person, deren Körperbau und Kleidung auf einen Mann schließen ließen, jammerte gedämpft in den Stoff der Tüte, als Liam ihn zum Weitergehen aufforderte und ihm dabei die Pistole in die Seite stieß. Fly legte ihre Ohren an und fletschte knurrend die Zähne, als könne sie die Gefahr spüren, die von dieser Situation ausging. Bellend blieb sie stehen, als wolle sie rufen „Hau bloß ab!"

„Weiter", befahl Liam und verließ mit ihm die Hütte, um ihn in Richtung Keller zu bringen. Anna und ich folgten ihnen, blieben jedoch am Eingang der Kellertreppe stehen und sahen uns völlig überfordert an. Anna hatte sich eine ihrer dürren Hände vor den Mund gelegt und jetzt sah ich auch, das sie zitterte. Ich griff nach ihrer anderen Hand und umschloss sie mit meiner, als ich spürte, wie kalt diese war. In diesem Moment wollte ich ihr Beistand und Kraft schenken, denn diese Situation schien sie vollkommen fertig zu machen.

„Anna?", sagte ich leise und trat noch einen Schritt zu ihr heran, da ich das Gefühl hatte, dass der letzte Rest Farbe nun auch noch aus ihrem Gesicht gewichen war.

„Das ist mein Vater", hauchte sie tonlos und nun konnte auch ich förmlich spüren, wie das Blut in meine Füße sackte.

„Was?", fragte ich, obwohl ich ihre Worte sehr wohl verstanden hatte. Das war der Mann aus der Gasse? Der, den Liam schon lange getötet hätte, hätte ich nicht dazwischengefunkt? Hatte er ihn hierhergeholt, um hier sein Werk zu vollenden? Wollte Anna auch, dass ihr Vater starb? Wäre es ihr zu verübeln? Ohne noch einen Moment zu zögern, zog ich den kraftlosen Körper meiner neugewonnen Freundin in meine Arme und hielt sie einfach fest. Ich konnte spüren, wie ihr Körper bebte und ihre Atmung ruckartig ging, während sie versuchte, sich irgendwie zu beruhigen. Ich drückte sie an mich, streichelte ihren Rücken und wollte ihr zeigen, dass ich für sie da war, dass ... ja was? Dass alles gut werden würde? Ich konnte ihr in diesem Moment keine tröstenden Worte sagen, ich konnte ihr nur zeigen, dass sie nicht allein war.

Ein gedämpfter Schmerzensschrei aus dem Keller zog unsere Aufmerksamkeit auf sich und Anna löste sich, noch immer zitternd, von mir. Sie sah mir auffordernd in die Augen.

„Wir müssen zu Liam", hauchte sie, „wir müssen etwas unternehmen. Ihn abhalten. Die Körperverletzung an meinem Vater bringt ihn lange genug ins Gefängnis. Wenn er ihn umbringt, dann ...", Anna sprach nicht zu Ende, doch das war auch nicht nötig. Ich nickte zögerlich. Liam hatte mir seine Gefühle gestanden, er hatte mir versprochen, dass ich nicht mehr sein emotionaler Spielball sein würde, und doch hatte ich unheimliche Angst, ihm jetzt zu begegnen. Dem Verbrecher Liam. Dem Liam mit den kalten, gnadenlosen Augen, die aus Hass regelrecht zu Eis erstarren konnten. Meine Hände waren schweißnass, als wir die dunkle Treppe hinabgingen. Anna ging mit schnellen Schritten voran. Sie hatte alle Angst über Bord geworfen und doch konnte ich erkennen, wie ihre Knie und ihre Finger weiter zitterten. Unten angekommen liefen wir durch den kleinen Flur zu dem „Kinderzimmer". Obwohl ich bereits hier gewesen war, löste der Raum ein unglaubliches Unbehagen in mir aus. Die Vorstellung, welche schrecklichen Szenen sich hier abgespielt haben mussten, schnürte mir die Kehle zu. Dazu diese skurrile, blaue Kindertapete, der abgestandene Geruch der feuchten Luft ...

Liam hatte Annas Vater auf das Gitterbett gestoßen und seine Arme und Beine mit Kabelbindern fixiert, deren scharfe Seiten bereits in die Haut des Mannes schnitten. Rote Linien waren zu sehen. Ich blieb stehen, während Anna auf Liam zustürzte. Meine Beine waren wie gelähmt, versagten einfach ihren Dienst und meine Füße waren wie angewurzelt. Markus war ein schlanker Mann von durchschnittlicher Größe. Viel schmächtiger als Liam. Er trug eine graue Anzugshose und ein weißes Hemd, das sich aus dem Bund gelöst hatte und nun teilweise knittrig über dem hellbraunen Ledergürtel hing. Obwohl ich sein Gesicht durch die Tüte nicht sehen konnte, wirkte er im ersten Moment harmlos auf mich. Wie ein gewöhnlicher Geschäftsmann.

„Hör auf Liam! Lass das sein!", flehte Anna und rüttelte an Liams Arm, dieser war jedoch vollkommen ungerührt davon. Für ihn musste es sich anfühlen, als würde ein Kleinkind an ihm ziehen, „das führt doch nur zu noch mehr Leid! Du hast versprochen, mich zu retten, aber doch nicht so!"

Liam sagte nichts. Er sah auch nicht zu uns. Sein Blick durchbohrte Annas Vater, dessen Kopf er nun von der Einkaufstüte befreite. Er zog sie ab, warf sie achtlos neben sich. Markus' dunkelblonder Dreitagebart war blutverkrustet, seine Lippe aufgeplatzt, die Nase blau und sein rechtes Auge zugeschwollen. Liam hatte ihn bereits übel zugerichtet. Ein Wunder, dass er überhaupt noch bei Bewusstsein war. Oder wieder. Unter all den Verletzungen wirkte auch sein Gesicht überhaupt nicht so ekelhaft, wie ich ihn mir vorgestellt hatte. Er war ganz gewöhnlich. Ein Mann, dem man es nie zugetraut hätte. Vielleicht machte gerade das diesen Mann so gefährlich. Im normalen Leben war er sicher der bemitleidenswerte, freundliche Nachbar, der seine Frau auf so tragische Weise verloren hatte und dessen Tochter immer schon ein Problemkind war. Der schwer arbeitende, alleinerziehende Vater. Bei dem Gedanken keimte Wut in mir auf, wie ein giftiger Spross, der wuchs und wuchs und seine Ranken durch meine Adern wandern ließ. Mir wurde übel und ich ballte die Hände zu Fäusten. Für einen Moment dachte ich sogar: Was auch immer Liam mit ihm vorhat – er hat es verdient. Doch dann schüttelte ich diesen Gedanken schnell von mir. So war unser Rechtssystem nicht. So sollte man nicht denken.

Liam öffnete dem Gefesselten die Hose und zog sie grob herab, sodass der Stoff zerriss und er unten rum entblößt auf dem Bett lag. Seine blassen Beine waren von blonden Haaren bedeckt und dadurch, dass sie gespreizt festgebunden waren, konnte man alles sehen. Ich versuchte, den Blick von ihm abzuwenden, doch er schien von diesem grotesken Bild nahezu angezogen zu werden.

„Was hast du vor?", fragte Markus entsetzt und sah sich mit seinen grauen Augen im Raum um. Sein Blick huschte panisch umher. Erst jetzt schien er Anna zu sehen und in seinen Blick legte sich Flehen und Verzweiflung.

„Ich bin dein Vater, Anna! Du musst mir helfen!", rief er mit zittriger Stimme.

„Sie muss überhaupt nichts", knurrte Liam, der sich kurz hinkniete und unter dem Gitterbett einen grünen Metallkasten hervorzog. Als er dessen rote Schnappverschlüsse öffnete, war ein ganzes Arsenal an verschiedensten Werkzeugen zu erkennen. Er nahm sich einen Schraubenzieher heraus und richtete sich wieder auf.

„Du weißt, was ich deiner Tochter antun musste, oder? Du warst dabei und du hast dir abends diese Videos angesehen, während du es dir gemacht hast, du krankes, verdammtes Schwein." Liams Stimme war nur ein tiefes, leises Flüstern, was sie umso bedrohlicher machte.

„Liam!“, rief Anna wieder, die es nun aufgegeben hatte, an ihm zu zerren. Stattdessen stand sie nun ratlos daneben und sah ihren panischen Vater an.

„Anna, Liebes“, hauchte dieser aufgelöst, „du weißt doch, dass ich dich liebe. Du bist doch das Einzige, was ich noch habe.“ Anna schloss ihre Augen, als würden ihre diese Worte körperliche Schmerzen zufügen und wandte ihr Gesicht von ihm ab.

„Wage es nicht, von Liebe zu sprechen!“, Liams Stimme erhob sich voll bebendem Zorn und schlug dem wehrlosen Mann mit der Rückseite des Schraubenziehers ins Gesicht, sodass er aufstöhnte, etwas knackte und sein Körper sich zu krümmen versuchte, was durch die Kabelbinder jedoch nicht ging und sie sich blutig in sein Fleisch schnitten. Auch seine Nase begann nun wieder zu bluten.

Ich zuckte zusammen, wandte nun auch meinen Kopf ab und starrte irgendwo gegen die Wand. Was sollte ich tun? War es richtig, einfach nur hier stehen zu bleiben und Liam und Markus ihrem Schicksal zu überlassen? War ich überhaupt in der Lage einzugreifen? Meine Beine zitterten und nach wie vor war ich nicht fähig, mich zu bewegen. Mein Körper fühlte sich taub an, und mein Verstand wie benebelt.

„Freu dich, Markus“, flüsterte Liam, „heute bist du das Kind in meinem Kinderzimmer. Es wird lange dauern und am Ende wirst du mich anflehen, dich endlich umzubringen.“

45

„Liam, das war doch alles die Idee von deinem Vater“, krächzte Markus, „ich mache eine Therapie. Ich bin nicht mehr so!“, versuchte er sich herauszureden und irgendwie Liams Verständnis und Gnade zu erhaschen. Doch Liam hatte dafür nur ein abfälliges Schnauben übrig.

„Sieh in Annas Gesicht!“, forderte er und deutete auf das eingefallene, misshandelte Gesicht der eigentlich so schönen Frau, „sieh dir deine Tochter an! So bist du nicht mehr? Hast DU sie nicht so zugerichtet?“, auf diese Worte hin, hob Anna zitternd ihre Hände und vergrub ihr Gesicht in diesen. „Ich war unter Schock! Liam, ich wusste nicht, was ich tat. Ich war nur knapp dem Tode entkommen und ...“ verzweifelt und mit gebrochener Stimme wandte Markus sich wieder an seine Tochter. „Es tut mir leid! Hörst du? Es tut mir leid, meine Kleine, ich wollte das nicht, ich will dir nicht mehr wehtun. Bitte, glaube mir, mein Schatz.“ Endlich drangen die Befehle meines Gehirns wieder an mein Rückenmark und ich setzte mich in Bewegung. Mit drei schnellen Schritten war ich bei Anna, umfasste ihre Handgelenke und zog sie aus dem Raum heraus. Ich ging mit dem zitternden Häufchen Elend die Treppe hinauf, obwohl sich Anna kraftlos wehrte und versuchte, wieder zurückzugelangen. Am Eingang des Kellers angekommen, drehte sie sich noch ein letztes Mal um und rief:

„Liam, bitte töte ihn nicht!“ Dann ergab sie sich meiner Führung und ich konnte sie ins Wohnzimmer bringen, wo uns Fly winselnd begrüßte.

Ich setzte mich mit Anna auf das Sofa und wickelte eine Decke um ihren zitternden Leib, obgleich ich wusste, dass es nicht die Kälte war, die sie so beben ließ.

„Er wird ihn umbringen", stammelte Anna vor sich hin und schüttelte wie apathisch ihren Kopf. „Wünschst du ihm nicht den Tod?", fragte ich leise, setzte mich neben sie und nahm sie in den Arm. „Ich wünsche mir eine gerechte Strafe für ihn. Aber ich will nicht, dass er stirbt. Er soll mich in Ruhe lassen und niemandem mehr etwas antun können. Das ist es, was ich möchte. Liam und mein Leben war von genug Leid bestimmt. Ich will nicht, dass es so weitergeht." Sie schluchzte leise in meine Schulter, doch keine Tränen wollten über ihre Wangen rollen. Ich verstand sie. Nach allem hatte ich meiner Mutter auch nie etwas Schlechtes gewünscht, egal, wie schlimm die Dinge gewesen waren, die sie uns nicht nur physisch, sondern auch psychisch zugefügt hatte. Sie war unsere Mutter. Hatte uns das Leben geschenkt. So wie Markus Annas Vater war. Und wahrscheinlich wünschte sie sich irgendwo tief im Inneren, dass ihr Vater sie trotz allem tatsächlich liebte. Nun lag Markus dort unten und wurde von Liam gefoltert und wir machten uns zu Mittäterinnen, indem wir ihm nicht halfen. Zumindest wegen unterlassener Hilfeleistung würde man uns anklagen können. Liam würde uns alle noch ins Verderben stürzen mit seinem blinden Zorn. Ich verstand ihn ja. Ich verstand seinen Wunsch nach Rache. Doch was würde er am Ende davon haben? Es brachte ihm seine und Anna ihre Jugend auch nicht mehr zurück.

Vom Keller war nichts mehr zu hören und ich fragte mich, was Liam gerade mit Markus anstellen musste. Großer Gott, warum war nur alles wieder eskaliert? Wo hatte Liam ihn überhaupt aufgegriffen? Beim nächsten Mal sollte ich ihn nachts am Bett anbinden, damit er nicht verschwinden und etwas Blödes anstellen konnte. Er ritt sich und uns immer weiter in die Schuld, und wenn wir nicht bald etwas unternahmen, hatte er das Leben eines weiteren Menschen beendet.

„Anna, am besten bleibst du jetzt hier und Butterfly passt auf dich auf. Ich werde noch mal nach unten gehen und versuchen, Liam von seinem wahnsinnigen Vorhaben abzubringen“, sagte ich und löste mich vorsichtig von ihr. Ich klopfte neben sie aufs Sofa, sodass Fly dorthin sprang. Die Hündin drehte sich einmal im Kreis, legte sich dann hin und sah mit geknickten Ohren zu mir auf. Ich streichelte noch einmal ihren grauen Kopf mit den weißen Flecken um den Augen und dem rosa Punkt auf der nassen, schwarzen Nase. Anna nickte zaghaft, dann sah sie mich flehentlich aus ihren rot geschwollenen und dunkel unterlaufenen Augen an.

„Bitte halt ihn ab, Helena“, ihre Stimme war belegt und ich versuchte, ihr ein aufmunterndes Lächeln zu schenken. Dann wandte ich mich zum Gehen. Gerade in diesem Moment sah ich durch das Fenster, wie Liam zur Terrassentür ging und diese mit dem Ellbogen öffnete. Seine Hände waren teilweise blutbefleckt und selbst auf die Entfernung konnte ich erkennen, wie sein Kiefer angespannt mahlte. Mit großen, erwartungsvollen Augen blickten wir ihm entgegen, als er eintrat, die Tür wieder hinter sich verschloss und sich dann zu uns drehte. Von Markus war keine Spur, er hatte ihn wohl im Keller gelassen. Liams Blick huschte zwischen uns hin und her, doch er sagte nichts, sondern ging schweigend zum Bad. Kurz darauf hörten wir das Rauschen des Wasserhahns.

„Oh Gott“, war alles, was Anna über ihre Lippen brachte. Ich war nicht in der Lage etwas zu erwidern, sondern wartete still darauf, dass Liam zurückkam. Als das Wasser wieder versiegte, ließ er jedoch weiter auf sich warten. Ich konnte nur vermuten, dass er entweder wilde Kreise lief oder vorm Waschbecken stand und in sein eigenes Spiegelbild starrte.

Nach gefühlten Stunden hörten wir, wie sich die Tür öffnete und wieder schloss und er mit langsamen Schritten zu uns kam. Ohne uns anzusehen, lief er in die Küche, nahm sich in aller Seelenruhe ein Glas aus einem Hängeschrank und füllte es mit Wasser aus dem Hahn. Weder Anna noch ich sagten ein Wort und es war ein Wunder, dass wir uns überhaupt trauten zu atmen. Liams Ausstrahlung war aufgrund der für ihn ungewöhnlichen Ruhe wahnsinnig gefährlich und bedrohlich.

Anschließend ging er zum Sofa, ließ sich in etwas Abstand zu Anna darauf nieder, nahm die Fernbedienung zur Hand und schaltete das TV ein. Der Raum füllte sich mit dem stumpfsinnigen Geschwafel der Vormittagsshows und ich empfand diese Situation als absolut surreal. Als wären wir in einem Film. Das konnte doch einfach nicht echt sein!

Schließlich konnte ich das Schweigen nicht länger ertragen. „Liam?“, fragte ich, „willst du nichts sagen?“

Er sah mich nicht an. Reagierte nicht. Blinzelte nicht mal.

„Was soll ich denn sagen? Dass ich ihm die Finger gebrochen habe, ihm die Zähne ausgeschlagen und ihn mit Schraubenzieher und Zange gedemütigt habe?“ Seine Stimme war ruhig und emotionslos. Ich schluckte. „Dass er geheult hat wie ein Kind? Mich angebettelt hat, aufzuhören?“

„Stopp“, flehte Anna mit kläglicher Stimme und drückte ihre Hände auf die Ohren, als wolle sie das alles nicht hören.

„Keine Sorge. Er lebt noch und das wird er auch noch ein paar Tage.“ Ich schüttelte den Kopf und setzte mich auf einen Stuhl am Küchentisch.

„Liam, merkst du nicht, was du Anna damit antust?“, fragte ich und er zuckte kurz mit den Schultern.

„Dann frag nicht nach. Ihr müsst überhaupt nichts davon mitbekommen. Macht euch ein paar schöne Tage hier oben und ignoriert, dass ich ab und an für ein paar Stunden verschwinde. Dann hat niemand von uns ein Problem. Ihr habt nichts gesehen oder gehört und, falls es euch damit besser geht, binde ich euch irgendwo an, sodass ihr nichts unternehmen könnt. Gerade so, dass die Leine bis zur Treppe reicht. Wie wäre das?“

„So einfach ist das aber nicht!“, rief ich empört und ignorierte sein erniedrigendes Gerede über die Leine, weil ich sonst ausflippen würde, „du kannst doch nicht einfach einen Menschen entführen, in den Keller sperren und zu Tode foltern!“

„Er hat es verdient“, war Liams ausgelutschte Antwort darauf „und du siehst doch, dass ich das kann.“ Er lehnte sich kurz zur Seite und zog etwas aus seiner Hosentasche. Kurz darauf legte er ein Handy neben sich auf das Sofa.

„Hier. Ruf doch die Polizei, wenn es das ist, was du willst“, forderte er mich auf. Ich stand auf und ging mit festem Blick auf ihn zu. Ich griff nach dem kleinen, schwarzen Telefon, dann setzte ich mich damit wieder an den Küchentisch. Sollte ich alldem

wirklich jetzt ein Ende setzen? Dafür verantwortlich sein, dass Liam ins Gefängnis kam, dass Markus überleben konnte? In seinem Telefonbuch fand ich diverse Namen, die ich nicht kannte.

Lediglich einer stach mir sofort ins Auge:

Daniel Schumacher. Mein Lieblingsbeamter.

46

Liam sah mich nach wie vor nicht an und das, obwohl ich gerade tatsächlich sein Handy hielt und auf den grünen Hörer drückte. Das Freizeichen erklang und noch nie zuvor habe ich das typische Tuten als so schrecklich zermürbend empfinden, wie in diesem Moment.

„Helena, nicht", wisperte Anna, die erschrocken in meine Richtung sah. Erst jetzt hob Liam seinen Blick und wandte seinen Kopf zu mir.

„Vertraut mir", sagte ich lediglich, ehe ein Knistern in der Leitung zu hören war.

„Liam?", hörte ich Daniels vertraute Stimme und ein Lächeln huschte über meine Lippen. Es tat so gut, ihn zu hören.

„Nein, ich bin es, Helena", sagte ich.

„Helena! Großer Gott! Wo bist du? Was ist dir passiert? Ich habe die Nachrichten gesehen und an deinem Handy geht nur die Mailbox ran", seine Stimme wurde lauter, schneller.

„Mir geht es gut, mach dir keine Sorgen. Aber ich möchte dich um etwas bitten", sagte ich und meinte beinahe, seinen verwirrten Blick hören zu können. „Bist du bei Liam?", fragte er.

„Ja."

„Hat er dir was angetan?"

„Nein, Daniel. Es ist wirklich alles gut. Hör mir bitte einfach zu, es ist wichtig!"

„Okay", ich merkte, wie schwer es ihm fallen musste, doch er schwieg nun und schenkte mir seine ungeteilte Aufmerksamkeit.

„Ich bin unverletzt und ich bin freiwillig bei ihm. Aber die Situation ist kompliziert und ich möchte dich fragen, ob du jemandem Zuflucht gewähren würdest. Jemand, der deinen Schutz dringend nötig hat. Bitte versprich mir aber, dass egal, was ich dir erzähle, du keine Polizei einschaltest, okay?" Er seufzte. Rang mit sich. Doch die Art, wie er es tat, zeigte mir schon, dass er zustimmen würde.

„In Ordnung. Sag mir, was ich tun kann."

„Wir werden dir eine junge Frau vorbeibringen. Ihr sind schlimme Dinge zugestoßen und sie ist auf der Flucht vor jemandem, der ihr etwas antun möchte. Im Moment befindet sie sich bei uns, aber sie ist hier nicht sicher." Im Augenwinkel sah ich, wie Anna ihr Gesicht in ihren Händen vergrub und ihre Schultern bebten. Liam rückte zu ihr hinüber und wollte ihr einen Arm umlegen, doch sie zuckte im ersten Moment vor ihm zurück. Letztlich ließ sie sich dann aber doch von ihm in den Arm nehmen. Er wiegte sie sachte hin und her und sah über ihren Kopf hinweg zu mir.

„Oh man, Helena. Natürlich helfe ich euch. Wer hat ihr etwas angetan? Was ist ihr passiert? Wie ist ihr Name?"

„Anna", sagte ich.

„Anna", wiederholte er flüsternd.

„Sie ist verletzt und wurde", ich zog die Luft tief ein, meine Stimme zitterte, „sie wurde missbraucht als Kind. Seit Jahren flieht sie vor ihrem ..."

„Ich weiß", unterbrach mich Daniel. Irritiert zog ich meine Brauen zusammen und stutzte.

„Frag mich bitte nichts. Bringt Anna bei mir vorbei, ich bin zu Hause. Ich werde mich um sie kümmern und ich verspreche dir, ich lasse nicht zu, dass ihr jemals wieder Leid angetan wird." Mir fiel ein unglaublicher Stein vom Herzen. Wenigstens Anna in guten Händen zu wissen, ganz gleich, wie diese Situation enden würde, erleichterte mich ungemein. Was auch immer Liam mit ihrem Vater tun würde, so war wenigstens Anna außer Gefahr und würde sich nicht weiter schuldig machen. Hier mit ihrer Vergangenheit konfrontiert zu werden, war für sie nicht förderlich. Sie brauchte einen Ort, um Kraft zu tanken, ein neues Leben zu beginnen. Während ich weiter um Liam kämpfen würde.

„Danke, Daniel", hauchte ich leise und ich hörte sein belustigtes Schnauben.

„Sag mir nur eins, Helena", bat er mich, „stellt Liam dumme Dinge an?"

Ich presste meine Lippen kurz zusammen und schielte zu Anna und Liam. „Ja", antwortete ich schlicht.

„Er weiß, wo ich wohne. Ich erwarte euch in spätestens zwei Stunden. Wenn ihr nicht kommt, komme ich vorbei und dann bring ich Polizei mit, klar?" Ich nickte, bis mir einfiel, dass er mich nicht sehen konnte.

„Ja, Sir", bei diesen Worten schlich sich ein leichtes Grinsen auf meine Lippen. Auch er musste kurz auflachen. „Bis gleich, Frau Bestsellerautorin", verabschiedete sich Daniel und ich musste mir ein Kichern verkneifen. „Endlich hast du es gelernt."

„Bei mir ist eben doch nicht Hopfen und Malz verloren."

„Bis gleich, Daniel", sagte ich nun sanft.

„Halt die Ohren steif", mit diesen Worten wurde die Verbindung unterbrochen und ich legte das Handy wieder auf den Tisch.

„Na, genug geflirtet?", giftete Liam, was selbst bei Anna ein kleines Lächeln hervorrief.

„Er ist schon ein Schnuckelchen", gab ich mit erhobener Braue zurück und zuckte unschuldig die Schultern.

„Ach", sagte Liam und sah alles andere als glücklich über meine Worte aus. Selbst schuld, wenn er hier einen auf gefühlskalten Psychomörder machte. Dann brauchte er mir jetzt hier nicht mit Eifersucht zu kommen. Ich stand auf und ging auf die beiden zu.

„Habt ihr alles mitbekommen?", fragte ich und sah sie abwechselnd an. Liam nickte und Anna sah noch etwas ratlos aus.

„Ich soll zu jemandem, der mir helfen kann?“, fragte sie und ich lächelte, während ich nickte und mich auf ihre andere Seite setzte. Fly schob ich dabei einfach etwas nach hinten.

„Nicht zu irgendjemandem. Sein Name ist Daniel, er ist ein Freund und ein Justizvollzugsbeamter. Wenn dich jemand schützen und dir helfen kann, ein Leben ohne Angst zu beginnen, dann er“, sagte ich und Anna sah nun ratsuchend zu Liam.

„Du weißt doch noch, dass ich mit dem Sohn eines Polizisten in Kontakt stand, als wir Jugendliche waren“, sagte er und nun weitete auch ich meine Augen. Anna nickte. „Das ist er“, Liams rechter Mundwinkel hob sich, „du bist bei ihm wirklich gut aufgehoben. Er hat sieben Jahre lang auf mich aufgepasst“, sagte er mit einem Zwinkern. So langsam schien er aus seiner roten Wolke wieder aufzutauchen. Seine Züge waren wieder menschlicher geworden und er sah nicht mehr aus wie eine in Stein gehauene Statue.

Dass Liam meine Entscheidung akzeptierte, sie sogar gut zu finden schien, beruhigte mich. Jetzt mit ihm zu diskutieren, wäre vermutlich nur darin geendet, dass das Fähnchen seiner Laune wieder umgeschlagen wäre.

„Ist das okay für dich, Anna?“, fragte ich und blickte ihr in die Augen. Immerhin konnte ich nicht einfach über ihren Kopf hinweg entscheiden. Wer weiß, ob sie ihren Vater überhaupt mit Liam und mir allein lassen würde. Sie zögerte kurz, dann nickte sie.

„Was ist mit meinem Vater?“, wollte sie dennoch wissen und sah nun verzweifelt zu Liam.

„Lass das mal meine Sorge sein“, sagte er und ich schüttelte den Kopf. Ich versuchte Anna mit meinem Blick zu verstehen zu geben, dass ich mich darum kümmern würde. Natürlich konnte ich ihr nichts versprechen, aber ich würde alles dafür tun, Liam auf die richtige Bahn zu bringen, ihn abzuhalten.

„Wir sollten uns beeilen. Wir haben nur zwei Stunden Zeit“, sagte ich schließlich mit einem Blick auf meine nicht vorhandene Armbanduhr.

„Dann sollten wir wirklich los, ich muss nämlich noch etwas erledigen", lenkte Liam ein und ich fragte mich, welche Dummheiten er nun schon wieder anstellen wollte. Wenigstens wäre ich diesmal dabei und konnte ein Auge auf ihn haben.

Er half Anna auf und sie behielt die Decke weiter um sich. Auch Fly erhob sich vom Sofa und folgte uns durch den Flur. Wir zogen uns Schuhe an und stiegen dann allesamt in den SUV. Liam setzte sich selbstverständlich hinters Steuer, Anna ließ ich vorn neben ihm sitzen und die Hündin und ich teilten uns die Rückbank. Zum Glück war Liam im Moment die Ruhe in Person, denn im Gegensatz zu seinem Auftritt von eben, fuhr er jetzt erstaunlich vorsichtig. Dennoch rüttelte uns der unebene Schotterweg tüchtig durch. Die Bäume zogen an uns vorbei und der Gedanke, dass wir bald den Wald verlassen würden, tat gut. Obwohl es nur ein paar Tage waren, hatte ich das Gefühl, ewig keine Stadt mehr gesehen zu haben. Liam schaltete das Radio ein, damit die Stille im Auto nicht so bedrückend war. Witzigerweise machte es die von Disturbed so emotional gecoverte Version von Sound of Silence auch nicht gerade besser. Wir fuhren etwa zwanzig Minuten über Feld-, Wald- und Wiesenwege, bis wir eine vernünftige, geteerte Straße erreichten.

„Wo willst du überhaupt noch hin?", fragte ich schließlich, als ich mich mittig nach vorne lehnte und zwischen den beiden Vordersitzen hindurch nach draußen schaute.

„Ich habe einen Kumpel, saß eine Weile mit mir wegen diverser, krimineller Internetdelikte im Knast. Frag mich nicht, was er genau gemacht hat, mit diesem Computerkram kenne ich mich nicht aus. Ich habe ihn immer als Hacker bezeichnet. Er hat mir irgendwas davon erzählt, dass diese Bezeichnung verunglimpft wird. Aber für mich ist er halt ein Hacker", Liam zuckte mit den Schultern, „sein Spitzname im Knast war einfach nur ‚C'", wobei er den Buchstaben englisch aussprach. „C wie Cyber?", fragte ich und wieder konnte Liam nur die Schultern heben. „Vielleicht", sagte er.

„Was willst du von einem Hacker?", hakte ich nach.

„Er soll das Video digitalisieren, damit es nicht nur diese eine Aufnahme gibt, die in den falschen Händen schnell vernichtet werden kann. Außerdem habe ich ihn damit beauftragt, Informationen über meinen Vater zu sammeln. Vielleicht hat er etwas Neues für mich", sagte er, als wir die Stadt näher kommen sahen. Nun erkannte auch ich, wo wir waren. Immerhin war ich hier geboren und aufgewachsen. Jetzt waren wir gar nicht mehr weit von meiner Uni entfernt. Liam fuhr jedoch in eine andere Richtung, tiefer in die Stadt hinein und kam schließlich in einer kleinen Einbahnstraße zum Stehen.

„Kommt mit", sagte Liam, „ich lasse euch nur ungern aus den Augen. Nur Fly wartet besser im Wagen."

Anna ließ ihre Decke zurück, als wir das Auto verließen. Ich streichelte die Hündin noch einmal und versprach ihr, bald zurück zu sein. Wir standen vor einem viergeschossigen Altbau mit mintgrüner Fassade und weißen Akzenten. Das Erdgeschoss war von einer Bäckerei angemietet. Hier hatte ich in meiner Oberstufenzeit tatsächlich ab und an mal mein Frühstück geholt. Klein war die Welt.

Wir gingen zu der dunkelbraunen Holztür und Liam drückte den Knopf der obersten Klingel. „Ja?", meldete sich eine elektronisch verzerrte Stimme durch die Freisprechanlage.

„Liam hier."

Keine Sekunde später ertönte das Brummen der Türöffnung und wir konnten eintreten. Im Inneren des Treppenhauses war es kalt, unsere Schritte hallten laut auf den Fliesen und es roch nach altem Holz. Wir gingen die knarzende, gewendelte Treppe hinauf, bis wir im obersten Stock angekommen waren. Anna hielt sich dicht bei mir und ich griff nach ihrer Hand, um diese zu halten.

Als wir oben ankamen, öffnete sich bereits eine weitere Tür und ein junger Mann in einfachen Jeans und einem schwarzen, viel zu weiten Kapuzenpulli trat in das Licht des Flurs. Er hatte kurze braune Haare und helle, blaugrüne Augen, die unsicher zwischen Liam, Anna und mir hin- und herhuschten. Offenbar war es ihm nicht sehr angenehm, in so viele Gesichter zu blicken und vielleicht wägte er sogar ab, uns wieder fortzuschicken. Letztendlich nickte er aber in Richtung seiner Wohnung und wir gingen an dem schlaksigen Mann vorbei hinein. Erstaunlicherweise erwartete uns hier keine stinkende Männerhöhle, sondern eine vollkommen normal und aufgeräumt erscheinende Einrichtung. Sein Appartment bestand, soweit ich das erkennen konnte, aus einem Wohn-, Ess- und Schlafbereich und einem weiteren Zimmer, welches sich als technisch voll ausgestattetes Büro entpuppte. Mehrere Bildschirme umrahmten einen großen Schreibtisch. Diverse Gerätschaften befanden sich hier und kreuz und quer liefen Kabel durch den Raum. Wozu das alles war, wusste ich nicht. Aber es sah hochprofessionell aus. Auf dem Bildschirm war jedoch gerade ein Steamaccount geöffnet. Das kannte ich bereits von meinem Bruder. Manchmal spielte ich über seinen Account die Sims. Baute verrückte Häuser, cheatete mir unendlich Geld und dachte mir die merkwürdigsten Wege aus, meine Sims über den Jordan zu schicken. War das merkwürdig?

„Das hier ist Helena, meine Freundin. Und das hier ist Anna“, stellte Liam uns vor. Bei dem Wort „Freundin“ machte mein Herz einen Sprung und ich musste ein dickes Grinsen unterdrücken. Es fühlte sich gut an und in der Situation, in der wir uns befanden, auch irgendwie falsch. Es kam mir einfach nicht vor, als wären wir ein Paar. Wir waren Helena und Liam. Der misshandelte Mörder mit den zwei Gesichtern und die naive Studentin mit dem ausgeprägten Helfersyndrom, die sich beide anzogen wie Magneten. Aber passten die beide wirklich zusammen wie ein Paar?

Der dünne Hacker schob unwohl seine Hände in die Hosentaschen und schenkte uns ein schüchternes Lächeln.

„Ich bin Caleb“, sagte er mit englischem Akzent.

47

„Hi“, antworteten Anna und ich im Chor. C stand also wohl nicht für Cyber, sondern für Caleb. Ob das nun sein echter Name war oder ein weiterer Deckname, wusste ich nicht.

„Setzt euch doch ins Wohnzimmer, während Liam und ich reden. Wollt ihr etwas trinken?“, bot er uns an und da wir ihm keine Umstände machen wollten, lehnten wir dankend ab. Etwas widerwillig setzten wir uns im Wohnzimmer auf das alte, braune Stoffsofa, während Liam bei dem Computerspezialisten in seinem Büro blieb. Viel lieber wären wir dabeigeblieben. Wir hörten, wie die beiden Männer miteinander sprachen, doch viel mehr als ein leises Brummen kam von ihrem Gespräch nicht bei uns an. Von dem Sofa aus konnten wir den Raum jedoch halb einsehen und so erkannte ich, wie Liam Caleb die Videokassette reichte und anschließend selbst etwas von ihm überreicht bekam. Es schien ein USB-Stick oder etwas in der Art zu sein. Liam nickte, klopfte dem anderen kurz auf die Schulter, was diesen etwas zum Zusammenzucken brachte. Caleb zeigte ihm etwas am PC, was ich von so weit weg nicht erkennen konnte. Doch anhand von Liams angespannter Körperhaltung und daran, dass seine Finger knackten, konnte ich erkennen, dass es nichts Schönes sein konnte. Kein Wunder, wenn es um Informationen über Balthasar und Markus ging. Dann redeten sie noch einen Moment, in dem Anna und ich uns fragende Blicke zuwarfen. Keine fünf Minuten später traten die beiden zu uns ins Wohnzimmer und Liam nickte uns zu, während Caleb sich im Hintergrund hielt, als wolle er sich am liebsten verstecken.

„Ich habe alles erledigt“, sagte er und wir standen wieder auf. Liam reichte Caleb zum Abschied die Hand und der brachte uns zu der Eingangstür. Am liebsten hätte ich Liam und Caleb mit Fragen gelöchert: Was hatte er über Balthasar herausgefunden? Wusste er von Liams Vorhaben, seinen Vater und den von Anna zu ermorden? Caleb sah nicht aus wie jemand, der so skrupellos war und über Leichen ging. Aber manchmal täuschte das vielleicht auch einfach. So wie bei Markus. Wir hatten die Wohnung bereits verlassen und winkten dem Hacker zum Abschied, als dieser noch einmal das Wort erhob:

„Wenn etwas ist, meldet euch bei mir“, sagte er vor allem an Anna und mich gewandt. Wir stutzten einen Moment über das plötzliche, freundliche Angebot, das von Sorge um uns rühren musste. Offenbar war er einfach ein sehr hilfsbereiter Mensch und als Anna ihn mit einem dankbaren Lächeln anstrahlte, wich er ihrem Blick schnell aus, fuhr sich verlegen durchs Haar und verschwand zurück in seine Wohnung. Ich schmunzelte in mich hinein und fand ihn auf Anhieb süß.

„Netter Kerl“, kommentierte ich, als wir die Holztreppe nach unten gingen.

„Nicht jeder, der im Gefängnis landet, ist gleich ein mieses Arschloch, das müsstest du doch inzwischen wissen, Helena, oder?“ Ich rollte die Augen und äffte Liam hinter seinem Rücken nach, was Anna kurz zum Kichern brachte.

„So war das auch nicht gemeint“, sagte ich dann, „er war halt trotzdem sehr nett!“ Zurück im Wagen sah Fly uns mit großen, verzweifelten Augen an und als wir ins Auto einstiegen, ging das Gewinsel wieder los.

„Ja ja ja, ist ja gut“, versuchte ich sie zu beruhigen, als sie gnadenlos mein Gesicht abzuschlabbern begann. Ihre Zunge schaffte es dabei in jede Öffnung zu flutschen, die sie finden konnte. Besonders gern die Ohren. Ich versuchte, sie von mir zu drücken und nach einer Weile gab sie sich geschlagen. Liam startete den Wagen wieder und fuhr los. „Worüber habt ihr geredet? Was hat er über deinen Vater herausgefunden?", wollte ich schließlich wissen, als sich Liam wieder in den Verkehr einfädelte und ich die Neugierde nicht länger zurückhalten konnte. Auch Anna sah ihn erwartungsvoll an und er musste seufzen.

„Dinge, mit denen du gar nichts zu tun haben sollst, Helena. Ich weiß, du willst mir nur helfen. Aber ich bin froh, wenn du diese Sachen gar nicht erst erfahren musst", entgegnete er ausweichend und ich lehnte mich frustriert zurück. Sollte man als Paar nicht durch dick und dünn gehen? Alles teilen? Aber hatte ich wirklich erwartet, dass aus dem verkorksten Einzelgänger und Psychopathen von heute auf morgen ein Vorzeigefreund wurde? Den Zahn konnte ich mir wohl direkt wieder ziehen. Ohne weiter mit ihm zu diskutieren sah ich aus dem Fenster. Wir fuhren durch die Innenstadt und der Verkehr war zäh. Immer wieder wurden wir von roten Ampeln aufgehalten oder von Idioten auf der Straße, die einen Stau bildeten, wo gar kein ersichtlicher Grund war. Mehrfach fluchte Liam, als ihm die Vorfahrt genommen wurde oder die Autofahrer mal wieder nicht wussten, wozu der Blinker gut ist. Zu allem Überfluss begann es nun auch noch zu nieseln. Doch schließlich hatten wir uns aus der Innenstadt herausmanövriert und kamen in einen idyllischeren Stadtteil, der reines Wohngebiet war. Hier gab es niedliche Reihen– und Einfamilienhäuser mit gut gepflegten Vorgärten. Familienwägen standen in den Einfahrten und Carports. Ein bisschen sah es hier aus wie in meinem Viertel, bloß dass es doch noch ein bisschen gehobener war. Liam bog in eine Spielstraße ab und parkte vor einem Haus.

„Nummer elf", teilte er uns mit und nickte mit dem Kopf auf einen typischen Neubau. Der Putz erstrahlte in einem kräftigen Rot und die Haustür, die Fenster und einige Säulen, die das Vordach des Eingangsbereiches stützten, waren polarweiß. In der oberen Etage befand sich eine riesige Fensterfront, die bis unter das Dach reichte. Ich dachte an die arme Frau, die diese Fenster alle putzen musste.

„Dann heißt es jetzt wohl Abschied nehmen", sagte Liam, ehe er sich abschnallte, zu Anna hinüberlehnte und sie in die Arme schloss. „Er wird auf dich aufpassen. Keine Angst, dir tut nie wieder jemand etwas an, dafür werde ich Sorgen, Anna. Ich halte mein Wort. Ich werde dich retten." Seine letzten Worte waren nur noch ein Flüstern in ihr Ohr, doch ich konnte es verstehen und es bereitete mir eine Gänsehaut, „ ... und rächen", daraufhin hauchte er ihr einen Kuss auf die Wange, der unschuldig und bedrohlich zugleich wirkte. Er besiegelte damit sein Versprechen. Anna nahm sein Gesicht in ihre Hände und sah ihm direkt in die Augen. Auch sie sprach leise flüsternd zu ihm:

„Liam, ich möchte nicht, das du mir Rache versprichst. Ich wünsche mir, das du mir versprichst zu leben. Dich um dich selbst und vor allem, um Helena zu kümmern. So eine wunderbare Frau, die dich genau so nimmt, wie du bist, findest du nie wieder. Sorge lieber dafür, dass unsere Väter ins Gefängnis kommen und lass nicht zu, dass sie dein Leben vollkommen zerstören." Anna strich mit ihren Daumen über seine Wangenknochen, betrachtete sein Gesicht einen Moment lang beinahe flehend. „Versprich mir, dass du nicht wirst wie dein Vater", diese Worte schienen Liam sehr zu treffen, denn er konnte ihrem Blick nicht mehr standhalten und senkte seine Lider. Nach einem Moment der Stille, nickte Liam schließlich, löste sich von ihr und schnallte sie ab. Anna öffnete die Autotür und stieg bereits aus, als Liam sich zu mir drehte und mich mit seinem Blick fixierte.

„Jetzt ist vielleicht auch für dich eine gute Möglichkeit, aus der ganzen Sache auszusteigen und ich könnte verstehen, wenn du das tust, aber wenn du das machen solltest", er hielt kurz inne und leckte sich über die Lippen, verschaffte sich somit etwas Zeit, „versprich mir, mein Vorhaben nicht zu durchkreuzen, dafür verspreche ich dir, nicht zu sterben." Sein Mundwinkel zuckte kurz, wie er es so oft tat, wenn er kurz davor war zu lächeln, sich aber nicht ganz dazu durchringen konnte.

„Keine Sorge", sagte ich und sah ihm fest in die Augen. „Ich bleibe bei dir", versprach ich ihm, lehnte mich zwischen den Sitzen hindurch zu ihm und hauchte ihm einen federleichten Kuss auf die Lippen. Seine in den letzten Stunden nahezu eingefrorene Mimik wurde daraufhin für ein paar Sekunden etwas weicher. Ich lächelte ihn an und unser Moment wurde jäh von einem Klopfen am Autofenster unterbrochen. Annas Gesicht tauchte auf und sie rieb sich die Arme.

„Ihr könnt später knutschen, ich erfriere hier", rief sie durch die Scheibe, sodass ihr Atem einen kleinen, kreisförmigen Beschlag am Glas bildete und ich musste kurz lachen, ehe Liam und ich den Wagen verließen. Fly mussten wir erneut zurücklassen.

Zu dritt stiefelten wir über den gepflasterten Weg zur Eingangstür, neben der zwei Buchsbäumchen standen. Ich hob eine Augenbraue und schüttelte den Kopf. Daniel lebte hier ja schon ein bisschen wie Caesar in seiner römischen Villa. Er wohnte doch nicht etwa bei seinen Eltern? Liam klingelte bereits, während Anna sich schüchtern im Hintergrund hielt. Der Beamte ließ nicht lange auf sich warten. Die Tür wurde geöffnet und es tat so unheimlich gut, Daniel wiederzusehen, auch wenn es ungewohnt war, ihn nicht in seiner Uniform zu sehen. Er trug eine bequeme, schwarze Stoffhose und ein graues T-Shirt mit der Aufschrift „Ich bin Beamter, weil Superheld kein anerkannter Beruf ist". Ich musste den Kopf in den Nacken legen, um zu ihm aufzusehen, denn er war ohnehin sehr groß und stand nun auch noch eine Treppenstufe über uns. Seine grauen Augen strahlten, als er mich sah und sofort wurde ich hochgehoben und in eine stürmische Umarmung gezogen. Sein dunkelblonder Stoppelbart kratzte an meiner Wange und ich quiekte erschrocken auf.

„Ich bin so froh, dass es dir gut geht, Helena! Lass dich ansehen." Er stellte mich wieder ab und betrachtete mich von oben bis unten. „Arme und Beine sind noch dran", kommentierte er, „kann also nicht so schlimm sein."

Ich lachte und schüttelte den Kopf, dann boxte ich ihm wie so oft gegen den muskulösen Oberarm. „Kommt herein", sagte er dann auch zu den anderen, ging einen Schritt auf Liam zu, der tatsächlich etwas kleiner als er war, und schlug ihm freundschaftlich zwischen die Schulterblätter. „Gut, dich draußen zu sehen", sagte er und Liam erwiderte diese Geste.

„So lang, wie es dauert", kommentierte er nur und erntete einen verwirrten Blick dafür. „Wir können nicht bleiben, Daniel, und auch keine großen Erklärungen machen. Aber ich denke, das ist nicht nötig", fuhr Liam fort und legte einen Arm um Anna, um diese etwas nach vorne zu schieben. Vor dem breiten Beamten sah sie noch viel kleiner und zerbrechlicher aus. Sie sackte etwas in sich zusammen und sah unsicher zu ihm hinauf, doch Daniel schenkte ihr so ein herzliches Lächeln, dass sie dieses einfach erwidern musste.

„Danke, dass ich zu dir kommen darf", sagte sie so leise, dass ihre dünne Stimme kaum noch bei mir ankam. „Ich dachte eigentlich, dass wir uns schon vor etlichen Jahren kennenlernen würden, Anna. Als Liam ins Gefängnis gekommen ist, habe ich versucht, dich aufzuspüren. Aber du warst nicht zu finden. Liam hat mir früher viel von dir erzählt. Du kannst so lange bei mir bleiben, wie du möchtest. Mein Haus ist sowieso viel zu groß für mich allein und meine Ex hat sogar unseren Hund mitgenommen." Er lächelte schief und hielt ihr eine seiner großen Hände entgegen, die sie zaghaft ergriff. Er half ihr die Stufen hinauf und behandelte sie wie zerbrechliches Glas.

Die Zwei so zu sehen, ließ mein Herz aufgehen und ich fand spontan, dass sie ein süßes Pärchen abgeben würden.

„Danke, Kumpel", sagte Liam, der kurz die Stufe hinaufging und dem Blonden etwas in die Hand drückte.

„Mach was draus", sagte er und wandte sich dann schon zum Gehen. Daniel blieb mit gekräuselter Stirn zurück und sah in seine Hand. Er ließ das Was-auch-immer in seine Hosentasche wandern und wandte sich dann zu mir.

„Pass auf, dass Liam keine allzu großen Dummheiten anstellt und gib auf dich acht. Komm uns besuchen, so oft du willst. Bin ja oft genug daheim“, er deutete auf das Wort „Beamter“ auf seiner Brust und grinste frech. Ich nickte und wandte mich dann zu Anna, um diese noch einmal in den Arm zu nehmen. Ich drückte sie fest an mich und auch sie legte ihre Arme um mich. Wir wiegten uns hin und her und es fiel mir schwer, sie gehen zu lassen. Gleichzeitig wusste ich, dass es das Beste war.

„Ich melde mich bei dir, sobald ich wieder ein Handy hab“, sagte ich zu ihr, „und ich werde ‚ihn‘ retten, versprochen“, ich zwinkerte ihr zu und hoffte, dass sie verstand, dass damit nicht nur Liam, sondern auch ihr Vater gemeint war.

„Ich bin froh, dass wir jetzt Freundinnen sind“, sagte Anna und sah mich noch einmal aus ihren warmen, blaugrauen Augen an, ehe Daniel ihr einen Arm um die Schulter legte und mit ihr ins Haus ging. Auch ich wandte mich nun ab und eilte zurück zum Wagen, den Liam bereits gestartet hatte.

48

Ich setzte mich in den SUV auf den Beifahrersitz und zog die schwere Tür schwungvoll zu. Noch einmal drehte ich mich um und sah durch das Fenster zurück zu Daniels Haus. Die weiße Eingangstür mit einem Holzherz auf dem „Willkommen“ stand, war bereits geschlossen. Ein Stechen zog durch meine Brust und mir wurde bewusst, dass ich Anna jetzt schon vermisste. Ihre großen, blaugrauen Augen und die dünne, sanfte Stimme. Ich konnte ein trauriges Seufzen nicht unterdrücken. Liam ließ den Wagen anrollen und im Augenwinkel erkannte ich eine Bewegung im Flurfenster des Wohnhauses. Ich sah ein blasses, eingefallenes Gesicht, das mich anlächelte.

„Anna“, murmelte ich, hob meine Hand und legte sie an die Scheibe des Autos. Auch sie winkte mir sachte zu. Hinter ihr erkannte ich Daniel, der ihr vorsichtig eine Hand auf die Schulter legte und zu uns hinausblickte.

Der Moment war viel zu kurz, als wir uns bereits entfernten und das Fenster immer kleiner wurde, bis ich nichts mehr sehen konnte.

Ich hätte nicht gedacht, dass Daniels und meine Wege sich auf diese Weise wieder kreuzen würden. Als ich ihn im Gefängnis kennengelernt hatte, war er mir auf Anhieb sympathisch gewesen und ich hatte mich in seiner Nähe wohl und beschützt gefühlt, wie bei einem großen Bruder. Umso schöner war es, Anna jetzt von diesen Gefühlen umgeben zu wissen. Daniel war einer von den Guten, da war ich mir sicher. Auch wenn es erstaunlich war, dass er Liam schon vor seiner Haft kannte. So klein war die Welt.

Wir verließen das Wohngebiet wieder und mussten unseren Weg erneut durch die Stadt bahnen. Sowohl Liam als auch ich hüllten uns in Schweigen und ich sah stumm aus dem Fenster. Ob ihm der Abschied genauso schwergefallen war wie mir? Sicher ging es ihm ähnlich. Auf der einen Seite war er vermutlich traurig darüber, Anna gehen zu lassen und auf der anderen Seite froh, sie in Sicherheit zu wissen. Ich werde dich retten, das hatte er ihr versprochen. Und dieses Versprechen hatte er gehalten.

Ich bemerkte, wie der Wagen langsamer wurde und legte meine Stirn irritiert in Falten. Noch hatten wir die Stadt nicht verlassen. Als ich zu Liam sah, erkannte ich, dass wir gerade die alte, gotische Kirche passierten, die die älteste und auch bekannteste unserer Umgebung war. Er blickte hinaus auf den sakralen Bau und ich musterte sein Profil. „Möchtest du rein?", fragte ich und anstatt mir zu antworten, presste er kurz die Lippen zusammen.

„Dann halt doch an. Ich gehe mit dir."

Diese Worte schienen ihn zu überzeugen, denn er setzte den Blinker und bog in die Einfahrt des Parkplatzes ab. Da gerade keine Messe war, hatten wir Glück und es gab genügend freie Stellplätze. Liam parkte ein und wir stiegen aus. Ich hob meinen Blick zu den zwei großen Glockentürmen aus dunklem Gestein. Sie waren gekrönt von vielen kleinen Türmchen, die Kreuze auf ihren Häuptern trugen und überall fanden sich die für diesen Baustil typischen Spitzbögen wieder. Ich erkannte dünne Buntglasfenster, die durch viele filigrane Sprossen getrennt waren und so ein zusammenhängendes Bildermosaik ergaben, das die Jungfrau Maria mit dem neugeborenen Jesuskind zeigte. Sie trug die für sie typischen roten und blauen Stoffe und hielt das Baby liebevoll in ihren Armen. Liam blieb ehrfürchtig vor dem großen, schweren, metallbeschlagenen Holzportal stehen und blickte hinauf. Ich trat neben ihn und sah in sein Gesicht, das in diesem Moment ruhig und entspannt wirkte, auch wenn sich eine kleine Sorgenfalte zwischen seinen Brauen bildete. Nach einem kurzen Moment ging ich bereits weiter, stemmte mich gegen einen der beiden Flügel und drückte ihn auf.

„Liam, komm! Du wirst schon nicht in Flammen aufgehen, wenn du eintrittst", rief ich ihm zu. Er senkte seinen Blick und sah mich vorwurfsvoll an.

„Geh nicht so leichtfertig hiermit um! Das ist ein Gotteshaus", gab er zurück und ich zuckte kurz mit den Schultern.

„Gott hat mich so gemacht, wie ich bin, dann wird er ja wohl auch mit mir klarkommen. Außerdem ist er sicher froh über jeden Besucher. Jetzt komm!", ich winkte ihn zu mir und er setzte sich endlich in Bewegung. Mit langsamen Schritten kam er auf mich zu und als er bei mir angekommen war, griff ich nach seiner Hand, verschränkte meine Finger in seinen und versuchte, ihm so etwas Beistand zu zeigen.

Gemeinsam betraten wir den kleinen Vorraum, in dem sich Liam zunächst mit etwas Weihwasser bekreuzigte. Anschließend traten wir in das große Mittelschiff, in dem gigantische Säulen nach oben ragten und in einem Spitzbogengeflecht im Deckengewölbe über uns endeten. Rechts und links von uns befanden sich Reihen aus dunkel lackierten Holzbänken und abgesehen von zwei älteren Herrschaften war im Moment niemand anwesend. Ich drückte seine Hand, als ich merkte, wie er sich anspannte. Vermutlich fühlte er den anklagenden Blick von Christus am Kreuz über dem Altar auf sich. Ich fand allerdings, dass er eher mild und gütig schaute. Liam jedoch löste sich von mir und ging auf eine der Bänke zu, um sich kurz zu setzen, dann aber hinzuknien und mit gefalteten Händen, geschlossenen Augen und gesenktem Kopf zu beten. Ich betrachtete ihn einen Augenblick und konnte nicht verhindern, dass sich ein sanftes Lächeln auf meinen Lippen bildete. Es war paradox, diesen tätowierten, unbeherrschten Gewaltverbrecher so demütig zu sehen und doch war es ein schönes Bild. Ich riss mich von ihm los und sah die Bankreihe hinab. Für einen Moment tauchte vor meinem inneren Auge das Bild auf, wie ich im weißen Kleid den Gang hinabschritt, geführt von meinem Vater und vorne am Altar wartete

Liam auf mich, in einem schicken Anzug und mit seinem schüchternen Blick, wenn es um Gefühle ging. Ich schüttelte den Kopf. Oh man, so weit war es schon gekommen. Ich sah mich um. Dann ging ich zu dem rechten Seitenschiff, in dessen hinteren Ende ich einen Ständer mit Opferkerzen sah, zumindest glaubte ich, dass die so hießen. Es war jedenfalls eine Halterung, auf der man kleine Teelichter anzünden konnte. Möglichst leise ging ich hinüber und suchte kurz nach einem Preisschild. Tatsächlich fand ich eins, auf dem 50 ct stand. Stirnrunzelnd schüttelte ich den Kopf. Katholiken, dachte ich mir und entschied, dass ich später wiederkommen und zahlen würde. Also nahm ich einfach eine und zündete sie an.

„Vergib ihm. Hilf ihm auf den rechten Weg", flüsterte ich leise und stellte sie auf den Kerzentisch. Abgesehen von meiner Kerze, flackerte hier nur noch ein einziges, weiteres Licht.

Plötzlich spürte ich eine Präsenz und Wärme hinter mir. Liams Duft stieg mir in die Nase und ein Arm streckte sich an mir vorbei. Klimpernd fiel eine Münze in die kleine Box, in die man die Bezahlung werfen sollte.

„Der richtige Weg ist manchmal leider schwer zu finden", flüsterte er in mein Ohr, als er so dicht hinter mir stand. Seine Stimme löste eine Gänsehaut bei mir aus und ich ließ meinen Oberkörper etwas nach hinten gegen seinen sinken. Ich schloss meine Augen, genoss seine Nähe und freute mich, als Liam seine Arme um mich schlang. Ohne mich von ihm zu lösen, griff ich dann jedoch nach einer weiteren Kerze, entzündete sie und stellte sie zu der anderen. Dann nahm ich noch eine. Und noch eine. Und noch eine.

„Was machst du da?", fragte Liam verblüfft und ich hörte, wie er sich ein Lachen verkneifen musste. Offenbar hielt er mich jetzt für verrückt.

„Hör auf, du machst mich arm", weitere Münzen klimperten im Kästchen.

Als ich fertig war, drehte ich mich zu ihm um und sah in seine schönen Augen. Diesmal machte es mir nichts aus, seinem Blick standzuhalten. Ich schenkte ihm ein warmes, liebevolles und vor allem ehrliches Lächeln.

„Die sind da, damit du auch in all der Dunkelheit den Weg finden kannst", hauchte ich leise.

Liam schluckte. Dann zog er mich in eine enge, verzweifelte aber irgendwie auch dankbare Umarmung. Er schmiegte sich an mich, strich durch mein Haar und verharrte so eine Zeit lang. Als er sich wieder von mir löste, drehte er sich sofort von mir weg, fuhr sich durchs Haar und pustete die Luft aus, als wäre er jetzt fertig mit der Welt.

Ich schmunzelte.

„Liam, wollen wir zurückfahren? Immerhin haben wir einen Gast zu Hause und einen Hund im Auto."

Er nickte, streckte seine Hand nach hinten aus und ich ergriff sie. Er zog mich an seine Seite und gemeinsam kehrten wir zu unserem Wagen zurück.

49

Als wir bei der Hütte ankamen, fühlte es sich fast an, als wären wir „nach Hause“ gekommen. Ich ließ Fly aus dem Wagen, als wir in der Garage parkten. Liam schlug seine Tür zu und steuerte zielstrebig auf die Metalltür Richtung Flur zu.

„Gib Fly ihr Futter und etwas zu trinken. Ihr beiden bleibt oben, ich werde in den Keller gehen und kontrollieren, wie es dem lieben Markus geht. Anschließend gibt es erst mal Mittagessen“, fand Liam seinen altbekannten Befehlston zurück und ich nahm das jetzt einfach mal so hin und verkniff mir ein Augenrollen. Liam war bereits davonmarschiert, als ich mit der Hündin in den Wohn- und Essbereich kam. Da sie schon sehnsüchtig auf ihr Futter wartete und den leeren Napf verzweifelt anstarrte, zögerte ich nicht länger und richtete ihr Mittagsmenü an. Rind mit Karotte. Mhh.

„Lecker, lecker, lecker“, flötete ich und hob meinen Zeigefinger als Geste, damit Fly auf mein „Sitz“ reagierte.

„Guten Appetit, meine Süße“, sagte ich und stellte ihr den Napf wieder hin. Die Pitbulldame machte sich darüber her, als hätte sie seit Tagen nichts zu fressen bekommen und ich betrachtete sie schmunzelnd.

Es dauerte nicht lange, da kam Liam zum Glück auch schon wieder. Er war viel zu kurz verschwunden gewesen, um eine heimliche Foltereinlage gemacht zu haben.

„Und?“, fragte ich.

Er hob die Schultern.

„Er ist noch da und lebt auch noch“, kommentierte er, ehe er direkt an den Kühlschrank ging und ihn öffnete.

Liam schnalzte überlegend mit der Zunge.

„Wie wäre es mit ... einem italienischen Salat?“, schlug er vor und holte bereits grünen Blattsalat und Parmesan aus dem Kühlschrank. Darauf folgten Eier, Schinken, Mozzarella und Tomaten. Ich hatte keine Wahl, also nickte ich.

„Klingt gut“, sagte ich und rieb mir meinen Bauch. Ob das für mich reichen würde? Immerhin war ich ein Gerne-Esser und wenn das Essen nicht aus Kohlehydraten bestand, war ich schnell unleidlich. Liam musterte mich und begann zu schmunzeln.

„Ich mache Pfannkuchen als Nachtisch“, ergänzte er, als habe er meine Gedanken gelesen.Sofort hellte sich mein Gesicht auf und ich war erleichtert.

„Einverstanden“, sagte ich grinsend.

„Prima, dann rufe ich dich, wenn ich fertig bin“, Liam kam auf mich zu und gab mir einen flüchtigen Kuss. Zum ersten Mal fühlte es sich wirklich an, als wären wir ein Paar. Wäre da nicht dieser Kinderschänder in unserem Keller.

Fly stand inzwischen winselnd vor der Terrassentür.

„Oh, ich geh in der Zeit mal mit ihr Gassi, sieht aus, als müsse sie mal“, sagte ich und Liam hatte sich bereits seiner Küche zugewandt. „Mach das“, murmelte er nur. Ich nahm die Leine von dem Garderobenhaken im Flur, klickte sie in das Halsband der Hündin ein und trat nach draußen auf die Terrasse. Von hier aus lief ich ein Stück in den Wald hinein und ließ sie am Boden schnüffeln. Überall schien es unheimlich interessante Gerüche zu geben und es dauerte eine halbe Ewigkeit, bis sie endlich einen geeigneten Platz gefunden hatte, um ihr Häufchen zu platzieren oder ihr Pipi zu hinterlassen. Von hier aus konnte ich die Hütte durch das dichte Stamm- und Blätterwerk kaum mehr sehen, einzig der Blick ausgerechnet auf die Kellertür lag noch frei und ich dachte an den angebundenen Markus, der von Liam sicherlich übel zugerichtet worden war.

Ich kaute überlegend auf meiner Lippe herum. Ich sollte mich besser fernhalten. Liam wäre alles andere als begeistert, wenn ich ohne ihn seinem Gast einen Besuch abstatten würde. Anderseits war ich jetzt ein freier Mensch, der tun und lassen konnte, was er wollte.

Scheiß drauf, dachte ich mir, Liam tat auch ständig unvernünftige Dinge, mit denen ich nicht einverstanden war. Auge um Auge.

Entschlossen stapfte ich durch das Unterholz zurück, bis ich wieder bei der Hütte ankam. Möglichst leise ging ich zu der Tür, die zum Glück nicht verschlossen war und zog sie auf. Als sie ein fieses Quietschen von sich gab, zuckte ich zusammen und sah mich um. Da nichts passierte, knipste ich das Licht an und stieg zusammen mit dem Hund die Kellertreppe hinab. Wieder mal raste mein Puls. Hätte ich eine dieser neumodischen Smartwatches, würde mir bestimmt mehrfach am Tag Training angerechnet werden, weil mein Herz ständig Marathon lief. Die kalte, abgestandene Luft hier unten löste sofort ein beklemmendes Gefühl bei mir aus und es kam mir vor, als fiele es mir hier doppelt so schwer zu atmen. Bei der „Kinderzimmertür" angekommen, war diese jedoch von dem Zahlenschloss verriegelt. Ich wusste, dass Liams Geburtsdatum der Code war und dachte fieberhaft nach. Als ich meine Unterlagen für das Interview mit ihm vorbereitet hatte, hatte ich auch sein Geburtsdatum aufgeschrieben. Ich kniff die Augen zusammen und massierte meine Schläfen.

28.11.1988 sah ich schließlich vor meinem geistigen Auge.

Nachdem ich 281188 an den metallenen Rädchen gedreht hatte, sprang das Schloss auf und ich stieß erleichtert die Luft aus.

Fast ehrfürchtig oder einfach nur, weil ich mächtig Schiss hatte, drückte ich die Tür ganz langsam auf. Zunächst empfing mich Dunkelheit. Liam hatte ihm nicht mal Licht angelassen? Blind suchte ich nach dem Schalter, ertastete ihn und legte ihn um. Flackernd ging die Leuchtstoffröhre an und flutete das Zimmer mit ungemütlichem, kaltem Licht. Ich blinzelte und es dauerte ein paar Wimpernschläge, bis sich meine Augen an die Helligkeit gewöhnt hatten. Dann traf mein

Blick auf ihn – den gefesselten Mann auf dem Gitterbett, dessen Hosen immer noch heruntergelassen waren. Gestank schlug mir entgegen. Es roch nach Urin und ich musste kurz die Luft anhalten.

„Großer Gott", keuchte ich, als ich den Mut fasste und einen Schritt hineintrat. Markus sah sich mit verschreckten Augen um. Sein Gesicht war nass und blutverschmiert. Manches davon alt, braun und getrocknet und anderes rot und frisch. Die Finger seiner rechten Hand waren unnatürlich verkrümmt und ich konnte mir schon vorstellen, was Liam mit ihm gemacht hatte.

„Bitte", begann Annas Vater sofort zu betteln, „tu mir nicht weh! Es tut mir so leid!"

Ich schwieg und schluckte. Dann trat ich vorsichtig an ihn heran. Fly blieb dicht an meiner Seite, ihr Schwanz und ihre Ohren waren alarmiert aufgestellt und ihre Nase schnupperte wild.

Als er mich erblickte, weiteten sich seine grauen Augen noch mehr. Vermutlich aus Erstaunen und Hoffnung.

„Hallo", hauchte er, „du bist ein guter Mensch, das kann ich sehen."

Ich blickte ausdruckslos in sein Gesicht.

„Wie ist dein Name, Liebes? Es tut mir unendlich leid, aber ich kann mich nicht mehr an ihn erinnern. Nimm es mir nicht übel. Aber egal, was ich dir angetan habe, ich bereue es aus tiefstem Herzen. Ich habe mich geändert, das schwöre ich." Er sah mich flehentlich an, neigte sich so weit es ging zu mir, bis die Kabelbinder wieder in seine geschundenen Handgelenke schnitten, „es war sowieso nicht meine Idee. Ich wurde quasi dazu genötigt, diese Dinge zu tun. Ja, es war die Idee von Balthasar, nicht von mir."

Er ging also davon aus, dass ich eins seiner Opfer war? Dass er mit mir ... diese Dinge angestellt hatte? Ich ballte meine Hände zu Fäusten. Also war es nicht nur seine Tochter, sondern vermutlich auch unzählige andere Mädchen.

„Und du weißt ja, dass man Balthasar besser nicht widerspricht", fügte er noch an und ich begann, langsam und ungläubig meinen Kopf zu schütteln.

„Kind, ich will ja nicht mal, dass du mich befreist, aber könntest du mich bitte auf Toilette lassen? Ich muss so dringend. Das hier ist so ohne Würde. Bitte, wenigstens das. Das kannst du doch sicher verstehen“, wisperte er verzweifelt. In mir breitete sich Kälte aus. Ich empfand viel. Wut, Ekel, Fassungslosigkeit aber eins empfand ich nicht: Mitleid.

Ich hätte ihm so viele Fragen stellen können, so viel, das ich wissen wollte, doch ich wusste, dass er seine Antworten so auslegen würde, dass sie mir gefielen und nicht, dass sie der Wahrheit entsprachen. Also ließ ich es und wollte mich gerade wieder umdrehen, als ich Schritte hinter mir hörte. Ich wirbelte herum und blickte in Liams Gesicht. Er starrte mich an, presste den Kiefer so fest aufeinander, dass seine Wangenknochen hervortraten. Ich schluckte.

Fuck.

50

„Du hast hier nichts zu suchen“, presste Liam hervor und stellte sich seitlich hin, um zu mir eine auffordernde Geste raus aus dem Raum zu machen. Ich begann, langsam meinen Kopf zu schütteln.

„Nein Liam, ich bin nicht mehr deine Gefangene. Ich kann hingehen, wo ich will und machen, was ich will. Und wenn du hier Leute ankettest, dann ist das auch mein Bier. Wenn die Polizei uns findet, bin ich nämlich mit dir dran. Beihilfe, unterlassene Hilfeleistung, such es dir aus. Vielleicht kriegen wir ja ‘ne gemütliche Zweierzelle“, ich schnaubte wütend. Unsere Abmachung war, dass ich nicht mehr sein Spielball sein würde. Die Zeiten, in denen ich Angst vor ihm haben musste, sollten vorbei sein. Aber sie waren es nicht. Ich hatte Angst. Aber ich würde sie ihm nicht mehr zugestehen.

„Gut“, war Liams schlichte Antwort. Sein Blick war hart und eisig. „Dann bleib hier und sieh mir zu, aber wage es nicht, dazwischenzugehen“

„Was hast du denn jetzt vor?“, fragte ich irritiert. Sollte es nicht Salat geben?

„Na, ich werde ihn ganz sicher nicht zum Mittagessen einladen“, gab er zurück, bückte sich kurz und zog ein Teppichmesser aus der Werkzeugkiste. Er wandte sich zu mir und in dem Moment, in dem er die Klinge herausfuhr, sah er mich an. Ein Lächeln bildete sich auf seinen Lippen und ein weiteres Mal wurde mir klar: Ich hatte einen Psychopathen als Freund.

„Oh Gott", rief Markus und begann sich heftig auf dem Bett zu winden, „hilf mir, Kind! Du kannst doch nicht zulassen, dass er mir noch mehr antut. Ich bin ein Mensch mit Gefühlen, so wie ihr!"

„Liam", sagte ich und hob beschwichtigend meine Hände an, als sei er ein wildes Tier, das ich zu beruhigen versuchte, „wir wollten gerade Mittagessen. Lass uns wieder rauf gehen."

Doch auf meine Worte zog er nur eine Augenbraue hinauf. „Du bist doch hier runtergegangen. Außerdem würde ich bei der Polizei aussagen, dass ich dich gezwungen und bedroht habe, also keine Sorge."

Mir klappte der Mund auf und ich runzelte die Stirn.

„Was? Nein! Diese Aussage würde ich widerlegen. Das wäre doch eine Lüge!", sagte ich und Liam schüttelte langsam den Kopf über mich.

„Unverbesserlich, das Weib", das Zucken seiner Mundwinkel zeigte mir, dass mein Liam kurz durchflackerte, doch im nächsten Augenblick war er wieder fort und zurück blieb der Verbrecher, der Entführer, der Mörder.

„Tu mir bitte nichts, hast du denn kein Mitleid? Ich bin nicht böse, ich bin einfach nur krank! Ich brauche Hilfe, Liam. Hilfe!" Markus' Atmung ging stoßweise und die schiere Panik war in sein Gesicht geschrieben. Liam wandte sich ihm zu und verpasste ihm einen heftigen Schlag mit dem Handrücken in das zuqeschwollene, blau und grün angelaufene Gesicht.

„Hilfe brauchst du, ja? Weil du die kleinen Mädchen, weil du Anna so ungern missbraucht hast, oder sie an meinen Vater verkauft hast?", höhnte er, „diese Hilfe kann ich dir geben."

Mit diesen Worten ließ er die Klinge über Markus Bein hinaufwandern, ohne ihn zu schneiden, bis er schließlich in seinem Schritt angekommen war. Ich japste erschrocken nach Luft.

Hatte er vor ihn zu kastrieren?!

„Liam!", meine Stimme war nur noch ein hohes Fiepen, als ich auf ihn zuging, „davon wird er verbluten!"

„Na und? Dann stirbt er eben doch schneller als geplant“, sagte Liam gleichgültig, während Markus immer verzweifelter wurde, sich jedoch nicht mehr traute, sich zu bewegen.

„Nein, nein, nein, bitte“, hauchte er, als sich seine Augen mit glänzenden Tränen füllten, die schließlich seitlich sein Gesicht hinabliefen und helle Spuren hinterließen, wo sie das Blut und den Schmutz vermischten. Fly begann zu knurren, als sie spürte, was für eine Spannung in der Luft lag.

„Liam, bitte tu das nicht“, sagte ich noch einmal eindringlicher, jedoch ruhiger. Irgendwie musste ich zu ihm durchdringen. Zu seiner guten Seite. „Für mich. Und für Anna, sie will das nicht. Tu es für uns, die du liebst“

Liam hielt in seiner Bewegung inne, nahm das Messer von Markus, was mich im ersten Moment erleichterte.

Stattdessen wandte er sich nun mir zu und Zorn blitzte in seinen Augen auf. „Du hast nicht erlebt, was ich erlebt habe. Du hast nicht durchgemacht, was Anna durchmachen musste. Du kennst die Gewalt deiner Mutter, aber weißt du, wie es ist, von denen, die dich lieben sollten, missbraucht zu werden? Nein, das weißt du nicht“, er schüttelte den Kopf, „wenn du niemanden hast, der dich liebt? Dieser Mann hat es nicht anders verdient, dafür, dass er seine Tochter körperlich und seelisch zerstört hat. Dafür, dass er unzählige andere Kinder missbraucht hat. Aber denkst du, diese Kinder leben jetzt noch?“, er lachte trocken, „viel zu gefährlich. Sie könnten doch etwas verraten. Sag mir Helena, denkst du, ein paar Jahre Gefängnis wären ausreichend, um das aufzuwiegen? Um ihn büßen zu lassen?“

„Hör mir zu“, versuchte ich ihn zu beruhigen, denn er redete sich in Rage. Aufgeregt begann er, im Zimmer Kreise zu drehen, hin und her zu laufen. Seine Hände waren angestrengt zu Fäusten geballt, sein ganzer Körper vor Wut angespannt. Gefährlich kreiste sein Kopf, die Finger knackten.

„Nein, du hörst mir jetzt zu", unterbrach er mich, „wenn er diesen Raum wieder verlässt, ist er ein freier Mann und ich wieder ein Gefangener. Was glaubst du, was er dann macht? Sich reumütig in eine Anstalt einweisen lassen? Oh nein, er wird seine perfiden Spiele weitertreiben, sich neue Opfer suchen, mehr Kinder ihrer Unschuld berauben. Mehr Kindern ihr junges Leben nehmen. Ist es das, was du willst, Helena? Selbst wenn er angeklagt und verurteilt wird, wird es ihn nicht ändern!"

„Ich werde mich ändern, das schwöre ich!", rief Markus unter Schluchzen, „nie wieder werde ich ein Kind anfassen. Ich werde Anna nie wieder wehtun! Ob du mir glaubst oder nicht, aber sie ist meine Tochter und ich liebe sie trotzdem!"

Mit einem Mal drehte sich Liam zu ihm. „Schweig", seine Stimme zitterte, war nur ein leises Zischen.

„Liam, du weißt doch, wie dein Vater ist. Ich hatte keine Wahl, ich ... wurde genauso dafür missbraucht, wie du!"

„Was?", fragte er, als habe er sich verhört.

„Was unterscheidet uns denn? Liam, versteh doch, dass ich ein Opfer bin, genau, wie du."

Alles an ihm spannte sich an, wie bei einem Tier, das zum Sprung ansetzte. Er drehte das Messer in seiner Hand und fasste fest um den Griff, sodass die Klinge nach unten zeigte. Mit schnellen Schritten stürzte er auf Markus zu. Jetzt war es vorbei. Blackout. Er würde ihn töten.

Ohne darüber nachzudenken, ließ ich Flys Leine los und sprang nach vorne. Brachte mich zwischen das Bett und Liam. Schützend hielt ich meine Arme vor meinen Kopf und duckte mich. Bereit für den Schmerz, der mich erwartete.

51

Nichts. Kein Schmerz durchfuhr meinen Körper, stattdessen hörte ich einen erschrockenen, grollenden Aufschrei und ein tiefes Knurren. Als ich meine Augen öffnete und die Arme zögerlich sinken ließ, sah ich, wie sich der graue Pitbull in Liams Arm festgebissen hatte. Die Lefzen waren hochgezogen, kleine Falten auf der Schnauze zu erkennen und die Hündin so in Rage, dass das Weiß in ihren Augen zu sehen war. Immer wieder zuckte ihr Kopf, als würde sie ein Tier reißen. Dickes, dunkles Blut quoll unter Liams schwarzem Pullover hervor. Fly hing in der Luft, Liam hielt sie am Arm nach oben und sein Gesicht war schmerzverzerrt.

Er warf das Cuttermesser zur Seite.

„Fuck“, zischte er. Es dauerte ein paar Momente, bis ich die Situation begriff. Fly hatte die Gefahr erkannt und mich beschützt. In dieser Situation war ihr Herrchen für sie zum Feind geworden.

„Oh Gott“, keuchte ich. Liam biss seine Zähne fest zusammen und versuchte mit der freien Hand, die Schnauze des Tieres von sich zu lösen. Unmöglich.

„Fly! Aus!“, rief ich und lief auf die beiden zu, fasste sie am Halsband und wollte sie wegzerren, doch auch das schien nicht von Erfolg gekrönt zu sein.

„Was soll ich tun?“, fragte ich verzweifelt.

„Nimm eine Zange aus dem Wegzeugkoffer und hebel ihre Schnauze auf“, wies er mich an und ich holte panisch eine Rohrzange aus dem Koffer. Mit zitternden Händen versuchte ich, sie seitlich in das Maul des Hundes zu schieben. Fly knurrte immer noch. Sie war wie in Trance. So wie Liam eben.

Dieser stöhnte vor Schmerzen, als sich die Zähne langsam aus seinen Muskeln und Sehnen zogen. Tatsächlich schafften wir es, sie von ihm zu lösen und ich nahm sofort die Leine in die Hand und zog sie von ihm weg. Die Hündin leckte sich das rot verfärbte Maul, klemmte den Schwanz ein und hielt den Kopf leicht gesenkt. Sie begann nervöse Kreise zu laufen, doch in diesem Moment konnte ich mich nicht weiter um sie kümmern. Liams Wunde musste dringend versorgt werden.

Markus schluchzte noch immer. „Bitte, bitte, bitte“, stammelte er vor sich hin, der bittere Gestank von Urin breitete sich in dem Raum aus.

„Komm“, sagte ich zu Liam, fasste ihn an seinem Oberarm und zog ihn mit mir. Mit zusammengebissenen Zähnen hielt er vorsichtig seinen verwundeten und stark blutenden Unterarm, während ich ihn die Treppe hinaufführte.

Fly hatte sich wieder beruhigt und Liam auch. Dafür war ich nun aufgebracht. Ich flennte los, weil das Adrenalin aus meinem Körper wich. Fluchend und heulend zog ich ihn ins Bad. Die Hündin ließ ich im Wohnzimmer und schickte sie in ihr Körbchen, was in diesem Fall das Sofa war.

„Setz dich!“, befahl ich und deutete auf den Klodeckel mit dem schrecklichen, roten Flauschbezug. Ohne Widerrede ließ er sich daraufsinken. Ich stellte mich vor ihn und deutete ihm, die Arme hochzuheben, dann griff ich an den Saum seines Pullovers und zog ihn ihm über den Kopf. Als der Stoff über die Wunde rutschte, zischte Liam erneut leise.

Anschließend nahm ich den Verbandskasten aus dem Spiegelschrank. Als ich mein Gesicht im Spiegel sah, erschrak ich mich im ersten Moment. Meine braunen Locken waren ungekämmt und die Augen rot geschwollen von den vielen Tränen der letzten Tage. Ohne Mascara wirkten meine Wimpern so hell und kurz und ich fand, dass ich ausgelaugt und müde aussah. Mein eigenes Gesicht war mir so fremd geworden. Ich riss mich von dem Zombie im Spiegel los und öffnete den Verbandskasten. Die Mullbinden waren fast aufgebraucht, immerhin hatten wir bereits vor ein paar Tagen schon welche für seine Hand gebraucht.

Die Wunde sah wirklich schlimm aus. Man sah den Gebissabdruck des Hundes sehr deutlich und immer wieder quoll neues Blut nach, das ich mit einem nassen Waschlappen wegwischte.

„Das muss genäht werden", sagte ich und ich war wirklich froh, dass ich keine der empfindlichen Personen war, denen jetzt schwindelig werden würde oder die bei dem Anblick von Blut in Ohnmacht fielen. Der ganze Boden war bereits vollgetropft und selbst Liam war ziemlich weiß im Gesicht. Schweiß stand ihm auf der Stirn und ich war unheimlich erstaunt, als er nach kurzem Zögern nickte.

Wow, hatte er doch irgendwo seine Vernunft wiedergefunden?

Dennoch legte ich eine Wundauflage auf den Arm, anschließend das Druckpolster und fixierte es zuletzt mit dem Verband.

„Bist du böse auf mich?", fragte Liam kleinlaut und ich warf ihm einen vernichtenden Blick zu.

„Wie siehts denn aus?", giftete ich ihn an. Am liebsten hätte ich ihn gepackt und geschüttelt und ihn gefragt, was in seinem Oberstübchen falsch lief. Doch ich hatte ihm bereits einmal eine gepfeffert und das tat mir jetzt noch so leid, dass ich es nicht wieder tun würde. Auch Liam hatte in seinem Leben bereits genug Gewalt erleben müssen.

„Es tut mir leid", flüsterte er und ich schüttelte den Kopf. Das konnte er sich jetzt wirklich sonst wohin stecken. Mit einem Teppichmesser auf einen wehrlosen Menschen losgehen konnte man nicht mit einem „tut mir leid" entschuldigen.

Ich war kaum fertig mit meinem Kunstwerk, als er plötzlich meine Hände festhielt und mir verzweifelt in die Augen sah. „Es war falsch, was ich getan habe, das verstehe ich. Ich hätte dich verletzen können und das wollte ich nie wieder“, hauchte er.

„Es geht nicht um mich“, erwiderte ich, entzog ihm meine Hände und nun war ich es, die wild durch den Raum tigerte. Ich fuhr mir durch mein verknotetes Haar und sah Liam verzweifelt an.

„Du willst, dass Markus für seine Taten büßt, ja, das will ich auch. Aber du bist doch gläubig, oder? Du bist nicht Gott. Er allein wird ihn nach seinem Tod richten und ich bin mir sicher, der Teufel hat eine extra gemütliche Ecke in der Hölle für Leute wie ihn reserviert! Weder ich noch du sind berechtigt, über das Leben anderer zu entscheiden, ganz gleich, was derjenige getan hat. Markus gehört weggesperrt für den Rest seines Lebens. In eine psychiatrische Einrichtung. 24 Stunden Überwachung. Chemische Kastration. Was weiß ich. Auf jeden Fall gibt es in Deutschland keine Todesstrafe mehr und das musst du akzeptieren. Wieso kannst du nicht aufhören, so egoistisch zu sein?“, fragte ich und sah ihn mit Tränen in den Augen an. Liam schien vollkommen überrumpelt und überfordert. Mit verständnislosen, großen Augen sah er mich an.

„Wo bin ich denn egoistisch?“, fragte er.

„Du denkst an nichts anderes als an deine Rache“, klagte ich.

„Ich denke an die Gerechtigkeit für all die missbrauchten Kinder!“

„Nein!“, ich schüttelte entschlossen meinen Kopf, „das redest du dir ein, Liam. Damit es für dich erträglich ist, damit du deine Taten rechtfertigen kannst. Aber die missbrauchten Kinder, zumindest Anna, möchte, dass ihr Vater lebt. Aber es ist dir egal, was sie fühlt und denkt, weil es sich nicht mit deinen Racheplänen deckt!“

Er musste schlucken. Presste die Lippen zusammen. Sein Blick ging zu Boden. Ich wusste, dass er verstand, dass ich damit recht hatte.

„Was ist mit mir? Was, wenn ich tatsächlich schwanger bin? Ist dir deine Vergeltung wichtiger als deine Zukunft? Als meine Zukunft? Unsere?“ Liam schwieg, sah nicht auf.

„Für dich gibt es jetzt mehr als Tod oder Gefängnis. Liam, es gibt Menschen, die dich lieben“, hauchte ich, als meine Wut langsam verraucht war.

„Ich liebe dich“, sagte ich und atmete tief ein. „Von ganzem Herzen liebe ich dich und ich will dich nicht verlieren.“ Diese Worte kamen von ganz allein über meine Lippen und gleichzeitig schmerzten sie unheimlich in meiner Brust.

Als ich seinen Blick suchte, bemerkte ich ein Glänzen in seinen Augen. Mein Herz zersprang, als sich eine Träne aus seinem Augenwinkel löste, langsam über sein hübsches Gesicht rollte, von seinem Kinn tropfte und sich am Boden mit seinem Blut mischte.

52

Er weinte. Liam Winterfeld weinte. Es war nicht nur das erste Mal, dass ich ihn weinen sah, sondern es war auch für ihn das erste Mal, so weit er zurückdenken konnte. Völlig überfordert stand ich da und starrte ihn an, während er versuchte, sein Gesicht vor mir zu verstecken, indem er den Kopf wegdrehte. Er schluchzte nicht. Die Tränen liefen einfach stumm über sein Gesicht.

„Hey, das wollte ich nicht“, brachte ich zögerlich über meine Lippen und ging auf ihn zu. Liam lachte kurz und sah mich immer noch nicht an.

Bei ihm angekommen nahm ich sein Gesicht in meine Hände und strich mit meinem Ärmel über seine Wangen, dann nahm ich ihn in den Arm.

„Ich wollte nicht so böse sein“, ruderte ich zurück, um ihn zu beruhigen.

„Ich weine doch nicht, weil du böse warst, du Dummkopf. Ich weine, weil ich glücklich bin“, erwiderte Liam und ich schüttelte fassungslos meinen Kopf.

„Glücklich?“, fragte ich, während ich ihn weiter festhielt. Er erwiderte die Umarmung mit einer Hand, den verletzten Arm hielt er leicht von sich, damit ich ungeschickter Tölpel ihn nicht ausversehen zerquetschte.

„Es hat mich noch nie jemand geliebt“, sagte er dann.

„Aber du wusstest doch, dass ich das tue, oder? Als du es mir gesagt hast, wolltest du nicht, dass ich es auch sage.“ Ich war verwirrt, aber auch irgendwie glücklich, dass er glücklich war. Verrückt.

„Ich wollte nicht, dass du es sagst, weil du denkst, dass du es in so einer Situation machen musst. Das hier kam ganz allein von dir. Weil es anscheinend so ist. Auch wenn ich das ganz sicher nicht verdient habe und es ganz schön irre ist." Wieder lachte er. Die letzten seiner Tränen versiegten.

„Wie gesagt, Helena Weiß folgt keiner Logik, sie ist emotional total auf Wasser gebaut und neigt zu unvernünftigen Entscheidungen", verteidigte ich mich.

„Aber sie hat auch recht", fügte Liam an, „ich bin egoistisch. Mein Handeln ist falsch und das weiß ich ja eigentlich. Die Wut macht mich blind. All der Hass, den ich in mir gesammelt habe über die Jahre. Angst führt zu Wut, Wut führt zu Hass und Hass führt zu unsäglichem Leid", er zuckte die Schultern und ich löste mich von ihm, um ihn bedröppelt anzusehen. Ich hob meine Braue zweifelnd.

„Alles klar ist, Yoda", sagte ich und tätschelte ihm seinen Kopf, als würde ich an seinem Verstand zweifeln.

„Helena", begann Liam und ich sah ihn fragend an. „Man lebt für seine Zukunft, oder?", fragte er. Ich nickte. „Bist du meine Zukunft?"

Nun stutzte ich. Konnte ich jetzt sagen, ob wir eine gemeinsame Zukunft hatten? Wir kannten uns kaum, andererseits kannten wir bereits die schlimmsten Seiten voneinander. Doch wer konnte jetzt schon sagen, ob unsere merkwürdige Beziehung Bestand hatte? Andererseits begann man jede Partnerschaft mit der Hoffnung, dass sie für immer hielt, nicht wahr?

Wieder nickte ich und Liams Mundwinkel zuckten, schafften es aber diesmal tatsächlich, zu einem Lächeln zu werden.

„Dann entscheide ich mich für meine Zukunft und gegen meine Vergangenheit", sagte er, „ich werde Markus nicht töten. Wir machen es, wie du sagst, und suchen einen Weg, ihn für lange Zeit ins Gefängnis zu bringen. Und danach werden wir ihn überwachen lassen, sodass er nie wieder jemandem etwas zuleide tun kann."

„Und dein Vater?"

„Das gilt für jeden Menschen. Keine Morde mehr. Keine Gewalt mehr", versprach er und sah mir dabei fest in die Augen.

„Nur noch Liebe?", fragte ich und er rümpfte die Nase.

„Jetzt werd mal nicht kitschig", dann hob er seinen Arm an und nickte Richtung Wunde, „wie sieht es denn jetzt aus mit einem Arzt, oder soll ich verbluten?" Tatsächlich hatte sich der Verband an der einen oder anderen Stelle bereits rot verfärbt und ich sprang schockiert auf.

„Natürlich!", rief ich und drehte mich einmal im Kreis, weil ich nicht wusste, wohin.

„Ganz ruhig, Helena. So schnell sterbe ich schon nicht", beruhigte er mich, aber die Art, wie er schwankte, als er aufstand, schenkte seinen Worten nicht gerade viel Glaubwürdigkeit.

„Okay, erst mal musst du dir etwas anziehen", sagte ich, als ich bemerkte, dass er ja oben rum nichts trug.

„Dabei musst du mir wohl helfen", sagte er und hob unschuldig die Schultern, „immerhin bin ich verletzt."

Ich musterte ihn abfällig und hob eine Braue. Dann nahm ich ihn an der Hand und ging mit ihm in unser Schlafzimmer. Ich zögerte jedoch, als wir vor seiner Tasche stehen blieben und sah ihn unsicher an.

„Na los, hast du doch eh schon durchwühlt, also tu nicht so."

Ich räusperte mich scheinheilig und suchte ihm dann ein T-Shirt und eine weite Kapuzenjacke heraus. Er setzte sich auf das Bett, damit ich besser an ihn herankam, und als ich mich vor ihn stellte, funkelte er verführerisch zu mir herauf. Ich versuchte, seinem Blick auszuweichen, konnte aber nicht verhindern, dass das Blut in meinen Kopf schoss und ich nicht wusste, wohin ich schauen sollte.

„Guck nicht so", murmelte ich, „wir haben keine Zeit für so was. Du hast genug Blut verloren."

„Für den da unten reicht es aber gerade noch so“, grinste Liam und ich zog ihm schnell das T-Shirt über den Kopf, in dem gerade ganz schön viele Flausen steckten. Mein Geständnis hatte ihn wohl übermütig werden lassen. Mühsam friemelte ich seine Arme durch die Ärmel und bedeckte seinen, verflucht noch mal, heißen Oberkörper.

„Wir können nicht einfach in ein Krankenhaus fahren. Ich habe gegen meine Bewährungsauflagen verstoßen und du wirst von der Polizei gesucht“, sagte er schließlich und ich hielt inne, als ich ihm gerade in die Jacke helfen wollte.

„Wie? Und jetzt?“, fragte ich.

„Ich habe noch ‚Kumpels‘ von früher. Einer von denen ist Arzt und, na ja ... er wird mir helfen, ohne dass wir auffliegen.“

Ich seufzte, stimmte dann aber zu. Eine andere Wahl hatten wir wohl nicht, auch wenn ich eigentlich keine Lust hatte, dass Liam da weitermachte, wo er wegen des Gefängnisaufenthaltes aufhören musste.

„Versprich mir eins, Liam“, sagte ich, als er aufstand und wir ins Wohnzimmer gingen, um Fly einzusammeln, die nach wie vor brav in ihrem „Körbchen“ lag, „wenn das alles hier rum ist: keine Drogen, keine Gewalt und keine anderen illegalen Sachen, ja?“

Liam schnaubte und kniete sich zu der Hündin, die ihn sorgsam abzulecken begann, als wolle sie sich bei ihm entschuldigen. Unterwürfig vergrub sie ihr Gesicht bei ihm, ließ die Öhrchen hängen und sah mit einem Hundeblick zu ihm herauf.

„Du lässt einem aber auch keinen Spaß“, sagte er zu mir.

Er streichelte Fly und legte seine Stirn für einen Moment gegen ihre. Dann erhob er sich wieder und wir gingen zusammen zum Wagen. Diesmal jedoch hüpfte ich auf den Fahrersitz. Ich kam mir viel zu klein in diesem riesigen Wagen vor, musste mir den Sitz weiter nach vorn stellen und die Spiegel auf meine Größe anpassen.

„Fahr bloß vorsichtig“, murmelte Liam neben mir und ich warf ihm einen vernichtenden Blick zu.

„Ich fahre schon lang genug Auto, okay? Und ich hatte die letzten Jahre Übung im Gegensatz zu dir."

„Chapeau", er schmunzelte und ich ließ den Wagen an.

„Sein Name ist Dr. Hideaki Nara und er hat eine Praxis in der Nähe vom Bahnhof. Dort parken wir und den Rest gehen wir zu Fuß", wies er mich an und ich fuhr los.

Es war ganz schön kompliziert, das Auto über den holprigen Waldweg zu bringen und Liam lachte mich aus, als ich quasi mit der Nase schon fast an der Frontscheibe klebte, um einen besseren Überblick zu haben.

„Wenn du so weiterfährst, bin ich tatsächlich noch verblutet, bis wir ankommen", mobbte er mich und ich ignorierte ihn mit gerunzelter Stirn. Selbst als wir auf asphaltierten Straßen angekommen waren, konnte er sich Kommentare wie:

„Helena, gibt es dich auch in schnell?" oder „Wenn du noch langsamer fährst, fahren wir rückwärts" nicht verkneifen.

Kaum hatte ich dann doch mal das Gaspedal gefunden, hielt er sich aber am Sitz fest und tat so, als würde ich aus der nächsten Kurve fliegen. Ein fürchterlicher Beifahrer!

„Was ist Hideaki Nara für ein Name? Klingt wie aus einem Anime", sagte ich, als wir uns der Stadt bereits näherten. In der Ferne kam uns tatsächlich ein Auto entgegen.

„Das liegt wohl daran, dass er Japaner ist", erwiderte Liam, ehe er sich plötzlich in die Tür krallte und anspannte.

Ich sah kurz irritiert zu ihm und dachte, es lag mal wieder an meinem Fahrstil, doch als ich meinen Blick wieder auf die Straße richtete, erkannte ich, dass das Auto, das nur noch wenige Meter entfernt war, silberblau war und eine verdächtige, blaue Kennleuchte auf dem Dach hatte.

53

Mit schweißnassen Händen hielt ich das Lenkrad fest umklammert. Der Polizeiwagen rauschte an uns vorbei und ich sah im Rückspiegel, wie er kleiner und kleiner wurde. Der Wagen hielt auf den Wald zu und ich sah Liam panisch an.

„Wollen die zu uns?", fragte ich schockiert, doch Liam konnte nur ahnungslos mit den Schultern zucken.

„Ich weiß nicht. Ich hoffe nicht", sagte er und wirkte plötzlich sehr nervös, was ich ihm jedoch nicht verdenken konnte.

Den Rest der Fahrt verhielt er sich äußerst angespannt und schweigsam. Abgesehen von den Anweisungen, wo ich langfahren sollte, sagte er kein Wort mehr. Zum zweiten Mal für heute fuhren wir in die Stadt und mussten uns jetzt auch noch durch den Berufsverkehr schlängeln. Am Bahnhof war die Hölle los und erst gefühlte Stunden später und unzählige Nerven weniger hatte ich einen Parkplatz gefunden.

Auch diesmal musste Fly im Auto warten, als wir ausstiegen. Liam führte uns durch die Straßen, hatte seine Kapuze tief in das Gesicht gezogen, was ihn, wie ich fand, nur noch krimineller aussehen ließ. Wir hielten bei einem modernen Reihenhaus, das zwischen zwei alten Bauten deplatziert und doch irgendwie passend aussah. Die Fassade war weiß und stand im starken Kontrast zu den dunkel gerahmten, großflächigen Glasscheiben. Auf dem Klingelschild stand „Praxis" und nachdem Liam auf den Knopf gedrückt hatte, ertönte das Surren der

Öffnung. Wir traten ein und nahmen den Aufzug. Liam lehnte sich geschafft an die metallene Innenwand und ich musterte besorgt sein blasses Gesicht.

Als sich die Tür mit einem „Ping“ wieder öffnete, legte ich einen Arm um seine Taille, um ihn ein wenig zu stützen. Wir betraten die Praxis. Hier war alles in sterilem Weiß gehalten, lediglich die dunkelbraune Empfangstheke und einige wirklich merkwürdige Kunstwerke an den Wänden bildeten ein paar Farbkleckse. Liam ging auf die blonde Empfangsdame am Tresen zu, die uns mit einem strengen Blick über ihre schwarze Brille musterte. „Ja, bitte?“, fragte sie dann aber freundlich.

„Winterfeld, ich möchte gerne zu Doktor Nara“, sagte Liam und die Frau schaute uns verwirrt an, wollte gerade etwas erwidern, als die Tür eines Behandlungsraums geöffnet wurde und ein kleiner, schlanker Mann in Arztkittel, gefolgt von einer verschnupften Patientin, hinaustrat. Er hatte lange schwarze Haare, die zu einem glatten Pferdeschwanz zurückgebunden waren. Eine riesige Brille mit dünnem Metallgestell verdeckte quasi die Hälfte seines irgendwie zweidimensional wirkenden Gesichtes, was sicher an der kleinen, flachen Nase lag. Im ersten Moment glaubte ich, dass er nicht viel älter als Liam sein konnte, beim genaueren Hinsehen, sah man aber kleine Fältchen um seine Augen und einen leichten Bartschatten, der ihn älter wirken ließ. Als der Arzt Liam sah, hob er verwundert die Brauen.

„Liam“, sagte er und führte die Frau noch zur Theke, damit sie hier ihr Rezept bekam, „komm mit, komm mit. Wer ist deine schöne Begleitung?“, fragte er, während seine fast schwarzen Augen mich genau unter die Lupe nahmen und er seine Brille mit einer Hand hochschob, obwohl sie eigentlich perfekt saß.

„Das ist Helena, meine Freundin“, verkündete Liam und wir folgten dem Japaner in einen der beiden Behandlungsräume.

Dr. Nara deutete mir, auf einem der beiden Stühle Platz zu nehmen und Liam sank auf die Liege. Er stöhnte erleichtert, als er sich endlich hinlegen konnte.

„Was ist passiert?", fragte der Arzt dann, als er den verletzten Arm anhob und mein Verbandsmeisterwerk argwöhnisch betrachtete.

„Wurde von einem Hund gebissen", erklärte Liam knapp und Hideaki begann langsam die Mullbinden zu lösen. Selbst er zog die Luft scharf durch die Zähne, als er dann das Ausmaß des Bisses erkannte.

„Das muss ich nähen", kündigte er an, „wie lang ist es her?"

„Ein, zwei Stunden vielleicht", antwortete Liam und der Japaner nickte verstehend, bevor er aufstand und an einen weißen Schrank ging. Er kramte kurz darin herum und zog eine Spritze auf. Bevor er sie an Liams Unterarm ansetzte, desinfizierte er die Stelle. Kurz darauf drückte er eine klare Flüssigkeit unter die Haut. Mir wurde schwindelig. Blut ja. Spritzen nein! Also wandte ich lieber meinen Blick ab und betrachtete den sauber aufgeräumten Schreibtisch, auf dem kein Staubkorn zu finden war. Ich schmunzelte über einen runden, gelben Radiergummi, in dem fünf rote Sterne zu erkennen waren. Na prima, einen der sieben Dragongummis hatte er schon gefunden.

„Schön, dich mal wiederzusehen", sagte Dr. Nara, während er Liams Wunde zu säubern begann.

„Ist lange her. Siehst älter aus", gab Liam zurück und versuchte, nicht das Gesicht zu verziehen. Der Arzt schien ihm sein loses Mundwerk nicht übel zu nehmen.

„Du bist übrigens nicht der erste Winterfeld, der heute hier war", Hideaki blickte über seine Brille hinweg zu Liam. Dieser schloss für einen Moment die Augen und atmete tief ein.

„Was wollte er?"

„Wissen, ob es dir gut geht."

„Und was hast du ihm gesagt?"

„Na die Wahrheit. Dass ich es nicht weiß, weil du nicht bei mir warst." Er begann, die Wunde zu nähen, doch da die Betäubung offenbar zu wirken begann, musste Liam auch keine Schmerzenslaute mehr von sich geben. Stattdessen sah er dem Arzt nun fasziniert bei der Arbeit zu und ich konnte nicht verstehen, wie er da auch noch zugucken konnte. Ich fiel ja von hier aus schon fast in Ohnmacht.

„Ich habe ihm gesagt, dass ich ihm Bescheid gebe, wenn du bei mir warst."

„Sehr gut", sagte Liam, der nun zu mir sah und als sich unsere Blicke kreuzten, war für einen Moment ein kleines Lächeln auf seinen blässlichen Lippen zu erkennen. Ich erwiderte es sacht und warf ihm aus der Ferne ein Küsschen zu, was ihn dazu brachte, verlegen den Blick zu senken, weil er überhaupt nicht damit umzugehen wusste. Mein Schmunzeln wurde breiter.

Dass sein Vater hier gewesen war, fand ich allerdings überhaupt nicht „sehr gut", sondern eher höchst verdächtig und fragwürdig!

Als Dr. Nara mit seiner Behandlung fertig war und den Arm wieder verbunden hatte, was natürlich eine stümperhafte Arbeit im Gegensatz zu meinem Meisterwerk war, gab er Liam noch eine Spritze.

„So, das war es. Du musst morgen zum Verbandwechseln wiederkommen, oder du lässt es eine freundliche Krankenschwester machen", sagte er mit einem kecken Grinsen in meine Richtung.

„Brauchst du sonst noch etwas? Drogen? Waffen? Organe?", er fragte das mit solch einer Ernsthaftigkeit, dass ich beinahe von meinem Stuhl gekippt wäre.

„Darf ich nicht, hab ich schon, brauch ich nicht", antwortete Liam ebenso trocken und nun sah der Arzt wieder zu mir.

„Ich sehe schon, dir wurden schon wieder Handschellen angelegt, kaum dass du auf freiem Fuß bist."

Liam lachte und schüttelte seinen Kopf. „Sie hilft mir eher dabei, nicht wieder in Handschellen weggesperrt zu werden", sagte Liam und Hideaki klopfte ihm freundschaftlich auf die Schulter.

„Ruh dich noch etwas aus, ich muss zurück und mich um ein paar andere Patienten kümmern, sonst bekomme ich schlechte Bewertungen auf Jameda, wenn ich zu lange Wartezeiten habe. Ich rede mit Tina, dass du keine Karte vorzeigen musst“ Der Arzt ging noch einmal zu dem Schrank und nahm einiges an Verbandszeug heraus, welches er mir vertrauensvoll reichte.

„Passt auf euch auf“, sagte er noch, ehe er uns zunickte und den Raum verließ.

Wir warteten noch kurz, bis sich Liam bereit fühlte, wieder aufzustehen. Mit meiner Hilfe schafften wir es schließlich zurück zum Auto und der wartenden Fly.

Als wir ankamen, uns setzten und ich einen prüfenden Blick zu meinem Freund(!) warf, bemerkte ich, dass seine Pupillen seltsam klein und die Augen glasig waren. „Geht es dir gut?“, fragte ich besorgt und Liam nickte. Ich konnte mir nicht helfen, aber alle seine Bewegungen wirkten wie in Zeitlupe. Er schien vollkommen entspannt. Absolut untypisch für diesen sonst so geladenen Menschen.

„Bist du auf Droge?“, bohrte ich nach. Für wie blöd hielt er mich?

„Drogen. Das ist so ein böses Wort“, grinste Liam.

„Also bist du es!“, stellte ich wütend fest, „was hat er dir gespritzt?!“

„Alles legal, keine Panik. Es wirkt gegen die Schmerzen und dass ich entspannter bin.“ Er drehte sich in seinem Sitz leicht zu mir und begann in meinen Haaren herumzuspielen, was mich beim Autofahren furchtbar ablenkte.

„Du bist so schön, Helena. Deine Haare sind so weich“, säuselte er und ich schüttelte ärgerlich den Kopf, „ich mag die Grübchen, wenn du lächelst“, fuhr er fort, „und du bist süß, wenn du rot wirst. Das mochte ich von Anfang an, deswegen habe ich dich so viel geärgert.“ Oh Gott nein, er war wie ein Betrunkener, der im Rausch plötzlich alles erzählen musste, auch wenn es zugegeben tatsächlich süß war, was er so von sich gab.

„Dein Gesicht hat sich direkt in mein Gedächtnis gebrannt. Deswegen habe ich die Holzfigur für dich gemacht. Du hast so wunderschöne Brüste." Vor Schreck trat ich an der Ampel etwas zu fest auf die Bremse, sodass wir alle nach vorne kippten. Selbst Fly fiel hinten vom Sitz.

„Ups", sagte ich und seufzte schwer. Liam atmete ein, um etwas zu sagen, als ich ihn mahnend ansah.

„Würdest du bitte einfach still sein?" Dass ich das mal zu ihm sagen würde.

Hoffentlich fand ich den Weg überhaupt zurück zu der Hütte. So oft hatte ich ihn ja jetzt noch nicht gesehen. Als wir die Stadt hinter uns gelassen hatten, war ich ja schon mal erleichtert. Auch den richtigen Feldweg fand ich.

„Bist du jetzt böse auf mich?", kam es irgendwann von Liam und ich wusste nicht, ob ich lachen oder weinen sollte.

„Nein, Liam. Konzentrier dich einfach und sag mir, wo ich lang muss", inzwischen war es später Nachmittag und da keine Sonne schien, wirkte es im Wald direkt viel dunkler. „Du musst hier rechts", sagte Liam an einer Gabelung und ich folgte seiner Wegweisung. Als wir auf den holprigen Schotterweg abbogen, wusste ich, dass wir hier richtig waren und dass es nicht mehr weit bis zur Hütte sein konnte.

„Stopp!", rief Liam plötzlich, und obwohl er gerade noch in völliger Entspannung wie ein Schluck Wasser auf dem Beifahrersitz gehangen hatte, saß er jetzt kerzengerade.

„Fahr rechts ran!", befahl er, und weil ich überhaupt nicht wusste, was los war, gehorchte ich.

„Was ist denn?", fragte ich halb verwundert, halb wütend darüber, dass er mir so einen Schrecken einjagte.

Sein Blick ging starr geradeaus, und als ich diesem folgte, konnte ich die Hütte sehen. Vor ihr stand ein Polizeiwagen.

„Scheiße", hauchte ich. Was sollten wir denn nun machen?

54

Ohne zu zögern lehnte sich Liam nach vorne, öffnete das Handschuhfach und zog dort eine schwarze Pistole hervor, mit geübten Griffen kontrollierte er die Munition und entsicherte die Waffe bereits.

„Liam!", zischte ich und sah ihn mit weiten Augen und zusammengezogenen Brauen strafend an. Woher hatte er diese Waffe nun schon wieder? „Was hast du vor?"

Warum ich das alles flüsterte, konnte ich selbst nicht sagen. Immerhin war die Hütte noch einige Meter entfernt.

„Nur zur Sicherheit", sagte Liam, „falls die Polizisten das von mir verlangen, werde ich sie theatralisch fallen lassen, versprochen." Sein freches Grinsen zeigte, dass er nach wie vor auf Schmerzmitteln war und das alles vielleicht etwas zu locker nahm.

„Wir sollten uns stellen. Ganz egal, ob sie Markus schon gefunden haben oder nicht. Aber wenn wir jetzt anfangen zu lügen, werden wir uns nur noch weiter in die Scheiße reiten", erklärte ich und versuchte so streng zu klingen, dass Liam sich auf keine Diskussion mit mir einlassen würde.

„Wir könnten auch einfach umdrehen und gemeinsam Richtung Sonnenuntergang fahren. Sie können Markus finden und wir sind längst über alle Berge, suchen uns irgendwo ein neues Hüttchen und ziehen in Frieden unser Kind auf", sagte Liam und deutete mit der Hand, in der zum Glück keine Waffe lag, auf meinen Bauch.

„Ich bin nicht schwanger. Und nein, das werden wir nicht machen!" Ich rollte die Augen und schüttelte den Kopf. „Wir gehen da jetzt zusammen hin und wir werden alles in Ruhe erklären. Dann hat das ganze Spiel endlich ein Ende und wir werden gegen deinen Vater und Markus aussagen. Vielleicht können wir dann sogar auf Unzurechnungsfähigkeit plädieren auf Grund deiner Vergangenheit. Wir schaffen das schon. Egal wie es ausgeht, ich bin an deiner Seite", versprach ich nun sanfter und Liam seufzte tief. Er schloss kurz die Augen und nickte dann.

„Okay. Wenn die mich jetzt festnehmen, weiß ich nicht, wann wir uns wiedersehen können", sagte er und drehte sich auf dem Beifahrersitz zu mir. Für einen Moment sah er mir einfach in die Augen und sein Blick war ungewöhnlich weich. Ein leichtes Lächeln umspielte seine Mundwinkel und eine angenehme Wärme breitete sich in mir aus. Meist hatte ich Kälte und Zorn in seinen Augen gesehen, in wenigen Situationen ein leidenschaftliches Feuer, doch diese sanfte Seite kannte ich erst seit wenigen Stunden. Früher war er meinem Blick immer ausgewichen, wenn es um Gefühle ging, doch diesmal hatte er den Mut, sich seinem Herzen zu stellen. Oder er war einfach nur auf Drogen.

Er hob eine Hand an und strich mir die Haare hinter mein Ohr, ehe er sie an meine Wange legte. Ich schmiegte mich in sie hinein und schloss meine Augen. Er lehnte sich mir entgegen und ich spürte seinen Atem, der über mein Gesicht strich, ehe sich seine Lippen liebevoll auf meine legten. Ich hob meine Hände an und vergrub sie in dem Stoff seiner Jacke, hielt ihn bei mir und hätte ihn am liebten nie wieder losgelassen. Beide verharrten wir so, schienen uns nicht lösen zu wollen, verzweifelt, sehnsüchtig, als wäre es ein Abschied. Doch so sehr ich mir auch wünschte, dass die Zeiger der Uhr stillstehen würden, die Zeit verging und schweren Herzens lösten wir uns voneinander. Wieder sah er mir in die Augen und ich hatte das Gefühl, mir sein Gesicht noch einmal ganz genau einprägen zu müssen. Seine langen, dunklen Wimpern, die das Ozeanblau seiner Iris umrahmten, die hohen Wangenknochen, die gerade Nase und die wohlgeformten Lippen, über denen sich diese feine, weiße Narbe befand. Sein Antlitz brannte sich in mein Gedächtnis.

„Ich gehe allein hin", sagte Liam schließlich und riss mich so zurück in die Realität, „wenn du bei mir bist, könnten sie denken, dass ich dich als Geisel halte. Ich stelle mich also allein und führe sie dann zu dir."

Er drehte sich nach hinten und streichelte Fly liebevoll über den Kopf. Die Hündin sah ihn mit traurigem Blick an, vielleicht bildete ich mir das aber auch nur ein.

Liam stieg aus dem Wagen und blieb noch einen Moment in der offenen Tür stehen. Er musste sich leicht bücken, um zu mir ins Cockpit sehen zu können. Ein schiefes Lächeln zierte sein Gesicht.

„Dann endet unser Abenteuer jetzt wohl hier", sagte er noch, „es war schön und es tut mir leid, wie viele Tränen ich dich gekostet habe. Ich möchte von jetzt an derjenige sein, der sie fortwischt und nicht der, wegen dem du sie vergießt", er stieß die Luft lachend aus und sah kurz zur Seite weg. „Fuck, das Opium macht mich rührselig", sagte er, ehe er wieder zu mir sah. Ich musste lächeln und schwieg, weil es selten war, dass er solche Worte an mich richtete, „ich verlasse mich darauf, dass du mich im Gefängnis besuchen kommst. Helena, ich ...", er leckte sich über seine Lippen, kämpfte mit sich, „ich liebe dich." Obwohl ich diese Worte nicht zum ersten Mal hörte, stolperte mein Herz und eine Hitzewelle fuhr durch meinen Körper.

„Ich weiß", grinste ich, und Liam drohte mir mit dem Zeigefinger.

„Star Wars Zitate sind meine Sache", mahnte er mich grinsend, „bin trotzdem stolz auf dich. So muss mein Weib sein."

„Ich liebe dich, Liam", konnte ich es mir dennoch nicht nehmen lassen, ihm diese Worte mit auf den Weg zu geben. Er sah mich noch kurz an, dann richtete er sich auf und schloss die Tür des Wagens. Kurz darauf sah ich seine großgewachsene Gestalt den Kiesweg auf die Hütte zugehen. Fly begann auf dem Rücksitz leise zu winseln, als sie ihr Herrchen verschwinden sah.

Nervös kaute ich auf meiner Unterlippe herum und trommelte mit den Fingern auf das Lenkrad. War es wirklich eine gute Idee, ihn allein gehen zu lassen? Liam war in Drucksituationen so unberechenbar. Er war bewaffnet. Und er würde sicher behaupten, dass er mich eingesperrt und erpresst hatte, um mich vor eventueller Strafe zu schützen. Doch ich wollte nicht, dass er länger als nötig ins Gefängnis musste.

Ich sah, wie er durch die Vordertür in der Hütte verschwand und konnte es nicht länger aushalten.

„Fly, ich bin gleich zurück, versprochen! Aber ich muss sicherstellen, dass Liam keinen Unfug treibt“, mit diesen Worten kletterte ich aus dem SUV und eilte auf die Hütte zu.

55

Ich drückte vorsichtig die Klinke herab und versuchte, möglichst leise die Tür zu öffnen, damit sich niemand im Inneren erschrak und mich aus Versehen erschoss. Ich trat in die Hütte ein und als ich den Flur hinabblickte, sah ich einen Polizisten mit dem Rücken zu mir stehen. Er war sicher noch einen Kopf größer und breiter gebaut als Liam, der ihm gegenüberstand und nun an dem Beamten vorbei zu mir sah. Panik lag in seinen klaren Augen. Sogar von hier konnte ich erkennen, wie schnell sich sein Brustkorb hob und senkte. Der Polizist dagegen strahlte eine absolute Ruhe aus.

„Helena, verschwinde!", rief Liam, doch entgegen seiner Anweisung trat ich einige Schritte näher heran. Der Polizist rührte sich und wollte sich zu mir umdrehen. Plötzlich hob Liam seine Pistole an und zielte auf den Mann vor sich. Er legte eine Hand unter den Griff, um einen möglichen Schuss zu stabilisieren.

„Beweg dich nicht!", befahl er, doch er wurde ignoriert.

„Liam! Nicht!", rief ich erschrocken, als er plötzlich auf den Polizisten zielte, „wir wollten uns doch stellen! Es tut uns leid! Was auch immer Herr Winterfeld Ihnen gesagt hat, ich bin freiwillig hier!"

Der Mann in der hellblauen Polizeiuniform und der darüberliegenden, marineblauen Schussweste, drehte sich dennoch in aller Seelenruhe zu mir um und ließ sich nicht von der Bedrohung aus dem Konzept bringen.

Ich blickte in ein markant geschnittenes Gesicht, mit kräftigem Kinn, hohen Wangenknochen und kalten, stechend blauen Augen, die Liams so ähnlich waren, dass mir der Atem stockte.

„Du musst also Helena sein“, ertönte der tiefe Bass von Balthasars Stimme, die ich bisher nur verzerrt durch den Fernsehlautsprecher gehört hatte. In Wahrheit klang sie noch viel einschüchternder als auf dem Band und sofort schickte sie eine Gänsehaut meinen Rücken hinab. Der Anflug eines selbstsicheren Lächelns umspielte seine vollen Lippen. „Freut mich, dich kennenzulernen.“

Mein Mund klappte auf und jedes Wort blieb mir im Hals stecken. Die Knie zitterten, das Gehirn war wie leer gefegt. Er bedrohte mich nicht, seine Worte waren freundlich und doch weckte er einen Urinstinkt in mir: Flucht. Wären meine Beine nicht wie gelähmt. Und wäre da nicht Liam, der allein dem größten Dämon seiner Kindheit gegenüberstand. Die Hände um den Griff der Pistole zitterten und Liam sah so unheimlich verwundbar aus, egal, wie stark er zu wirken versuchte.

„Was tun Sie hier?“, fragte ich mit belegter Stimme.

„Sprich nicht mit ihm, geh!“, funkte Liam dazwischen, doch Balthasar ließ sich nicht beirren. Sein Blick durchbohrte mich, hielt mein Herz wie mit eisiger Hand gefangen. Ich konnte erahnen, welch schiere Panik die Kinder vor ihm gehabt haben mussten. Die Autorität, die er ausstrahlte, ließ keinen Kompromiss zu.

„Ich habe nach meinem Sohn gesucht. Als er entlassen wurde und sich nicht mal bei mir gemeldet hat, war ich etwas enttäuscht und habe ihn hier vermutet.“ Balthasar hob unschuldig die Schulter. „Er ist wohl nach wie vor ein kleiner Rebell.“

„Warum sollte er? Sie waren nicht ein Mal im Gefängnis und haben ihn nie besucht!“, konterte ich, woraufhin er leise seufzte.

„Welcher Vater ist nicht enttäuscht, wenn sein eigenes Kind solch schlimme Verbrechen begeht? Gerade als Polizist“, verteidigte er sich und ich konnte es nicht fassen. Diese Worte waren so verlogen und falsch. Ob ihm klar war, dass ich von seinen geheimen Spielchen wusste?

„Red keinen Unsinn“, zischte Liam.

Balthasars Blick fuhr meinen Körper herab und ich kam mir plötzlich nackt vor. Instinktiv schlang ich meine Arme um meinen Leib und versuchte, ihn zu verstecken. Diese Reaktion ließ den Polizisten einen Mundwinkel heben und ich erkannte Liam in seinem Lächeln wieder, was mir augenblicklich einen Stich durch die Brust jagte. Liam war hier nicht das Monster. Sein Vater war es!

„Helena, bitte geh einfach. Ich flehe dich an", Liams Stimme bebte, so wie sein ganzer Körper.

„Du erschießt ihn doch nicht, oder?", hauchte ich und Balthasar schnaubte verächtlich.

„Dazu ist er nicht Mann genug", noch immer waren seine Augen auf mich gerichtet. Er ignorierte seinen Sohn vollkommen. Dass eine Waffe auf ihn gerichtet war, schien ihn nicht zu interessieren und er hatte seine Waffe nicht mal gezogen. Unbeachtet hing sie an der Seite seines Gürtels, genauso wie die Hände, die locker auf seinen Hüften ruhten.

„Da wäre ich mir nicht so sicher", erwiderte Liam auf die provozierenden Worte seines Vaters, „ich hatte lange genug Zeit, um mich auf diese Situation vorzubereiten." Doch eine solche Konfrontation hatte Liam sicher nicht geplant. Der Mord an seinem Vater sollte langsam und heimtückisch passieren, nicht mit einer offensichtlichen Kugel zwischen die Augen. Ob er es wahrhaben wollte oder nicht, sein Vater hatte nach all der Zeit noch einen viel zu großen Einfluss auf ihn und so schnell würde er sich nicht aus diesen Fängen befreien können.

Irgendwie musste ich die Spannung aus dieser Situation holen, bevor sie eskalierte. „Balthasar, wenn sie jetzt einfach gehen, wenn sie sich in ihr Auto setzen und fahren, dann wird ihnen nichts passieren und wir vergessen diese ganze Sache hier einfach", schlug ich vor, doch auch dieses Mal lachte der Mann einfach kurz auf.

„Ich habe gar nichts zu befürchten. Ich bin ein Polizist, der von einem flüchtigen Verbrecher mit einer Waffe bedroht wird. Im Gegensatz zu ihm, könnte ich Liam jetzt einfach erschießen. In ein paar Tagen stünde in der Zeitung, dass der Schwerverbrecher Winterfeld in einem dramatischen Showdown von seinem eigenen Vater erschossen werden musste, weil er unkooperativ und gefährlich war. Von der vermissten Helena Weiß fehlt weiter jede Spur. Offenbar ist sie Liams letztes Opfer gewesen", diese Worte ließen mein Innerstes zu Eis erstarren. So offensichtlich drohte er uns mit dem Tod und das, ohne mit der Wimper zu zucken. Dieser Mann war gefährlich und er hatte keine Skrupel, jede Möglichkeit zu seinen Gunsten auszunutzen. Er missbrauchte nicht nur Kinder, sondern auch seine Funktion als Polizist, Freund und Helfer. Er war abgrundtief böse.

„Helena, ich möchte, dass du zum Wagen zurückgehst und zu Daniel fährst. Ich werde ihn so lange hier halten, bis ihr zurückkommt."

Weil diese Aufforderung vernünftig klang, nickte ich langsam und ging vorsichtig ein paar Schritte rückwärts. Ich wusste zwar nicht, ob ich den Weg überhaupt zurückfand. Doch wenn ich Daniel holen würde, hatten wir eine Chance, Balthasar zu überwältigen und ein für allemal hinter Gitter zu bringen.

Ich trat noch einen Schritt zurück und wollte mich gerade umdrehen, als ich plötzlich mit dem Rücken gegen einen Widerstand traf.

„Helena!", hörte ich Liam rufen, doch da stülpte sich schon ein Sack über meinen Kopf und ich wurde hinabgedrückt, sodass ich mich vornüber beugen musste.

Ein schriller Schrei entfloh mir, der jedoch dadurch erstickt wurde, dass mir durch den Stoff ein Arm um den Hals gelegt wurde.

„Markus, schaff sie ins Auto", hörte ich Balthasars Befehl.

„Helena!", noch einmal Liams panische Stimme. Dann fielen Schüsse.

56

Das Adrenalin rauschte durch meine Adern und die Ungewissheit, von wem die Schüsse kamen, machte mich nahezu wahnsinnig.

„Liam!“, krächzte ich erstickt. Die Vorstellung, dass sein Körper möglicherweise gerade leblos zu Boden sackte, rief die schiere Panik in mir hervor. Ich wollte nicht, dass er starb. Wie war es überhaupt zu so einer schrecklichen Situation gekommen? Ich stolperte mit Markus mit, der mich unbarmherzig weiterzerrte. Nach Leibeskräften versuchte ich, mich zu wehren, doch er hielt mich so geschickt fest, dass ich nur unnötig meine Kraft vergeudete. Als ich vor einigen Tagen Liam in der verregneten Gasse begegnet war, hatte ich gedacht, dass mein Leben jetzt zu Ende sei, doch dass er nicht das Schlimmste war, das mir passieren würde, hatte ich zu diesem Zeitpunkt niemals geahnt. Erst jetzt befand ich mich wohl wirklich in Lebensgefahr, denn Balthasar und Markus hatten keinen Bezug zu mir, sie waren keine verkappten Opfer, so wie Liam es war. Sie waren die wirklichen Täter in dieser Geschichte, die unzählige Kinder auf dem Gewissen hatten. Eine überflüssige Frau wie ich war lediglich ein weiterer Strich auf ihrer ohnehin schon überfüllten Rechnung. Die Angst lähmte mich, trieb den Schweiß aus meinen Poren und die Tränen in meine Augen. Ich spürte, wie wir die Hütte verließen und hörte den Kies unter unseren Sohlen knirschen. Ich stolperte, schlug mir die Knie auf und wurde gewaltsam wieder auf die Beine gezerrt.

„Weiter“, knurrte Markus und von dem jämmerlichen Geschöpf im Keller war keine Spur mehr. Balthasar musste die Zeit genutzt haben, um ihn zu befreien. Wir waren ja lang genug weg gewesen. Wir gingen jedoch viel zu weit, um bei dem Polizeiwagen anzukommen. Erst viele Meter dahinter blieben wir stehen und ich hörte ein dumpfes Bellen ganz in der Nähe. Ich wurde gegen ein Auto gedrückt und vermutete, dass es sich um Liams SUV handeln musste. Mit ruppigen Bewegungen wurden mir die Hände hinter dem Rücken mit Kabelbindern zusammengebunden. Die scharfen Kanten des Plastiks schnitten tief in meine Haut und ich wimmerte leise.

Markus entfernte sich von mir und ich hörte, wie eine Tür des Autos geöffnet wurde. Flys Knurren und Bellen wurde lauter, ehe es jäh von einem herzzerreißenden Jaulen und Fiepen unterbrochen wurde. Etwas schlug auf dem Boden auf.

„Fly!“, rief ich entsetzt und wurde daraufhin unsanft am Oberarm gepackt, einige Schritte gezerrt, bis man mir einen Stoß versetzte und ich schätzte, dass ich in den Kofferraum fiel. Meine Schienbeine stießen schmerzhaft gegen die Kanten des Autos und die Tür wurde geschlossen. Ich war gefangen.

„Lass mich frei!“, rief ich, obwohl ich wusste, dass das keinen Zweck hatte.

„Ihr macht alles nur noch schlimmer! Damit kommt ihr nicht durch!“, schluchzte ich verzweifelt. Was hatten sie mit mir vor? Würde ich irgendwo hingerichtet werden und als verrottende Leiche im Wald enden? Wäre ich doch nur mit Liam Richtung Sonnenuntergang gefahren, als er das vorgeschlagen hatte. Was würde ich dafür geben, jetzt seine Hand halten zu können? Doch was war mit ihm? War er verletzt? Lebte er überhaupt noch? Hatte er es geschafft, seinen Vater zu erschießen? Doch dann hätte ich schon längst seine Rufe und seine Schritte gehört, oder? Er würde Markus jagen und überwältigen.

„Bring sie zum Schweigen“, Balthasars tiefe Stimme war leise, herrisch und trotzdem unüberhörbar. Wenn dieser Mann sprach, schwieg die Welt. Damit war besiegelt, dass es nicht er war, der von einem Schuss getroffen worden war. Und mein Schicksal ebenso.

Die Fahrertür wurde geöffnet, zumindest glaubte ich das. Jemand setzte sich, das Auto wackelte kurz.

Dann lehnte sich jemand vom Rücksitz aus zu mir, fischte nach mir.

„Nein!!“, rief ich panisch und wollte wegrobben, doch ich wurde am Hals zurückgezogen. Kurz darauf drückte sich etwas Spitzes in die Haut an meinem Nacken. Ein stechender Schmerz breitete sich von dieser Stelle aus und das Letzte, an das ich mich erinnern konnte, war die schiere Todesangst, die von mir Besitz ergriff wie ein tückischer, tödlicher Dämon, ehe ich von absoluter Dunkelheit umfangen wurde.

57

Mein Schädel dröhnte und kleine Zwerge begannen wieder ihren emsigen Bergbau. Unbarmherzig hackten sie in meinem Kopf herum und ließen mir keine Ruhe. Ich spürte etwas Weiches unter mir und als ich meine Augen vorsichtig aufschlug, befand ich mich im Zimmer eines Wohnhauses. Die Wand mir gegenüber war in einem dunklen Violett gehalten, alle anderen in hellgrau. Ich erkannte einen weißen Schreibtisch und das Zimmer war von einem Deckenstrahler erhellt, dessen eine Leuchte direkt in mein Gesicht strahlte und mich blendete, während die restlichen drei in willkürliche Richtungen schienen.

Durch das weiße Sprossenfenster drang kein Tageslicht herein, weil es draußen bereits dunkel war. Wo zum Teufel war ich?

Meine Hände waren weiterhin mit einem Kabelbinder auf dem Rücken gefesselt und ich lag auf der Seite. Mir gegenüber befand sich eine weiße Tür.

„Schön, dass du wach bist", ertönte eine Stimme vom Kopfende des Bettes und ihr dunkler, rauer Klang ließ einen Schauer meine Wirbelsäule hinabfahren. Als ich mich leicht aufsetzte und umsah, erblickte ich die hünenhafte Gestalt Balthasars auf einem Stuhl, den er zum Bett herangeschoben hatte.

„Wo du jetzt liegst, lag auch Anna immer, als ihr Vater nachts zu ihr gekommen ist", hauchte er und ich setzte mich ganz schnell auf. Ich versuchte, auf dem Bett so weit wie möglich von ihm wegzukriechen, was ihm jedoch lediglich ein mildes Lächeln entlockte.

„Hast du Angst?", raunte er amüsiert.

Ich antwortete nicht, sondern starrte diesen Mann nur aus geweiteten Augen an. Was für eine blöde Frage. Er sah doch, dass ich panische Angst hatte!

Ich lebte noch. Lag nicht irgendwo erschossen im Wald oder im Fluss. Immerhin. Sofort schätzte ich meine Fluchtchancen ab, fragte mich, was mit Liam war, ob es ihm gut ging. Ob er noch lebte? Doch jede Bewegung meines Kopfes wurde mit einem stechenden Schmerz quittiert und vermutlich würde ich nicht mal bis zur Tür kommen. Ich musste kooperieren, das war meine beste Chance. Genauso, wie ich es bei Liam schon getan hatte.

Der Polizist stand vom Stuhl auf und setzte sich nun zu mir auf das Bett. Unter seinem Gewicht gab die Matratze stark nach und als er seine Hand nach mir ausstreckte, wich ich instinktiv zurück. Doch er ließ sich nicht beirren und strich mir fast liebevoll eine Haarsträhne hinter mein Ohr.

„Mein Sohn hat den gleichen Geschmack wie ich. Du bist süß“, seine blauen Augen schienen mich förmlich auszuziehen und zu verspeisen. Ich konnte nur erahnen, was für Vorstellungen in diesem Moment durch seinen Kopf gingen. Seine Fingerspitzen wanderten über meinen Hals hinab zu meinem Schlüsselbein und fuhren spielerisch um meine Brüste herum.

„Woher kennst du Liam?“, fragte er, während ich versuchte meinen Atem flach zu halten und nicht wie am Spieß zu schreien. Er sollte mich nicht anfassen! Er sollte mir fern bleiben!

„Ich kenne ihn aus dem Gefängnis. Ich wollte ein Buch über die Insassen schreiben und ihnen eine Stimme verleihen. Deswegen habe ich Interviews mit ihm geführt“, antwortete ich wahrheitsgemäß und hoffte, dass er es dabei beruhen ließ. „Wo ist Liam?“, wollte ich wissen, doch Balthasar schüttelte den Kopf, während er mit der Zunge schnalzte.

„Nicht so schnell, meine Liebe“, sagte er und ließ seine riesige, warme Hand nun auf meinem Oberschenkel ruhen.

„Was hattest du bei ihm in der Hütte zu suchen? Wie steht ihr zueinander?"

Es kostete mich alle Kraft, nicht wie ein Häufchen Elend unter seinem Blick zusammenzubrechen. Ich versuchte ihm standzuhalten, ihm nicht auszuweichen. Ihm keine Schwäche zu zeigen.

„Ich war sein Gast", sagte ich und ließ die zweite Frage ebenfalls unbeantwortet.

Balthasar lachte kurz.

„Die Polizei hat nach dir gesucht. Hat er dich entführt? Manchmal kann ich ja doch stolz auf ihn sein."

Ich presste meine Lippen zusammen. Doch mein Schweigen schien Aussage genug für ihn zu sein.

„Er schläft mit dir und du liebst ihn", stellte er fest und allein mein Blinzeln in diesem Moment verriet mich. Balthasar nickte verstehend.

„Wo ist Liam?", wiederholte ich meine Frage und seine Mundwinkel zuckten kurz. In so vielen Dingen ähnelte er seinem Sohn.

„Wir können einen Deal machen. Ich sag dir, wie es ihm geht und wo er ist und du sagst mir, wo ihr Anna versteckt habt. Markus sagt, sie sei zuletzt bei euch gewesen."

„Was wollt ihr von Anna? Sie hat genug erleiden müssen, lasst sie in Ruhe!"

„Ach Gott, eine Weltenverbessererin." Balthasar rollte die Augen und ließ seine Hand ein Stückchen höher wandern. Ich zuckte. Wollte zurückweichen. Seine Finger griffen drohend in mein Fleisch und hielten mich bestimmend zurück.

„Markus will seine Tochter wiederhaben, reicht das nicht?", fragte er und ich schüttelte den Kopf.

„Anna hat Informationen, die wir dringend brauchen. Keine Sorge, wir wollen ihr nicht wehtun", er zwinkerte mir zu und ich konnte nicht mehr. Ich musste den Blick abwenden. Wenn ich ihnen jetzt verriet, wo Anna war, dann brachte ich sie und Daniel in Gefahr. Liam würde niemals wollen, dass ihr etwas zustieß und wenn sie Informationen hatte, dann waren sie sicher auch für uns nützlich. Unter keinen Umständen konnte ich sie verraten. Ich presste abermals meine Lippen aufeinander und wandte den Kopf von ihm ab. Aus mir würde er nichts herausbekommen!

Ich spürte Balthasars Blick, auch ohne ihn anzusehen. Er senkte seinen Kopf, nachdem er mich eine Weile angestarrt hatte und schnaubte dann verächtlich.

„Ach Helena, mach es mir doch nicht so schwer. Ich bekomme meine Antworten auf die freundliche oder auf die schmerzhafte Weise, aber ich bekomme sie", abermals hob er seine Hand und strich mir durch das Haar, das auf meinen Rücken fiel. Er lehnte sich zu mir vor und ich kniff meine Augen zusammen. Er zog meinen Geruch tief in seine Lungen. Im Gegensatz zu Liam strahlte Balthasar eine bedrohliche, autoritäre Ruhe aus. Er musste nicht brüllen. Er musste nicht zuschlagen. Ich schluckte und er richtete sich wieder auf.

„Nun gut, wenn du so stur bist, wollen wir mal sehen, was ich aus Liam so herausbekomme. Ich hatte ja gehofft, dass du schlauer bist und ihm die Qualen ersparst." Ich spitzte meine Ohren. Das bedeutete, er war noch am leben!

„Wenn du einen Ton von dir gibst, werde ich dir die Zunge herausschneiden, haben wir uns verstanden?"

Der Polizist stand gemächlich auf und schob den Stuhl säuberlich zurück an den Schreibtisch, bevor er zur Tür ging. Als er seine Hand auf der Klinke ruhen ließ, sah er noch einmal zu mir zurück und hob abwartend seine Augenbrauen an. Doch als ich weiter schwieg, verließ er seufzend den Raum. Kaum war die Tür wieder ins Schloss gefallen und der Schlüssel von außen umgedreht, sprang ich vom Bett auf. Mir wurde schwarz vor Augen und das Blut pulsierte schmerzhaft in meinen Schläfen.

„Oh nein, oh nein", hauchte ich verzweifelt und blickte zum Fenster. Sollte ich es irgendwie einschlagen und so laut ich konnte um Hilfe schreien? Doch wie, mit gefesselten Händen? Mit dem Kopf? Vermutlich würde ich dabei ohnmächtig werden. Und dann würde er mir die Zunge abschneiden.

Ich hörte neben meinem Zimmer eine Tür knallen. Dumpfes Stimmengemurmel. Ich hielt die Luft an, lauschte.

Und dann erklang ein verzerrter Schmerzensschrei, den ich nur einer Person zuordnen konnte: Liam.

58

Immer wieder hörte ich die dumpfen Schreie aus dem Nebenzimmer. Sie gingen mir durch Mark und Bein und nachdem meine anfängliche Erleichterung darüber, dass Liam noch am Leben war, vergangen war, wuchs die Sorge um ihn. So, wie er schrie, musste er um sein Leben ringen. Ab und an rissen die Rufe ab, erstickten nahezu, nur um kurz darauf von Neuem zu beginnen. Ich wünschte mir, dass ich irgendetwas tun könnte, dass ich ihm irgendwie helfen könnte. Doch mir waren im wahrsten Sinne des Wortes die Hände gebunden. Ich ging erneut zu dem Fenster, dachte fieberhaft darüber nach, wie ich es eventuell öffnen konnte, um zu fliehen. Doch selbst, wenn ich es aufbekäme, wäre unter mir direkt der Hof und ich würde mir zumindest die Beine bei einem Sprung brechen. Ich könnte aus Leibeskräften um Hilfe rufen und hoffen, dass jemand uns finden würde, bevor man uns einfach umbrachte. Oder ich würde mit abgeschnittener Zunge krepieren.

Hilflos lehnte ich meine Stirn gegen die kühle Fensterscheibe, unfähig, irgendetwas zu tun, außer zittrig zu atmen und zu beten. Wenn es Gott wirklich gab, an den Liam so glaubte, vielleicht würde er uns helfen können. Ein Wunder geschehen lassen, denn das war es, was wir jetzt brauchen konnten. Ich hatte keine Ahnung, wie lang ich hier stand und meinen Freund leiden hörte, bis seine Schreie endlich verstummten. Wie grausam war es, seinem eigenen Kind so etwas anzutun? Nicht nur, dass er ihn in seiner Kindheit missbraucht hatte, nun folterte er ihn auch noch? Sein eigen Fleisch und Blut?

Schritte näherten sich der Tür, sie wurde aufgeschlossen und schließlich auch aufgedrückt. Liam taumelte kraftlos in den Raum und sackte wenige Meter von mir entfernt auf seine Knie. Sein Kopf war gesenkt und ich konnte sein Gesicht nicht sehen, aber seine Haare waren nass und dunkelrotes Blut tropfte zu Boden. Er zitterte am ganzen Leib und ich stürzte sofort auf ihn zu.

„Oh Gott, Liam!", rief ich entsetzt. Rasselnd sog er die Luft in seine Lungen und immer wieder zuckte sein Körper unkontrolliert. Ich vermutete, dass es die Nachwirkungen von Stromstößen waren.

Am liebsten hätte ich ihn sofort in die Arme geschlossen, doch da das unmöglich war, sackte er nur leicht gegen mich.

„Was haben sie dir angetan?", hauchte ich. Von der Seite sah ich, wie Liam einen Mundwinkel hob.

„Ach Kinderkram", flüsterte er tonlos und ich konnte nur den Kopf schütteln. Er war einfach niemand, der Schwäche zeigen konnte.

Balthasar stand wie ein bedrohlicher Schatten in der Tür und blickte auf uns herab, wie ein strenger Vater auf seine ungehorsamen Kinder. Wahrscheinlich waren wir in diesem Moment genau das für ihn. Nichts weiter als böse Kinder, die nicht auf das hören wollten, was man ihnen sagte. Die nicht verraten wollten, wo sie die Autoschlüssel versteckt hatten. Aber Balthasar schien, als wäre er sich sicher, dass er es herausfinden würde. Auch wenn er Liam dafür vor meinen Augen totschlagen müsste.

„Genug gekuschelt", sagte er und seine Stimme ließ mich erstarren. „Helena, steh auf."

Ich zögerte kurz, doch dann erhob ich mich langsam und sah hinüber zu dem Polizisten, der noch immer seine Uniform trug. Inzwischen hatte sie einige Spritzer Blut abbekommen, die sie an einigen Stellen dunkel verfärbten.

Liam, dessen Hände ebenso wie meine hinter seinem Rücken zusammengebunden waren, kippte zur Seite um, als mein Körper ihn nicht mehr stützen konnte. Mit glasigem Blick sah er an den dunklen Haarsträhnen vorbei, die in seinem blutverschmierten Gesicht klebten. Ich hatte diese toten, freudlosen Augen schon einmal gesehen. Es waren die Augen des kleinen Jungen aus dem Video.

„Liam", hauchte ich bitter und seine einzige Reaktion auf meine Stimme war ein leichtes Blinzeln.

„Setz dich aufs Bett, Helena." Wie ein Roboter, dem man Befehle einprogrammiert hatte, bewegte ich mich auf das Bett zu und ließ mich darauf niedersinken.

„Hast du dir deinen lieben Liam genau angesehen?", fragte er mich und ich sah noch einmal zu dem am Boden Liegenden hinüber. Langsam nickte ich. Von weiter weg erkannte ich nun auch rote Striemen an Liams Hals, die von scharfen, dünnen Schnüren kommen mussten. Sie hatten nicht nur Blutergüsse, sondern auch Wunden hinterlassen. Was ihm noch alles angetan wurde, konnte ich gar nicht erahnen.

„Willst du mir vielleicht jetzt sagen, wo ihr Anna hingebracht habt? Ist sie bei diesem Daniel? Sag mir, wo ich ihn finde", seine Stimme war seelenruhig, „und dann muss keiner von euch beiden mehr leiden."

Liams Blick traf meinen und er schüttelte kaum merklich den Kopf. Ich schluckte, dann sah ich seinen Vater wieder an, dessen kalter, gnadenloser Blick mich einmal mehr gefangen hielt. Ich kam mir vor seiner Übermacht so klein vor. So ausgeliefert und hilflos. Doch ich presste meine Lippen zusammen und begann meinen Kopf zu schütteln.

Ich blickte dem Hünen entgegen, als er auf mich zukam. Seine Gestalt warf einen Schatten auf mich und er griff an die Seite seines Gürtels, von dem er nun ein Klappmesser löste. Mit einer fließenden Bewegung klappte er es auf und ich wich mit vor Schreck geweiteten Augen zurück. Ich fühlte mich zurückversetzt in die Situation, als ich ans Bett gebunden war in der Kammer der Hütte und Liam mir mit dem Messer drohte. Doch das hier war nicht Liam, der Mann, der trotz seiner Rachegedanken eigentlich ein gutes Herz hatte, das hier war der Ursprung allen Übels. Der Mann, der seinen Sohn zu einer Marionette gemacht hatte. Balthasar beugte sich zu mir vor und ich stieß einen spitzen Schrei aus.

„Hilfe!“, kreischte ich, doch er packte mich am Nacken und drückte mich vorne über. Kurz darauf spürte ich kaltes Metall an meinen Handgelenken. Einen Schnitt. Und meine Hände waren frei.

Balthasar ging ein paar Schritte zurück und sah von oben auf mich herab, als ich überrumpelt, verwundert und ungläubig meine freigemachten Hände anstarrte.

Gerade glaubte ich, das Wunder, um das ich eben gebeten hatte, wäre tatsächlich passiert, als der Teufel vor mir seine Stimme erneut erhob:

„Zieh dich aus.“

59

Ich starrte ihn an. „Zieh dich aus“, diese Worte hatte er auch zu Anna in dem Video gesagt und sie hatte ihm keine Folge geleistet. Daraufhin hatte er seinen Sohn dazu gebracht das zu übernehmen, doch Liam war jetzt nicht in der Lage dazu. Unsicher suchte mein Blick in Balthasars Gesicht eine Antwort auf die Frage, ob das alles nur ein Scherz war. Doch die Ernsthaftigkeit, mit der er mich ansah, ließ keine Zweifel zu. Sollte ich kooperieren? Was hatte er mit mir vor? Ich war doch kein Kind mehr, was für ein Interesse könnte er an mir haben?

„Mach schon, oder muss ich dir helfen?“

„Vater“, Liams Stimme war schwach, flehentlich und Balthasar schien ihn einfach zu ignorieren. Stattdessen zog er sich abermals den Stuhl vom Schreibtisch heran und ließ sich darauf sinken, während er eine auffordernde Geste in meine Richtung machte. Mein Herz schlug mir bis zu Hals und ich könnte nicht mal in Worte fassen, was für eine unglaubliche Demütigung und Scham ich empfand, als ich langsam meine Hände an den Saum meines Pullovers legte und ihn so langsam, wie nur möglich nach oben zog. Ich versuchte Zeit zu gewinnen. Vielleicht würde mir eine Lösung einfallen, vielleicht könnte Liam sich etwas erholen. Vielleicht würde ein Wunder passieren.

Als ich das Oberteil von meinem Kopf zog und neben mich sinken ließ und nun nur noch der Spitzen-BH, den Liam mir gekauft hatte, meine Brüste bedeckte, sah ich wie Balthasar zufrieden lächelte. Sein Blick glitt gierig über meinen Körper und ich hatte das Bedürfnis mich sofort wieder zu bedecken.

„Was hast du vor, Vater?", schaltete sich Liam abermals ein. Balthasar ließ sich nach hinten gegen die Lehne sinken und löste seinen Blick nicht ein einziges Mal von mir, auch nicht, als er seinem Sohn antwortete.

„Ich werde das mit ihr tun, wozu du nicht mehr in der Lage bist", sagte er, „jetzt die Hose, Helena", wandte er sich wieder an mich.

Oh Gott, bitte nicht, schoss es mir durch den Kopf, als ich mit zitternden Fingern auch nach dem Bund meiner Jogginghose griff und diese Stück für Stück hinabzog.

Liams Vater atmete genüsslich ein und wieder aus und ich wandte meinen Blick von ihm ab.

„Fass sie nicht an!", rief Liam nun, der es irgendwie schaffte, seine letzten Kräfte zu mobilisieren und sich auf die Beine kämpfte. Wackelig und wankend blieb er stehen und stellte sich seinem Vater blutverschmiert entgegen, um mich von ihm abzuschirmen.

Als Balthasar nun gezwungen war, seinen Sohn anzusehen, musterte er diesen kurz, ehe sein Mundwinkel belustigt zuckte.

„Wollen wir es machen wie früher? Und du fasst sie für mich an?", fragte er und hob eine Augenbraue herablassend an.

Liams Körper verkrampfte sich, seine Hände hinter dem Rücken ballten sich zu Fäusten und zitterten vor Anspannung. Ich hörte, wie seine Zähne aufeinander knirschten und vermutlich wäre er seinem Vater am liebsten ins Gesicht gesprungen. Doch auch Liam musste einsehen, dass er im Moment unterlegen war und rein gar nichts ausrichten konnte. Genau wie früher. Als kleiner Junge.

„Mach mit mir, was du willst, aber lass Helena da raus", knurrte Liam und Balthasar lachte kurz auf.

„Vielleicht fängst du ja noch an zu reden, wenn ich deine Freundin vergewaltige", sagte er schulterzuckend und richtete sich vom Stuhl auf. Nun überragte er seinen Sohn um einen Kopf und dieser musste zu ihm hinaufsehen. Balthasar schob ihn zur Seite, als sei er nichts und Liam hatte Mühe, sich überhaupt auf den Beinen zu halten. Er taumelte an den Kleiderschrank und drehte sich zu uns um.

Sein Vater dagegen kam auf mich zu und ich drückte mich, so gut es ging, nach hinten gegen die Wand. Bitte nicht! Diese Worte hallten in meinem Kopf wieder und wieder, doch sie erreichten meine Lippen nicht. Obwohl alles in mir danach schrie zu fliehen, wegzulaufen, so viel Platz zwischen mich und diesen Mann zu bringen wie möglich, wollte sich mein Körper einfach nicht rühren. Ich kannte dieses Phänomen bereits. Es war bei Mutter so gewesen und auch bei Liam, als er seine Hand gegen mich erhoben hatte. Dieser Moment, wenn ich vor Angst in dieser absoluten Paralyse gefangen war.

Balthasar lehnte sich zu mir vor und streckte seine riesigen Hände nach mir aus. Er fasste mich an meinen Fußgelenken und zog mich an diesen nach vorne zur Bettkante. Während er sich zwischen meine Beine drückte, strichen seine Finger über meine Oberschenkel, über meine Hüfte bis hinauf zu meinen Brüsten.

Ich kniff die Augen zusammen. Hielt die Luft an.

Er schob den BH nach oben, sodass meine Brust entblößt wurde und dann war für einen Moment Stille. Alles, was ich hörte, waren sein Atmen und mein dröhnender Herzschlag. Ich kam mir so furchtbar nackt vor. So furchtbar ausgeliefert.

„Ich bin doch kein Kind“, fiepste ich und er lachte mit geschlossenen Lippen, dann wanderte seine Hand weiter und fuhr spielerisch unter meiner Brust entlang.

„Nein, aber du bist eine schöne, junge Frau, in der Blüte ihrer Jahre“, antwortete Balthasar. Seine Berührung bescherte mir eine Gänsehaut, weil sie so unsagbar sanft war, dass es der Situation etwas Paradoxes verlieh. Ich hätte erwartet, dass er mit weh tun würde, dass er mich überall grob anfassen würde, aber was nicht war, könnte noch kommen.

„Niemand hat behauptet, dass ich nicht auf erwachsene Frauen stehen würde“, flüsterte seine tiefe Stimme und ich versuchte, mit aller Kraft zu verhindern, dass mir die Tränen in die Augen stiegen. Ich wollte ihm diesen Erfolg nicht gönnen.

Liams Vater lehnte sich abermals zu mir und nahm diesmal meine Hände in seine. Langsam aber mit bestimmendem Druck, führte er sie zu der Schnalle seines Gürtels, der direkt vor meinem Gesicht war. Seine Daumen streichelten nahezu beruhigend über meine Handrücken, doch er hielt mich fest, als ich sie ihm entziehen wollte.

„Öffne meinen Gürtel", befahl er mir. Zögernd und mit zitternden Fingern, tastete ich das Metall ab. Die Welt war für mich von Tränen verschwommen und ich konnte kaum mehr sehen, doch ich wollte nicht blinzeln, um sie nicht zu lösen.

„Stopp", Liams Stimme ließ mich zusammenzucken. Ich schluckte, atmete schnell. Balthasar zog die Luft scharf in die Lungen und drehte sich zu seinem Sohn.

„Ich hoffe für dich, dass es etwas Wichtiges ist", hauchte er.

„Anna ist bei Daniel", Liam schloss resigniert seine Augen. Sein Gesicht war schmerzverzerrt und er sah geschlagen aus, sein Vater hatte einmal mehr über ihn gesiegt. „Sein Name ist Daniel Schumacher." Sagte er und nannte ihm die Adresse.

„Nein", flüsterte ich erschrocken, „Liam, warum?"

„Ich kann es nicht ertragen, dass er das mit dir tut", er öffnete seine Augen einen Spalt breit und sah mich müde aber sanft an. Ich hörte das Aufschlagen der Tropfen auf dem Bett unter mir und meine Sicht klärte sich wieder.

„Sehr gut", sagte Balthasar, „ich habe dir ja beigebracht, dass man besser gleich auf seinen Vater hört, mein Sohn."

Mit diesen Worten und einem unglaublich gewinnenden Lächeln drehte sich der Mann wieder zu mir und legte nun selbst seine Hände an den Gürtel um ihn langsam und genüsslich zu öffnen.

„Diesen Spaß hier lasse ich mir trotzdem nicht entgehen."

60

„Nein, Vater, bitte“, flehte Liam, der unseren größten Trumpf nun weggeworfen hatte, mit zitternder Stimme. Doch Balthasar hatte kein Mitleid für ihn übrig.

„Jämmerlicher Schwächling“, hauchte er nur und dass er ihm diese Worte nicht vor die Füße spuckte, war alles. Kein Wunder, dass Liam nie in der Lage gewesen war, Gefühle oder gar Schwäche zuzulassen. Seit seiner Kindheit waren sie ihm ausgetrieben worden wie ein böser Geist.

Ich wandte meinen Blick von Balthasar ab und sah stattdessen zu Liam, während ich mein Möglichstes tat, um sorglos und stark auszusehen.

„Schon gut, ich schaffe das“, sagte ich und lächelte dasselbe Lächeln, das ich an Anna so oft gesehen hatte. Dasselbe Lächeln, das ich lächelte, wenn ich über meine Mutter redete.

„Gutes Mädchen“, lobte mich sein Vater, der eine Hand anhob und mir nahezu liebevoll den Kopf streichelte. Ich schluckte schwer und sah ihn wieder an. Er öffnete seinen Gürtel direkt vor meinem Gesicht und sah zufrieden auf mich herab. Hoffentlich würde es wenigstens schnell gehen. Hoffentlich würde es nicht allzu weh tun.

Balthasar öffnete auch den Knopf und den Reißverschluss der dunkelblauen Stoffhose, ehe diese etwas herabrutschte und den Blick auf seine schwarzen Shorts freigab, unter der sich in beängstigender Größe bereits sein Glied regte.

„Oh Gott“, wisperte ich und wieder füllten sich meine Augen mit Tränen. Balthasar legte eine seiner riesigen, schweren Hände auf meinen Kopf und der Blick seiner blauen Augen bohrte sich in meinen.

„Hol ihn raus und fass ihn an“, befahl er und mit zusammengebissenen Zähnen hob ich meine zittrigen Finger an. Gerade wollte ich mich dazu überwinden, sie an den Bund seiner Shorts zu legen, als Liam am Schrank herunterrutschte und sich durch sein blutiges, dreckiges Gesicht Tränen ihren Weg bahnten.

„Nein“, hauchte er nur immer wieder und ihn so leiden zu sehen, war noch schlimmer, als die Vorstellung, was sein Vater gleich mit mir tun würde.

Plötzlich wurde die Tür aufgerissen und meine Hände zuckten von dem Mann vor mir zurück. Markus erschien im Türspalt. Seine Blessuren waren notdürftig mit Pflastern verdeckt, seine Hand verbunden. Er schenkte unserer Situation keinerlei Beachtung, als sei sie etwas völlig Normales.

„Balthasar“, sprach er gedämpft und in seinen grauen Augen erkannte ich die Angst und den Respekt, den selbst er vor seinem Komplizen haben musste, „Telefon. Die Wache ist dran.“ Dann war er auch schon wieder verschwunden und Balthasar atmete tief ein. Er streckte seinen Rücken, seine Schultern langsam durch und ließ den Kopf minimal im Nacken kreisen, bis ein furchteinflößendes Knacken erklang. Dann stieß er die Luft aus und schloss seine Hose wieder.

Schweigend starrte ich zu ihm hinauf und er zu mir herab, bevor er sich umdrehte und den Raum ohne ein weiteres Wort verließ.

Zitternd sackte ich in mich zusammen und gönnte mir kaum einen Moment der Erleichterung, ehe ich vom Bett aufsprang und zu Liam hinüberrannte. Endlich konnte ich ihn in die Arme nehmen und drückte ihn an mich.

„Es tut mir so leid, Helena“, presste er hervor, rang um seine Fassung, endlich die Tränen zurückhalten zu können, „dass er dir das antun will und dass ich zu schwach bin, dich zu beschützen.“

„Es ist alles okay", versicherte ich ihm, „er hat mir ja noch nichts getan und selbst wenn – ich halte das aus. Und es ist nicht deine Schuld." Ich strich ihm vorsichtig durch das nasse Haar und gerade war mein Blick zu dem Fenster gewandert, als die Tür wieder aufging und Markus hereinkam.

„Hände auf den Rücken", befahl er und ich sah über die Schulter zu ihm. Sein Blick musterte lüstern meinen immer noch nahezu entblößten Körper und ich musste die Übelkeit unterdrücken, die in mir aufkeimte. Doch zu diesem flauen Gefühl gesellte sich auch eine heiße, lodernde Flamme, die ich so nur sehr selten empfand: Zorn. Hass. Ohne darüber nachzudenken, was ich tat, sprang ich auf und rannte auf Markus zu. Erschrocken über meinen plötzlichen Angriff schaffte er es nicht mehr rechtzeitig zu reagieren. Ich rammte meine Schulter in seinen Bauch, sodass er sich krümmte und bekam seine verletzte Hand zu fassen. Weil ich mir nicht anders zu helfen wusste, drückte ich sie mit Leibeskräften zusammen. Markus schrie, knurrte und bäumte sich auf.

„Kleine Schlampe!", rief er und packte mich an den Haaren. Ein reißender Schmerz durchdrang meine Kopfhaut, als er mich an ihnen fortzog, nur um mich dann zu Boden zu stoßen. Ich fiel auf die Knie und konnte mich gerade so mit den Händen abstützen. Doch bevor ich mich erneut aufrappeln konnte, wurden mir die Arme weggezogen und ich knallte schmerzhaft mit dem Kinn auf den Boden. Ich hörte das Ratschen eines Kabelbinders und erneut schnitt sich scharfkantiges Plastik in meine Haut. Irgendwie schaffte ich es, mich zur Seite zu drehen und sah gerade noch, wie Markus mit Wucht in Liams Magengrube trat, der eigentlich nur noch wehrlos am Boden lag und daraufhin Blut spuckte.

„Reizt mich lieber nicht!", brüllte er wutentbrannt und Liam brachte ein glucksendes Geräusch hervor, das ich nach kurzer Verwirrung tatsächlich als Lachen identifizierte.

„Sonst was?", provozierte er ihn, „holst du meinen Vater?"

„Glaub mir, ich brauch Balthasar nicht, um deiner Kleinen unten was reinzustecken", zischte Markus, der sich nun zu Liam herunterbeugte und ihn grob am Arm packte. Er zerrte ihn auf die Beine.

„Liam", hauchte ich und seine blauen Augen sahen mich über seine Schulter hinweg warm an.

„Wir schaffen das, versprochen", hauchte er, ehe Markus ihn aus dem Raum schubste und die Tür mit einem Knallen ins Schloss fiel.

Ein weiteres Mal war ich allein in diesem Raum, der wohl Annas altes Jugendzimmer war, das noch genau so zu sein schien, wie sie es verlassen haben musste. Markus hatte hier offensichtlich nie etwas verändert. Auch der Staub auf den Möbeln zeigte, dass es seit Jahren nicht mehr benutzt worden war. Warum hatte er es nie renoviert und für andere Zwecke genutzt? Meine Jogginghose und der Pullover lagen auf dem Bett und mit verbundenen Händen, war ich nicht in der Lage, sie mir anzuziehen. Ich torkelte zurück und ließ mich langsam auf die Matratze sinken, während ich versuchte, nicht in Panik zu verfallen. Wie in Meditation schloss ich meine Augen und dachte daran, dass Anna hier Jahre ihres Lebens in Angst und Missbrauch verbracht hatte. So schlimm es war, aber der Gedanke, dass sie es überstanden hatte, ließ mich daran glauben, dass auch ich es konnte. Dass ich hier nicht zugrunde gehen würde. Um ihretwillen. Als Tribut an ihre Stärke.

Auch der Gedanke, dass sie gerade bei Daniel war, war tröstlich. Obwohl Balthasar nun wusste, wo sie war und wo Daniel lebte, so hieß es dennoch nicht, dass er den Beamten auch überwältigen konnte. Unsere Hoffnung war, dass die beiden entkommen und Hilfe holen konnten. Wir mussten nur lange genug durchhalten. Irgendwann würde jemand misstrauisch werden und nach uns suchen.

Ich ließ mich zur Seite sinken und vergrub mein Gesicht in meinem Pullover. Eine ungeheure Müdigkeit ergriff von mir Besitz, doch die Kälte in meinen Gliedern wollte mich einfach nicht schlafen lassen.

61

Ich musste wohl doch irgendwie eingeschlafen sein, denn plötzlich schreckte ich aus dem Bettzeug hoch. Müdigkeit zog wie Blei an meinen Lidern und es dauerte, bis ich realisiert hatte, wo ich war und was die letzten Stunden passiert war.

Im Zimmer brannte noch das Licht und ich war komplett durchgefroren.

Tock

Irgendetwas war gegen die Fensterscheibe geknallt, was war das?

Alarmiert stand ich vom Bett auf und taumelte schlaftrunken. Ohne meine Hände nutzen zu können, fiel es mir schwer, das Gleichgewicht zu halten. Ich sackte kurz mit meiner Schulter gegen den Holzschrank, ehe ich mich wieder fing und zum Fenster wankte.

Da ich das Licht anhatte, konnte ich draußen im Dunkeln kaum etwas erkennen. Irgendwer war im Hof.

Tock

Ein Steinchen war direkt vor meiner Nase gegen das Glas geprallt und ich erschrak. Ich ging so nah an das Fenster heran wie möglich und kniff meine Augen zusammen. Nun erkannte ich zwei Gestalten unten auf dem Hof. Eine war klein und zierlich, die andere groß und männlich. Beide winkten und versuchten mir mit Gesten etwas zu verstehen zu geben.

„Anna! Daniel!“, hauchte ich, sodass mein warmer Atem für einen Moment die kalte Scheibe beschlug.

Ich drehte mich um und hob meine Arme an, um umständlich nach dem Fenstergriff zu greifen. Zum Glück war ich schon immer biegsam gewesen. Ein Hoch auf meine überdehnbaren Bänder! Nach einigem Gefummel schaffte ich es tatsächlich, das Fenster zu öffnen. Die frische, feuchte Nachtluft schlug mir entgegen und ich zog sie gierig in meine Lungen. Nun konnte ich auch die beiden erkennen. Anna sah noch genauso aus, wie wir sie vor einigen Stunden weggebracht hatten. Bloß dass sie eine von Daniels Jacken trug, in der sie nahezu unterging. Der Beamte dagegen trug nach wie vor sein pseudowitziges Shirt und ihm schien die Kälte nichts auszumachen.

„Oh Gott, ich bin so froh, euch zu sehen!“, hauchte ich in die Nacht hinein. Der Himmel war sternenklar und bei jedem Wort war mein Atem in feinen, weißen Wölkchen zu sehen.

„Wie kommt ihr hierher?“, fragte ich und meine Augen wurden groß und glänzend.

„Erklären wir dir später!“, flüsterte Daniel zurück und ging nah an die Wand unter dem Fenster heran. Er streckte seine Arme nach oben aus.

„Komm herunter, ich fange dich auf! Balthasar musste in die Polizeiwache. Markus ist allein und sitzt im Wohnzimmer, wir haben nicht viel Zeit und wir müssen leise sein!“

Ich schüttelte meinen Kopf.

„Liam muss hier noch irgendwo sein, ich kann nicht ohne ihn gehen!“

„Wir holen ihn später, Helena!“

Ich biss auf meine Unterlippe und als ob Anna meine Gedanken lesen konnte, dass ich nicht ohne ihn gehen würde, trat auch sie einen Schritt näher heran. „In meinem Schrank in der untersten Schublade ist ein alter Teddybär, zumindest, wenn mein Vater nichts an dem Zimmer geändert hat. Er hat hinten einen Reißverschluss. In seinem Inneren habe ich einen Zweitschlüssel versteckt. Früher bin ich so öfter ausgebrochen. Versuch, mit ihm die Tür zu öffnen. Eigentlich können sie Liam nur im Schlafzimmer oder im Bad eingesperrt haben. Das Bad ist gegenüber von meinem Zimmer, das Schlafzimmer nebenan. Aber du musst dich beeilen und vor allem pass auf, wenn du den anderen Schlüssel aus der Tür schiebst. Wenn er auf das Laminat fällt, hört mein Vater das garantiert. In meinem Schreibtisch müsste noch ein alter Ringblock liegen. Schieb die Pappe unter der Tür hindurch und hoffe, dass der Schlüssel darauffällt. Wenn der Block nicht mehr da ist, such nach etwas anderem, Flachem, Weichem. Wenn der Schlüssel auf den Boden knallt und Markus bekommt es mit, dann musst du ohne ihn fliehen. Versprich mir das, Helena!"

Dankbare Erleichterung machte sich in mir breit und ich nickte.

„Okay", hauchte ich, „gebt mir zehn Minuten!"

Mein Herz schlug bis zum Hals, als ich mich wieder in den Raum zurückzog und schnurstracks und auf Zehenspitzen zum Schrank schlich, damit Markus meine Schritte unten nicht hörte. Ich kniete mich hin, sodass ich mit dem Rücken zu dem Möbelstück hockte und zog die untere Schublade vorsichtig auf. Unter Socken und Unterwäsche ertastete ich tatsächlich etwas kleines Flauschiges. Ich öffnete den Reißverschluss und fingerte umständlich den Schlüssel heraus. Das alles mit hinter dem Rücken gefesselten Händen war gar nicht so einfach, da ich nur tasten, aber nicht sehen konnte, was ich tat.

Ich erhob mich und legte den Schlüssel leise auf dem Schreibtisch ab, dann zog ich auch hier die Schubladen auf und fand tatsächlich den besagten Ringblock. Markus hatte wirklich alles genau so gelassen, wie Anna es verlassen hatte. Vorsichtig riss ich die Rückseite aus Pappe ab und wollte gerade zur Zimmertür gehen, als ich von draußen ein „Psst!" hörte.

Als ich zum Fenster ging, erblickte ich ein weiteres Gesicht bei Anna und Daniel. Das kühle Licht eines Laptopdisplays beleuchtete es von unten und warf tiefe Schatten unter die Augen der schmalen, männlichen Gestalt, die sich eine Kapuze tief in die Stirn gezogen hatte.

„Balthasar ist auf dem Rückweg“, erkannte ich Calebs flüsternde Stimme. Sogar er war hier, „in fünf Minuten ist er hier. Du musst dich beeilen.“

„Fuck“, hauchte ich und nickte. Mir lief die Zeit davon, auch wenn ich innerlich beschlossen hatte, so oder so nicht ohne Liam zu gehen.

Eilig schob ich die Pappe unter der Tür durch und versuchte, den Schlüssel irgendwie ins Schloss zu bekommen. Ich schielte über meine Schulter nach hinten zu meinen Händen, doch ich konnte nicht erkennen, was ich tat. Dazu kam noch, dass meine Hände vor Aufregung zu zittern begannen.

Der Schlüssel rutschte mir aus der Hand und ich schaffte es gerade noch so, ihn wieder aufzufangen. Fluchend hantierte ich weiter an der Tür herum, bis ich es schließlich schaffte, ihn hineinzumanövrieren. Nun blieb mir nur noch zu hoffen, dass der Schlüssel von außen nicht schräg steckte und ich ihn einfach herausdrücken konnte. Doch das Glück war nicht auf meiner Seite.

„Verdammt“, zischte ich und rüttelte an der Klinke, schob meinen Schlüssel gegen den Widerstand und hoffte inständig, dass Markus unten nichts hörte. Ich musste dem Schloss einen kräftigen Schlag versetzen, bis sich das blöde Ding endlich leicht drehte und ich es hinausschieben konnte. Mit einem dumpfen Aufprall, fiel der Schlüssel zu Boden, kam zumindest halb auf meiner Pappe auf und ich konnte die Tür öffnen.

Im Flur angekommen hörte ich von der naheliegenden Treppe die Geräusche eines laufenden Fernsehers. Lachen im Publikum und Applaus. Leise schlich ich weiter und bewegte mich zuerst zum Schlafzimmer. Das helle Laminat knarrte leise unter meinen Schritten und ich hielt ertappt inne. Als von unten aber keine Regung kam, ging ich weiter. Wenn mich nicht alles täuschte, hatte ich Liams Schreie von nebenan gehört. Auch bei diesem Raum steckte von außen der Schlüssel in der geschlossenen Tür. Ich griff rückwärts nach ihm und drehte ihn vorsichtig um, dann drückte ich die Klinke herab und öffnete die Tür. In diesem Zimmer war es dunkel, lediglich der Lichtschein aus dem Flur fiel hinein. In scharfen Kanten zeichnete sich mein eigener Schatten auf dem Boden ab.

„Liam?“, hauchte ich ins Dunkel und etwas rührte sich auf dem Bett. Eine Decke raschelte.

„Helena“, flüsterte eine raue, gebrochene Stimme zurück und ihr Klang trieb mir vor Erleichterung die Tränen in die Augen.

„Komm, schnell! Die anderen sind hier, um uns zu retten“, wisperte ich und wenige Sekunden später schwankte Liams große, aber vor Schmerz gekrümmte Gestalt in den Lichtkegel. Er sah wirklich scheiße aus, wenn man das so sagen durfte. Sein Gesicht war bleich, die ohnehin schon dunklen Schatten unter seinen Augen hatten krankhafte Ausmaße angenommen und er war über und über mit verschmiertem Blut, Dreck und den Spuren seiner Tränen befleckt. Kurzum: Er sah aus wie „The Walking Dead“ entsprungen. Das einzig Gute war der hoffnungsvolle Glanz in seinen Augen und die Wärme, die in ihnen lag, als sie mich erblickten.

„Schnell“, forderte ich, „wir müssen noch unsere Hände loskriegen. Irgendwie müssen wir aus dem Fenster klettern.“

„Wie denn? Hast du eine Schere parat?“, fragte Liam, der es selbst in dieser Situation nicht lassen konnte, etwas zynisch zu klingen.

„Vielleicht eine Nagelschere im Bad?“, schlug ich vor und wir schlichen zu der Tür gegenüber von Annas Zimmer. Als wir sie aufgedrückt hatten, fanden wir uns in einem weiß gefliesten Badezimmer wieder. Es war recht klein und vor der Wanne befand sich ein grauer Duschvorleger. Über ihr war eine Art Hebevorrichtung angebracht, mit der man einen pflegebedürftigen Menschen ins Wasser lassen konnte. Direkt links von uns sah ich eine Toilette und daneben das Handwaschbecken mit einem Spiegelschrank. Jetzt, wo ich hier stand, fiel mir nicht nur mein unglaublicher Durst auf, sondern auch, dass ich dringend mal aufs Klo musste. Doch dafür war jetzt keine Zeit. Und falls unsere Flucht missglückte, würde ich mich einpinkeln, wenn Balthasar mich noch mal anfassen wollte. Vielleicht würde ihm dann die Lust vergehen. Mit dem Mund versuchte ich, die Türchen des Schrankes zu öffnen und schaffte es schließlich mit Liams Hilfe, der seine Nase in den Spalt drückte, sobald ich es geschafft hatte, die Tür etwas aufzuhebeln. Neben einigen Gläsern in denen Rasierutensilien und eine Zahnpasta stand, befand sich hier Deo, Aftershave, Wattestäbchen und anderer Kleinkram. Tatsächlich fanden wir ein kleines Etui, in dem eine goldene Nagelschere verstaut war.

„Jackpot", flüsterte ich und Liam ging zur Tür um zu lauschen. Von unten kamen nach wie vor keine verdächtigen Geräusche. Wir kehrten in Annas Zimmer und zum Fenster zurück.

„Nur noch losschneiden, dann haben wir es geschafft", flüsterte ich nach unten. Daniel machte sich unter dem Fenster bereit, Anna hatte die Hände zum Gebet gefaltet und Caleb sah gestresst auf seinen Laptop.

„Schnell!", zischte er, „er ist nur noch 500 Meter entfernt!"

„Dreh dich um!", befahl ich Liam und stellte mich mit dem Rücken zu ihm. Ich tastete vorsichtig, wo die Kabelbinder waren und schnitt sie in der Mitte durch. Mit befreiten Händen konnte Liam mich im Anschluss auch schnell von meinen Fesseln befreien. Ich rieb mir über die schmerzenden Handgelenke und verzog meine Lippen.

„Los, du zuerst!", sagte Liam und half mir auf das Fensterbrett. Ich blickte nach unten zu Daniel, der erneut seine Hände nach mir ausstreckte. Obwohl es nur wenige Meter waren, kam es mir vor, als befänden wir uns in schwindelerregender Höhe. Was, wenn ich fiel? Was, wenn ich falsch aufkam? Ich hielt mich an Liams Armen fest.

„Ich halte dich fest", versprach er mir, „so weit es geht, lasse ich dich herunter. Dann kommt Daniel schon fast an dich heran und es ist nicht mehr weit bis zum Boden."

Zögerlich nickte ich und sah ihn ängstlich an. Liam nickte mir aufmunternd zu und langsam begann ich, aus dem Fenster zu klettern. Der raue Putz der Fassade drückte sich schmerzhaft in meine bloßen Füße, gab mir gleichzeitig aber auch etwas Halt. Ich hangelte mich so tief es ging, bis ich nur noch von Liam gehalten wurde, der sich weit aus dem Fenster lehnte. Als ich einen Blick über die Schulter nach unten warf, erkannte ich Daniel in nicht allzu großer Entfernung. Liam öffnete seine Finger und ich musste einen Aufschrei unterdrücken, als ich plötzlich fiel. Starke Arme ergriffen meinen Körper, bevor er den Boden erreichen konnte und fingen mich sicher auf. Daniel stellte mich auf dem Hof ab und Anna zog mich sofort in eine enge Umarmung. Sie wickelte ihre Jacke um meinen fast nackten Körper.

„Er ist da!“, fluchte Caleb leise und kaum hatte er diese Worte gesagt, sahen wir die Abblendlichter eines Wagens in die Einfahrt biegen. Die Reifen knirschten gefährlich auf den Pflastersteinen.

62

„Liam, schnell!“, rief Daniel und ich sah, wie Liam aus dem Fenster kletterte und sich nur noch am Rahmen festhielt, ehe auch er sich fallen ließ. Der Beamte versuchte ihn aufzufangen, wurde von seinem Gewicht aber umgerissen und die beiden Männer knallten unsanft auf den Boden.

Leise fluchend rafften sie sich auf die Beine und stolperten Arm in Arm auf uns zu. Caleb klappte seinen Laptop energisch zu, klemmte ihn unter seinen Arm und zog sich sein Headset aus dem Ohr, mit dem er offenbar jemanden am Belauschen gewesen war.

„Los, los“, scheuchte er uns. Anna und ich liefen Daniel und Liam hinterher, die quer über den Hof auf ein Gebüsch zurannten, hinter dem es zurück auf die von Bäumen eingefasste Hauptstraße ging. So weit ich das beim Rennen erkennen konnte, befanden wir uns in einem der besseren Wohngebiete und ich stellte erschrocken fest, dass keine zwei Straßen weiter einmal eine Klassenkameradin von mir gewohnt hatte. Die Nachbarschaft war nahezu amerikanisch und nicht sehr urban. Hier gab es nur freistehende Einfamilienhäuser oder maximal Doppelhäuser mit großen Gärten. Jedes Wohnhaus hatte ein riesiges Grundstück und einen eigenen Hof, teilweise mit sehr langen Einfahrten. Der perfekte Ort, um seine Leichen unbemerkt im Garten zu vergraben. Alles wirkte idyllisch und ruhig, die Straßenlaternen gingen nachts aus und vermutlich herrschte eine freundschaftliche Anonymität in diesem Viertel. Jeder kannte jeden und wusste dennoch nichts über ihn, außer, was für ein Auto er fuhr und wann er von der Arbeit kam.

Wir rannten auf einen schwarzen VW Golf zu, der halb auf dem Bürgersteig parkte und dessen Türen zu diesem hin noch offen standen. Daniel schmiss sich hinters Steuer und Liam ließ Anna und mich zuerst hinten einsteigen, bevor er selbst Platz nahm. Zuletzt schloss der Hacker die Beifahrertür und klappte seinen Laptop wieder auf, während Daniel das Gaspedal bereits durchdrückte.

„Er hat geparkt. Hat uns noch nicht bemerkt", sagte Caleb und ein erleichtertes Seufzen entfloh uns allen.

Im Rückspiegel sah ich Daniels Augen, die immer wieder nervös nach hinten sahen, um sicherzugehen, dass wir nicht verfolgt wurden. Es musste ihm unheimlich schwerfallen, nicht auffällig davonzurasen, sondern sich ganz normal in den spärlichen, nächtlichen Verkehr einzureihen.

Anna umarmte mich abermals und griff über mich hinweg nach Liams Hand. Die beiden tauschten einen kurzen Blick und ein Lächeln.

„Wie habt ihr uns denn nun gefunden?", fragte ich, als mich plötzlich ein Fiepen aus dem Kofferraum ablenkte. Die Hutablage war herausgenommen und als ich über meine Schulter nach hinten sah, erkannte ich die grau-weiße Pitbulldame mit ihrer schwarz-rosa Nase.

„Fly!", rief ich und konnte auf die Schnelle nur erkennen, dass die Seite ihres Kopfes mit Blut verkrustet war, sie lag zitternd auf einer Decke, doch sie war wach und sah mich aus ihren dunklen Knopfaugen liebevoll an. Es tat so gut, sie zu sehen und sie wenigstens lebend zu wissen, dass ich sofort anfing zu schluchzen. Gott sei Dank! Ich strich mir die Tränen aus dem Augenwinkel und rief mich zur Besinnung.

„Caleb wollte Liam anrufen, um ihm zu sagen, dass er Balthasars Handy gehackt hat und sich bei der Hütte befindet, doch es ging niemand mehr ran. Daraufhin hat er uns kontaktiert, weil er sich Sorgen gemacht hat. Wir sind sofort los zu euch, aber wir konnten nur noch Fly verletzt im Unterholz finden und einen Polizeiwagen in der Einfahrt. Von euch war keine Spur mehr. Also sind wir zu Caleb gefahren, der Balthasars Standort auf seinem Laptop nachverfolgen konnte. Wir haben gesehen, dass er zu meinem Vater nach Hause gefahren ist und dann mussten wir warten, bis einer das Haus verlässt. Zum Glück hat es nicht lange gedauert, bis Balthasar seinen Dienstwagen abholen musste. Dann haben wir die Steinchen gegen das Fenster geworfen, um auf uns aufmerksam zu machen, während Caleb alles weiter überwacht hat. Allerdings hat es ganz schön lange gedauert, bis Markus überhaupt ins Wohnzimmer gegangen ist und wir agieren konnten“, erklärte Anna und ich griff über die Lehne hinweg, um die Hündin sachte zu streicheln. Sie leckte meinen Handrücken dankbar ab. Wir mussten uns ihre Wunden gleich genau ansehen und spätestens morgen direkt zum Tierarzt fahren.

„Aber warum habt ihr nicht direkt die Polizei benachrichtigt? Sie hätten Markus‘ Haus hochnehmen können und ihn in flagranti erwischt, wie er uns gefangen hält!“, sagte ich verwirrt, doch Anna schüttelte ihren Kopf.

„Das hat mehrere Gründe. Einmal wäre nur Markus erwischt worden, aber nicht Balthasar und zweitens hatten wir Angst, dass die Polizei dann mit Lärm hier ankommt, Markus Panik bekommt und euch nachher noch umbringt. Außerdem ist kaum etwas von allem auf Balthasar zurückzuführen.“

„Wir können nicht zu dir nach Hause, Daniel. Ich habe ihnen gesagt, wo du wohnst und sie haben mein Handy“, schaltete sich Liam ein.

„Dann fahren wir erst mal zu mir“, murmelte Caleb in seinen Pullover.

„Suchen sie nach mir?“, fragte Anna tonlos und ich nickte langsam, während Liam weiter schweigend aus dem Fenster sah.

„Keine Sorge, Anna. Dir wird nichts passieren“, versprach ich und griff nach ihrer Hand, um diese zu drücken, „Balthasar hat gesagt, dass du Informationen hast, die sie brauchen. Was hast du über sie herausgefunden?“

Die zierliche Frau presste ihre Lippen zusammen und blickte auf unsere Hände hinab. Ihr Mund verzog sich zu einem bitteren Lächeln.

„Es geht ihnen nicht darum, Informationen von mir zu erhalten, sondern sicherzugehen, dass ich keine ausplaudern kann“, verbesserte sie mich, „ich weiß, wo sie jetzt ihre Filme drehen.“

63

Wir näherten uns der Innenstadt und schließlich bog der Golf in die von Altbauten gesäumte Straße ab, in der Caleb wohnte. Dass Anna herausgefunden hatte, wo das neue Versteck von Balthasar und Markus war, konnte ich noch kaum fassen. Auf der einen Seite brachte diese Information uns ein ganzes Stück näher an unser Ziel, auf der anderen war es aber auch ein furchtbarer Gedanke, dass die beiden nach wie vor Kinder missbrauchten und der ganze Horror noch kein Ende hatte.

„Das Versteck ist gut gesichert und die beiden sind nur selten dort, deswegen ist es schwer sie zu überführen, aber es ist ein Anfang", erklärte Anna, während Daniel den Wagen rückwärts in eine Parktasche lenkte. Er zog die Handbremse an und wir verließen das Auto. „Er folgt uns nicht. Anscheinend hat er uns nicht gesehen", verkündete Caleb, dessen Gesicht wieder von dem Licht des Notebooks erhellt wurde. Wir eilten durch die nächtliche, stille Straße hinüber zum Hauseingang und versuchten, möglichst leise die gewendelte Holztreppe nach oben zu gehen. Daniel trug die verletzte Fly, die noch zu wackelig auf den Beinen war, um selbst zu laufen und Caleb stützte Liam, während Anna ihm seinen Laptop abnahm. Oben angekommen betraten wir die kleine Wohnung, in der wir vor noch gar nicht langer Zeit schon mal gewesen waren.

„Hier", sagte Caleb, als er aus seinem Schrank einen Pullover sowie Shorts holte und sie mir mit abgewendetem Blick reichte.

„Danke", murmelte ich leise und lächelte ihn an, auch wenn er nicht mal hinsah, „ihr könnt gerne mein Bad benutzen", fügte der Hacker mit einem Seitenblick zu dem nach wie vor blutverschmierten Liam an. Jetzt, da er es erwähnte, fiel mir wieder auf, wie dringend ich eigentlich auf Toilette musste. Außerdem konnte ich es kaum abwarten, unter die Dusche zu gehen und all den Dreck abzuwaschen, den Balthasars Hände in meiner Vorstellung auf mir hinterlassen hatten. Mich reinwaschen von dieser Demütigung, obwohl ich dem Schlimmsten entgangen war. Da Liam sich noch mit Anna und Daniel unterhielt und besorgt Fly unter die Lupe nahm, beschloss ich, dass ich als Erste das Bad belegen würde. Ich hielt die frische Kleidung dicht an mich gedrückt und huschte auf nackten Zehenspitzen zu dem kleinen, fensterlosen und hellgrau marmoriert gefliesten Raum, in dem es nicht mehr gab als ein Waschbecken, eine Toilette und eine Dusche. Nachdem ich mich erleichtert hatte, wusch ich mir die Hände und warf einen Blick in den Spiegel vor mir. Von draußen drangen die Stimmen der anderen nur gedämpft und wie aus weiter Ferne an mich heran. Ich musterte mein Gesicht, das mir irgendwie fremd geworden war. Ich war nicht mehr dieselbe, immer fröhliche Person, die ich vor einigen Tagen noch gewesen war. Meine Finger schlossen sich fester um den Rand des Waschbeckens und ich presste die Lippen fest zusammen. Die Frau, die mir entgegenblickte, schien in den letzten Tagen um Jahre gealtert. Ihre Augen waren früher hell und wach und funkelten wie zwei Aquamarine. Doch nun war der Glanz in ihnen erloschen und sie wirkten müde. Was war nur aus mir geworden? Was war aus meinem Leben geworden? Wenn ich daran dachte, was beinahe mit mir passiert wäre, drehte sich mein Magen um. Mir wurde flau und mein Atem beschleunigte sich. Plötzlich wurden meine Fingerspitzen kalt und begannen zu kribbeln. Mein Körper begann zu zittern und ich fühlte mich wie unter Wasser getaucht. Was war das? Was geschah mit mir? Vielleicht würde eine heiße Dusche helfen. Obwohl ich das Gefühl hatte, jeden Moment in Ohnmacht zu fallen, schaffte ich es irgendwie, mich meiner Unterwäsche zu entledigen und machte einen Schritt auf die Dusche zu. Plötzlich wurde mir gänzlich schwarz vor Augen und ich kam ins Wanken. Im letzten Moment konnte ich mich an der Duschtür festhalten, sackte allerdings auf die Knie und fiel halb in die Wanne hinein. Einen Moment blieb ich so am Boden hocken und starrte nach unten auf meine Hände, bis sich mein Kreislauf so weit stabilisiert hatte, dass ich wieder aufstehen konnte. Mein Mund war trocken und das Schlucken schmerzte furchtbar. Ich stieg wackelig in die Dusche. Gerade hatte ich das Wasser angestellt und warme, weiße Dampfschwaden begannen meinen Körper wie sanfte Watte zu umhüllen und den Raum zu erfüllen, als die Badezimmertür aufgedrückt wurde. „Besetzt!", rief ich erschrocken und verdeckte instinktiv meine Brüste mit meinen Händen. Doch bereits an der Silhouette erkannte ich, dass es Liam sein musste. Auch seine Haltung hatte sich geändert. Ich hatte ihn als absolut ruhigen, selbstsicheren Menschen mit aufrechter, fast bedrohlicher Körperhaltung kennengelernt. Doch nun ging er leicht gekrümmt, ob es an den Schmerzen oder der seelischen Last lag, die auf seinen Schultern ruhte, konnte ich kaum sagen. Vielleicht beides. „Liam", hauchte ich erstaunt und ließ meine Hände nach kurzem Zögern sinken. Ich schaltete das Wasser aus und öffnete die Duschtür, um ihn fragend anzusehen. Erschöpft lehnte er sich mit der Schulter gegen die Wand und ließ auch seinen Kopf seitlich dagegen sinken.

„Ich wollte schauen, ob alles okay bei dir ist", sagte er und sah mich nicht an. Sein Blick ging irgendwo auf den Boden, was mir tatsächlich ein kleines Lächeln entlockte. Dieser Gentleman.

„Mir geht es gut", log ich und musterte ihn sorgenvoll. Er zögerte, schien abzuwägen, ob er mir glauben sollte oder nicht, doch wenn wir ehrlich waren, dann lag meine Lüge auf der Hand. Wem von uns ging es denn im Moment noch gut?

„Sag mir Bescheid, wenn du irgendwann reden willst", sagte er und drückte sich von der Wand ab, um wieder zu gehen.

„Warte", sagte ich, einem plötzlichen Impuls nachgebend. Ich wollte nicht, dass er ging. Ich wollte ihn bei mir wissen. Nach all den schrecklichen Dingen sehnte ich mich nach seiner Nähe. Liam hielt in der Bewegung inne und legte verwundert seine Stirn in Falten, sah mich aber nach wie vor nicht an.

Ich schwieg einen Augenblick und obwohl wir inzwischen ein Paar waren, beschleunigte sich mein Puls und ich spürte, wie mir die Hitze in die Wangen schoss, als ich leise und zögerlich flüsterte:

„Komm zu mir."

Liam schien mit dieser Aufforderung nicht gerechnet zu haben, denn er stutzte, fuhr sich unsicher mit der Hand durch die Haare und stieß die Luft geräuschvoll aus. Doch als ich durch die Duschtür meine nasse Hand einladend nach ihm ausstreckte, gewann er gegen seine Zweifel und setzte sich langsam in Bewegung. Er zog seinen Pullover und die Hose aus, die beide dreckig, blutgetränkt und teilweise zerrissen waren, sodass er letztlich nackt, wie Gott ihn geschaffen hatte, vor mir stand und ich vor ihm. Seine Kiefer pressten sich fest aufeinander und er hatte nach wie vor nicht den Mut, mir in die Augen zu blicken. Er musste sich furchtbar dreckig fühlen, sich schämen, genau wie ich es tat. Vorsichtig berührte ich mit den Fingerspitzen seine Brust. Er zuckte und schloss verärgert die Augen. Ich konnte nur ahnen, dass er sich innerlich verfluchte für seine Schwäche. Meine Hand wanderte weiter und strich erst über die Tätowierung an seinem Schlüsselbein, die den Schriftzug „Vergib uns unsere Schuld" zeigte, bis hin zu seiner Halsbeuge, wo ich vorsichtig das kleine, silberne Kreuz berührte.

„Wieso kannst du dir nicht vergeben?", fragte ich leise.

„Als Kind war ich schwach. Ich konnte mich nicht gegen meinen Vater wehren und Anna nicht beschützen. Er hat mich zu einem Monster gemacht. Ich dachte, ich wäre gewachsen, stark genug geworden, ... aber letztendlich hat sich rein gar nichts geändert. Ich konnte dich nicht beschützen. Wie kann ich mir vergeben, dass dir diese Dinge zustoßen?“ Bitterkeit lag in seiner rauen Stimme und ich schüttelte langsam meinen Kopf.

„Aber ich vergebe dir und auch Anna hat dir schon längst vergeben. Merkst du denn nicht, dass wir dich lieben, so, wie du bist? Egal, ob stark oder schwach. Kein Mensch ist perfekt und, ob du es glaubst oder nicht, wir dürfen Fehler machen. Schwach sein. Denn wir sind Menschen und Schwäche ist menschlich. Und du, Liam“, wisperte ich leise und drehte das Kreuz in meinen Fingern, während ich es endlich schaffte, den Blick seiner blauen Augen einzufangen, „du bist ein Mensch und kein Monster.“ Auf meine Worte hin konnte selbst der kühle Liam ein Lächeln nicht unterdrücken und ich nutzte den Moment, um mich vorzulehnen und sachte meine Lippen auf seine zu legen. Ich schloss meine Augen und spürte, wie er nun endlich zu mir in die Dusche stieg, sich seine starken Arme um mich legten und er mich in einer innigen Umarmung gefangen hielt.

64

Eine ganze Weile lang hielten mich seine kräftigen Arme fest umschlossen und ich drückte mich ihm sehnsüchtig entgegen. Er begann, mit seinen Fingerspitzen meinen Rücken leicht hinauf und hinab zu streicheln. Diese sanfte Berührung bereitete mir eine Gänsehaut an den Armen und zauberte mir sofort ein seliges Lächeln auf die Lippen.

„Ist es okay für dich, dass ich dich jetzt berühre?", durchbrach Liam die zwischen uns herrschende Stille. Ich öffnete die Augen und legte meine Stirn fragend in Falten.

„Wieso sollte es nicht okay sein? Du bist doch mein Freund", entgegnete ich irritiert, während er meinem Blick wieder mal auswich.

„Wegen dem, was dir passiert ist. Mein Vater hätte dich beinahe ...", er brachte es nicht über die Lippen. Ich drückte mich etwas von ihm weg, legte eine Hand an seine Wange, um ihn dazu zu bringen, mir in die Augen zu sehen.

„Es ist ja nichts passiert und du bist nicht er", versicherte ich ihm, „wir dürfen ihn nicht zwischen uns stehen lassen und uns nicht von dem, was er getan hat, runterziehen lassen."

Liam stieß die Luft lachend aus und schüttelte leicht den Kopf.

„Wie oft musst du mir noch solche Dinge sagen, bis ich endlich genauso nach vorne blicken kann wie du? Du hast Tränen genug für uns beide, aber du bist auch stark genug für uns beide." Er beugte sich vor und legte seine warmen Lippen auf meine Stirn.

„Wenn es sein muss, sage ich es dir auch noch eine Million Mal", flüsterte ich leise und auf diese Worte hin, zog er mich noch etwas enger an sich. Seine Hände strichen etwas selbstsicherer über meinen Körper, ehe er stockte.

„Ist die Gänsehaut wegen mir, oder weil dir kalt ist?", fragte er.

„Hm, beides?", antwortete ich schulterzuckend und Liam war so freundlich, an mir vorbei nach der Duscharmatur zu greifen und das Wasser wieder einzustellen. Nach einem kurzen kalten Schauer wurden wir in ein angenehm warmes Nass gehüllt, das den Schmutz nach und nach von uns abwusch. Er sammelte sich als braune und rote Schlieren im Wasser zu unseren Füßen, ehe es gänzlich im Abfluss verschwand.

„Schauen wir mal, was der gute Caleb hier so hat", verkündete Liam schließlich und löste sich von mir, um nach Duschzeug zu suchen.

„All in one, für Körper und Haar", las er schließlich den Text auf der einzigen, männlich-blauen Flasche vor, die sich hier finden ließ.

„Super, dann stink ich gleich nach Mann", stöhnte ich und bekam strafend dafür einen Klecks der bläulichen Flüssigkeit auf den Kopf.

„Stinke ich etwa?", giftete Liam, der mehr von dem Gel in seinen Händen verteilte, es aufschäumte und ohne Vorwarnung beherzt an meine Brüste griff, um diese einzuseifen. Schockiert japste ich nach Luft und versuchte, seine Finger fortzudrücken.

„Du hast doch gesagt, dass ich das darf!", beschwerte er sich.

„Ja, aber ...", stammelte ich, „doch nicht so!"

Liam schmunzelte süffisant in sich hinein und ich nahm ihm die blaue Tube lieber ab, bevor er noch mehr Unfug damit machen konnte. Ich gab mir nun selbst etwas in die Hände und begann vorsichtig Liams Gesicht und seine Haare zu waschen. Es war schön zu sehen, wie unter all dem verkrusteten Blut wieder seine Haut zum Vorschein kam. Einige Blessuren und aufgeplatzte Wunden würden jedoch noch eine Weile Zeugen für die Gewalt sein, die er erleiden musste. Nachdem ich auch den letzten schmutzigen Fleck an seinem kratzigen Kinn weggewischt hatte, wanderten meine Hände tiefer, strichen behutsam über seine Schultern und seine Brust. Liam war ungewöhnlich still geworden und sah mit intensivem, glasigem Blick auf mich herab, als meine Fingerspitzen über die tätowierte Haut an seinem Bauch strichen. Ich lächelte ihn schüchtern an, ehe ich meinen Mut zusammennahm und mich bis zu den empfindlichen Stellen zwischen seinen Beinen vortraute. Seine Erregung drängte sich mir nahezu entgegen. Er stützte eine Hand neben meinem Kopf an der Duschwand ab und schien meine Berührung sichtlich zu genießen, denn er schloss für einen Moment die Augen und seufzte leise. Ermutigt durch seine Reaktion, wurden meine Bewegungen mit der Hand intensiver. Ich nutzte den Moment, um sein Gesicht ganz genau zu beobachten. Jedes kleine Zucken mit dem Mundwinkel, jedes leichte Zusammenziehen der Brauen oder Auf- und Abhüpfen seines Adamsapfels nahm ich wahr. Liam hielt sich mit der anderen Hand an meinem Oberarm fest, als ich noch etwas schneller wurde. Er senkte seinen Kopf, sodass ich ihn nicht mehr ansehen konnte und ich spürte seinen Atem an meinem Hals. Eine heiße Welle durchfuhr meinen Körper, als sein tiefes, leises Stöhnen an mein Ohr drang. Ich spürte, wie sich seine Brust schnell zu heben und zu senken begann. Seine Atmung beschleunigte sich. Stoßweise drang die Luft aus seinen Lungen. Er wurde immer härter. Die Finger krallten sich in meine Haut und er gab sich genüsslich seinem Höhepunkt hin. Einen Moment standen wir einfach so da, ehe er mich erneut in seine Arme zog und mir einen liebevollen Kuss auf die Wange hauchte.

„Was hast du nur mit mir gemacht?“, fragte er kopfschüttelnd, „ich bin so emotional geworden. Habe Kuschelsex, heule vor dir rum und sage kitschige Sachen. Eklig.“

Ich schnaubte belustigt und rollte die Augen. „Ja, genau. Du bist eine echte Weichflöte geworden“, stimmte ich spöttisch zu, was mir einen strafenden Blick einhandelte.

„Also an mir ist nichts weich, vor allem nicht meine Flöte“, argumentierte er und hob dabei herausfordernd eine Augenbraue an, „gib mir ein paar Minuten und ich zeige dir, wie hart meine Flöte ist.“

Ich konnte ein dämliches Grinsen nicht weiter unterdrücken und obwohl das ein verlockendes Angebot war, denn ich konnte nicht leugnen, dass es mich angemacht hatte, ihn zu berühren, schüttelte ich den Kopf.

„Wir sollten die anderen nicht länger warten lassen, die wundern sich sicher schon, wo wir bleiben", lehnte ich ab und nahm die Brause aus der Halterung, um den Schaum von uns beiden abzuspülen.

„Sicher?", fragte er und während sich sein rechter Mundwinkel zu einem schelmischen und gleichsam verführerischen Lächeln hob, strich er sanft mit seiner Hand über meine Taille hinab zu meinem Po. Er griff genüsslich hinein und drückte mich gegen sich, sodass ich seine Männlichkeit ganz genau spüren konnte. „Ganz sicher", sagte ich mit belegter Stimme und versuchte, ihn von mir zu drücken, bevor meine Hormone die Kontrolle über meinen Körper erlangen konnten.

„Wir hätten auch nichts zum Verhüten da. Und wir sollten unser Schicksal nicht zu sehr herausfordern."

„Okay, aber du verpasst was", hauchte Liam, der enttäuscht von mir abließ und die Duschtüren öffnete. Er fischte ein Handtuch von einem kleinen Regal. Freundlich, wie er war, wickelte er mich zuerst ein, bevor er sich selbst eins nahm. Wir kletterten aus der kleinen Dusche und trockneten uns ab. Anschließend zog ich die Sachen an, die ich von Caleb bekommen hatte. Liam dagegen musste erst einmal mit einem Handtuch um die Hüften vorliebnehmen, denn sein Besuch in der Dusche war wohl unangekündigt gewesen.

Liam wollte gerade auf die Tür zugehen, als ich ihn noch einmal am Handgelenk zurückhielt. Fragend schaute er mich an und ich sah kurz betreten auf meine Füße, ehe ich den Mut hatte, seinen Blick zu erwidern.

„Ich liebe dich, Liam. Vergiss das nicht, egal, was noch passieren wird."

65

Ich verließ das Bad als Erste. Liam folgte mir nur mit dem Handtuch um seine Hüften. Sofort drehte sich Anna, die auf dem kleinen Sofa saß, zu uns um. Ein verschmitztes Grinsen erschien auf ihrem dünnen Gesicht, als sie ihren Blick zwischen uns hin- und herwandern ließ.

„Na ihr", neckte sie uns und hob wissend eine Augenbraue an, „sauber oder wieder dreckig?"

Während mir die heiße Röte in den Kopf schoss und ich am liebsten im Boden versinken wollte, schmunzelte sogar Caleb in sich hinein, der neben Anna an seinem Laptop saß, auf den Bildschirm blickte und, abgesehen von seiner entgleisenden Mimik, Gott sei Dank so tat, als würde er nichts mitbekommen. Daniel klopfte Liam auf die Schulter, der die Hand jedoch grummelnd von sich schob.

„Paar Klamotten wären nicht schlecht", sagte Liam, „aber ich glaube nicht, dass mein muskulöser Hintern in Calebs kleine Höschen passt"

Nun sah der Hacker doch auf und warf ihm erst einen irritierten, dann grimmigen Blick zu. Auch ich holte aus und gab Liam für diesen dummen Spruch einen Klaps auf sein ach so muskulöses Hinterteil.

„Benimm dich", zischte ich und Liams Mundwinkel zuckte amüsiert.

„War doch nur ein Scherz", verteidigte er sich.

Caleb stand auf, ging zu seinem Schrank und warf Liam ebenfalls eine Shorts zu, dazu bekam er noch eine schwarze Marken-Jogginghose und ein T-Shirt. Das alles saß zwar etwas eng an ihm, aber ich hatte sicher kein Problem damit, dass sein trainierter Körper noch mehr in Szene gesetzt wurde.

„Ich würde sagen", begann Daniel im Anschluss und sah sich in der Runde um, „dass wir jetzt alle erst mal ausschlafen und uns morgen früh zu einer Lagebesprechung zusammensetzen. Dann klären wir, wie es weitergeht und jemand bringt Fly zum Tierarzt." Die Hündin lag zusammengerollt zu Annas Füßen und schlief inzwischen.

Einstimmiges Nicken ging durch die Runde.

„Liam, Helena, ihr schlaft in meinem Bett", bestimmte Caleb, „die letzten Stunden waren für euch sicher die Hölle. Anna und Daniel können auf dem Sofa schlafen, das kann man ausziehen. Ich muss ohnehin noch wach bleiben, ich bin hier an etwas dran", er deutete auf seinen Laptop und sah uns unsicher an, wohl in der Hoffnung, dass ihm niemand widersprechen würde. Ich fühlte mich zwar schlecht, von allen das bequemste Nachtlager zugeteilt zu bekommen, andererseits war ich aber auch dankbar. Die letzten Stunden waren wirklich die Hölle gewesen und ich freute mich einfach, sicher in Liams Armen die Augen zu schließen und zu schlafen.

Schweigend machten wir uns alle fertig fürs Bett und ich konnte ein glückliches Seufzen nicht unterdrücken, als meine schmerzenden Glieder die Matratze berührten. Liam legte sich neben mich, schob seinen Arm unter meinem Kopf durch und zog mich zu sich heran. Obwohl es nicht so war, kam es mir vor, als wäre es eine Ewigkeit her, dass wir zuletzt so beieinandergelegen hatten. Wir sagten nichts mehr, lagen einfach da, und er streichelte meinen Oberarm, während ich das Gleiche bei ihm tat. Wie lange ich so wach lag und irgendwann seinem regelmäßigen Atem lauschte und das Heben und Senken seines Brustkorbs spürte, wusste ich nicht. Der Übergang zwischen Wachsein und Schlafen war so fließend, dass ich nicht mitbekam, wann ich eindöste.

Dass ich eingeschlafen war, wurde mir erst bewusst, als ich am nächsten Morgen die Augen aufschlug. Der herbe, aromatische Duft von gerösteten Kaffeebohnen hatte mich geweckt und die Sonne flutete das Zimmer so hell, dass ich geblendet blinzeln musste. Zu meiner Überraschung lag ich nicht allein im Bett, sondern Liam lag noch selig schlafend neben mir. Ich musste unwillkürlich lächeln, als ich sein entspanntes Gesicht betrachtete, das in diesem Moment aussah, als wäre all das Leid nie geschehen. Vorsichtig lehnte ich mich zu ihm hinab und begann ihn mit federleichten Küsschen zu übersäen, bis er ein leises Brummen von sich gab, die Augenbrauen zusammenzog und verschlafen blinzelte.

„Aufwachen, Dornröschen", hauchte ich grinsend und Liams schlaftrunkener Verstand brauchte eine Weile, um meine Worte zu registrieren. Dann sah er mich strafend an. „Ich bin eher der schlafende Drache", grummelte er und setzte sich langsam auf.

„Frühstück!", flötete Annas melodisch süße Stimme, die wie eh und je fröhlich war, und als ich zu der kleinen Küchenzeile hinübersah, erkannte ich die junge Frau, wie sie verheißungsvoll eine Tüte Brötchen hochhielt und mit den Augenbrauen wackelte.

Daniel stand neben ihr und hatte Einkaufstaschen in den Armen, aus denen er Butter, Käse, Wurst und Nutella auspackte. Bei dem Anblick der braunen Haselnusscreme wurden meine Augen groß und das Wasser sammelte sich sofort in meinem Mund.

„Oh ja", sagte ich und sprang aus dem Bett auf, als wären neue Lebensgeister in mich gefahren. Anna lachte und begann den Couchtisch mit einer zusammengewürfelten Kollektion aus verschiedensten Tellern, Tassen und Besteckteilen zu decken, weil es keinen Esstisch hier gab. Caleb saß bereits auf dem Sofa und umklammerte eine Dose Energydrink, während er nervös mit den Beinen wippte.

„Wie lang hast du geschlafen?", fragte ich ihn besorgt, als wir zu ihm hinübergingen und ich mich auf die Knie vor dem Wohnzimmertisch auf den Boden setzte.

„Gar nicht", antwortete der Hacker, der inzwischen dunkle Schatten unter den blaugrünen Augen hatte. Ich musterte sein blasses Gesicht und presste die Lippen zusammen.

„Alles gut, ich hol das nach", winkte er ab und Anna stellte eine volle Kanne Kaffee auf den Tisch. Daniel setzte sich neben den Computerspezialisten auf das Sofa, Anna und Liam mussten sich zu mir auf den Boden setzen. Jeder begann, sich sein Brötchen zu schmieren, goss sich Kaffee ein und ich suchte besorgt nach der grauen Pitbulldame.

„Wo ist denn Fly?", fragte ich erschrocken, als ich sie nirgendwo entdecken konnte.

„Wir waren heute Morgen schon in einer Tierklinik mit ihr", antwortete Daniel, „sie hat wohl eine Gehirnerschütterung und soll jetzt zur Überwachung ein paar Tage dort bleiben. Wir hielten das auch für das Beste. Das arme Tier hat genug mitgemacht. Keine Sorge, ich komme für die Kosten auf."

„Du bist echt ein Schatz!", freute ich mich und stieß erleichtert die Luft aus. Liam sah mich für diesen Satz zwar mürrisch an, sagte aber nichts.

„So", sagte Anna dieses eine Wort, welches ankündigte, dass jetzt etwas Bedeutendes folgen würde, „wie geht es denn jetzt weiter? Balthasar und mein Vater laufen immer noch frei herum und sie sind garantiert unheimlich wütend", sie biss sich kurz auf die Unterlippe.

„Wir könnten mit dem, was wir haben, zur Polizei gehen", schlug ich vor, „wir haben das Video und Liams zerfetzte und blutige Klamotten sind sicher voller DNA. Ob wir ihnen dann jeden Kindesmissbrauch nachweisen können, glaube ich zwar nicht, aber es sollte zumindest reichen, um einen Haftbefehl zu bekommen. Wenn die Spezialisten dann weitersuchen, finden sie vielleicht alle Leichen im Keller. Außerdem kann Anna sagen, wo sie vermutet, dass die Filme gedreht werden."

„Warte", meldete sich Liam zu Wort, „bevor wir zur Polizei gehen, möchte ich wenigstens einmal bei meinem Vater zu Hause suchen. Möglicherweise gibt es dort noch andere Videos oder etwas, das ihn belasten könnte. Wenn wir dort aber nichts finden ...", anhand seiner angespannten Haltung, dem Knacken seiner Finger unter dem Tisch und dem Mahlen seiner Kiefer konnte ich erkennen, wie schwer ihm die folgenden Worte fallen mussten, „... gehen wir mit dem, was wir haben, zur Polizei." Er sah resigniert aus. Es passte ihm nicht, dass diese Schweine mit einer viel zu geringen Strafe davonkommen würden. Dass nicht mal ein Bruchteil von dem, was sie eigentlich verbrochen hatten, aufgedeckt werden würde. Liam wollte Gerechtigkeit. Für sich und für alle anderen Opfer. Doch er würde sie so niemals bekommen. Sicherlich hatte er nach wie vor den Wunsch nach Rache – nach ihrem Tod. Doch mir zu Liebe stellte er diesen Wunsch hinten an und ich war ihm unheimlich dankbar dafür. Unter dem Tisch griff ich nach seiner verkrampften Hand und löste die Finger vorsichtig, um sie festzuhalten und leicht zu drücken.

„Dann müssen wir zusehen, dass wir dort hingehen, wenn Balthasar nicht zu Hause ist", merkte Daniel an, „und was ist mit deiner Mutter? Geht sie arbeiten?"

Liam zuckte die Schultern, „hab sie ewig nicht gesehen und auch nichts von ihr gehört", antwortete er, „aber wir können sehen, ob ihr Auto da ist. Früher war sie meistens in der Stadt shoppen oder im Beautysalon, wenn Vater auf der Arbeit war."

„Caleb, kannst du rausfinden, wann Balthasar auf der Arbeit ist?", fragte Anna an den Hacker gewandt, welcher daraufhin nur seinen Laptop umdrehte, sodass wir alle auf den Bildschirm blicken konnten.

„Schon geschehen. Hier ist der Dienstplan für die nächste Woche."

Unsere Augen wurden groß.

„Boah, Caleb! Hast du das heute Nacht gemacht? Hast du dich allen Ernstes in die Server der Polizei eingehackt?", fragte ich fassungslos.

Der Hacker schmunzelte. „Ich hab eine Freundin, die macht gerade ein Praktikum in Balthasars Dienststelle. Sie hat den Plan heimlich abfotografiert."

Wir lachten, und es tat unheimlich gut, so locker mit allen zusammenzusitzen. Die Situation war natürlich sehr bizarr, aber dennoch fühlte ich mich wohl. Hier waren wir. Der Justizvollzugsbeamte, der den Schwerverbrecher Liam schon seit seiner Kindheit kannte und ihm helfen wollte, Anna vor dem Missbrauch ihres Vaters zu retten. Anna, die trotz alldem ihr Lächeln und ihren Lebenswillen nicht verloren hatte und Caleb, dem PC-Crack, den Liam aus der gemeinsamen Haft kannte. Und ich. Helena, die Studentin, die Autorin werden wollte und in etwas hineingeraten war, womit sie eigentlich nichts zu tun hatte. Wir alle hatten uns vereint, um Gerechtigkeit zu schaffen, wirklich bösen Menschen das Handwerk zu legen. Wir waren wie Superhelden, nur weniger Super und noch weniger Helden. Wir waren wie die Avengers, bloß nicht so cool. Und nicht so reich.

66

Laut Dienstplan hatte Balthasar ab heute Nachmittag eine lange 12-Stunden–Schicht. Das bedeutete genug Zeit für uns, Liams Elternhaus zu durchforsten, vorausgesetzt seine Mutter wäre nicht da.

Wir gönnten uns ein ausgiebiges Frühstück und Caleb legte sich im Anschluss endlich schlafen. Liam und ich hatten beschlossen, dass wir zuerst zu mir nach Hause fahren würden. Dort könnte ich mir endlich ein paar Sachen zum Anziehen einpacken und für Liam wollten wir vorher schnell in der Stadt etwas einkaufen.

Wir fuhren Daniel zur Arbeit, damit wir im Anschluss sein Auto haben konnten. Anna war bei Caleb geblieben. Sie sollte sich ausruhen und nicht noch einmal in Gefahr geraten. Nachdem wir den Beamten also bei der JVA abgesetzt hatten, dem Ort, an dem ich Liam zum ersten Mal gesehen hatte, fuhren wir in die Stadt. Typisch Mann, wie Liam war, stiefelte er in den erstbesten Laden rein, den er finden konnte, griff sich ein paar bequeme Hosen und Shirts in seiner Größe und bezahlte, ohne sie anzuprobieren. Zum Glück hatte Daniel uns etwas Geld gegeben, da unsere beiden Geldbörsen noch in der Hütte im Wald lagen. Ohne Tasche kam ich mir wirklich nackt vor. Etwas fehlte und ständig fasste ich an meine Seite, um jedes Mal aufs Neue schockiert festzustellen, dass dort nichts war. Nachdem wir unseren schnellen Einkauf getätigt hatten, fuhren wir den Weg zu mir nach Hause, den ich früher so oft gefahren war. Als wir in unserer Straße ankamen und auf die Hofeinfahrt unseres kleinen Hauses bogen, war Vaters Wagen nicht da. Er musste zur Arbeit sein und das war wohl auch besser so. Ich war mir nicht sicher, wie er auf mich und vor allem Liam reagieren würde. Dieser folgte mir mit interessiertem Blick, als wir auf die Eingangstür zugingen.

„Hier lebst du also", sagte er und sog die Luft in die Lungen, als würde sie hier anders riechen.

„Seitdem ich denken kann, ja", antwortete ich und, da ich meine Tasche nicht mehr hatte, suchte ich nach unserem Ersatzschlüssel, den Papa in einer kleinen Steinschnecke im Vorgarten deponiert hatte, weil Florian sich schon häufig ausgesperrt hatte und nach der Schule dann nicht ins Haus konnte. Ich drückte die Eingangstür auf und betrat den schmalen Flur, von dem aus sich die Treppe direkt nach oben wendelte. Hier waren die Sanitäter durchgelaufen. Hier hatte ich auf unseren Vater gewartet und ihm von Florians Zusammenbruch erzählt.

Das Licht war aus und im Haus herrschte dieselbe, erdrückende Stille, die ich hier wahrgenommen hatte, als ich nach unserem ersten Krankenhausbesuch allein heimgekommen war.

„Willst du da jetzt Wurzeln schlagen?", fragte Liam, der hinter mir stand und dem ich den Weg versperrte. Seine liebevolle Art riss mich aus meinen Gedanken zurück ins Hier und Jetzt. Ich schnaubte genervt und trat weiter ein. Wie es sich gehört, zogen wir unsere Schuhe aus, wobei ich ohnehin nur Filzschläppchen trug, die Caleb mir geliehen hatte, und stellten sie unter die Garderobe im Flur. Bevor ich nach oben in mein Zimmer ging, stattete ich der Küche und dem Wohnzimmer noch einen Kontrollbesuch ab. Obwohl ich seit Tagen nicht hier gewesen war, sah es erstaunlich ordentlich aus. Abgesehen von zwei Töpfen, in denen noch Reste von Nudeln und Tomatensoße waren, stand nichts herum. Vielleicht lag es auch daran, dass Vater ganz allein war.

Sofort hatte ich Mitleid mit meinem alten Herrn und ein schlechtes Gewissen, dass ich in dieser schweren Zeit nicht bei ihm war. Doch ich konnte mich nicht zweiteilen. Balthasar und Markus ins Gefängnis zu bringen, hatte inzwischen einfach oberste Priorität.

Ich nahm einen Notizzettel und einen Kugelschreiber aus unserer Krimskrams-Schublade und wollte meinem Vater wenigstens eine kleine Nachricht dalassen.

Habe ein paar Klamotten geholt. Mir geht es gut, habe mein Handy verloren. Bin in ein paar Tagen wieder zu Hause. Versprochen! Hab dich lieb

Kuss

Helena

Liam lächelte über meine Schulter hinweg und gab mir einen flüchtigen Kuss auf die Wange, als er meine Nachricht las.

„Du vermisst deine Familie, oder?“, fragte er und ich nickte stumm.

„Ich würde meinen Vater und vor allem meinen Bruder unglaublich gern wiedersehen. Und ich will dich ihnen gerne vorstellen.“

„Ich kanns kaum erwarten. Ich bin der Traum von einem Schwiegersohn. Vorbestraft und flüchtiger Straftäter. Sicher das, was sich dein Vater für dich wünscht“, sagte er, sarkastisch, wie er eben war.

Ich drehte mich zu ihm um, griff kurz in den Stoff des T-Shirts an seiner Brust und sah ihm in die Augen.

„Mein Vater wird glücklich sein, wenn ich es bin“, sagte ich, „du wirst ihm gefallen. Ein Schwiegersohn, mit dem er über all den männlichen Mist quatschen kann, über den er mit mir nicht redet und für den Florian zu jung oder sensibel ist.“ Ich lächelte leicht, stellte mich auf die Zehenspitzen und drückte ihm einen Kuss auf die Lippen, ehe ich ihn an der Hand nahm und mit mir aus der Küche zog.

Wir gingen gemeinsam die knarzende Holztreppe hinauf und oben angekommen öffnete ich die Tür zu meinem Zimmer.

Liam trat vor mir ein, langsam und fast ehrfürchtig. Er sah sich mit großen Augen um, als sei er hier in eine andere Welt gekommen. Mit den Fingerspitzen strich er über die vielen Bücher in meinem Regal und lächelte. Anschließend ließ er sich auf mein Bett sinken und legte sich auf den Rücken, um danach unter die Zimmerdecke zu sehen.

„Hier liegst du also, wenn du noch ein Buch liest oder schläfst", sagte er, ehe er mit einem anzüglichen Grinsen zu mir sah, „oder als du an den heißen Gefangenen gedacht hast, mit dem du Interviews geführt hast?"

„Liam", sagte ich mahnend und schüttelte den Kopf.

Er setzte sich auf und sein Grinsen wurde breiter.

„Hast du es dir gemacht, als du an mich gedacht hast?"

Mein erster Impuls war, etwas nach ihm zu werfen. Da ich aber nichts hatte und mich nicht immer von ihm aufziehen lassen wollte, hob ich eine Braue herausfordernd an und versuchte möglichst selbstsicher zu wirken, indem ich meine Arme verschränkte.

„Hast du?", gab ich zurück und Liam hob die Schultern, als er einen unschuldigen Blick aufsetzte.

„Du hast mich schon ziemlich heiß gemacht", gab er zu und nun konnte ich nicht verhindern, dass ich mir peinlich berührt eine meiner wilden Haarsträhnen hinter mein Ohr strich. Heute war mein Schopf besonders unbändig, weil ich mir gestern nach dem Duschen nicht die Haare geföhnt hatte. Nun hatte ich die Quittung in Form von Locken, die in alle Richtungen abstanden, als hätte ich in eine Steckdose gepackt. Prompt nahm ich mir einen Haargummi, den ich auf meinem Nachttisch fand, und band mir einen flüchtigen Dutt.

Ich nahm meine Sporttasche aus dem Kleiderschrank. Als ob ich jemals Sport gemacht hätte – die Motivation war immer da und irgendwann hatte ich auch mal ein Abo in einem Fitnessstudio. Da ich aber nie hingegangen war, wurde das schnell wieder gekündigt. Seitdem flog diese Tasche nutzlos in meinem Schrank herum. Endlich bekam sie ihren Auftritt.

Ich packte frische Unterwäsche ein, Socken, bequeme Hosen, T-Shirts und Pullover. Eigentlich hatte ich vor, ab morgen wieder zu Hause zu schlafen, trotzdem warf ich Sachen in meine Tasche, als wollte ich in einen langen Urlaub fahren. Man wusste ja nie.

Duschzeug, Cremes und meine Zahnbürste, die ich auch schnell noch benutzte, durften nicht fehlen. Einen rot-gold geringelten Schal, eine kleine Digitalkamera und als ich gerade nach zwei Paar Schuhen greifen wollte, erschien Liams dunkle Gestalt bedrohlich vor mir. Mit verschränkten Armen sah er auf mich herab.

„Dein Ernst, Helena? Wir wollen nicht in den Urlaub“, mahnte er mich und ich packte dennoch beide Paare mit einem entschuldigenden Lächeln ein.

„Ich bin jetzt so weit“, beruhigte ich ihn und das Letzte, was ich mitnahm, waren ein paar Ibuprofen für Liam. Immerhin hatte er sich seine Hand kaputt geschlagen, Fly hatte seinen Arm zerbissen und die Folter hatte ebenso ihre Spuren hinterlassen. Er musste Schmerzen haben und im Gegensatz zu seinem Arztfreund konnte ich nicht mit Opium dienen.

„Gut, ich habe nämlich noch keine Wohnung, in die du einziehen kannst“, neckte er mich.

„Sei still, Freundchen“, tadelte ich ihn und schwenkte drohend meinen Zeigefinger.

„Ich will noch deinen Arm neu verbinden, bevor wir losfahren“, kündigte ich dann an und holte unseren Erste-Hilfe-Kasten aus dem Badezimmer.

„Setz dich auf das Bett.“

Als ich den alten Verband gelöst hatte, konnte ich erkennen, dass die Naht vom Doktor noch ganz gut aussah. Drum herum war die Wunde geschwollen und rot. Sicher hatten Markus oder Balthasar es sich nicht nehmen lassen, auf seiner Verletzung herumzutreten. Ich sprühte sie mit etwas Desinfektionsmittel ein, das mein Bruder damals für sein Lippenpiercing bekommen hatte, und erneuerte dann den Verband.

„So, das dürfte erst mal halten“, sagte ich und bevor ich gehen konnte, hielt Liam mich an meinen Händen fest und zog mich zu sich, sodass ich auf seinem Schoß landete.

„Meine persönliche Krankenschwester", flüsterte er und da mein Nacken durch meine neue Frisur freilag, nutzte er diese Chance, um ihn mit sanften Küssen zu bedecken. Nach wie vor riefen seine Berührungen eine Gänsehaut bei mir hervor und kribbelnde Wellen fuhren durch meinen Körper, entfachten ein unglaubliches Feuer in mir, das sich danach zehrte, mich ganz und gar zu verbrennen. Wer wusste schon, wie lange wir solche Zweisamkeit noch teilen konnten, bis er wieder ins Gefängnis musste, bis mich der Alltag wieder einholen würde? Ich drückte mich sehnsüchtig an ihn heran, als würde ich ihn jetzt schon vermissen. Für einen Moment blieben wir so sitzen, bis uns die Zeit im Nacken unruhig werden ließ und ich wieder aufstand. Liam sah zu mir herauf, hielt noch einen Augenblick meine Hand und streichelte über meine Fingerknöchel, ehe auch er sich erhob.

Wir gingen die Treppe hinunter. Unten zog ich mir meine bequemen Turnschuhe an, die ebenso niemals zum Sport benutzt worden waren wie meine Tasche und sah mich noch ein letztes Mal um, ehe wir mein Elternhaus wieder verließen.

Wir räumten meine Sachen in den schwarzen VW Golf. Liam war inzwischen wieder fit genug, um zu fahren. Vermutlich war es ihm lieber, anstatt als Beifahrer neben mir durchzudrehen. Außerdem wusste er den Weg zu seinem Elternhaus wohl am besten. Während der gesamten Fahrt hielt er meine Hand und ließ sie nur los, wenn er schalten musste. Wir schwiegen. Waren beide in unsere Gedanken vertieft. Etwa zehn Minuten später wurde Liam langsamer. Wir fuhren durch eine wohlhabendere Gegend. Genau genommen das Villenviertel unserer kleinen Stadt. Diese Gegend war schon etwas älter. Die Häuser hier hatten hohe Decken, kleine Türmchen und Sprossenfenster. Die meisten von ihnen stammten aus dem Ende des 18. Jahrhunderts und waren von der Zerstörung im Krieg größtenteils verschont geblieben. Liams Fingerknöchel traten weiß hervor, so fest schloss sich seine Hand um das Lenkrad.

Vor einer alten Steinmauer, die von dichtem, dunkelgrünem Efeu bewachsen war, hielten wir an. Liam lehnte sich in dem Sitz zurück und atmete ein und aus, eine tiefe Furche hatte sich zwischen seinen Brauen gebildet.

„Wir parken hier, sonst kann er uns auf den Kameras sehen", sagte er und ich nickte stumm, „ob meine Mutter da ist oder nicht, sehen wir erst, wenn wir über der Mauer sind."

67

Wir stiegen aus dem Wagen und schlossen die Autotüren möglichst leise hinter uns, auch wenn das eigentlich nicht nötig war. Liam stemmte für einen Moment die Hände in seine Hüften, blickte zu Boden und atmete tief durch. Auch mir war nicht wohl bei der Sache. Abgesehen davon, dass ich Angst hatte, seine Mutter würde uns erwischen oder gar Balthasar, war das, was wir vorhatten, eine Straftat. Wir würden einbrechen. Ich würde mich strafbar machen. Mal wieder. Für Liam.

„Wir klettern hinten bei dem Ahorn rüber. Keine Sorge, als Jugendlicher habe ich das ständig gemacht", versuchte Liam mich zu beruhigen, als er mir meine Nervosität wohl ansah. Vermutlich war ich kreidebleich und mir standen die Schweißtropfen auf der Stirn.

„Was ist mit den Nachbarn? Es ist helllichter Tag", flüsterte ich und sah mich paranoid um.

„Der Ahorn ist versteckt hinter der Garage vom Nachbarn. Dort sieht uns niemand. Die meisten Leute sind jetzt auf der Arbeit. Und wir machen einfach einen auf verliebtes Pärchen, das in einer Ecke verschwindet", schlug Liam vor und wippte verschwörerisch mit den Augenbrauen. Oh man, dachte ich mir und schüttelte über ihn den Kopf. Ein Schmunzeln konnte ich trotzdem nicht unterdrücken. Liam griff nach meiner Hand und zog mich leicht zu sich heran. Wir spazierten los und ich musste all meine Beherrschung aufbringen, um mich nicht ständig auffällig umzusehen.

„Du bist so eine schlechte Schauspielerin“, murmelte Liam, als ich neben ihm herstackste wie ein Storch, während er geschmeidig wie immer war.

„Ich bin eben kein geübter Verbrecher wie du!“, zischte ich zurück und Liam musste leicht grinsen. Er legte seinen Arm um mich und zog mich an der Hüfte näher zu sich heran.

„Aber ein heißer, geübter Verbrecher“, antwortete Liam selbstsicher.

„Ein geübter Verbrecher, der ganz okay ist“, konterte ich augenrollend, woraufhin er plötzlich stehen blieb und mich um sich herumwirbelte. Ich landete mit dem Rücken an der Mauer. Der Efeu kitzelte in meinem Nacken. Liam stellte sich dicht vor mich, sodass er zu mir heruntersehen musste und ich die Wärme seines Körpers durch meine Kleidung hindurch schon spüren konnte. Sofort stolperte mein Herz, mein Mund wurde trocken und ein heißes Kribbeln breitete sich in meinem ganzen Körper aus.

„Was soll das?“, hauchte ich mit stockendem Atem und mit einem belustigten Grinsen nahm Liam meine Hand. Er führte sie zu seinem T-Shirt und legte sie auf seinen Bauch. „Wie fühlt sich das an?“, raunte er tief, was mir abermals einen Schauer durch den Körper jagte. Unter dem Stoff des T-Shirts spürte ich seine definierten Muskeln, die er nun auch noch absichtlich anspannte, damit ich merkte, wie hart sie waren. Ich konnte nichts sagen. Starrte ihn mit offenem Mund an. Fühlte mich von seiner plötzlichen Offensive wie überfahren.

„Da fällt dir nichts mehr ein?“ Ich ärgerte mich über sein siegessicheres Grinsen. Verflucht, und er hatte auch noch recht, „fühlt sich so ganz okay an?“

„Ist ja gut“, flüsterte ich und wandte meinen Kopf von ihm ab, als ich merkte, wie mir die Röte ins Gesicht stieg. Warum war ich nur so empfindlich?

„Du bist so süß“, lachte Liam und hauchte mir einen Kuss seitlich auf den Hals, ehe er sich von mir löste und mich an der Hand ein paar Schritte hinter sich herzog. Als wir unter einem großen Ahorn zum Stehen kamen, fiel mir auch wieder ein, wieso wir hier waren. Da ich mich selbst hatte täuschen lassen, war es wohl auch für jeden Beobachter ein realistisches Schauspiel. Ich hatte immer noch mit meinen wackeligen Knien zu kämpfen, als Liam sich schon positionierte, um eine Räuberleiter für mich zu machen. Die Mauer war fast zwei Meter hoch und ich befürchtete, dass ich mir gleich alles brechen würde.

„Los“, drängelte Liam mich ungeduldig und ich ging zögerlich auf ihn zu. Ich legte eine Hand auf seine Schulter und setzte vorsichtig den Fuß in seine Hände. Vermutlich hob er mich mehr, als dass ich wirklich kletterte, aber letztendlich schaffte ich es, mit dem Bauch auf der Mauer zu landen. Ich zappelte wie eine Schildkröte und fürchtete schon vornüberzufallen, als Liam auch noch meine Beine seitlich hinaufdrückte.

„Uff“, machte ich, als ich es endlich schaffte, mich aufzusetzen. Liam war inzwischen neben mir und ich hatte keine Ahnung, wie dieser Affe es schaffte, überall hochzuklettern. Er hüpfte auf der anderen Seite hinunter und reichte mir seine Hand, um mir zu helfen. Endlich hatten wir es geschafft, in das Grundstück einzudringen und ich war bereits jetzt fix und alle. Wenn wir erwischt wurden, müsste Liam mich zurücklassen, sonst wären wir beide verloren.

„Hier lang“, flüsterte Liam und wir bewegten uns geduckt dicht an der Mauer entlang. Es war ein großer Garten, der vorwiegend aus Wiese bestand, die dann und wann von einem großen, alten Baum geschmückt war. Besucher kamen wohl durch das kunstvoll verzierte, gusseiserne Tor und fuhren dann über einen gepflasterten Weg zu einem kreisförmigen Hof, der direkt vor der alten Villa lag. Sie hatte ein hübsches, schiefergedecktes Mansardendach und ihre weiße Fassade wurde mittig von einem Runderker gegliedert. Obwohl sie gut gepflegt war, musste ihr Anstrich mal erneuert werden, denn das Weiß war inzwischen in die Jahre gekommen. Dennoch war es ein sehr schönes Gebäude, aber ich konnte mir den kleinen, verlorenen Liam gut hier vorstellen, wie er durch die großen, kalten Räumlichkeiten lief.

„Das Auto meiner Mutter ist nicht da“, flüsterte Liam, der mit zusammengekniffenen Augen Richtung Eingang sah, „außer es steht in der Garage, aber das können wir nicht kontrollieren.“

Wir blieben stehen und er sah mich unsicher an.

Ich atmete tief durch.

„Riskieren wir es!“, entschied ich.

Liams Mundwinkel zuckte und er fasste mich an der Hand, als er mich weiter zum Gebäude zog.

„Wie kommen wir rein?“, fragte ich. Gut, dass mir diese entscheidende Frage erst jetzt einfiel.

Liam zog etwas Kleines, Schwarzes aus seiner Gesäßtasche, das sich als Schweizer Klapp-Taschenmesser entpuppte und sah mich grinsend an.

Ungläubig und misstrauisch zog ich die Augenbrauen zusammen. „Willst du jetzt die Haustür damit aufpulen, oder was?“

„Natürlich nicht, Dummerchen! Komm!“ Wir schlichen weiter und erreichten das Gebäude. Unten befanden sich zwei kleine, schmale Kellerfenster, die mit einem rostigen Gitter verdeckt waren.

„Die stehen immer offen, weil dort unten die Wäsche trocknet“, flüsterte Liam und ließ sich auf die Knie sinken. Er klappte an dem Messer einen kleinen Schraubenzieher auf und begann, an dem Gitter herumzuschrauben. Da der Rost das Metall jedoch ziemlich zerfressen hatte, musste er sich ganz schön anstrengen und rutschte einige Male vom Schraubenkopf ab, ehe er es schaffte, sie loszudrehen. Klimpernd fiel das Metall in den Schacht und landete im Kies, mit dem dieser unten ausgefüllt war. Nachdem er auch die anderen drei Schrauben gelockert hatte, löste er das Gitter und legte es unten im Schacht ab. Mit dem Fuß drückte er das Fenster quietschend weiter auf und sah mich auffordernd an.

„Ladies first“, flüsterte er und ich sah ihn strafend an. Juhu.

„Okay“, sagte ich, ehe ich durch das kleine Fenster in die Villa hineinkletterte.

68

Liam hatte mehr Mühe als ich, seinen massigen Körper durch das enge Loch zu schieben. Er kam auf dem Boden an, und die Geräusche seiner Schuhe hallten an den kahlen, grauen Kellerwänden wieder. Wir hielten den Atem an, lauschten. Hier unten herrschte absolute Ruhe, die nur ab und an von einem elektronischen Surren unterbrochen wurde.

In diesem Raum befanden sich neben einer Waschmaschine auch ein Trockner und ein leerer Wäscheständer. Das rote LED-Display der Waschmaschine zeigte an, dass sie fertig war.

„Los, komm", flüsterte Liam und wir verließen den Kellerraum möglichst leise. Durch einen ebenso kahlen Flur bewegten wir uns auf eine schmale Treppe zu. Hier war es fast vollkommen dunkel und ich musste mich an Liams Shirt festhalten, da er den Weg wohl auch noch blind kannte. War er früher oft über diesen Weg geflüchtet, so wie Anna aus ihrem Zimmer?

Ich konnte diesen Gedanken nicht zu Ende führen, als wir bereits vor der Tür oben ankamen. Wieder hielten wir den Atem an und lauschten. Nichts. Es schien wirklich niemand zu Hause zu sein. Aber vielleicht wusste Balthasar auch längst von uns und war uns wie immer einen Schritt voraus. Vielleicht wartete er mit gezogener Waffe vor der Tür? Liam hob seine Hand an und legte sie an die Klinke. Ich hielt mich an ihm fest. Alles, was ich hörte, war das Blut, das aufgeregt in meinen Ohren rauschte.

Er öffnete die Tür.

Wir blickten in einen Flur. Liam sah sich um, nickte und winkte mich hinter sich her. Niemand war hier.Ich stieß die Luft erleichtert aus. Mein Herz schien in meiner Brust einen wütenden Tango zu tanzen. Ich fühlte mich nicht nur schlecht, weil ich Angst davor hatte, erwischt zu werden, sondern allein schon bei dem Gedanken, dass ich mich hier strafbar machte.

„Zuerst gehen wir ins Wohnzimmer, dann in sein Arbeitszimmer, mein altes Zimmer und zum Schluss in das Schlafzimmer", sagte Liam und wir gingen den Flur hinab. An der Wand hingen Familienfotos und eine Garderobe mit verschiedenen Jacken.

Das Wohnzimmer war ein großer Raum mit hoher Decke und einem Kachelofen. Alles war sehr stilvoll und teuer eingerichtet. Ein gigantisches, schwarzes Ledersofa befand sich vor einem modernen Fernseher und die bodentiefen Fenster versorgten das Zimmer mit viel Licht. Abends wurde der Raum von einem Metallkronleuchter erhellt. So edel es auch war, so unpersönlich war es hier auch. Als wäre es ein Musterzimmer in einem Einrichtungshaus. Fehlte nur, dass die Preisschilder noch an den Möbeln hingen.

Ich sah mich mit weit geöffneten Augen um, während Liam ungerührt auf die Wohnzimmerwand zuging und dort die Glastüren aufzog, um die Regale zu durchsuchen.

„Guck im Sideboard", wies er mich an, als er merkte, dass ich einfach nur dastand, wie in einer fremden Welt. Ich setzte mich in Bewegung und durchsuchte das Möbelstück. Doch hier gab es nichts Spannendes. Nur teures Geschirr, unbenutzte Dekoration und ein Vorrat an Teelichtern und Batterien.

Letztlich wusste ich überhaupt nicht, wonach ich Ausschau halten sollte. Einem Video, klar. Aber die Kassette, die ich in der Hütte gefunden hatte, war schon alt. Heutzutage würde er die Dateien wohl eher auf einem USB–Stick speichern oder auf einer DVD. „Wir hätten Caleb mitnehmen sollen, er hätte sich vielleicht Zugang zum PC deines Vaters machen können. Dann hätten wir alle Daten runterziehen und in Ruhe durchsuchen können", flüsterte ich.

„Suchen wir im Arbeitszimmer. Vielleicht können wir uns einloggen. Ansonsten bauen wir die Festplatte aus. Vater weiß ja nicht, wo wir uns aufhalten."

Ich nickte zustimmend und folgte Liam, der mich eine Marmortreppe bei der Eingangstür hinaufführte. Oben gab es ein Durchgangszimmer, von dem aus drei Türen abgingen. Hinter uns lag nun eine Galerie, aus der man in den Eingangsbereich hinabblicken konnte. Wir nahmen die mittlere Tür und fanden uns in einem geräumigen Arbeitszimmer wieder. Hier stand ein PC auf einem Schreibtisch mit schwarzer Glasplatte. Überall lagen Dokumente, Locher, Tacker und andere Büroutensilien. Eine Wand war mit Regalbrettern ausgekleidet, auf denen Bücher, ein Drucker und diverse Ordner standen.

Ich durchsuchte den Schreibtisch, während Liam sich daran machte, den PC hochzufahren. Er gab einige Passwörter ein, doch als er das passende nicht fand, fuhr er ihn wieder herunter und begann, die Festplatte auszubauen. Zum Glück hatte er ja seinen Schweizer-Allrounder dabei. Ich hätte das Gehäuse sicher nicht mal aufbekommen und wenn doch, hätte ich nicht gewusst, wie die Festplatte aussieht. Am Ende hätte ich sicher die Grafikkarte ausgebaut oder so. Mein Bruder kümmerte sich bei uns um diese Elektronik-Geschichten. Ich hatte davon so viel Ahnung wie die deutsche Bahn von Pünktlichkeit.

„Hier ist nichts", sagte ich frustriert, „ich weiß ja nicht mal, wonach genau wir suchen."

Ich steckte zwei Speicher-Sticks ein und eine SD-Karte, die ich in einem Lesegerät fand. Doch ich glaubte irgendwie nicht, dass Balthasar seine geheimen Daten so offensichtlich herumliegen ließ.

Letztendlich hatten wir die Festplatte, die Speichermedien und fast jeden Raum durchsucht, jedoch ohne großen Erfolg. Besonderes Unbehagen hatte mir dabei sein altes Zimmer gemacht. Es wirkte so normal, genau wie Annas. Eine alte Playstation hatte er gehabt und einen kleinen Röhrenfernseher. Auf seinem Bett war Star-Wars–Bettwäsche und auch sonst hatte ich viel nerdiges Zeug gesehen. Das Zimmer war gut gepflegt, aber auch leicht eingestaubt.

Nun trafen wir uns unten im Flur und schauten uns um, überlegten fieberhaft, wo wir noch nachsehen konnten. Liam stellte sich vor die Wand und betrachtete die alten Fotos. Ich versuchte, in seinem Gesicht abzulesen, was er dabei empfand, doch er war geübt darin, seine Emotionen zu verstecken. Ganz neutral glitt sein Blick über ein Foto seiner Mutter.

„Ich frage mich, ob sie immer noch trinkt", murmelte er dann leise, „ich kenne ihr Alkoholversteck. Diese eine Sache will ich noch wissen, dann gehen wir zurück."

Liam ging vor und wir betraten das Schlafzimmer seiner Eltern, welches sich vom Durchgangszimmer aus rechts befand. Mein Blick blieb an dem Kingsize Boxspringbett hängen und ich musste mir vorstellen, wie Balthasar hier mit seiner Frau lag. Wie er sie anfasste. Ob er aufhörte, wenn sie „nein" sagte? Ob Liam überhaupt ein Wunschkind war?

„Hier ist es", Liams Stimme riss mich aus meinen Tagträumen. Ich kämpfte das flaue Gefühl in meinem Magen nieder. Er hielt ein blaues Nähkästchen in den Händen, das er aus einem der Nachttische gezogen hatte, „hier hat sie die Flaschen drin versteckt."

Weinflaschen passten da wohl nicht rein, aber kleine Schnapsflaschen ganz sicher. Liam legte das Kästchen auf dem Bett ab und zog es vorsichtig auf. Ich sah gespannt über seine Schulter hinweg, doch was er hervorholte, waren keine der vielen kleinen Flaschen. Es war kein Alkohol. Er hielt eine DVD in den Händen, auf der mit femininer Schrift geschrieben stand:

„Für Liam, meinen Schatz."

69

Er hielt die DVD in den Händen und starrte sie mit leicht geöffneten Lippen an. Ungläubig. Überrascht. Vielleicht sogar, als könnte sie wertvoll sein. Eine Nachricht seiner Mutter an ihn. Doch dann griffen seine Finger fester um die Plastikhülle und seine Arme spannten sich an, als wolle er sie jeden Augenblick in der Mitte zerbrechen.

„Liam“, sagte ich vorsichtig und legte ihm eine Hand auf die Schulter, um ihn zu beruhigen. Unter meiner Berührung fühlte ich, wie sich sein Brustkorb angestrengt hob und senkte, „wir sollten es uns ansehen.“

Ohne etwas auf meine Worte zu erwidern oder anderweitig darauf zu reagieren, stand er auf und schloss das Nähkästchen wieder. Er stopfte es mit ruppigen Bewegungen zurück in den Nachttisch und wandte sich sofort zur Tür.

„Wir gehen jetzt.“

Ich presste meine Lippen aufeinander und hatte keine Ahnung, ob er gerade Trost brauchte, ob er einfach wütend war oder was überhaupt in ihm vorging. Wünschte er sich meinen Beistand? Wollte er in Ruhe gelassen werden?

Liam ging mit so schnellen Schritten voraus, dass ich einmal mehr Mühe hatte, ihm zu folgen. Ich wagte es nicht, ihn anzusprechen, also gingen wir schweigend die Kellertreppe hinab und kamen bald wieder in der Waschküche an, durch die wir in das Haus gekommen waren.

„Du zuerst.“

Ich ging an das schmale, hohe Fenster und hielt mich an der unteren Kante fest. Und nun sollte ich mich hochziehen oder was? Ich hing da und strampelte verzweifelt mit den Beinen. Liam wollte mich doch bloß scheitern sehen! Ich konnte regelrecht spüren, wie er hinter mir grinste!

„Hilf mir!", forderte ich ihn auf und kurz darauf drückte er mich an meinen Füßen nach oben, sodass ich mich aus dem Fenster ziehen konnte. Wie viele blaue Flecke mir das hier einbrachte, wollte ich gar nicht wissen. Sicher sah ich heute Abend aus wie ein Pudding von Paula.

Als ich oben angekommen war, drehte ich mich um, um Liam zu helfen. Doch er ignorierte meine Hand, vermutlich hätte ich ihn ja eh nicht halten können, und zwängte sich durch die kleine Öffnung.

Er schraubte das Gitter wieder vor das Fenster, und nachdem wir uns vorsichtig umgesehen hatten, machten wir uns auf den Rückweg. Geduckt liefen wir über die Wiese auf den großen Ahorn zu. Liam fasste mich an meinem Hosenbund, ich sprang hoch und er hievte mich wie einen schweren Sack Kartoffeln hinauf. Ich landete unsanft auf der anderen Seite und Liam folgte kurz darauf. Nun mussten wir nur noch ungesehen oder zumindest unauffällig zum Auto gelangen. Zu unserem Glück war kein Fußgänger in der Nähe unterwegs, der uns hätte gesehen haben können. Lediglich ein Auto fuhr vorbei. Mit schnellen Schritten bewegten wir uns über den Fußgängerweg und ich musste den Drang unterdrücken, die letzten Meter zu rennen. Liam öffnete das Auto und wir stiegen wieder ein. Sowie mein Hintern das Sitzpolster berührte, stieß ich ein erleichtertes Seufzen aus und es fühlte sich an, als bröckelte eine ganze Felswand von mir ab.

Da es noch eine Weile bis zu Daniels Dienstende war, fuhren wir zunächst zurück in die Innenstadt, wo Caleb wohnte. Weil Liam nach wie vor nicht sehr redefreudig war, sah ich die meiste Zeit einfach schweigend aus dem Fenster und fragte mich, welche Nachricht seine

Mutter ihm wohl überlassen hatte. Und woher konnte sie wissen, dass Liam zurückkam und sie fand? Vielleicht war das alles auch nur ein Trick von Balthasar? Es war mir ein Rätsel.

Liam parkte den Wagen in einer Parklücke, nachdem gerade ein Auto den Platz freigemacht hatte und wir stiegen aus. Anschließend liefen wir zu unserem aktuellen Stützpunkt zurück. Nachdem wir geklingelt hatten, wurde uns geöffnet und oben begrüßte uns Annas schmales Gesicht mit einem Lächeln. Sie zog erst mich in die Arme und drückte anschließend Liam, der mit den Gedanken jedoch ganz woanders wirkte und ihre Geste kaum erwiderte.

„Habt ihr etwas herausfinden können?“, fragte sie und schloss die Tür hinter uns, nachdem wir eingetreten waren. Liam ging direkt durch zum Arbeitszimmer und Anna stemmte die Hände in die Hüften, während sie ihre Stirn verwundert in Falten legte.

„Welche Laus ist dem denn über die Leber gelaufen?“, schnaufte sie, ehe sie sich zu mir drehte, „ist etwas passiert?“, fragte sie besorgt.

Ich legte meine Sporttasche im Wohnzimmer ab und ging auf Anna zu.

„Wir haben eine DVD gefunden, die vermutlich von Liams Mutter an ihn gerichtet ist. Ich bin mir nicht sicher, ob er wütend oder emotional aufgewühlt ist. Er hat nicht geredet, seitdem wir sie gefunden haben“, erklärte ich leise.

„Hast du ihn denn gefragt?“

Ich biss auf meine Unterlippe und schüttelte den Kopf.

„Hätte ich?“, fragte ich und spürte quasi, wie mein schlechtes Gewissen mich mit einem Dreizack piesackte.

„Du weißt doch, dass er niemand ist, der einfach so über seine Gedanken und Gefühle redet“, antwortete Anna, „das musst du ihm erst noch beibringen. Er hält so etwas für eine Schwäche und Schwächen kann er an sich nicht ertragen.“

Und ich wusste auch ganz genau, warum das so war. Immerhin hatte sein Vater alles daran gesetzt, ihm jedwede Art von Gefühlsregung auszutreiben. Hatte ihn zu einem echten „Mann“ erziehen wollen.

„Ich sehe mal nach ihm“, sagte ich.

„Gut. Caleb schläft noch. Er hat einen Zettel mit den Zugangsdaten für einen Besucher-Account auf den Schreibtisch gelegt, falls ihr an seinen PC wollt“, erwiderte Anna und warf mir noch einen besorgten Blick zu.

Ich trat in das Arbeitszimmer ein und fand Liam, wie er stumm auf dem Schreibtischstuhl saß und ausdruckslos auf den mittleren der schwarzen Bildschirme starrte. Der Rechner lief noch, überall blinkten bunte Lichter und ab und an hörte man das Knattern einer arbeitenden Festplatte.

„Schatz?“, fragte ich leise. Wo dieser Kosename plötzlich herkam, konnte ich mir auch nicht erklären. Doch ich fand es einfach liebevoller, als ihn ständig bei seinem Vornamen zu nennen. Liam. Als wäre ich eine ermahnende Mutter.

Nach kurzem Zögern drehte er sich auf dem Stuhl etwas zu mir und hob seine Augenbrauen an. Sicher lagen ihm schneidende Worte im Mund.

„Was ist denn, mein Schnuckelschnäuzchen?“, fragte er mit liebreizendem Wimpernschlag. Ich schürzte meine Lippen.

„Hast du was gegen Schatz?“, fragte ich schnippischer als gewollt.

„Nein, es ...“, begann er und rang nach Worten. Er schüttelte seinen Kopf und seufzte, während er sich aufgeregt mit der Hand durchs Haar fuhr, „... tut mir leid.“

Applaus. Konfetti. Liam Winterfeld hat sich entschuldigt. Streicht es im Kalender an.

„Ich bin das einfach nicht gewohnt“, fuhr er fort, „die einzigen Kosenamen, die ich kenne, waren die von den Kerlen im Knast und die waren nicht gerade nett gemeint.“

„Du meinst wie ‚Heidi‘?“, fragte ich, ging auf ihn zu und ließ mich seitlich auf seinen Schoß sinken. Er legte die Arme um mich und lehnte seine Stirn gegen meine Schulter. Ich spürte, wie er nickte.

„Zum Beispiel“, sagte er.

„Warum haben sie dich eigentlich so genannt?“, wollte ich wissen und ließ meinen Arm auf seiner Schulter nieder.

„Ich glaube, wegen Heidi Klum“, murmelte er in den Stoff meines Oberteils hinein, „ich war ihnen wohl zu hübsch und hatte zu viel Geld.“

„Nur weil die meisten von denen aussehen, als wären sie mit dem Gesicht voran in den Mixer gefallen“, schnaubte ich und spürte, wie Liam zu lachen begann.

„Du bist böse“, sagte er dann und ich musste selbst lachen. Das war tatsächlich etwas gemein gewesen.

„Du wirst dich daran gewöhnen müssen, dass ich dich mit Kosenamen rufe und das nicht herablassend meine“, ich küsste seinen Scheitel und er richtete seinen Kopf langsam wieder etwas auf.

„Bitte rede mit mir“, flüsterte ich sanft und suchte seinen Blick, „lass mich dir helfen.“

Ein mildes Lächeln bildete sich auf seinen Lippen. „Du hilfst mir nicht nur, du rettest mich.“

70

Ich erinnerte mich noch ganz genau, wie ich in der Hütte unter der Dusche stand und darüber nachdachte, dass ich das Gute in Liam hervorlocken wollte, das ich von Anfang an in ihm gesehen hatte. Nun saßen wir hier, waren ein Paar, ich hatte ihn von dem Vorhaben abgebracht, zum Mörder zu werden und hatte es tatsächlich geschafft, zu ihm durchzudringen. Wenn ich die Dinge so betrachtete, fühlte sich unsere Situation so unreal an. Schön. Aber eben auch unwirklich.

„Wollen wir uns das Video ansehen?", fragte ich vorsichtig. Er atmete tief ein und aus. Die DVD sowie die Festplatte hatte er auf dem Schreibtisch vor sich abgelegt und sah sie nun misstrauisch an. Als ob sie gleich Reißzähne bekämen und ihn anspringen würden.

„Was glaubst du, ist darauf zu sehen? Hast du eine Ahnung?", fragte ich weiter, da er zögerte.

„Ich weiß es nicht", murmelte Liam und nahm die DVD in seine Hand. Er drehte sie in den Fingern und betrachtete sie von allen Seiten, „Vielleicht eine ihrer geheuchelten Liebesbekundungen aus schlechtem Gewissen. Vielleicht enterbt sie mich auch, wer weiß."

„Glaubst du wirklich, dass sie dich nicht liebt?" Ich konnte mir das einfach nicht vorstellen, obwohl auch wir von unserer Mutter im Stich gelassen worden waren. Dennoch glaubte ich fest daran, dass irgendwo in ihr trotzdem etwas Liebe für uns war.

„Keine Ahnung", er lehnte sich auf dem Stuhl zurück und sah kurz unter die hohe Altbaudecke, „sehen wir es uns an."

Ich nickte und Liam bewegte die Maus, damit die Bildschirme angingen. Er tippte das Passwort ein, das Caleb hinterlegt hatte, daraufhin öffnete sich der Desktop. Ich drückte auf den Eject-Knopf des Laufwerks und mit einem leisen Summen öffnete es sich. Liam reichte mir die DVD und ich nahm sie behutsam aus der Hülle. Während ich sie ins Laufwerk legte und es wieder schloss, beschleunigte sich mein Puls bereits. Was würde uns auf diesem Datenträger erwarten? Das Letzte, was ich von einem seiner Elternteile gesehen hatte, hatte mich schon ziemlich schockiert. Aber welche schreckliche Nachricht würde Liams Mutter mit „Für Liam, meinen Schatz“ beschriften? Gespannt verfolgte ich den Cursor, wie er über den Bildschirm huschte und den Arbeitsplatz öffnete. Liam hielt kurz inne, als der kleine weiße Pfeil auf dem DVD-Laufwerk ruhte und nur noch wenige Klicks fehlten, um den Inhalt zu öffnen. Was würde uns erwarten? Bilder? Ein Text? Ein Video? Ein Virus von Balthasar, um uns ausfindig zu machen?

„Ich bin bei dir“, flüsterte ich. Wenn ich schon so aufgeregt war, wie musste es dann erst in Liam aussehen? Wie immer ließ er davon nichts nach außen dringen. Er schien die Ruhe in Person zu sein, doch vielleicht war er auch einfach wie ein Vulkansee, unter dessen ruhiger Oberfläche es gefährlich brodelte. Auf meine Worte hin fasste er den Mut, das Laufwerk anzuklicken. Der Mediaplayer öffnete sich. Ein Video also. Erleichterung, dass es keine Falle war und Nervosität machten sich in mir breit. Ohne weiteres Zögern spielte er das Video ab.

Zunächst war der Bildschirm von einer weinroten Bluse ausgefüllt, und man hörte das Rascheln des Stoffes auf dem Mikrofon. Kurz darauf lehnte sich der Oberkörper zurück und Liams Mutter positionierte sich mittig vor der Kamera. Sie richtete sich die Haare, zupfte an ihrem Kragen herum und verteilte mit ihren aufeinandergepressten Lippen ihren roten, zur Bluse passenden Lippenstift auf ihrem Mund. Unter den vielen Schichten Make-up konnte man ein schönes Gesicht nur vermuten, doch durch den vielen

Alkohol wirkte es aufgequollen und hatte seine ursprünglichen Züge verloren. Ihre grünen Augen waren leicht gerötet und wirkten müde. Ihre ganze Erscheinung wirkte kraftlos und ausgemergelt. Wenn auch auf eine ganz andere Art wie Anna, die von Flucht, zu wenig Essen und Missbrauch gezeichnet war. So sah man Liams Mutter an, dass sie durch den Überfluss von Genussmitteln viel zu schnell gealtert schien. Oder war es Balthasar, der diese Frau gebrochen hatte und nicht der Alkohol?

„Hallo mein Schatz, hallo Liam", sagte sie mit kratziger Stimme, die auf jahrelangen Zigarettenkonsum schließen ließ, „ich hoffe, dass du dir dieses Video irgendwann ansehen wirst. Ich weiß, es ist viel zwischen uns falsch gelaufen." Sie lächelte traurig und schlug für einen Moment die Augen nieder. So heruntergekommen wie diese Frau war, konnte ich mir trotzdem nicht vorstellen, dass sie ihren Sohn nicht liebte. „Und es gibt nichts, womit ich all die verpassten Momente wieder gutmachen kann. Ich habe nicht das Recht, um Verzeihung zu bitten, für jedes Mal, bei dem mir die Hand ausgerutscht ist. Für jedes Mal, wenn ich nicht für dich da war. Ich war egoistisch." Für einen Moment presste sie ihre Lippen zusammen, die zu zittern begannen, ihre Augen glänzten. „Und ich war feige. In deinen traurigen Augen spiegelte sich mein Versagen als Mutter. Ich konnte es nicht ertragen. Wie gerne hätte ich dich im Gefängnis besucht. Doch das hättest du wohl nicht gewollt und ich hatte zu viel Angst, dir zu begegnen", als sich eine Träne aus ihrem Augenwinkel löste, lachte sie peinlich berührt und wischte sie schnell mit einem Papiertaschentuch fort. Sie schniefte. Die Schminke an ihren Augen wurde verschmiert. Ich nutzte den Moment, in dem seine Mutter damit beschäftigt war, sich zu fangen, um Liams Gesicht zu betrachten. Ohne zu blinzeln starrte er auf den Bildschirm. Zu meinem Erstaunen lag kein Zorn in seinem Blick. Er betrachtete sie, hörte ihr zu und schluckte zwischendurch.

„Ich weiß, dass du Angst vor deinem Vater hast", fuhr sie schließlich mit bebender Stimme fort, „das habe ich auch." Immer wieder musste sie sich die Tränen fortwischen, die ihr unentwegt die Wangen hinablaufen wollten. Ihr Gesicht war inzwischen trotz des Make-ups rot und fleckig geworden. Mein Mund war staubtrocken und ein dicker Kloß bildete sich brennend in meinem Hals.

„Es tut mir leid, dass ich dich damals nicht vor ihm beschützen konnte und dass ich es auch in Zukunft nicht können werde. Doch inzwischen bist du alt genug, dass du meine Hilfe gar nicht mehr brauchst. Bald wird deine Haft abgesessen sein und du darfst zurück in dein Leben, in dem du bisher wenig Gutes erfahren hast. Ich wünsche mir, dass du deine Eltern und deine Vergangenheit weit hinter dir zurücklässt. Bitte versuch nicht, deinen Vater zur Rechenschaft zu ziehen. Am besten läufst du weg und versuchst, ihm nie wieder zu begegnen", die folgenden Worte flüsterte sie, während sie sich zur Kamera vorlehnte, „er hasst uns."

Sie richtete sich wieder auf und schloss die Augen.

„Vielleicht gehst du einfach fort und beginnst irgendwo an einem anderen Ort neu. Lernst eine Frau kennen und erfährst endlich Liebe", sie schluchzte und bedeckte ihr Gesicht mit ihren Händen, „es tut mir leid, Liam. Ich kann nicht mehr. Ich liebe dich, mein Sohn." Sie stand auf und drückte erneut einen Knopf an der Kamera. Das Video endete. Diese Frau war am Ende. Das Leben hatte sie in die Knie gezwungen, sie hatte Fehler begangen, die sie sich selbst nicht verzeihen konnte. Und am Ende blieb ihr nur noch, diese Worte zu verfassen und zu hoffen, dass ihr Sohn sie finden würde. Aber was war nun mit ihr? War sie geflohen? War sie tot? Und warum hatte sie ihren Mann nicht angezeigt? Als ich wieder zu Liam sah, bemerkte ich eine einzelne glitzernde, feuchte Spur, die seine Wange hinab bis zu seinem Kinn lief. Ansonsten starrte er das Anfangsbild des Videos einfach an.

71

Wir schwiegen. Lediglich das leise Summen des PCs und das entfernte Klappern von Geschirr im Nebenraum waren zu hören. An Liams Gesicht konnte ich mal wieder nicht erkennen, was er empfand. Hatte er ihren Worten Glauben geschenkt? Sorgte er sich um sie? Oder war er jetzt wütend? Nach all der Zeit konnte ich Liam noch immer nicht einschätzen. Ich glaubte ihr, dass es ihr leidtat, dass sie Angst vor ihrem Mann hatte und dass sie ihren Sohn tatsächlich liebte.

„Was denkst du?“, fragte ich vorsichtig und versuchte jede Regung seines Gesichtes zu deuten. Doch er starrte den Bildschirm nur weiter an und eine kleine Furche bildete sich zwischen seinen Brauen. „Kannst du ihr verzeihen?“, hakte ich weiter nach.

„Verzeihen?“, die Furche wurde tiefer und Liam ballte die Hände zu Fäusten, „da gibt es nichts zu verzeihen.“

„Wie meinst du das?“, irritiert warf nun auch ich meine Stirn in Falten. Liam schob mich vorsichtig von seinem Schoß. Er stand auf und anhand seiner angespannten Haltung, wusste ich sofort, dass er wütend war.

Er knackte die Finger.

Sehr wütend.

Instinktiv wich ich einen Schritt zurück. Er hatte mir zwar versprochen, mir nie wieder weh zu tun, doch wenn er in diesem Zustand war, verlor er gerne die Beherrschung.

„Sie ist ein schwaches, feiges Miststück!", knurrte er. Sein Kiefer mahlte. Er begann in dem kleinen Zimmer auf und ab zu gehen. Sicher hätte er am liebsten einfach geschrien, doch das war in diesem Mietshaus nicht möglich. Gleich würde er sicher den Schreibtischstuhl packen und einfach aus dem Fenster werfen!

„Liam, beruhige dich", sagte ich leise und hob meine Hände beschwichtigend an.

„Lass mich raten, Helena", erhob er seine Stimme, „du würdest ihr verzeihen, alles wäre gut und wir wären eine glückliche Familie, richtig? Was kommt als Nächstes? Willst du, dass ich zu meinem Daddy gehe und mich mit ihm versöhne? Dann liegen wir uns allen in den Armen und haben uns wieder lieb? So läuft diese Welt aber nicht. Es ist nicht alles toll und es gibt auch nicht immer ein Happy End. Wach doch mal aus deiner rosaroten Traumwelt auf, in der du lebst!"

Okay, nun nahm das Gespräch eine unschöne Wendung. Warum stand denn jetzt plötzlich ich im Fokus seiner Wut? Liam kam einen Schritt auf mich zu und fasste mich an den Schultern.

Er funkelte wütend zu mir herab.

Mit diesen kalten, blauen Augen.

Wie sein Vater.

„Du machst mir Angst", wisperte ich und hob meine Schultern leicht an. Liams Atem ging stoßweise. Er ließ von mir ab, wandte sich energisch um. Seine Finger pumpten. Die Sehnen an seinen Armen traten hervor. Plötzlich griff er sich in die Haare. Zerrte an ihnen und hob die andere Hand zum Schlag an. Die Wand im Fokus. Wie in der Hütte.

Ohne zu zögern, stürzte ich auf ihn zu und schlang meine Arme um ihn. „Schhht", machte ich wie zu einem Kind und spürte, wie er sich unter meiner Berührung noch mehr anspannte. Zuerst glaubte ich, er würde mich wegstoßen. Doch dann lockerte er sich nach und nach. Wie ein Kartenhaus fiel sein Gefängnis aus Wut in sich zusammen. Er ließ seine Hand langsam sinken, bis beide Arme schlaff neben ihm hingen. Er wusste einfach nicht, wohin mit diesem explosiven Zorn, und wenn er kein Ventil fand, verletzte er sich selbst. Weil er selbst das war, was er am meisten hasste.

„Sie hat Angst. Vielleicht muss sie genauso gerettet werden wie du?“, sagte ich leise, „sie ist ein Mensch. Menschen machen Fehler und manchmal auch unverzeihliche. Und ich erwarte auch nicht von dir, dass du ihr alles vergibst. Aber versuch wenigstens, ein bisschen nachzuvollziehen, wie es in ihr aussehen muss. Wie sehr sie sich hassen muss und wie sehr auch sie unter deinem Vater leidet. Sie war schwach, ja. Sie hätte dich schützen müssen, ja. Sie hat es nicht getan. Aber sie bereut es“, wieder einmal musste ich auf den Vers an seinem Schlüsselbein verweisen, „wie auch wir vergeben unseren Schuldigern.“

Liam schnaufte amüsiert und nahm mich in den Arm.

„Du weißt schon, wie du mich kriegst. Vielleicht leihst du mir ja mal deine komische rosarote Brille, durch die die Welt so viel schöner ist“, sagte er und ich seufzte erleichtert. Die Situation war entschärft.

Ich stellte mich auf die Zehenspitzen und hauchte ihm einen Kuss auf die Lippen. „Sie macht die Welt zumindest erträglicher“, ich lächelte und wir lösten uns langsam wieder voneinander.

„Vielleicht sollten wir Caleb wecken, damit er mal einen Blick auf die Festplatte und die anderen Datenträger wirft“, schlug ich vor. Liam stieß die Luft aus und nickte dann.

„Gut, gut“, sagte er schon fast eher zu sich selbst.

Wir verließen gemeinsam das Arbeitszimmer wieder. Anna stand an der kleinen Küchenzeile und trocknete Geschirr ab. Als sie uns bemerkte, drehte sie sich um. Während Liam zu dem schlafenden Caleb ging, schlich Anna an mich heran. Das rotweiße Geschirrtuch noch immer in ihren Händen.

„Und?“, fragte sie neugierig mit hochgezogenen Augenbrauen und verschwörerischem Flüstern.

„Seine Mama hat sich entschuldigt“, flüsterte ich zurück.

Als Liam sich zu uns umdrehte und ein missmutiges Murren von Caleb ausging, standen wir beide stocksteif da und lächelten unschuldig. Liam musterte uns mit verengten Augen.

„Kein unauffälliges Pfeifen?“, fragte er, woraufhin Anna zu pfeifen begann, als sie sich im Raum umsah.

„Was ist denn los?“, erlöste uns Caleb aus unserer unangenehmen Situation. Der Hacker streckte sich ausgiebig und blinzelte verschlafen. Die dunklen Schatten unter seinen Augen schienen kaum geschrumpft zu sein. Dafür standen seine braunen Haare nun in alle Himmelsrichtungen ab.

„Wir dachten, du könntest dir ein paar Sachen aus Balthasars Haus ansehen. Eine Festplatte und USB-Sticks. Wenn darauf jemand was findet, dann du. Sie liegen im Arbeitszimmer“, erklärte ich. Anna hatte inzwischen das Tuch weggelegt und eine Tasse Kaffee für den Engländer bereitgemacht. Dankend nahm er den dampfenden Becher entgegen und führte ihn zu seinen Lippen. Kaffeeschlürfend trottete Caleb zu seinen Rechnern, während wir anderen im Wohnraum zurückblieben.

„Oh“, rief Anna plötzlich. Wir sahen sie alarmiert an. „Wir müssen Daniel abholen! Er hat in zehn Minuten Schichtende!“

Liam wandte sich sofort um und griff nach dem Autoschlüssel, der auf dem Couchtisch lag.

„Ich hol ihn. Brauche eh mal etwas frische Luft.“ „Soll ich mit?“, fragte ich. „Nein, bleib bei Anna. Dann könnt ihr wenigstens laut über mich lästern“, mit diesen Worten verschwand er aus der Wohnungstür.

„Er ist ja schon eine Zicke“, schnaubte ich, als die Tür ins Schloss fiel und ich mich zu meiner Freundin drehte.

„Das hab ich gehört“, drang Liams gedämpfte Stimme von draußen und ich duckte mich. Nicht, dass das was bringen würde.

Anna lachte.

„Eine Zicke mit Vulkaniergehör“, sagte sie. Wir begannen, zusammen den Abwasch zu machen.

„Es ist schön, dich wiederzusehen“, gab ich nach einer Weile zu und ich spürte ihr sanftes Lächeln im Augenwinkel. Sie stupste mich mit ihrem Ellbogen leicht an und ich wandte den Kopf ab, damit sie nicht sah, wie ich rot wurde. Ja. Auch jetzt wurde ich rot. Verdammt.

„Du bist echt süß“, kicherte Anna, was es wirklich nicht besser machte.

„Helena, kommst du mal her?“, wurde unser Gespräch jäh von Calebs Ruf unterbrochen.

„Komme!“, antwortete ich, trocknete meine Hände noch schnell ab und betrat das Arbeitszimmer, „was denn?“

„Habt ihr das hier gesehen?“, er hatte die noch im Laufwerk befindliche DVD wieder geöffnet. In dem Ordner mit dem Video befanden sich jetzt jedoch weitere Dateien, die leicht verblasst er schienen.

„Nee“, antwortete ich verwirrt, „was ist das?“

„Versteckte Dateien“, erklärte der Hacker.

Plötzlich hörten wir ein hölzernes Krachen im Flur.

Schwere Schritte von vielen Füßen.

„Vater, nein!“, rief Anna.

Ihr Schrei erstickte.

Caleb drückte mich hinab. „Versteck dich hinter dem Schreibtisch“, zischte er. Ich gehorchte. Krabbelte hinunter und drehte mich zu ihm um. „Nimm das“, Caleb hielt mir sein Handy hin und ich nahm es entgegen. Ohne weitere Zeit zu verlieren, begann er Schubladen aufzureißen, wühlte in ihnen herum.

Ich verkroch mich tiefer hinter dem Tisch. Hinter dem Rechner. Zwischen alten Ordnern und Kartons.

Nein.

Dieses Wort hallte in meinem Kopf wieder und wieder.

Nein. Nein. Nein!!!

Was passierte hier?

72

Ich hielt das Smartphone in meinen zitternden Händen und starrte es an. Was sollte ich damit? Die Polizei rufen?

„Endlich habe ich dich wieder, meine Kleine", hörte ich Markus' Stimme aus dem Nebenzimmer.

„Bitte Papa, lass mich", antwortete Anna unter Tränen.

„Nein, nicht weinen, mein Schatz", Markus' Stimme war gedämpft und ich hörte daraufhin nur noch Annas Schluchzen, „spielt den Virus auf den Rechner und zerstört alles. Seht zu, dass dieser ganze PC-Kram unbrauchbar ist und vor allem achtet darauf, jeden Datenträger zu zerstören oder mitzunehmen. Hier müssen noch mehr Leute sein, kümmert euch um sie", mit diesen Worten ging das Trampeln der Stiefel erneut los.

„Mach ein Video", flüsterte Caleb, der noch vor dem Schreibtisch stand und zwischen dessen Beinen hindurch ich zur Tür blicken konnte. Ich drückte auf den Homebutton des Handys und wischte das Bild nach oben, sodass sich die Kamera öffnete. Neben dem Notruf war das eine der Funktionen, die man auch nutzen konnte, wenn das Gerät gesperrt war. Kaum hatte ich den roten Auslöser betätigt und die Aufnahme begonnen, sah ich schwere Stiefel den Raum betreten. Wie ich es überhaupt geschafft hatte, geistesgegenwärtig die Kamera zu öffnen, war mir ein Rätsel, denn die Angst lähmte meine Bewegungen nahezu. Das Blut rauschte durch meine Ohren und ich versuchte so flach wie möglich zu atmen, damit mich niemand hörte. Gleichzeitig stiegen Tränen in meine Augen und meine Sicht verschwamm. Ich kauerte mich weit hinter den Schreibtisch, hielt nur die Kamera des Smartphones um die Ecke und ließ es meine Augen sein.

Caleb donnerte die Schublade am Schreibtisch wieder zu.

Er stellte sich dem ersten Mann entgegen, der das Arbeitszimmer betrat und das, obwohl seine Körperhaltung verriet, dass er eigentlich unglaubliche Angst haben musste. Er machte sich klein und hob die Schultern schützend an.

„Wo ist Mädchen?“, erklang die tiefe Stimme eines Mannes mit starkem Akzent. Vermutlich aus dem Ostblock oder so. Die anderen Männer begannen, Sachen aus den Regalen und Schränken in schwarze Tüten zu packen.

„Aus mir bekommt ihr nichts raus“, zischte Caleb zurück.

„Falsche Antwort, Junge“, mit diesen Worten hoben die Füße des Hackers vom Boden ab, doch seine Versuche, sich zu wehren, waren vergebens. Ich schlug mir die freie Hand vor den Mund. Großer Gott. Sie würden ihn ganz sicher umbringen!

„Sprich“, forderte der Schläger ihn auf, doch der Hacker schwieg wie ein Grab.

„Gut. Wer nicht will hören, muss fühlen“, auf diese Worte folgte ein dumpfer Schlag und ich hörte ein gequältes Stöhnen. Wieder ein Schlag.

„Immer noch nicht? Zäher Bursche.“

„Fuck you“, Calebs Stimme war schwach und kaum zu vernehmen. Der fremde Mann lachte auf und warf den Hacker gewaltvoll zu Boden, begann dann, auf ihn einzutreten. In die Magengrube. Gegen den Kopf. Ich konnte das nicht weiter ertragen. Ich musste etwas unternehmen!

Plötzlich griff Caleb um den schwarzen Springerstiefel des Schlägers, hielt diesen energisch fest.

„Stopp! Ich sag es“, gab der Hacker klein bei, „bitte, aufhören!“

Die Tritte hielten inne und ich presste meine Lippen zusammen. Fuck. Ich war geliefert. Aber ich konnte es ihm nicht verübeln. Dass Caleb totgeprügelt wurde, wollte ich nicht. Lieber würde ich mich von Markus mitnehmen lassen. Immerhin waren da draußen irgendwo Daniel und Liam. Sie würden Anna und mich retten.

„Sie ist nicht hier. Helena ist mit Liam unterwegs, zur JVA“, er hustete, spuckte Blut und zog die Luft anschließend rasselnd in seine Lungen.

„Braver Junge“, gab sich der andere zufrieden. Doch auf einmal holte er mit dem Fuß aus und versetzte dem am Boden liegenden noch einen Tritt, dass sich sein Kopf in meine Richtung drehte. Calebs Gesicht war voller Tränen und Blut, doch als sich unsere Blicke trafen, war für den Bruchteil einer Sekunde ein leichtes Lächeln auf seinen Lippen zu sehen. Es versetzte mir einen Stich. Wie konnte er in diesem Moment auch noch lächeln? Am liebsten hätte ich meine Hand ausgestreckt und nach seiner gegriffen, doch dann würde ich all seine Bemühungen zerstören.

Der Schreibtischstuhl wurde zurückgerollt und ich sah, wie sich der Mann setzte. Als er sich hinunterlehnte, um an den PC zu gelangen, zog ich schnell das Handy weg, damit er mich nicht bemerkte.

Zum Glück mit Erfolg, denn er steckte den USB-Stick in den dafür vorgesehenen Port und setzte sich wieder aufrecht hin, um mit der Maus herumzuklicken.

„Tut mir leid, Kleiner, aber deine ganzen illegal downgeloadeten Pornos werden sich jetzt lösen in Luft auf“, sagte der Schläger und Caleb, der den Blick noch immer auf mich gerichtet hatte, lachte tatsächlich kurz auf.

„So ein Mist aber auch“, flüsterte er und schloss völlig erschöpft seine grünblauen Augen, aus denen sich erneut Tränen lösten und seitlich sein Gesicht hinabkullerten, um dann als dunkle Flecken auf dem Boden zu verenden. Ich wollte mir nicht vorstellen, welche Schmerzen er hatte und welche Todesangst er eben durchlitten hatte, dem Mann nicht einfach zu sagen, was er wissen wollte.

Auch vom Schreibtisch räumten die Männer nun alles Brauchbare, was sie finden konnten, in ihre mittlerweile gefüllten Taschen und hebelten mit Gewalt das Gehäuse des PCs auf, was mich vor Schreck noch ein Stück weiter nach hinten rutschen ließ. Sie zerstörten alles im Innern des Rechners und schließlich richtete sich auch Calebs Peiniger wieder von dem Schreibtischstuhl auf. Er zog den USB-Stick heraus und drehte den Bildschirmen und somit auch mir, endlich wieder den Rücken zu.

„Lasst uns verschwinden, nicht, dass Nachbar doch noch Polizei ruft." Er stieg achtlos über den am Boden liegenden Caleb hinweg und auch die anderen springerstiefeltragenden Männer verließen das zerstörte Arbeitszimmer und schließlich die Wohnung. Als die Tür ins Schloss fiel und ich hörte, wie sie die Treppen hinabliefen, beendete ich das Video und kroch sofort unter dem Schreibtisch hervor zu dem verletzten Hacker.

„Oh mein Gott, Caleb," flüsterte ich und bettete vorsichtig seinen Kopf auf meinen Schoß. Er atmete ruhig, öffnete jedoch seine Augen nicht. Er war bewusstlos.

73

Es war nicht lange her, dass ich mich in einer ähnlichen Situation befunden hatte. Die Bilder, wie ich nach Hause gekommen war, und meinen Bruder bewusstlos in seinem Zimmer vorgefunden hatte, hatten sich in mein Gedächtnis gebrannt. Doch ich hatte in diesem Moment einfach funktioniert. Jetzt funktionierte ich nicht mehr. In meinem Kopf herrschte völlige Leere und Caleb wieder und wieder über seine Stirn zu streicheln, war alles, wozu ich in der Lage war.

„Nein, nein“, flüsterte ich wie in Trance und obwohl eben die Tränen noch meinen Blick getrübt hatten, waren meine Augen inzwischen staubtrocken. Meine Zähne klapperten und ich zitterte. Kalt war mir jedoch nicht. Mein Blick fiel auf das Smartphone in meiner Hand. Ich sollte den Krankenwagen rufen! Viel zu spät kam mir diese Erkenntnis und ich drückte seitlich auf den Knopf, damit das Display anging. Ich schaffe es bis zu der Rufnummerneingabe, über die ein Notruf möglich war. Doch dann starrte ich das Gerät einfach nur an. Meine Nerven gaben den Geist auf und ich war nicht in der Lage, diese drei Zahlen einzugeben, die ich für den Notruf benötigte. Als hätte ich einfach vergessen, wie man die Tasten auf dem Handy drückte.

Plötzlich waren Schritte im Treppenhaus zu hören und dann Stimmen.

„Was zum ...“, hörte ich Daniel erschrocken keuchen.

„Helena! Anna!", als Liam wenige Sekunden später im Türrahmen erschien, starrte er mich einen Augenblick entsetzt an, dann ließ er sich neben mir in die Hocke sinken und umschloss meine zitternde Hand mit dem Handy mit seinen Händen und sah mir in die Augen.

„Helena, hast du den Notarzt gerufen?"

Ich schüttelte verzweifelt den Kopf, öffnete meinen Mund, doch kein Wort wollte über meine Lippen dringen.

Liam nahm mir das Gerät aus der Hand, stand auf und begann, wild im Raum umherzulaufen, während er mit der Notrufzentrale telefonierte und alle benötigten Daten durchgab. Daniel kam in den Raum. Er trug noch seine Dienstuniform und sah sich mit geweiteten Augen fassungslos um.

„Wo ist Anna?", fragte er an mich gewandt, ehe er Caleb vorsichtig von meinem Schoß zog und mit geübten Griffen in die stabile Seitenlage brachte.

„Weg", flüsterte ich und meine eigene Stimme klang mir plötzlich fremd. Ich war nur noch wie ein Beobachter. Nahm gar nicht mehr aktiv an dem Geschehen teil.

„Was heißt weg? Was ist passiert?", versuchte der Beamte es erneut und legte eine seiner warmen Hände auf meinen zitternden Unterarm.

„Sie kamen rein und haben Anna mitgenommen. Caleb hat versucht, mich zu schützen und wurde ... er wurde ...", meine Worte erstarben. Ich starrte auf meine Hände und schüttelte den Kopf.

„Wer? Wie sahen sie aus? Kannst du dich an etwas erinnern?" Daniels Blick wanderte verzweifelt über mein Gesicht. Ich war ihre einzige Hoffnung und derzeit vollkommen unbrauchbar.

„Ich habe ein Video gemacht. Es ist alles auf dem Handy", brachte ich jedoch noch hervor. Liam hatte inzwischen aufgelegt, lief aber nach wie vor aufgebracht durch den Raum.

„Fuck!", rief er und schlug mit der Faust auf den Schreibtisch, sodass ich zusammenzuckte. Plötzlich rannen wieder die Tränen über mein Gesicht und ich schluchzte los.

„Es tut mir so leid!", heulte ich und Daniel sah Liam wütend an.

„Reiß dich zusammen, du machst ihr Angst!“

Liam spannte sich an, ballte die Hände zu Fäusten und kreiste leicht seinen Kopf. „Ja, Entschuldigung“, presste er verkrampft hervor und versuchte, seinen Zorn irgendwie abzuschütteln.

„Markus war dabei“, die beiden Männer verstummten und starrten mich an, „und dann noch drei andere Männer, in schwarzen Klamotten und schweren Stiefeln.“

„Und ... Balthasar?“, fragte Liam. Ich schüttelte den Kopf.

„Fuck“, flüsterte Daniel nun auch und strich sich mehrfach durch sein kurzes, dunkelblondes Haar.

„Was machen wir denn jetzt? Anna kann doch nicht wieder ... sie werden ihr schlimme Dinge antun. Vor allem, nachdem ihr uns ...“, meine Worte erstarben abermals. Ich war nicht mehr dazu fähig, in ganzen Sätzen zu sprechen. Immer wieder wurden sie von meinem Schluchzen unterbrochen.

Liam ließ sich erneut neben mir auf die Knie sinken und nach kurzem Zögern schloss er seine Arme um mich, zog mich zu sich heran. Er strich mir über den Kopf und ich spürte seine Lippen auf meinem Scheitel. Seine Berührungen waren so unglaublich tröstend, dass ich für einen Moment die Augen schloss und das Gefühl hatte, alles um mich herum vergessen zu können. Da war nur noch seine Wärme, sein Geruch und seine Nähe, die mich umgab wie eine weiche Wolke. Mein Zittern ließ langsam nach und auch meine Tränen versiegten immer mehr.

Plötzlich wurden wir von einem leisen Stöhnen unterbrochen. Ich löste mich von Liam und sah, wie Caleb sich rührte.

Keuchend rollte er sich auf den Rücken. Daniel war sofort bei ihm.

„Caleb, Alter!“, sagte der Beamte und half ihm dabei, sich aufzusetzen. Der Hacker hustete.

„Wir haben den Notarzt gerufen, der sollte gleich hier sein und kümmert sich dann um dich“, Liam klopfte ihm auf den Rücken, was ihn abermals stöhnen ließ.

„Wo ist mein Handy?“, offensichtlich irritiert reichte Liam ihm sein Smartphone zurück.

„Bist du wirklich so süchtig?“

Ohne zu antworten, begann Caleb auf dem Gerät herumzutippen.

„Ob Markus Anna wieder nach Hause gebracht hat?“, fragte Daniel und wendete sich an mich, „hat er irgendetwas gesagt?“

Ahnungslos hob ich meine Schultern an und schüttelte den Kopf. „Er hat nicht gesagt, wo er sie hinbringen wird. Aber ich kann mir nicht vorstellen, dass er sie zu sich nach Hause bringt, das wäre viel zu offensichtlich. Er wüsste doch, dass wir sie dort direkt finden würden. Daniel, hat sie dir irgendwann mal gesagt, wo sich dieser Drehort befindet, von dem sie weiß? Sie hat noch nie erwähnt, wo der nun ist. Vielleicht haben sie sie dort hingebracht!“

Der Beamte ließ seinen Kopf leicht hängen und seufzte. „Nein. Sie war ja kaum ein paar Stunden bei mir und auch als wir zusammen hier waren, haben wir nie darüber geredet. Scheiße, sind wir dumm“, er fasste sich an die Stirn und kniff die Augen fest zusammen.

„Wie sollen wir sie so finden? Sie könnten sie überall hinbringen!“, sagte ich und spürte, wie die Verzweiflung langsam in mir hochkroch.

„Kannst du nicht wieder irgendein Handy orten, Caleb?“, wandte sich Liam an den Hacker. Dieser sah nun endlich von dem Display seines Smartphones auf und blickte uns nacheinander an.

„Sie fahren gerade die Hauptstraße runter. Richtung Süden.“

Wieder einmal konnten wir ihn alle nur völlig überrascht ansehen und auf weitere Erklärungen warten. Er drehte sein Handy um und wir konnten sehen, wie sich ein kleiner Hundekopf über eine Karte die Straße hinaufbewegte.

„Die haben meinen GPS-Tracker eingetütet“, sagte er mit einem verschmitzten Grinsen, „habe ihn eben noch schnell in die Hülle meiner externen Festplatte gesteckt. Mit dieser App können wir sie verfolgen.“

Fassungslos schüttelten wir den Kopf.

„Caleb, du verdammtes Genie", sagte Daniel und schlug ihm auf den Rücken, so wie Liam eben. Caleb begann zu husten und verzog das Gesicht. Dass Männer immer so grob waren.

„Ist das 'ne App, um Hunde zu tracken?", fragte ich und beobachtete das sich bewegende Symbol auf dem Display.

„Ich wollte schon immer mal einen Tracker haben und das war der billigste. Hätte nicht gedacht, dass er mal so nützlich sein wird", erklärte sich Caleb.

„Der Krankenwagen ist sicher gleich hier", warf Liam ein und Caleb reichte ihm sein Handy.

„Ihr sucht Anna, ich lasse mich behandeln und mache meine Aussage bei der Polizei."

Daniel rieb sich die Schläfen.

„Ich begleite Caleb und rede kurz mit den Polizisten, vielleicht können sie mit Verstärkung nachkommen, wenn ihr sie gefunden habt."

Liam blickte mich an und hielt mir seine Hand auffordernd entgegen.

„Lass uns Anna retten."

74

Ich nahm sofort Liams Hand und ließ mir von ihm hochhelfen. Wir legten unsere Finger fest umeinander. Seine Hände waren, im Gegensatz zu meinen, warm und seine Berührung bestimmend und beistehend. Meine Finger waren noch immer zittrig und kalt und die Handflächen feucht.

„Daniel, schick mir deine Nummer auf Calebs Handy, habe sie nicht im Kopf“, wies Liam seinen Freund an, der missbilligend eine blonde Augenbraue anhob.

„Ich dachte, du liebst mich! Und dann kennst du nicht mal meine Nummer auswendig?“, gab er empört zurück. Das war wohl eine Anspielung auf die Unterhaltung, vor meinem letzten Interview im Gefängnis. Da hatte ich behauptet, dass Daniel mir seine Liebe zu Liam gestanden hatte. Dieser hatte daraufhin behauptet, ihn auch zu lieben.

„Kennst du denn meine, mein Schatz?“, konterte Liam, woraufhin Daniel den Blick augenrollend von uns abwandte und stattdessen eine scheuchende Handbewegung machte.

„Passt auf euch auf. Und keine riskanten Manöver“, verabschiedete sich der JVA-Beamte von uns und auch der verletzte Caleb blickte uns aus müden, blutunterlaufenen Augen so aufmunternd wie möglich an.

„Ihr packt das“, sagte er, woraufhin er kraftlos eine Hand anhob und seine Finger fest um seinen Daumen schloss, „ich drücke euch die Daumen.“

„Machen wir, wünscht uns Glück“, mit diesen Worten zog mich Liam auch schon aus der Wohnung. Er ging mit schnellen Schritten die Treppe hinab und hätte er mich nicht festgehalten, wäre ich sicher geschickt, wie ich eben war, gestolpert und die restlichen Stufen hinunter bis zur Haustür gerollt.

Wir verließen das Gebäude und liefen über die Straße auf den Golf zu. Liam reichte mir Calebs Handy, zog dann den Autoschlüssel des VWs aus seiner Hosentasche und schloss den Wagen auf. Wir stiegen ein und ich steckte sogleich das Gerät in die an der Windschutzschreibe angebrachte Halterung, sodass Liam es während der Fahrt gut sehen konnte. Er startete das Auto, und während er es aus der Parklücke manövrierte, sah ich auf das Display.

„Sie sind jetzt auf die Kirchstraße abgebogen, das ist in der Nähe vom Bahnhof, also musst du hier die Straße links runter, als würdest du in die Richtung deines seltsamen Arztes fahren“, leitete ich ihn an, da er mit Ausparken beschäftigt war. Die Körperhaltung meines Freundes war mal wieder vollkommen angespannt und er griff so fest um das Lenkrad, dass seine Knöchel schon weiß hervortraten. Sein Kiefer mahlte, was seine Wangenknochen stark hervortreten ließ. Die Sonne schickte gerade ihr letzten, kraftlosen Strahlen in die Straßen der Stadt und zeichnete harte Schatten in Liams Gesicht. Es zeigte einfach noch einmal seine markanten Züge, die so sehr von Zorn und Sorge geprägt, und die denen seines Vaters so erschreckend ähnlich waren. Ich legte meine Hand vorsichtig auf seinen Oberschenkel und streichelte mit dem Daumen über den Stoff seiner Hose, wollte ihm so etwas Ruhe schenken, ihm zeigen, dass ich bei ihm war. Für ihn da war. Nachdem er kurz etwas überrascht auf meine Hand geschaut hatte, entspannte er sich tatsächlich ein wenig. Seine Hände entkrampften sich und seine ganze Haltung wurde etwas lockerer. Nicht nur um Liams willen war ich froh darüber, sondern auch um meinetwillen. Wütend Auto zu fahren, konnte sehr gefährlich sein. Vor allem, wenn es auch noch eine Art Verfolgungsjagd war.

Als wir dann in die richtige Richtung unterwegs waren und eine längere Zeit auf der Hauptstraße bleiben mussten, sank ich auf dem Beifahrersitz etwas zusammen und versuchte mich zu sammeln.

Langsam aber sicher war auch mein Verstand zurück in meinen eben noch völlig leergefegten Kopf gekommen.

Im Nachhinein konnte ich mir nicht erklären, warum ich nicht einmal in der Lage gewesen war, den Notarzt für Caleb zu rufen. Ich hatte wohl unter Schock gestanden und das, obwohl ich in den letzten Tagen mehrfach um mein und das Leben anderer gefürchtet hatte.

Alles in allem hatte ich die letzten Tage den Himmel und die Hölle durchlebt.

Ich hatte einem wütenden und verlorenen Mann das Gute in ihm gezeigt. Mich sogar in ihn verliebt.

Ich hatte von einer gebrochenen, jungen Frau gesehen, wie stark sie in der Not für andere sein konnte.

Ich hatte Freunde gefunden, die mit ihrem Verstand und einem mutigen, gütigen Herzen aus Verzweiflung wieder Hoffnung machen konnten.

Aber ich war auch dem Teufel begegnet. Einem so abgrundtief widerwärtigen Menschen, dass selbst diejenigen, die ihm nahestanden, Todesangst in seiner Gegenwart hatten.

Ich hatte gesehen und erlebt, wozu Menschen in der Lage waren. Ob aus Rache, Trauer, Angst oder einfach aus Bösartigkeit.

Ich hätte schon längst fliehen können. Mehrfach hatte ich die Möglichkeit gehabt, mich aus diesem surrealen Albtraum zu befreien, doch ich war immer noch hier.

Ich war mittendrin.

Bisher hatte ich mich in meinem Leben nur in meinen Büchern in spannende Welten begeben, voller Abenteuer, Gefahr, Liebe. In einem der Fantasybücher, der Liebesromane, der Thriller oder den Horrorwelten von Lovecraft. Hatte gerätselt, wer der Mörder war, hatte mit den Protagonisten mitgefiebert und am Ende so manche Träne vergossen, wenn ein Sympathieträger gestorben oder am Ende endlich alles gut war. So, wie es eben fast immer in der Welt der Fantasie war. Ein Happy End. Liam hatte zu mir gesagt, dass es für uns keines geben würde. Damals habe ich nicht verstanden, warum er so fest davon überzeugt war. Zu dem Zeitpunkt hatte ich noch keine Ahnung von dem Ausmaß des Schreckens, der sich erbarmungslos durch sein Leben zog. Der die Menschen, die ihm etwas bedeuteten, gnadenlos ergriff und vollends verschlang. War ich verrückt, dass ich jetzt nicht zu Hause bei meinem Vater am Küchentisch saß, Nudeln mit Tomatensoße aß und ihm half, über Florians Dummheit hinwegzukommen? Dass ich nicht an meinem Schreibtisch für das Studium lernte und später sicher und geborgen in meinem Bett einschlafen würde?

Dass ich stattdessen mit einem Mann, den ich erst ein paar Tage kannte, durch die Stadt fuhr, auf der Jagd nach wirklich gefährlichen Männern, um eine entführte Frau zu retten? Vielleicht sogar, um einen ganzen Kinderpornoring zu sprengen?

War ich verrückt, dass ich daran glaubte, dass wir das Ganze hier wirklich überleben oder gar gewinnen konnten?

„Helena, wir sind bald da“, riss mich Liam aus meinen Gedanken und sofort setzte ich mich wieder aufrecht hin, als Zeichen, dass ich wieder ganz bei der Sache war. Mittlerweile war es tatsächlich schon dunkel geworden und es dauerte, bis ich mich orientieren konnte. Wir waren im Industriegebiet. Die hohen Gebäude um uns herum, mit himmelhohen Schornsteinen, waren unverkennbar. Ich warf einen Blick auf das Display, auf dem uns der kleine Hundekopf zeigte, zu welchem Gebäude wir fahren mussten. Uns kamen nur vereinzelte Autos entgegen, bei Schichtwechsel sah das hier sicher anders auf der Straße aus. Liam wurde langsamer, je näher wir dem Zielpunkt kamen, bevor er auf einen Werkparkplatz ohne Schranke fuhr und den Wagen einfach zwischen vielen anderen parkte.

„Wir gehen den Rest zu Fuß", bestimmte er und öffnete schon die Autotür, ich griff fester an seinen Oberschenkel, um ihn aufzuhalten. Er hielt inne und sah mich fragend an. Ich drehte mich auf dem Sitz zu ihm und hob meine andere Hand an, um sie ihm an die Wange zu legen. Sanft ließ ich sie auf dieser ruhen und suchte seinen Blick. Sah in diese schönen, manchmal stechend gefährlichen und doch unendlich traurigen, blauen Augen.

„Liam", begann ich und leckte mir über die Lippen, verschaffte mir so etwas Zeit. „Versprich mir, dass wir nichts überstürzen, dass du dich nicht unnötig in Gefahr bringst, dass du nicht versuchst, jemanden zu töten. Egal was wir nun dort sehen werden. Wir überlassen das alles der Polizei. Liam, bitte bleib immer an meiner Seite", ich ließ meine Hand in seinen Nacken wandern und hielt ihn dort nun bestimmend fest. „Versprich mir das", flüsterte ich nachdrücklich. Liam schaffte es, meinem Blick auch bei diesen Worten standzuhalten. Sein Mund bildete nur noch einen schmalen Strich, als er langsam zu nicken begann.

„Ich verspreche es dir, Helena", flüsterte auch er, fasste um meinen Oberarm und zog mich an diesem zu sich heran.

Er küsste mich, er küsste mich mit einer solchen Sehnsucht und Hingabe, als befürchtete er, es wäre unser letzter Kuss. Und vielleicht war er das. Ich hielt ihn fest bei mir und erwiderte den Kuss mit all der Liebe, die ich für ihn empfand. Mit all den Gefühlen, die er in mir auslöste. Ich hätte mir gewünscht, das dieser Augenblick der Nähe, der Verbundenheit zwischen uns noch Ewigkeiten andauern würde, doch Liam löste sich wieder von mir und nahm Calebs Handy aus der Halterung, dort blinkte nun auch eine Nachricht von „Unbekannt". Daniel hatte uns seine Nummer geschickt.

Wir stiegen beide aus dem Auto aus, Liam verschloss den Wagen und wir machten uns über den Parkplatz auf den Weg, zu einem der hintersten Industriegebäude. Wir hielten uns entweder dicht an den Mauern, zwischen parkenden Transportern und LKWs, aber bevorzugt an den riesigen, stinkenden Müllcontainern, die in regelmäßigen

Abständen in den Höfen und Einfahrten standen. Endlich kamen wir an dem Gebäude an, zu dem uns Calebs Tracker geführt hatte. Es war eine riesige Halle aus großen Betonteilen und mit mehreren Verladetoren aus weiß lackiertem Metall, in denen keine Fenster waren. Auch die Halle selbst hatte nur schmale Fensterbänder ganz oben, kurz bevor das flach geneigte Satteldach aus gewelltem Blech begann. Die ganze Umgebung war jedoch in die Jahre gekommen. Der asphaltierte Boden war an vielen Stellen aufgeplatzt, Unkraut und Gras bahnten sich ihren Weg an die Oberfläche, gierig nach der von Industrieschmutz verseuchten Luft. Moos hatte sich an den Nordseiten ausgebreitet und die Witterung hatte hässliche, dunkle Spuren an den Wänden hinterlassen. Wir blieben zwischen zwei Containern stehen, die direkt an der Werksmauer standen und sahen vorsichtig an diesen vorbei zu einer Metalltür, vor der ein hochgewachsener Mann mit schwarzer Bomberjacke und Springerstiefeln stand. Er hatte eine platte, breite Nase, kleine, gefährliche Augen und einen grimmigen Ausdruck auf den schmalen Lippen. Die Beleuchtung über der Tür reflektierte auf seinem glatt rasierten Schädel. Das war sicher einer der Männer, die in Calebs Wohnung gewesen waren. Die Tür hinter ihm war geschlossen, aber es war offenbar nicht der Haupteingang, es wirkte mehr wie ein Lieferanteneingang.

Vor dem Eingang stand ein großer Transporter mit der blauen Aufschrift „Dudek Textiles" auf weißem Grund. Polnisches Kennzeichen.

„In dem Gebäude sind sie drin, aber wie wollen wir da reinkommen, ohne bemerkt zu werden?", flüsterte ich zu Liam, der mit leicht zusammengekniffenen Augen über den Hof blickte und die Lage abschätzte.

„Wie kommen wir da rein?", wiederholte ich leise.

75

„Ich könnte ihn einfach umhauen“, sagte er flüsternd, woraufhin ich ihm einen strafenden Blick zuwarf.

„Denk gar nicht erst dran. Wir müssen das clever angehen. Ihn vielleicht einfach ablenken und dann reinhuschen. Ich werfe einen Stein in eine andere Richtung, und wenn er dann nachgucken geht, schlüpfen wir schnell rein“, begann ich zu überlegen und starrte dabei den Wachmann unentwegt an. „Allerdings müssten wir das Licht, das über der Tür brennt auch irgendwie ausschalten. Ob man das auch mit ‘nem Stein erwischt? Was sagst du dazu?“, flüsterte ich, sah nun wieder zu Liam, der mich mit einer belustigt angehobenen Augenbraue bedachte und schüttelte langsam den Kopf. Meine kriminelle Energie war einfach nicht groß genug, um vernünftige Einbruchspläne zu schmieden.

„Bevor wir deinen supersicheren und absolut realistischen Plan versuchen, schreiben wir erst mal Daniel, wo wir sind und dass er mit Verstärkung kommen soll“, sagte Liam diese, für ihn sehr vernünftigen Worte, die mir sogar in dieser schrecklichen Situation ein Lächeln entlockten.

„Guter Plan“, stimmte ich zu und zeigte ihm den Daumen. Daraufhin schrieb er dem Beamten eine Nachricht, in der stand, wo wir uns befanden, dass es uns gut ging, wir Anna aber noch nicht gefunden hatten und er mit der Polizei herkommen sollte. Bevor er das Handy zurück in seine Tasche steckte, blickte er noch einmal auf die Tracker-App, auf der nun nur noch „Signal lost“ stand. Liam aktualisierte die App mehrere Male, doch das Signal wurde nicht mehr gefunden.

„Sieht aus, als hätten sie ihn zerstört. Sicher mit allen anderen Datenträgern. Gut, dass wir schon hier sind", sagte Liam. Wir zogen uns weiter zwischen die Container zurück und drückten uns an die raue Betonwand der Halle. Der Nachthimmel war bedeckt und nur ab und an blitzte die Halbmondsichel hinter den vorbeiziehenden Wolken hervor. Als ein Windzug unter meine Kleidung kroch und meinen Pullover aufblähte, fröstelte ich, obwohl es eigentlich noch mild war. Doch der Angstschweiß klebte an meiner Haut und ließ jeden Hauch wie eiskalten Nordwind erscheinen. Liam tastete nach meiner Hand und schloss seine Finger um sie, als er sie fand. Hier standen wir nun. Und wussten nicht vor und nicht zurück.

„Sollen wir warten, bis die Polizei kommt?", fragte ich und betrachtete sein Profil. Wäre ich ihm früher im Dunkeln begegnet, hätte ich die Straßenseite gewechselt. Nun machte ich noch einen Schritt näher an ihn heran, um seine Wärme und seine Nähe zu spüren.

Er nickte.

„Was ist, wenn sie Anna bis dahin schon ..."

„Markus wird sie nicht umbringen", Liams Tonfall schloss alle Zweifel aus, „sie ist doch sein Schätzchen."

Ich verzog meine Lippen, als der Ekel in mir aufkeimte und wie bittere Säure meine Speiseröhre hinaufzukriechen schien.

„Aber er würde ihr etwas antun", hauchte ich.

„Also willst du, dass wir auf eigene Faust versuchen, einzubrechen?", Liam drehte seinen Kopf zu mir und sah auf mich herab. So genau konnte ich es zwar nicht erkennen, aber ich war mir sicher, dass er in der Dunkelheit eine Augenbraue hob.

Plötzlich hörten wir das Quietschen einer Tür, daraufhin murmelnde Stimmen und Schritte.

Alarmiert lehnten wir uns vor und versuchten, an dem Container unauffällig vorbeizublicken. Hinter dem Schlägertypen in Bomberjacke war nun die Tür offen und gab die Sicht auf einen langen, erhellten Flur preis.

Ich erkannte Markus, der Anna fest am Arm gefasst hielt und sie dicht an sich gezogen mit sich führte. Sein Gesicht war mit blaugrünen Blessuren übersät und die Nase sah aus, als sei sie gebrochen. Wenigstens waren wir nicht die Einzigen, an denen die letzten Tage nicht spurlos vorübergezogen waren. Anna hatte die Schultern schützend angehoben und wirkte neben ihm wie ein kleines Kind. Als sie unter dem Licht über dem Eingang hergingen, sah ich, dass ihre Augen rot und geschwollen waren, ebenso wie ihre kleine Puppennase. In ihrem Gesicht stand so viel Leid und so viel Angst geschrieben. Ich wünschte, ich könnte ihr diese Last abnehmen und sie vor allem Schrecken bewahren, der in dieser Welt auf sie wartete. Doch ich war machtlos. Ich konnte nur hier stehen und tatenlos zusehen, wie sie von ihrem perversen Vater über den Platz zu dem Transporter gezogen wurde. Zwei große Männer mit Maschinengewehren im Anschlag folgten ihnen und sorgten nicht nur dafür, dass Anna gehorsam war, sondern verhinderten auch, dass Liam nun vorstürzte und Markus angriff. Ich spürte das Zucken seiner Finger. Sein Arm spannte sich an, ebenso wie seine Kiefermuskeln, als wäre er kurz vor dem Absprung wie ein Raubtier vor seiner Beute.

„Ruhig“, flüsterte ich. Er zog die Luft tief ein.

Einer der Männer ging vor zu dem Transporter und drehte die metallischen Hebel um, die die beiden Türflügel verschlossen hielten. Er zog einen der beiden auf und plötzlich hörten wir etwas aus dem Fahrzeug.

Leise Stimmen.

Dünne, feine Stimmen.

Kinderstimmen.

Mir gefror das Blut in den Adern und ein Kribbeln breitete sich in meinen Fingerspitzen aus, kroch meine Arme hinauf, als würde es mich in Ohnmacht ziehen wollen. Ich hörte diese Stimmen, doch mein Verstand wollte es mit aller Macht verleugnen.

Annas Augen weiteten sich und sie stürzte vor, wollte zu den Kindern gelangen, doch ihr Vater hielt sie mit einem Ruck zurück. Sie kam ins Straucheln und schluchzte. Markus zog sie zu sich und legte eine seiner Hände auf ihre dunkel gefärbten Haare, strich ihr mit der anderen die Tränen aus dem Gesicht und drückte es näher zu sich heran, um ihr einen Kuss auf die Wange zu hauchen.

„Du sitzt bei mir vorne, mein Schatz", hauchte er. Ich verstand dennoch jedes schmierige Wort, das über seine Lippen kam.

Eine kleine Kinderhand drang aus dem Laderaum, doch die Männer scheuchten sie mit Schlagstöcken und den Maschinengewehren zurück, als seien sie schmutziges Vieh, das zum Schlachten freigegeben wurde. Markus blieb vor dem Frachtraum stehen und blickte hinein. Seine aufgeplatzten Lippen formten ein zufriedenes Lächeln und er nickte.

„Sehr schön. Die sehen gut aus. Damit werden wir einiges verdienen."

Hatte er nicht behauptet, dass auch er nur von Balthasar gezwungen wurde? Dass er auch nur ein Opfer war. Markus ging weiter.

„Ich will nicht", Annas gebrochene Stimme durchschnitt die Nacht und traf direkt in mein Herz, „bitte, Papa."

Doch er hatte kein Erbarmen mit ihr und öffnete die Beifahrertür, um sie dort hineinzustoßen.

„Wo wollen sie hin?", wisperte ich.

„Keine Ahnung. Weg. Die Kinder irgendwo hinbringen, wo sie niemand finden kann?", antwortete Liam das Offensichtliche.

„Was sollen wir jetzt tun? Hat Daniel die Nachricht gelesen? Wir müssen sie aufhalten. Wenn sie wegfahren, finden wir sie nie wieder! Dann war alles umsonst."

Liam zog Calebs Handy hervor, öffnete die Kamera und versuchte ein Foto von dem Nummernschild zu machen. Zum Glück war es beleuchtet, sodass man es wenigstens halbwegs erkennen konnte.

„Mit Sicherheit ist es geklaut“, flüsterte ich, „verdammt, wir müssen sie irgendwie aufhalten.“

Einer der Männer ging zur Fahrertür, zog sie auf und stieg ein. Der Motor des Transporters wurde gestartet. Hinten wurde etwas in den Frachtraum geworfen. Vermutlich Verpflegung. Dann schloss man die beiden Türen wieder und der Metallhebel wurde umgelegt. Wie der Hammer im Gericht. Das Todesurteil für die Kinder.

„Wir müssen etwas tun“, sprach ich leise, fast mehr zu mir selbst, „wir dürfen sie nicht verlieren. Wir müssen ...“, obwohl mein Körper bisher in solchen Situationen gerne seinen Dienst versagte, handelte er jetzt wie automatisiert. Er bewegte sich. Nach vorne. Aus dem schützenden Schatten der Container heraus. Plötzlich wurde ich am Arm zurückgerissen. Taumelte. Landete mit dem Rücken auf ein paar Müllsäcken. Sie knisterten unter meinem Gewicht. Liam warf mir das Handy zu. Dann einen warnenden Blick. Seine blauen Augen waren entschlossen. Sie befahlen mir:

„Bleib hier.“

Dann trat er hinaus in das Scheinwerferlicht des Wagens.

76

Er stand im Licht der Scheinwerfer, in dem nicht nur Staubpartikel und Insekten tanzten, sondern in dem auch der nächtliche Dunst in dünnen Schwaden verhängnisvolle Kreise zog.

„Wo gehts denn hin, Markus?", übertönte Liams Stimme das Brummen und Knattern des Motors, der die frische Nachtluft mit dem Gestank von Diesel verschmutzte.

Annas Vater hielt in seiner Bewegung inne. Er wollte gerade zu Anna auf dem Beifahrersitz einsteigen. Die Tür war geöffnet und ein Fuß stand bereits auf dem Trittbrett.

Sofort rührten sich die Männer, die noch vor dem LKW standen und zielten mit ihren Maschinengewehren auf Liam. Ich rappelte mich auf, kroch über den kalten Asphalt weiter nach vorne, um besser sehen zu können. Ich schwitzte. Mein Herz raste.

Markus hob eine Hand an, um seine Männer davon abzuhalten, den Fremden einfach mit Kugeln zu durchlöchern.

„Der kleine Winterfeld Junior", sagte Markus und hob seine Augenbrauen abschätzig an. Wie hatte er vor Liam gekrochen, was hatte er gewimmert und geheult, als er vor ihm gelegen hatte. Jetzt spuckte er wieder große Töne, mit seinen Lakaien, die ihm den Rücken deckten.

„Willst du mit?", fuhr Markus fort, „ich könnte mir keinen kompetenteren Hauptdarsteller vorstellen. Niemand hat mehr Erfahrung, wie man mit kleinen Mädchen umgeht als du."

Liams Hände ballten sich zu Fäusten. Ich konnte mir wohl nur im Ansatz vorstellen, wie es in ihm aussah. Die Wut musste in ihm hochkochen wie die Lava in einem Vulkan. Am liebsten würde er sie ausspeien und alles vernichten, was ihm in den Weg kam. Den Mann vor ihm, seinen Vater, all das Schlechte unwiederbringlich aus dieser Welt tilgen.

Markus schnaubte belustigt. Liams tollkühnes Erscheinen amüsierte ihn. Er fühlte sich so sicher. So überlegen. Und verdammt, das war er auch. Bis die Polizei kam. Bis sie ihn mit Anna finden würden. Mit den Kindern. Meine Finger krallten sich in den Boden, die Nägel kratzten über den harten, unebenen Untergrund und splitterten auf. Es war mir egal. Ich war wie betäubt. So voller Hass und Angst.

„Du hast dich schon immer aufgeblasen, wenn du dich stark gefühlt hast", sagte Liam und reckte sein Kinn. Er sah von oben herab. Die Beine etwas mehr als schulterbreit auseinander, sodass er sicher stand, die Arme hingen scheinbar locker an ihm herab, nur die Fäuste öffneten und schlossen sich immer wieder. Seine Haltung war aufrecht. Selbstsicher. Bedrohlich. Seine Augen leicht zusammengekniffen. Das Licht blendete ihn, doch so war er für Daniel und die Polizei gut sichtbar. Wenn sie bald kommen würden. Falls sie kommen würden. Er wirkte nicht wie der Unterlegene. Liam wirkte wie der Axtmörder, der gleich auf sein hilfloses Opfer zugehen würde. In aller Ruhe. Weil er wusste, dass er gewinnen würde. Doch er rührte sich nicht. Und seine Ausstrahlung war nur Schein. Ein Schauspiel. Der Transporter musste nur losfahren. Einer der Männer müsste nur zu fest mit dem Finger auf den Abzug drücken und Liam war tot.

„Was willst du?", verlor Markus nun langsam die Geduld. Seine Stimme wirkte genervt.

„Liam!", Annas gedämpfte Stimme drang aus dem LKW nach außen. Ich sah ihr Gesicht in der Tür, dann wurde sie von dem Mann auf dem Fahrersitz grob zurückgerissen.

Liam blickte nur kurz zu ihr. Nur ein Blinzeln in ihre Richtung. Dann leckte er sich über seine Lippen. Überlegte.

„Einen Deal mit dir machen", antwortete er. Eine Verhandlung. Gute Idee. Verhandlungen dauerten ihre Zeit. Man musste diskutieren und es bedeutete, mit seinem Gegenüber auf eine beidseitige Übereinkunft kommen zu wollen. Markus war ein Geschäftsmann. Es würde ihn locken. Tatsächlich ließ er von der Beifahrertür ab. Drehte sich frontal zu Liam und verschränkte die Arme vor der Brust, über der seine schmale, schwarze Krawatte lag.

„Was glaubst du, hast du mir anzubieten?", fragte er abschätzig, doch das Funkeln in seinen grauen Augen überführte sein Interesse. Selbst wenn Liam eigentlich gar nicht in der Position war, zu verhandeln, so war es zumindest die Neugier, die Markus am Ball hielt.

„Du glaubst, dass ihr alle Beweise vernichtet habt", sagte Liam langsam und bedächtig, „aber wir haben noch Dinge in der Hand, die dich für viele Jahre ins Gefängnis bringen. Nicht ich, natürlich. Wenn du mich umbringst, bringt dir das also gar nichts, außer dass die Polizei gleich hier auftaucht. Und zwar nicht die Freunde von meinem Vater."

Markus hob seinen Kopf herausfordernd an und schnalzte mit der Zunge. „Du willst also nicht verhandeln, sondern mir drohen?"

„Nein. Ich wollte nur klarstellen, auf welcher Basis wir verhandeln."

Markus schwieg. Sah ihn auffordernd an.

„Gib mir Anna, dafür bekommst du die Beweise und wir lassen dich von jetzt an in Ruhe. Deine Geschäfte sind mir egal. Ich will nur Anna und dann mit der Sache abschließen."

Markus verengte misstrauisch die Augen.

„Und dir sind die kleinen Mädchen egal?", fragte er ungläubig.

Liam hob langsam die Schultern.

„Manchmal muss man Kompromisse eingehen. Wenn ihr nicht weitermacht, dann macht es jemand anderes. Ich kann nicht die ganze Welt retten."

Markus starrte ihn an, tippte mit den Fingern auf seinem Oberarm herum und schien zu überlegen. Wägte er wirklich ab, auf diesen Deal einzugehen? Ich schluckte. Meine Kehle war staubtrocken. Verflucht, wo blieb Daniel? Wo blieb die Verstärkung?

„Liam. Lieber Liam. Ich würde dich so gerne mit eigenen Händen töten und dir bei deinem letzten Atemzug zusehen. Doch diesen Genuss darf ich deinem Vater nicht vorenthalten", seine Stimme war so weich und süß, als würde er einem Kind eine Gutenacht-Geschichte vorlesen. Dann schlug sie um wie die Fahne im Wind.

„Macht ihn fertig. Aber tötet ihn nicht", befahl er.

Die Männer gehorchten augenblicklich. Zwei von ihnen gingen mit schnellen Schritten auf Liam zu, der einfach stehen blieb und den Schlägern herausfordernd entgegenblickte. Obwohl ich mir sicher war, dass Liam kein ungefährlicher Gegner war, hatte er gegen die bewaffneten Muskelpakete keine realistische Chance.

Markus blieb stehen, hatte die Arme weiterhin verschränkt und seine Augen blitzten erwartungsvoll auf. Er wollte es genießen, Liam leiden zu sehen.

Ich schlug mir die Hand auf den Mund und starrte die Szene mit weit geöffneten Augen an. Was konnte ich tun? Wie konnte ich ihm helfen?

Scheiße!

Liam duckte sich unter einem Schlag hinweg und hob die Fäuste zur Verteidigung an. Einer der Schläger hob seine Waffe, um ihn mit dem Griff niederzuschlagen. Liam wurde erwischt. Taumelte ein paar Schritte. Der andere holte mit der Faust aus.

Dann erfüllte das Kreischen von Sirenen die sonst stille, industrielle Umgebung und die Männer hielten inne.

In diesem Moment schlug Markus sein Jackett zurück und zog eine schwarze Pistole hervor, deren Lauf er nun auf Liam richtete.

77

„Du elender Scheißkerl, du hältst dich wohl für ganz clever! Aber wenn ich untergehe, dann nehme ich dich mit! DU hast diese Dinge auch getan, also büße dafür!“, schrie Markus Liam mit vor Zorn verzerrtem Gesicht entgegen und der ohrenbetäubende Knall, als er den Abzug drückte, ließ mich zusammenzucken. Ich kniff die Augen zusammen, ballte die Hände zu Fäusten und zog die Schultern hoch, um mich zu schützen. Dabei war nicht ich es, auf die gefeuert wurde. Nachdem das Echo des Schusses zwischen den hohen Industriehallen verhallt war, hörte ich Liams schmerzhaftes Aufstöhnen. Ängstlich öffnete ich die Lider wieder und sah, wie Liam sich die flache Hand auf die Brust presste und zwischen seinen Fingern dunkles Blut hervorquoll. Als sein Körper auf die Knie herabsackte und Markus die Waffe erneut auf ihn richtete, sprang ich auf. Rannte los.

„Liam!“, schrie ich, und als die bewaffneten Männer sahen, wie drei Polizeiwagen auf uns zufuhren und ihre Scheinwerfer die Szenerie erhellten, ließen sie ihre Maschinengewehre fallen und hoben die Hände in die Höhe. Markus jedoch zielte weiter auf Liam. Seine Hände zitterten. Ein weiterer, ohrenbetäubender Knall durchschnitt die Nacht. Die Kugel prallte knapp neben Liam auf dem Asphalt ab. Ich stürzte auf Markus zu.

„STIRB!“, brüllte er so außer sich, dass kleine Spucketropfen durch die Luft geschleudert wurden. Sein Kopf war krebsrot, die Haut fleckig. Tiefe Falten zogen sich über seine Stirn und zwischen seinen Augenbrauen entlang. Seine Augen waren derart geweitet, dass man die kleinen, roten Adern erkennen konnte, die über das Weiß seines Augapfels liefen.

„Helena!“, Liams kraftlose Stimme war für mich weit entfernt.Wieder drückte er den Abzug.

Ich warf mich gegen Markus.

Riss ihn um.

Der Schuss ging in den Himmel.

Drei Polizeiwagen kamen mit quietschenden Reifen ringsum zum Stehen.

Umkreisten uns.

Blaue, grelle Lichter vertrieben die Dunkelheit. Ich schlug auf dem Boden auf.

Die Luft wurde aus meinen Lungen gepresst.

Betäubender Schmerz durchfuhr meine Schulter.

Ich sah nur noch schwarz.

Und tanzende Lichter.

„Verfluchte Hure!“, Markus wutverzerrte Stimme brüllte mir direkt ins Ohr. Er stieß mich beiseite, damit er aufstehen konnte.

„Halt! Keine Bewegung!“, eine fremde Stimme mischte sich dazu. Als ich aufsah, erkannte ich mindestens sechs Polizisten, die teilweise hinter den geöffneten Türen der blau-silbernen Wagen standen und mit Pistolen auf Markus zielten. Ich drückte mich mit den Handflächen vom Boden ab. Stöhnte. Als ich aufstand, erkannte ich, dass zu dem Zorn nun etwas anderes in den grauen Augen des Kinderschänders zu erkennen war: Panik. Sie huschten umher. Suchten nach einem Ausweg.

„Papa! Ergib dich!“, Annas Stimme war wie eine Glocke in finsterster Stunde, „bitte!“, flehte sie. Markus drehte seinen Kopf zu dem Führerhaus des Transporters, in dessen Tür nun seine Tochter stand und ihn mit tränenüberströmten Gesicht verzweifelt ansah.

„Bitte“, formten ihre Lippen noch einmal stumm. Ihre Blicke trafen sich.

„Keine Bewegung! Legen Sie die Waffe nieder“, forderte ein Polizist noch einmal mit Nachdruck, „oder wir sind gezwungen, das Feuer zu eröffnen!“

Markus riss seinen Blick von Anna los.

Und dann rannte er.

„Bleib stehen, Markus“, die kalte, emotionslose Stimme war ruhig und tief und dennoch voll kompromissloser Dominanz. Sie war wie ein Donnergrollen. Bedrohlich. Beängstigend. Ihr Klang ließ meinen Körper einfrieren, als wäre er in flüssigen Stickstoff getaucht. Nahm mir die Luft zum Atmen.

Balthasar.

Der Knall eines weiteren Schusses verlor sich in einem langen Echo.

„Papa!“, Annas Stimme brach unter Tränen.

Ich sah, wie Markus‘ Körper von der Wucht der Kugel getroffen wurde und dann vornüber zu Boden fiel. Er war nicht weit gekommen. Wenige Meter hinter einem Polizeiwagen sackte er in sich zusammen. Balthasar ließ seine Hände sinken, in denen er immer noch seine Waffe hielt.

In die restlichen fünf Polizisten kam Bewegung. Einer begann die Kinder aus dem Wagen zu befreien. Zwei von ihnen rannten zu den Schlägern, die die Hände in die Luft hielten, legten ihnen Handschellen an. Zwei andere umringten Liam. Liam, der bewegungslos und leichenblass am Boden lag. Sie hantierten herum. Ich sah Blut. Befehle wurden gebrüllt. Mein Verstand war wie unter Wasser getaucht. Doch Annas Schluchzen drang so weit zu mir hindurch, dass ich mich wie mechanisch aufrichtete und zu ihr hinüberging. Sie war vor dem Transporter auf die Knie gesackt und vergrub ihr Gesicht in ihren Händen. Ich ließ mich neben ihr nieder, zog sie in meine Arme und legte mein Kinn auf ihren Kopf. Wir wiegten uns hin und her. Beruhigend streichelte ich ihr über den Rücken.

„Es wird alles gut“, flüsterte ich, „es wird alles gut“, wenn ich das nur oft genug wiederholte, würde ich selbst anfangen, daran zu glauben. Liam. Wo war er getroffen worden? Behielt er letztendlich doch recht und starb bei einem Polizeieinsatz? Bloß auf der Seite der Guten? Als Held. Er durfte nicht. Er durfte mich nicht allein lassen. Die Vorstellung, dass die Polizisten gerade um sein Leben kämpften, dass eben dieses vielleicht gerade aus ihm wich und ich nicht da war, um seine Hand zu halten, machte mich wahnsinnig. Schnürte mir die Kehle zu.

„Der Krankenwagen ist unterwegs“, hörte ich eine fremde Stimme sprechen, „halten Sie durch, Herr Winterfeld.“

Nur einer bewegte sich auf den am bodenliegenden Markus zu, unter dessen Körper sich eine dunkle, rote Lache auszubreiten begann. Mit schweren, langsamen Schritten ging Balthasar auf ihn zu, als habe er alle Zeit der Welt. Er war sein Komplize. Sie waren Freunde. Doch es schien ihn vollkommen kalt zu lassen. Im Gegenteil. Er schien es zu genießen. Neben dem sterbenden Körper blieb er stehen, sah überlegen hinab. Sein Gesicht wurde immer wieder von den Blaulichtern erhellt, nur um dann für den Bruchteil einer Sekunde wieder in der Dunkelheit zu verschwinden. Jede Bewegung wirkte abgehackt, wie durch Stroboskoplicht. Wie aus einem Stop-Motion-Video. Balthasar schob mit dem schwarzen Stiefel die Pistole näher an Markus heran, welche diesem beim Sturz aus der Hand gefallen war und nun einige Zentimeter entfernt von ihm lag. Balthasars Lippen bewegten sich, doch was er sagte, verstand ich nicht.

Markus schüttelte den Kopf, hob seine Hand. Schwach. Zitternd. Er schob die Waffe von sich weg, ehe er um das Fußgelenk seines vermeintlichen Freundes fasste. Der Polizist schüttelte die Hand wie angeekelt von sich. Ich konnte schwören, Verwirrung und Angst in Markus' letztem Blick zu sehen, ehe sein Körper endgültig erschlaffte und die Augen sich eintrübten.

Balthasar blickte noch einen Moment auf den Toten herab, ehe er seine kalten, blauen Augen zu seinen Kollegen richtete.

„Ich brauche hier Hilfe zum Wiederbeleben", sagte Balthasar, der sich jetzt, wo Markus tot war, zu diesem hinunterkniete, um ihn auf den Rücken zu drehen. Er legte seine Hände auf die Schusswunde, aus der jedoch kein Blut mehr quoll.

„Lass doch, Winterfeld", erwiderte der Kollege, der die Türen des Transporters geöffnet hatte und ein dreckiges, verschüchtertes Mädchen aus diesem heraushob, „Kinderschänder wie er haben es doch nicht anders verdient. Außerdem ist er tot. Da ist doch nichts mehr zu machen. Wenn der Notarzt kommt, sagst du, du hast dein Bestes versucht."

Balthasar musterte seinen Kollegen, ehe seine Mundwinkel kaum merklich zuckten.

„Ja", sagte er, „die Welt braucht keine feigen Schwächlinge wie ihn", die letzten Worte flüsterte er, sodass sie kaum mehr verständlich waren. Doch ich hörte sie noch zu gut.

Wie konnte es sein, dass Markus tot war und Balthasar jetzt der Held, der den Perversen zur Strecke gebracht hatte? Wieso saß er da, in all seiner Herrlichkeit und badete seine Hände in dem Blut, das er vergossen hatte, während Liam, sein eigener Sohn, um sein Leben kämpfte? Wo war die Gerechtigkeit? Wo war der Gott, zu dem Liam betete?

„Winterfeld, ich übernehme. Geh du zu deinem Sohn", ein junger Polizist kam zu ihnen und Balthasar nickte dankbar. Er richtete sich auf, streckte den Rücken kurz durch.

„Wie steht es um ihn?", fragte er.

„Nicht gut, du solltest bei ihm sein.“

78

Nun war ich es, die in Tränen ausbrach. Das durfte nicht sein. Liam durfte nicht sterben und vor allem sollte es nicht das Gesicht seines Vaters sein, das er als Letztes sah. Sondern meins! Ich drückte Anna noch ein letztes Mal fest an mich, als ich mich hektisch aufrichtete und auf die zwei Polizisten zulief, die sich um Liam kümmerten. Ein anderer Polizist trat mir jedoch bestimmend in den Weg und schüttelte den Kopf.

„Bleiben Sie zurück, wir kümmern uns um ihn", sagte der Mann in der blauen Uniform, doch das wollte ich nicht hören. Ich wollte zu ihm!

„Er ist mein Freund, ich muss zu ihm", flehte ich, doch er hielt mich nun an den Schultern fest.

„Sie würden nur im Weg stehen. Bitte verstehen Sie, dass es besser ist, wenn wir in Ruhe arbeiten können. Der Krankenwagen wird gleich hier sein und sein Vater ist bei ihm." Als er das sagte, trat ein großer Schatten an mir vorbei, dessen Präsenz allein mich beinahe in die Knie zwang. Ich sah zu der Gestalt hinauf und mein Blick kreuzte ein eiskaltes, blaues Augenpaar, das mich förmlich durchbohrte. Seine Augen kniffen sich leicht zusammen. Kleine Fältchen bildeten sich um sie. Als würde er lächeln, doch abermals sah ich nur das Zucken seines Mundwinkels und ich fühlte mich hilflos. Er hatte gewonnen. Das wusste er. Am liebsten hätte ich geschrien. Hätte allen gesagt, was für ein mieses Schwein er war, wie böse er war. Wer er wirklich war. Doch ich konnte nichts tun. Ich hatte nichts in der Hand, als das Handy von Caleb, auf welchem das Video von Markus und seinen Schlägern war. Balthasar war uns einmal mehr überlegen. Nicht weil er eine Waffe auf uns richtete, oder wir gefesselt waren. Nein, die Tatsache, dass er als uniformierter Polizist hier war, reichte aus. Er trat an seinen Sohn heran und sank hinunter auf die Knie. Er neigte sich über Liams mittlerweile nackten Oberkörper, presste eine Hand auf seine Schussverletzung und ergriff mit der anderen die seines Sohnes. Er hielt sie fest umschlossen und führte sie ebenfalls zu der Schussverletzung, um genügend Druck auf diese auszuüben, um die Blutung weiter zu stoppen. Dabei sah er ihm ins Gesicht, in das auch ich nun das erste Mal wieder sah. Er war bei Bewusstsein. Der Schweiß stand ihm auf der Stirn und ich konnte sehen, wie er immer wieder angestrengt die Luft zwischen seinen Zähnen hindurchpresste. Liam kämpfte um sein Leben, der Schmerz und die Angst waren ihm ins Gesicht geschrieben und ich konnte in diesem Moment nicht bei ihm sein. Dafür erblickte er nun seinen Vater, der seine Hand hielt und ihn unentwegt ansah.

„Ich bin bei dir, mein Sohn." Auf diese Worte hin schloss Liam seine Augen und eine einzelne, verlorene Träne rann seitlich sein Gesicht hinab und zersprang auf dem Asphalt wie wohl in jenem Augenblick sein Herz in seiner Brust. Endlich ertönten die Sirenen der Krankenwagen, die kurz darauf zusammen mit einem Notarzt auf dem Hof hielten. Die Türen flogen auf und die Sanitäter in ihren rot-weißen Anzügen eilten los. Mit Koffern und Trage im Gepäck rannten sie auf Liam und Markus zu, lösten die erste Hilfe leistenden Polizisten ab und mein Blick auf ihn wurde verdeckt. Eine blonde Frau kam auf mich zu, begann mit mir zu sprechen, doch ich hörte ihre Worte nicht. Ich starrte durch sie hindurch und alles, was ich noch vor meinen Augen sah, war Liams Gesicht.

Die Frau legte einen Arm um mich und zog mich einfach mit zu einem der Krankenwagen. Dort sollte ich mich setzen und sie wickelte eine metallische Decke um mich, die mir wie gold-silberne Alufolie erschien. Ich hatte keine Ahnung, was sie mit mir tat, spürte nur, wie mein Ärmel hochgeschoben wurde und einen Stich in meinem Arm. Dann breitete sich urplötzlich eine betäubende Ruhe in mir aus und mein ohnehin paralysierter Verstand, verlangsamte sich noch mehr. Die Gedanken flossen nun zäh und dickflüssig durch meine Synapsen. Ich wünschte mir, ich würde nun einfach die Augen schließen. Nichts mehr mitkriegen.

Plötzlich wurde ich wieder auf die Beine gezogen. Die gestoppte Zeit begann, wieder weiter zu laufen.

„Aus dem Weg“, hörte ich eine Stimme rufen. Kurz darauf erblickte ich zwei der Sanitäter, die die graue Liege mit dem roten Polster eilig auf den Krankenwagen zuschoben. Sie hatten Liam darauf festgeschnallt, er war intubiert und man hatte ihm eine Infusion gesetzt. Balthasar lief dicht nebendran, noch immer die Hand seines inzwischen bewusstlosen Sohnes haltend.

„Liam!“, rief ich und als wären plötzlich neue Lebensgeister in mich gefahren, wollte ich auf ihn zuspringen, wurde jedoch von der Blonden zurückgehalten.

„Wollen Sie mitfahren, Herr Winterfeld?“, fragte ein Sanitäter an Balthasar gewandt und dieser nickte.

„Stehen bleiben“, diese Stimme war neu. Sie war rau wie Schmirgelpapier und rasselte wie alte Nägel in einer rostigen Blechdose, „ich meine Sie, Hauptkommissar Winterfeld“, sagte die Stimme nun mit Nachdruck.

Liam wurde in den Krankenwagen geschoben und Balthasar musste seine Hand loslassen. Er sah ihm kurz hinterher, ehe er sich umdrehte. So wie ich.

Ich hatte nicht mitbekommen, wie ein schwarzer, glänzender BMW in Begleitung von zwei weiteren Streifenwagen das Gelände erreicht hatte. Ein schlanker Mann mit kurzen, weißen Haaren stand wenige Schritte von uns entfernt. Er trug einen Anzug und strahlte trotz seines reifen Alters eine starke Autorität aus. Sein Gesicht war von Sorgenfalten durchzogen und dennoch konnte man sehen, dass er einmal ein attraktiver, junger Mann gewesen sein musste. So wie der blonde, bärtige Beamte hinter ihm, auf dessen Uniform jedoch nicht Polizei stand, sondern Justiz.

„Direktor Schumacher", sagte Balthasar und hob leicht seinen Kopf mit aufeinander gepressten Lippen.

„Balthasar Winterfeld, Sie sind vorläufig verhaftet wegen des dringenden Verdachts des sexuellen Missbrauchs von Kindern. Legen Sie ihre Dienstwaffe nieder." Ohne Widerstand zu leisten, legte Balthasar seine Waffe auf den Boden. Dann schloss er die Augen.

„Legt ihm Handschellen an!" Die beiden Polizisten zu seiner Seite setzten sich in Bewegung und zogen ihm die Hände auf den Rücken. Die Handschellen schlossen sich klackend.

„Führt ihn ab", befahl der Polizeidirektor.

Die Sanitäter zogen die Türen des Krankenwagens zu und dann fuhr er mit Blaulicht und Sirene los zum städtischen Krankenhaus. Nahm Liam mit sich. Von dem ich nicht wusste, ob ich ihn jemals lebend wiedersehen würde.

„Was soll das?", brach es plötzlich aus einem der Polizisten hervor, die mit Balthasar hergekommen waren.

„Ja, was ist hier los?", kam nun auch ein anderer dazu. Verwirrung und Ärger stand in den Gesichtern der Kollegen geschrieben, die teilweise sogar dazwischengehen wollten. Erst als Balthasar seinen Kopf schüttelte, hielten sie inne.

„Nein, das wird sich alles regeln", sagte er ruhig, „bringt euch nicht unnötig in Schwierigkeiten."

„Abführen", befahl Direktor Schumacher noch ein weiteres Mal, woraufhin Balthasar weitergeschoben wurde. Sie brachten ihn zu einem der jüngst dazugekommenen Streifenwagen und drückten ihn hinab, damit er in das Auto einstieg. Dann richtete er seinen Blick noch einmal auf mich. Das Blau seiner Augen hielt mich gefangen. Dieses stechende, gefährliche, alles verschlingende Blau. Als würde er mir drohen. Oder mich auslachen. Ein letztes Lächeln umspielte seine Lippen, ehe die Tür des Wagens zugeschlagen wurde und das Schwarz der getönten Fensterscheibe unseren Blick durchbrach.

Die blonde Frau fasste mich abermals am Oberarm. Bestimmend zog sie mich zu einer Liege und wies mich an, mich hinzulegen. Ich gehorchte. Wie programmiert. Und schloss meine Lider. Das Letzte, was ich in dem Dunkel meines Geistes sah, war ein stechendes, blaues Augenpaar, das mich durchbohrte wie ein Pfeil aus kaltem Stahl. Und ich wusste nicht, zu wem diese Opale gehörten. Zu Liam oder zu seinem Vater?

79

Mein Schlaf war unruhig und in meinen Träumen jagten mich diese Augen. Diese eiskalten Augen, die ich gleichzeitig liebte und hasste. Sie zogen mich an wie ein Magnet, andererseits weckten sie in mir den Wunsch zu flüchten. Ich war gefangen in tiefer Dunkelheit. Und nur diese zwei Augen blickten mich an. Mit ihrer Iris wie aus stürmischen Ozeanwellen, die im nächsten Moment zu Gletschereis erstarren konnten. Ich fror so erbärmlich, dass mein ganzer Körper durchgeschüttelt wurde wie durch heftige Stromstöße. Das Erste, was ich hörte, als meine Sinne zu mir zurückkehrten, war das Klappern meiner Zähne. Dann eine weibliche Stimme, die sagte:

„Ich gebe ihr etwas gegen den Schüttelfrost."

Kurz darauf breitete sich eine Wärme in meinem Körper aus, die meine verkrampfenden Muskeln entspannte. Das Zittern ließ nach.

„Vielen Dank", antwortete eine zweite, männliche Stimme, die mir so vertraut war, dass ich mich sofort geborgen und zu Hause fühlte.

„Papa", sagte ich leise und öffnete meine schweren Lider.

„Helena, Schatz", es tat so gut sein Gesicht zu sehen, seine warmen, braunen Augen, in denen so viel Sorge und Liebe lag. Die Fältchen um sie herum waren tiefer geworden. Zeichneten sich als klare Linien ab. Aber sie waren auch schön, denn er lächelte.

„Na, auch mal wach?", eine zweite Stimme gesellte sich dazu, die mir ebenso vertraut war wie die meines Vaters. Bloß war sie noch nicht so tief und rau. Als ich meinen Blick weiterwandern ließ, sah ich das schwarz gefärbte Haar meines Bruders und seine blaugrünen Augen, die den meinen so unglaublich ähnlich waren. Lediglich sein Piercing fehlte.

„Flo", schluchzte ich nun, als mich meine Gefühle übermannten und die heißen Tränen nahezu aus ihren Kanälen sprudelten und mein Gesicht hinunterkullerten.

„Ist ja klar", sagte mein Bruder abschätzig, „dass du direkt flennen musst wie eine kleine Göre", jedoch musste er sein Gesicht wegdrehen, damit ich nicht sehen konnte, wie er selbst die Tränen niederkämpfte. Doch ich erkannte den Glanz in seinen Augen und wie er schwer schluckte.

„Papa, es tut mir so leid", schluchzte ich und setzte mich auf, streckte die Arme wie ein kleines Kind nach meinem Vater aus und er zog mich direkt zu sich heran an seine väterliche Brust. Ich vergrub mein Gesicht, hinterließ dunkle, nasse Spuren auf seinem hellen, gestreiften Hemd. Seine Hand fuhr beruhigend über meinen Rücken und er schüttelte den Kopf.

„Es ist alles gut", beruhigte er mich, „niemand macht dir Vorwürfe."

Ich löste mich langsam von ihm und warf einen verunsicherten Blick zu meinem Bruder, der sich räuspernd im Nacken kratzte und den Kopf gesenkt hielt.

„M...mir tut es leid", stammelte er zögerlich, „dass ich das getan habe. Du weißt schon was. Ich war egoistisch. Wie Mama damals. Ich wollte dir nicht, also ...", Florian seufzte und rang nach Worten.

„Schon gut", unterbrach ich seine verzweifelte Suche und winkte ihn nun zu mir, damit ich auch ihn in die Arme nehmen konnte. Etwas widerwillig setzte er sich in Bewegung und ließ sich an der Bettkante nieder.

„Du bist die beste Schwester, die man sich wünschen kann“, gab er zu, als wir uns umarmten, „du hast immer versucht, das Loch zu füllen, das unsere Mutter hinterlassen hat. Du hast mir und Papa immer so geholfen und dann mache ich so ‘nen Scheiß.“

„Versprichst du mir einfach, so was nie wieder zu machen?“, fragte ich und vergrub meine Finger in seinen Haaren. Stockend nickte er. Mit einem tiefen Einatmen schloss ich meine Augen und fühlte mich so unendlich erleichtert.

„Müsstest du nicht eigentlich in der Klinik sein?“, fragte ich, als wir uns wieder voneinander lösten.

„Ich habe heute eine Sondererlaubnis bekommen, mit Papa hierherzukommen. Ich werde noch einige Wochen in der Klinik bleiben müssen. Spätestens am Nachmittag muss ich zurück sein. Aber es ist nicht schlimm. Dann muss ich wenigstens nicht in die Schule.“ Er schnaufte verächtlich. Ich stieß die Luft lachend aus. Ja, das war typisch Flo. Typisch Teenager.

„Wie viel Uhr ist es?“, fragte ich, als ich blinzelnd zum Fenster sah, durch das ich sehen konnte, wie die Sonne ihre freundlichen, wärmenden Strahlen auf die Stadt schickte. Mein Zimmer musste sich in den oberen Stockwerken befinden, denn ich sah auf die meist roten oder grauen Ziegeldächer hinab, zwischen denen die Baumkronen der Bepflanzung wie grüne Tupfen auftauchten.

„Es ist gleich elf“, antwortete mein Vater, „das Frühstück hast du also verschlafen. Dafür gibt es aber bald Mittagessen.“

Das war natürlich wichtig. Doch nun fiel mir etwas ein, was noch viel wichtiger war.

„Was ist mit Liam?“, fragte ich und spürte, wie die Panik mit kalten Klauen nach meinem Herzen griff. Die Sanitäter hatten zuletzt gesagt, dass sein Zustand nicht gut war. Lebte er noch? Der Gedanke, dass er seinen Kampf gegen den Tod verloren haben könnte, schnürte mir die Brust zu. Ich war nicht bereit, ihn gehen zu lassen. Ich wollte ihn wiedersehen. Ich wollte ihn nicht verlieren! Ich wollte dabei sein, wenn das Leben jetzt vielleicht etwas Gutes für ihn bereithielt.

„Ist das der angeschossene Mann?“, fragte mein Vater und ich nickte, während ich abermals die Tränen nicht zurückhalten konnte.

„Den hat es wohl ziemlich erwischt. Der liegt auf der Intensiv, aber Genaueres weiß ich auch nicht.“

„Ich muss mit einer der Schwestern reden“, sagte ich und suchte um mich herum nach dem Schwesternruf. Als ich den kleinen, roten Knopf fand, drückte ich schnell drauf und wartete ungeduldig, bis endlich die weiße Zimmertür aufging und die Krankenschwester in ihrer typischen, blauen Kleidung hereinkam.

„Frau Weiß, was ist los?“, fragte sie und ihr Blick huschte besorgt zwischen mir und meiner Familie hin und her.

„Hier muss ein Mann namens Liam Winterfeld auf der Intensivstation liegen. Er muss kurz vor mir mit dem Krankenwagen eingeliefert worden sein. Er hatte eine Schussverletzung. Können Sie mir sagen, wo er liegt und wie es ihm geht?“, sprudelten die Worte aus mir hervor, woraufhin die junge Frau irritiert blinzelte.

„Ähm, Entschuldigung. Aber ich kenne nicht jeden Patienten von allen Stationen. Ich weiß leider nicht, wo Herr Winterfeld liegt oder wie es ihm geht. Aber wenn Sie wissen, dass er auf der Intensivstation liegt, dann gehen Sie am besten direkt dorthin und fragen nach.“

„Darf ich also das Bett verlassen, ja?“, fragte ich hoffnungsvoll.

„Ja, Frau Weiß. Sie hatten einen Schock und wurden ruhiggestellt. Wenn es Ihnen gut genug geht, können Sie sich frei bewegen. In ein paar Stunden kommt der Arzt zur Visite. Wenn es Ihnen dann gut genug geht, können Sie wieder nach Hause.“

Die brünette Dame lächelte mich aufmunternd an.

„Die Polizei wird sich in den kommenden Tagen bei Ihnen melden. Sie würden gerne noch eine Aussage von Ihnen aufnehmen, aber wir haben gesagt, dass Sie jetzt erst mal Ruhe brauchen.“

Ich nickte dankbar und drehte mich, sodass ich meine Beine aus dem Bett schieben konnte. Für einen Moment blieb ich so sitzen, bis ich mir mit Hilfe meines Vaters meine Schuhe anziehen und mich hinstellen konnte. Die Schwester verließ den Raum und mein Bruder sah mich zweifelnd an.

„Willst du da jetzt allein hin oder was?", schnappte er.

„Nein, ich gehe mit ihr", bestimmte Papa und kramte die Geldbörse aus seiner Gesäßtasche, um sie Florian dann in die Hand zu drücken.

„Geh du so lange mal zum Kiosk und hol dir einen Kaffee und was zu essen. Wenn du fertig bist, schreib mir. Wir treffen uns dann wieder."

Mein Vater legte mir den Arm um die Schulter und trug mich fast mehr, als dass er mich allein gehen ließ, zerquetschte mich halb dabei, sodass ich mich lauthals beschweren musste, dass er sanfter mit mir umgehen sollte. Warum hatten Männer ihre Kräfte nie unter Kontrolle? Er bugsierte mich zum Fahrstuhl und wir fuhren noch eine Etage nach oben zur Intensivstation. Hier mussten wir zunächst klingeln und warten, bis uns jemand in Empfang nahm. Zum Glück öffnete sich die Tür bald und ein junger, stämmiger Pfleger mit kurzgeschorenen Haaren, der genauso viele Stoppeln am Kinn wie auf dem Kopf hatte, blickte uns aus kleinen, grauen Augen entgegen.

„Sind Sie zu Besuch?", fragte er. Seine Stimme war viel sanfter und weicher als sein Anblick vermuten ließ. Ich nickte.

„Ich bin wegen Liam Winterfeld hier. Er muss gestern Abend eingetroffen sein", erklärte ich und der Mann wusste wohl sofort, um wen es ging. Sein Blick huschte zwischen mir und meinem Vater überlegend hin und her.

„Ich bin seine Freundin", hängte ich an und Papas Kopf drehte sich erschrocken zu mir. Zum Glück konnte er nichts erwidern, ehe der Pfleger mich schon hereinbat.

„Es kann nur eine Person zu ihm. Er ist erst vor wenigen Minuten aus der Narkose aufgewacht. Er musste gestern notoperiert werden und ist noch sehr schwach."

80

Der Pfleger führte mich durch den langen, sterilen Flur, vor dem ich mir die Hände desinfizieren musste. Von überall tönte besorgniserregendes Piepsen. Ich hatte mich schon immer gefragt, wie das Personal es hier aushielt, ohne wahnsinnig zu werden. Wer auf dieser Station lag, schwebte in Lebensgefahr, ja war teilweise sogar dem Tod näher als dem Leben. Ich beobachtete die Türen, an denen wir vorbeigingen, und fragte mich, wer sich gerade hinter ihnen befand, was diesem Menschen zugestoßen war und hoffte für jeden Einzelnen, dass er den Kampf gewinnen würde.

„Hier liegt er. Bitte seien Sie vorsichtig und lassen ihn schlafen, wenn er nicht wach ist", sagte der stoppelige Mann.

„Wie steht es denn um ihn?", fragte ich unsicher und knibbelte an meinen Fingernägeln herum.

Der Pfleger seufzte leise und verzog kurz die Lippen.

„Auf der intensiv ist leider niemand über den Berg. Ich kann Ihnen also nichts versprechen, aber er ist jung und kräftig. Also stehen seine Chancen gut, dass er sich erholen wird." Der Mann legte mir beistehend seine Hand auf die Schulter, ehe er die Tür für mich öffnete. Möglichst leise trat ich ein und hörte, wie die Tür hinter mir wieder geschlossen wurde. In dem Zimmer befand sich nur ein Bett, der Platz hinter diesem, der für ein zweites gedacht war, war leer und der Vorhang, der die Bereiche voneinander trennen würde, zurückgezogen. Als ich ihn dort liegen sah in den weißen Kissen, angeschlossen an die Geräte, die unheilvoll piepsten, wurde mir ganz anders. Er sah blass aus mit dunklen, roten Rändern unter den friedlich geschlossenen Augen. Sein malträtierter Arm war neu verbunden und lag locker auf der Decke. An seinem Finger steckte das graue Messdings, das ihn überwachte und diverse andere Kabel und Schläuche führten von dem Monitor neben ihm zu seinem Körper und verschwanden unter seinem Krankenhaushemd. Sein Brustkorb hob und senkte sich regelmäßig und ich hätte am liebsten meinen Kopf darauf gebettet, wenn da nicht ausgerechnet die Schussverletzung gewesen wäre. Stattdessen ließ ich mich nun auf dem Hocker neben seinem Bett nieder und griff vorsichtig nach seiner Hand. Ich strich mit meinen Fingern über seine Knöchel und malte dann kleine Kreise auf seinem Handrücken.

„Du hast es nicht mehr mitbekommen, aber dein Vater wurde verhaftet. Daniel ist mit seinem Paps aufgekreuzt. Wusstest du, dass er der Polizeidirektor ist?", fragte ich wohl wissend, dass er mir ja nicht antworten konnte.

„Ich hab mir solche Sorgen um dich gemacht. Ich dachte, du stirbst. Ich dachte, ich sehe dich nie wieder! Ich ...", ich konnte nicht verhindern, dass sich erneut Tränen in meinen Augen sammelten und ich die Luft zitternd in meine Lungen sog. Die Vorstellung, ihn zu verlieren, war so schrecklich, so unerträglich, dass sich meine nah am Wasser gebauten Tränenkanäle sofort zu Wort meldeten.

„Bitte nicht schon wieder heulen. Ich lebe doch noch", ertönte Liams ruhige, durch die Narkose jedoch leise und angeraute Stimme. Ich hob erschrocken meinen Blick und erkannte nun, dass er seine Augen einen Spaltbreit geöffnet hatte. Er sah mich an und ein leichtes Lächeln umspielte seine trockenen Lippen.

„Du bist wach?", wisperte ich fassungslos.

„Klar. Habe dich schon vor der Tür gehört, aber wollte erst mal hören, was du mir so vorschnulzt, wenn du denkst, ich schlafe", sein Lächeln wandelte sich zu einem süffisanten Grinsen und am liebsten hätte ich ihm dafür auf seiner verletzten Brust rumgedrückt. Doch so blieb es nur bei einem anklagenden Blick und einem:

„Du Arschloch."

Er lachte leise in sich hinein und verzog daraufhin schmerzerfüllt die Lippen. Karma nennt man das!

„Kleine Sünden bestraft der liebe Gott sofort", schnaubte ich.

Liam sah mich nun sanfter an und streichelte mit dem Daumen liebevoll über meine Hand. Sein Blick und seine Berührung stachen in meiner Brust. Die Sehnsucht nach ihm manifestierte sich als spürbarer Schmerz in meinem Innersten. Niemals hatte ich gedacht, dass sich Liebe so anfühlen würde. Dass sie so intensiv war. Dass sie so wehtun konnte. Worte konnten nicht ansatzweise ausdrücken, was ich für ihn empfand.

„Mein Vater ist also verhaftet worden", sagte Liam leise. Ich nickte.

„Sie haben ihn wegen Kindesmissbrauch festgenommen. Ich nehme an, dass er jetzt in Untersuchungshaft sitzt. Offenbar soll ich bald meine Aussage machen. Sicher werden sie auch dich fragen."

„Weißt du, ob sich meine Mutter nach mir erkundigt hat?", fragte Liam zögerlich, doch ich konnte nur die Schultern heben.

„Das musst du die Pfleger fragen. Ich bin auch eben erst aufgewacht."

Liam löste seine Hand von meiner und ließ sie höher wandern. In seinem Gesicht sah ich abermals den Schmerz, den ihm die Bewegung bereitete, doch er ließ sich nicht abhalten. Sanft und warm legte sich seine Handfläche an meine Wange und sein rauer Daumen strich über sie. Ich schmiegte mich in sie hinein, genoss das tröstende Gefühl, das meine Sehnsucht wenigstens für den Moment etwas linderte.

„Es tut mir so leid, was du alles wegen mir durchgemacht hast. Ich wollte dich aus allem raushalten, aber letztendlich habe ich es nicht geschafft. Wir sind ein Paar, aber ich werde ins Gefängnis müssen", eine kleine Furche bildete sich zwischen seinen Brauen. „Glaubst du, dass du das schaffst? Es ist okay, wenn du dein Leben unabhängig leben willst, Helena. Ich will, dass du glücklich bist."

Ich rollte meine Augen und lächelte schief.

„Ich wusste doch, worauf ich mich einlasse. Ich schaffe das. Wir schaffen das!“, ich nahm seine Hand und führte sie zu meinen Lippen, um sie mit sanften Küssen zu bedecken.

„Wir haben deine Vergangenheit überstanden. Dann überstehen wir auch die Zukunft“, versprach ich ihm und sah ihm dabei tief in die Augen. Liam atmete tief durch. Dann lächelte er sachte und schloss die Lider.

„Ich liebe dich, Helena“, flüsterte er, und egal, wie oft ich diese Worte hörte, sie klangen wie Musik in meinen Ohren. Man wusste nie, was das Schicksal vorhatte. Wie oft ich noch in den Genuss kommen würde, sie zu vernehmen. Doch nur für den Fall würde ich jedes Mal so intensiv wahrnehmen, als wäre es das letzte Mal.

„Und ich liebe dich“, flüsterte ich noch, obwohl ich wusste, dass er bereits eingeschlafen war.

Als ich nach einiger Zeit die Intensivstationwieder verließ, erwartete mich davor jedoch kein Pfleger, sondern ein großgewachsener, dunkelblonder uniformierter Mann, der mich mit einem frechen Lächeln ansah.

„Daniel“, rief ich gedämpft und er zog mich in eine freundschaftliche, enge Umarmung.

„Wie geht es unserem Dornröschen?“, fragte er.

„Gut genug, um dumme Sprüche zu klopfen. Aber jetzt ist er wieder eingeschlafen“, erwiderte ich mit absichtlich genervtem Tonfall und der Beamte lachte kurz auf. Er drückte mich von sich weg und musterte mich von oben bis unten.

„Ich wollte ihn besuchen, aber wenn er jetzt schläft, lassen wir ihm besser die Ruhe.“ Er legte einen Arm um mich und wir gingen zusammen den Flur Richtung Ausgang der Station.

„Dein Vater ist also der Polizeidirektor, ja?“, fragte ich.

Daniel bemühte sich, unbeeindruckt zu wirken, doch die Art, wie seine Mundwinkel Mühe hatten, ein Grinsen zu unterdrücken, zeigte, wie stolz er war.

„Ja, ich habe ihm das Video gezeigt, das Liam mir gegeben hat, als ihr Anna bei mir vorbeigebracht habt. Daraufhin ist er sofort persönlich los. Keine Sekunde zu früh, wie es schien."

„Ihr kamt wirklich genau zur rechten Minute!"

Wir verabschiedeten uns an der Pforte, und als wir durch die große Alu-Glastür in den Vorraum gingen, blieb mein Herz für einen Moment stehen.

Ich blickte erst in das Gesicht einer jungen, hübschen Frau, die noch immer viel zu dünn war und mich mit einem breiten Grinsen begrüßte und dann in das eines braunhaarigen Mannes, der meinem Blick schüchtern auswich und betreten auf seine Fußspitzen sah.

„Anna! Caleb!", rief ich, als ich zu den beiden hinüberlief und sie in meine Arme zog. Anna erwiderte die stürmische Umarmung sofort und selbst Calebs Hand spürte ich auf meinem Rücken.

Wir hatten es geschafft. Gemeinsam hatten wir all dem Schrecken ein Ende gesetzt, uns gegen die grausame Vergangenheit behauptet. Auch wenn in Annas Augen nicht nur Freude, sondern auch Trauer lag, denn so böse ihr Vater gewesen war: nun hatte sie keine Eltern mehr. Dennoch fiel ein unheimlicher Stein von meinem Herzen, alle in Sicherheit und wohlauf zu wissen. Fehlte nur noch Fly. Aber die würde ich direkt morgen aus der Tierklinik besuchen.

Epilog

Es war ein warmer Sommertag und die Sonne hatte die Erde bereits so innig geküsst, dass die Hitze als flimmernde Wellen in der Luft zu erkennen war. Obwohl der reichliche Regen Grund für die saftig grünen Wälder war, hatte dieser sich seit Tagen auf andere Regionen der Welt beschränkt und so die weibliche Bevölkerung des Landes dazu motiviert, die kurzen, luftigen Sommerkleidchen aus ihren Schränken zu kramen. So auch Anna. Sie trug den leichten, roten Stoff mit Freude und genoss es, wie er ihre erhitzte Haut sanft streichelte. Die noch immer schwarz gefärben Haare hatte sie aus praktischen Gründen zu einem ungezähmten Knäuel auf ihrem Kopf zusammengebunden. So kam genug Luft an ihren Nacken, und keine der Strähnen flog ihr beim Gehen ins Gesicht. Mit einem verliebten Lächeln auf ihren Lippen ging sie die Straße hinab. Vor sich hielt sie ihr Smartphone, auf dem sie herumtippte und sich somit nahtlos in die moderne Smombie-Gesellschaft einfügte. In einer halben Stunde würde sie ihre Arbeit beginnen und wollte vorher noch einen Kaffee trinken und das schöne Wetter auf der Terrasse genießen.

„Ich will nächste Woche noch mal Liam im Gefängnis besuchen. Am Dienstag. Hast du da Dienst?“, schrieb sie eine Nachricht. Sie grinste über beide Backen, als sie die Antwort bekam:

„Ich bin Beamter. Ich habe Dienst, wann ich will ? Hast du Lust, danach noch ins Kino zu gehen?“

„Wenn du zahlst ;-*, schrieb sie zurück. Dann ließ sie ihr Handy zurück in ihre Tasche gleiten, denn sie hatte das kleine, süße Café erreicht, in dem sie jetzt arbeitete. Sie drückte die Tür auf und warf ein fröhliches „Hallo!“ in die Runde aus Gästen und Bedienungen. Anna ging durch bis zur Terrasse. Einige Leute hatten schon im klimatisierten Raum vor der Hitze Schutz gesucht, einige

Hartgesottene trotzten der Sonne unter den aufgespannten, roten Schirmen im Außenbereich. Sie suchte sich einen freien Platz. Das Café war heute gut besucht und überall klapperte Geschirr, Stimmen murmelten unverständlich durcheinander und ab und an wurde die Geräuschkulisse von einem Lachen übertönt. Sie liebte den Sommer. Und sie liebte Gesellschaft. All die Eindrücke, die Geräusche und Gerüche. Sie bedeuteten Leben. Und Anna liebte das Leben. Und trotzdem war heute etwas anders. Irgendetwas saß ihr im Nacken und ließ dort die kleinen Härchen aufstellen, wie ein unangenehmer Schauer. Doch woran es lag, konnte sie sich beim besten Willen nicht erklären.

„Hier, ein Latte Macchiato mit Vanille", sagte Lisa, ihre brünette Kollegin mit dem auffälligen Muttermal über der vollen Oberlippe und stellte ihr das hohe Glas mit der Kaffeespezialität auf den Tisch.

„Danke, Liebes", flötete Anna gut gelaunt und summte leise vor sich hin, als sie mit dem langhalsigen Löffel die Milch mit dem unten dunkel abgesetzten Espresso verrührte. Sie wollte sich ihre Laune nicht von paranoiden Fantasien verderben lassen. Seit ihrer Kindheit wurde sie verfolgt. Wenn nicht in Wirklichkeit, dann in ihren Träumen und Gedanken. Es war Zeit das endlich hinter sich zu lassen.

Es war noch nicht lange her, dass Liam den Rest seiner Haft angetreten hatte, die er nach sieben Jahren vorzeitig auf Bewährung beendet hatte. Erst nachdem er das Krankenhaus verlassen durfte, hatte man ihn zurück ins Gefängnis gebracht. Derzeit war noch nicht sicher, um wie viele Monate seine Strafe verlängert würde für die Gewalt, die er ihrem Vater angetan hatte Helenas Entführung war zum Glück durch ihre Falschaussagen zu vertuschen gewesen, sodass er wenigstens dafür keine Konsequenzen zu befürchten hatte. Helena besuchte ihn regelmäßig, ebenso wie sie selbst. Sogar Caleb ließ sich ab und an bei Liam blicken und Daniel war ja sowieso bei ihm. Die Kinder aus dem Transporter waren alle versorgt, teilweise konnte man sie identifizieren und ihren Eltern zurückbringen, teilweise versuchten die Behörden noch, sie in Pflegefamilien zu vermitteln, bis ihre

Herkunft geklärt war. Viele sprachen kein Deutsch und waren nicht von hier. Natürlich hätte alles noch besser laufen können. Man hatte in der Lagerhalle nicht viele belastende Beweise gefunden. Keine Videos. Keine Fotos. Nichts. Doch wenigstens hatte all der Spuk endlich ein Ende.

Anna sog die frische Luft tief in ihre Lungen und genoss das Gefühl der Freiheit. Sie wollte all den Schrecken endlich hinter sich lassen und nur noch nach vorn blicken. Nach vorn in eine Zukunft, die nur noch Gutes für sie bereithalten sollte! Vielleicht sogar eine Zukunft mit einem Partner. Sie zog noch mal das Handy aus ihrer Tasche und grinste, als ihr eine Nachricht mit einem Herzchen entgegenblinkte.

Dann nahm sie das Glas vor sich in ihre Hände, pustete auf den fluffigen Schaum und führte das Getränk langsam zu ihren Lippen. Über den Rand des Glases hinweg ließ sie ihren Blick über die Gäste huschen und machte bereits aus, wen sie gleich bedienen würde. Plötzlich schlossen sich ihre dünnen Finger fest um das Getränk und ihre Augen weiteten sich vor Entsetzen. Eine Gänsehaut bildete sich auf ihren Armen und eine alles verschlingende Kälte in ihrer Magengrube.

Sie sah direkt in das Gesicht von einem Mann.

Einem Mann mit schwarzem Haar.

Einem Mann mit einem Lächeln, das den Erdkern gefrieren lassen konnte.

Einem Mann mit stechend blauen Augen, die sie beobachteten wie ein Raubtier seine Beute.

Blauen Augen, die nicht Liams waren.

Du willst mehr über die Autorinnen erfahren?

Abonniere den D.Mon Newsletter:

www.MikaDMon.de

facebook.com/MikaDMon
twitter.com/MikaDMon
instagram.com/MikaDMon